Cielo interminable

Kate Atkinson

CIELO INTERMINABLE

Traducido del inglés por Patricia Antón de Vez

AdN Alianza de Novelas

Título original: *Big Sky*

Diseño de colección: Estudio de Pep Carrió

PAPEL DE FIBRA
CERTIFICADO

Copyright © Kate Costello Ltd 2019
The moral rights of the author have been asserted.
© de la traducción: Patricia Antón de Vez, 2021
© AdN Alianza de Novelas (Alianza Editorial, S. A.)
Madrid, 2021
Calle Juan Ignacio Luca de Tena, 15
28027 Madrid
www.AdNovelas.com

ISBN: 978-84-1362-157-9
Depósito legal: M. 28.930-2020
Printed in Spain

Antes de convertirme en un sabio, cortaba leña y
cargaba con baldes de agua.
Después de convertirme en un sabio, cortaba leña y
cargaba con baldes de agua.

PROVERBIO ZEN

Estoy a favor de la verdad, no importa quién la diga.
Estoy a favor de la justicia, no importa quién esté a
favor o en contra de ella.

MALCOLM X

Para Alison Barrow

La fuga

———

—Bueno, ¿y ahora qué? —preguntó él.

—Nos escapamos a toda pastilla —contestó ella; se quitó los zapatos de marca y los dejó caer en el espacio para las piernas del asiento delantero del coche—. Me estaban matando —añadió, y le ofreció una sonrisa compungida porque habían costado una fortuna.

Bien que lo sabía él, que los había pagado. Ella se había quitado ya el velo nupcial, que arrojó entonces al asiento de atrás, junto con el ramo; en ese momento forcejeaba con la maraña de horquillas que llevaba en el pelo. La delicada seda de su traje de novia ya estaba arrugada como las alas de una polilla. Lo miró y dijo:

—Como te gusta decir, llegó el momento de poner pies en polvorosa.

—Vale, pues pongámonos en marcha —repuso él encendiendo el motor.

Advirtió que ella se ceñía el vientre abultado, donde incubaba a un bebé todavía invisible. Una rama más que añadir al árbol genealógico de la familia. Una ramita; una yema. Comprendió que el pasado no contaba en absoluto. Solo el presente tenía algún valor.

—Despegamos —dijo, y apretó a fondo el acelerador.

Por el camino, dieron un rodeo para subir hasta la cima de Rosedale Chimney a estirar las piernas y contemplar la puesta de sol que inundaba el amplísimo cielo con una gama gloriosa de rojo y amarillo, naranja e incluso violeta. Requería poesía, una ocurrencia que él pronunció en voz alta.

—No, me parece que no —repuso ella—. Es suficiente por sí misma.

«Menuda perla de sabiduría», se dijo él.

Había otro coche aparcado ahí arriba, con una pareja mayor que admiraba la vista.

—Magnífica, ¿verdad? —comentó el hombre.

La mujer sonrió y felicitó a la «feliz pareja» por su boda, y Jackson contestó:

—No es lo que parece.

UNA SEMANA ANTES

Anderson Price Asociados

Katja inspeccionó el maquillaje de Nadja. Esta posaba para ella como si se tomara un selfi: ponía una boquita de piñón exagerada, con las mejillas hundidas como un cadáver.

—Vale, está bien —dictaminó finalmente Katja.

Era la más joven de las dos hermanas, pero la más mandona, con mucho. «Podrían ser gemelas», decía siempre la gente, aunque entre ambas mediaban dos años y casi cuatro centímetros. Katja era la más baja y la más guapa de las dos, aunque ambas eran menudas y tenían el mismo tono de cabello rubio (no del todo natural), así como los ojos de su madre, con el iris verde rodeado de gris.

—Quédate quieta —dijo Nadja, y sacudió una pestaña de la mejilla de Katja.

Nadja era licenciada en Gestión de Hostelería y trabajaba en el Radisson Blu, donde llevaba una falda tubo y tacones de cinco centímetros y se recogía el cabello en un moño prieto para tratar con los quejicas de los huéspedes. La gente se quejaba constantemente. Cuando volvía a casa, a su apartamento como una caja de zapatos, se soltaba la melena y se ponía unos tejanos y una gran sudadera y se paseaba por ahí descalza, y nadie se quejaba porque vivía sola, que era como le gustaba vivir.

Katja tenía un empleo en el servicio de limpieza del mismo hotel. Su inglés no era tan bueno como el de su hermana mayor. No tenía título alguno más allá del colegio e incluso allí fue bastante mediocre, porque se había pasado la infancia y la mayor parte de la adolescencia haciendo patinaje sobre hielo de competición, pero al final resultó que no era lo bastante buena. Aquel era un mundo cruel y despiadado y lo echaba de menos todos los días. La pista de hielo la había vuelto resistente y conservaba la figura de una patinadora, ágil y fuerte. Y eso volvía un poco locos a los hombres. En el caso de Nadja había sido la danza, el *ballet* clásico, pero lo había dejado porque su madre no podía permitirse pagarles clases a las dos. Y había sacrificado su talento fácilmente, o eso le parecía a su hermana.

Katja tenía veintiún años, vivía en la casa materna y se moría de ganas de volar del agobiante nido, aunque sabía que un empleo en Londres sería casi sin duda como el que tenía ahí: hacer camas, limpiar inodoros y sacar pelo de extraños lleno de jabón de los desagües. Pero una vez que estuviera allí, las cosas cambiarían, sabía que sería así.

El tipo era un tal señor Price. Mark Price. Era uno de los socios en una agencia de contratación llamada Anderson Price Asociados (APA) y ya había entrevistado a Nadja por Skype. Nadja informó a Katja de que era atractivo: bronceado, con todo su pelo y de un canoso interesante («como George Clooney»), con un sello de oro en el dedo y un grueso Rolex en la muñeca («como Roger Federer»).

—Mejor que se ande con cuidado, que podría casarme con él —le dijo Katja a su hermana, y ambas se echaron a reír.

Nadja le había mandado por correo electrónico a Mark Price copias escaneadas de sus títulos y referencias, y ahora esperaban en su apartamento a que él llamara por Skype desde Londres para «confirmar todos los detalles» y «tener una charla rápida» con Katja. Nadja le había pedido si podía encontrarle un trabajo a su hermana también, y él había contestado: «¿Por qué no?». En los hoteles británicos había trabajo de sobra.

—El problema aquí es que nadie quiere trabajar duro —dijo Mark Price.

—Pues yo quiero trabajar duro ahí —repuso Nadja.

No eran tontas, sabían lo del tráfico, lo de la gente que engañaba a chicas y las hacía creer que conseguirían buenos empleos, empleos como Dios manda, y que acababan drogadas y atrapadas en algún sucio cuchitril teniendo sexo con un hombre tras otro, incapaces de volver a casa porque les habían confiscado los pasaportes y tenían que «ganárselos» otra vez. La APA no era así. Ellos tenían un sitio web profesional, todo se hacía de forma legal. Reclutaban personal por todo el mundo para hoteles, residencias de ancianos, restaurantes, compañías de limpieza, e incluso tenían oficina en Bruselas, así como en Luxemburgo. Estaban «colegiados» y gozaban de reconocimiento y disponían de toda clase de recomendaciones de gente diversa.

Por lo que se veía por Skype, las oficinas en Londres eran muy elegantes. Había mucho ajetreo: se oía el murmullo constante de fondo del personal que hablaba entre sí, que tecleaba o contestaba a los teléfonos que sonaban. Y el propio Mark Price era un tipo serio y formal. Hablaba sobre «recursos humanos», «apoyo» y «responsabilidad del empleador». Podía ayudarlas con la organización del alojamiento, los visados, las clases de inglés, la formación continuada.

Ya tenía algo pensado para Nadja en «uno de los mejores hoteles», pero ella podía decidir a su llegada. Había oportunidades de sobra para «una chica lista» como ella.

—Y para mi hermana —le había recordado Nadja.

—Sí, por supuesto, y para tu hermana —había contestado él, riendo.

Les pagaría incluso los billetes de avión. La mayoría de las agencias esperaban que les pagaras tú por adelantado para encontrarte un trabajo. Él les mandaría un billete electrónico, dijo, y volarían a Newcastle. Katja lo había buscado en un mapa: quedaba a muchos kilómetros de Londres.

—Está a tres horas de tren —dijo Mark Price.

Dijo que era «fácil» y que a él le salía más barato así; al fin y al cabo, era quien pagaba los billetes. Un representante de Anderson Price Asociados las recibiría en el aeropuerto y las llevaría a pasar la noche en un Airbnb de Newcastle, puesto que el vuelo de Gdansk llegaba tarde. A la mañana siguiente, alguien las escoltaría hasta la estación y las metería en un tren. Algún otro las recogería con un coche en King's Cross y las llevaría a un hotel, donde pasarían unas noches hasta haberse adaptado.

—Todo marchará sobre ruedas —añadió.

Nadja probablemente habría conseguido un traslado a otro Radisson, pero era ambiciosa y quería trabajar en un hotel de lujo, en alguno del que todo el mundo hubiera oído hablar: el Dorchester, el Lanesborough, el Mandarin Oriental.

—Oh, sí —había dicho Mark Price—, tenemos contratos con todos esos sitios.

A Katja le daba igual, solo quería estar en Londres. De las dos, Nadja era la más seria, y Katja, la más despreocupada. Como decía aquella canción, las chicas solo querían pasarlo bien.

Y así, en ese momento estaban sentadas ante el portátil abierto de Nadja, esperando a que Mark Price las llamara.

Mark Price fue puntualísimo.

—Bueno —le dijo Nadja a Katja—, allá vamos. ¿Lista?

Por lo visto, el minúsculo retraso en la transmisión hacía que a la chica le costara traducir lo que él le estaba diciendo. No dominaba tanto el inglés como había asegurado su hermana. Se reía mucho para compensarlo y sacudía la melena y se acercaba más a la pantalla, como si pudiera convencerlo llenándola con su cara. Era guapa, eso sí. Ambas lo eran, pero esa aún más.

—Bueno, Katja —dijo él—. El tiempo apremia. —Dio unos golpecitos en su reloj al ver la expresión confusa tras la sonrisa de la chica—. ¿Sigue ahí tu hermana?

El rostro de Nadja apareció en la pantalla, pegado al de Katja, y ambas sonrieron de oreja a oreja. Daba la sensación de que estuvieran en un fotomatón.

—Nadja —dijo él—, haré que mi secretaria te mande los billetes por correo electrónico mañana a primera hora, ¿de acuerdo? Y os veré a las dos muy pronto. Estoy deseando conoceros. Buenas noches.

Apagó la pantalla y las chicas desaparecieron. Se levantó y se desperezó. En la pared, a sus espaldas, figuraba el elegante logo y las siglas APA, de Anderson Price Asociados. Disponía de un escritorio y una silla. La litografía de algo moderno pero con estilo colgaba en la pared, y una parte era visible a través de la cámara del portátil; lo había comprobado cuidadosamente. Al otro lado podía verse una orquídea. Parecía real, pero era falsa. La oficina era una farsa. Anderson Price Asociados era una farsa, Mark Price era una farsa. Solo su Rolex era real.

No estaba en ninguna oficina en Londres, sino en una caravana anclada en un campo de la costa este. Lo consideraba su «segundo despacho». Solo quedaba a unos ochocientos metros tierra adentro y a veces los chillidos de las gaviotas amenazaban con dar al traste con la ilusión de que estaba en Londres.

Desconectó la grabación de *Sonidos ambientales de oficina*, apagó las luces, cerró con llave la caravana y se puso al volante de su Land Rover Discovery. Hora de irse a casa. Casi podía saborear el Talisker con el que lo estaría esperando su mujer.

La batalla del Río de la Plata

Y ahí está el Ark Royal, *manteniéndose a buena distancia del enemigo…*

Sonaron unas cuantas explosiones leves: pop-pop-pop. El ruido metálico de los disparos competía infructuosamente con las gaviotas que describían giros y chillaban en lo alto.

Oh, y el Achilles *ha sido alcanzado, pero afortunadamente ha podido establecer contacto con el* Ark Royal, *que acude raudo en su auxilio…*

«Raudo» no era la palabra con la que Jackson habría descrito el fatigoso avance del *Ark Royal* a través del lago para botes del parque.

¡Y aquí vienen los bombarderos de la RAF! ¡Una puntería excelente, muchachos! Un gran aplauso para la RAF y sus escoltas…

Una ovación más bien débil se elevó del público cuando dos pequeños aviones de madera empezaron a cruzar a trompicones el lago mediante tirolinas.

—Por Dios —murmuró Nathan—. Esto es patético.

—No blasfemes —repuso Jackson de manera automática.

En efecto, era patético en cierto sentido («¡la flota tripulada más pequeña del mundo!»), pero ahí residía su encanto, ¿no? Los barcos eran réplicas: el más largo tendría veinte pies como mucho, los demás bastantes menos. Dentro de los barcos se escondían empleados del parque, que los gobernaban. El público estaba sentado en bancos de madera sobre las gradas de hormigón. Durante la hora anterior, un hombre de aspecto anticuado había interpretado una música anticuada en un órgano en un quiosco de música, y ese mismo hombre anticuado hacía de comentarista de la batalla. Y lo hacía de un modo anticuado. («¿Va a acabarse esto alguna vez?», quiso saber Nathan.)

El propio Jackson había acudido ahí en una ocasión, de niño, pero no con su propia familia (cuando tenía una familia), pues nunca hacían nada juntos, nunca iban a ninguna parte, ni siquiera a pasar el día a algún sitio. Así era la clase trabajadora: demasiado ocupada trabajando para tener tiempo para el placer y demasiado pobre para costeárselo si lograba encontrar el tiempo suficiente. («¿No te habías enterado, Jackson? —dijo Julia en sus pensamientos—. La guerra de clases se acabó. Perdieron todos.») No conseguía recordar las circunstancias: quizá se había tratado de una excursión con los *boy scouts* o con la brigada juvenil cristiana, o incluso con el Ejército de Salvación; el joven Jackson se había apuntado a cualquier organización en marcha, con la esperanza de pillar algo gratis. No permitía que haberse criado como católico interfiriera en sus creencias. Incluso había firmado a los diez años el compromiso en el que prometía a la Sociedad de Abstinencia del Ejército de Salvación pasarse la vida entera sobrio a cambio de una limonada y un plato de pastelillos. («Y ya ves cómo te funcionó, ¿eh?», comentó Julia.) Supuso un alivio descubrir finalmente el Ejército real, donde todo era gratis. Aunque tenía su precio.

—La batalla del Río de la Plata —le contó Jackson a Nathan— fue la primera batalla naval de la Segunda Guerra Mundial.

Una de sus tareas como padre era la de educar, en especial sobre los temas en los que era especialista: coches, guerras, mujeres. («Jackson, tú no sabes absolutamente nada sobre las mujeres», dijo la Julia de su cabeza. «Exacto», respondió él.) Nathan recibía cualquier información que le transmitiera poniendo los ojos en blanco o haciéndose el sordo. Jackson confiaba en que, de un modo u otro, su hijo absorbiera de manera inconsciente el bombardeo constante de consejos y advertencias que precisaba su conducta: «No camines tan cerca del borde del acantilado. Utiliza el cuchillo y el tenedor, no los dedos. Cede tu asiento en el autobús». Aunque ¿cuándo iba Nathan a algún sitio en autobús? Lo llevaban en coche de aquí para allá como si fuera un lord. El hijo de Jackson tenía trece años y un ego lo bastante grande como para tragarse planetas enteros.

—¿A qué se refieren con lo de «tripulada»? —quiso saber Nathan.

—A que va gente dentro de los barcos, para gobernarlos.

—No puede ser —espetó el chico—. Menuda estupidez.

—Pues sí, así es. Ya lo verás.

Aquí llega también el Exeter. *Y el submarino enemigo va a verse en problemas ahora...*

—Espera y verás —dijo Jackson—. Algún día tendrás hijos propios y te encontrarás obligándolos a hacer todas las cosas que ahora desprecias: museos, casas solariegas, paseos por el campo..., y ellos, a su vez, te odiarán por eso. Así, hijo mío, funciona la justicia cósmica.

—Yo no pienso hacer algo como esto —respondió Nathan.

—Y ese sonido que vas a oír será el de mi risa.

—No, qué va. Tú estarás muerto para entonces.

—Gracias. Gracias, Nathan. —Jackson exhaló un suspiro. ¿Había sido él tan cruel a la edad de su hijo? Y no le hacía mucha falta que le recordaran su condición de mortal: la veía en cómo se hacía mayor su propio hijo día tras día.

El lado bueno de la cosa era que Nathan hablaba esa tarde con frases más o menos completas y no con sus habituales gruñidos de simio. Estaba desplomado en un banco, con las largas piernas despatarradas y los brazos cruzados en lo que solo podía describirse como una pose sarcástica. Sus pies (con zapatillas de marca, cómo no) eran enormes; no tardaría en ser más alto que Jackson. A la edad de su hijo, él solo tenía dos mudas de ropa, y una de ellas era el uniforme del colegio. Aparte de sus playeras de gimnasia («¿Tus qué?», preguntó un sorprendido Nathan), solo tenía un par de zapatos, y los conceptos de «marca» o «logo» lo habrían dejado desconcertado.

Para cuando Jackson tenía trece años, su madre ya había muerto de cáncer, su hermana había sido asesinada y su hermano se había suicidado, con la cortesía de dejar su cuerpo colgando de la lámpara para que él lo encontrara al volver de la escuela. Jackson nunca tuvo la oportunidad de ser egoísta, de despatarrarse, de andarse con exigencias y cruzarse de brazos con sarcasmo. Y en todo caso, de haberlo hecho, su padre le habría dado una buena colleja. Tampoco era que Jackson deseara ver sufrir a su hijo, Dios no lo quisiera, pero un poco menos de narcisismo no vendría mal.

Julia, la madre de Nathan, podía competir con Jackson en cuanto a duelos y pesares: una hermana asesinada, otra que se suicidó, otra más que murió de cáncer. («Ah, y no olvidemos los abusos sexuales de mi padre —recordó ella desde los pensamientos de Jackson—. Creo que la baza me la llevo yo.») Y ahora toda la desdicha de sus pasados compartidos se había instilado en ese único hijo. ¿Y si de algún modo, pese a su actitud despreocupada, se había grabado en el ADN de Nathan e infectado su sangre, y en ese preciso momento la tragedia y el dolor crecían y se multiplicaban en sus huesos, como un cáncer? (Julia: «¿No has tratado nunca de ser optimista?». Jackson: «Sí, una vez, y no me sentó bien».)

—Pensaba que habías dicho que ibas a conseguirme un helado.

—Creo que en realidad quieres decir: «Papá, ¿puedo tomarme ese helado que me has prometido y que pareces haber olvidado temporalmente? ¿Por favor?».

—Ya, lo que tú digas. —Tras una pausa extraordinariamente larga, añadió con desgana—: Por favor. —(«Sirvo al presidente en lo que le plazca», decía Julia sin inmutarse cuando su retoño exigía algo).

—¿Qué quieres?

—Un Magnum. Con doble de mantequilla de cacahuete.

—Diría que tus expectativas son muy altas.

—No me digas. Pues un Cornetto.

—Siguen siendo altas.

Cuando se trataba de comida, Nathan traía consigo montañas de instrucciones. Julia se mostraba sorprendentemente neurótica con los tentempiés: «Intenta controlar lo que coma. Puede tomar una barrita de chocolate, pero no caramelos, y desde luego nada de gominolas. Si toma demasiada azúcar, es como un gremlin después de medianoche. Y si consigues meterle una pieza de fruta entre pecho y espalda, será que eres mejor mujer que yo». Al cabo de un par de años, Julia estaría preocupándose por tabaco, alcohol y drogas. Debería disfrutar de los años del azúcar, pensaba Jackson.

—Mientras voy en busca de tu helado, no le quites ojo a nuestro amigo Gary, ahí, en primera fila, ¿quieres? —Nathan no daba muestras de haberle oído, de modo que, tras esperar un instante, Jackson preguntó—: ¿Qué acabo de decirte?

—Has dicho: «Mientras no estoy, no le quites ojo a nuestro amigo Gary, ahí, en primera fila, ¿quieres?».

—Vale. Bien —repuso Jackson ligeramente escarmentado, aunque no estaba dispuesto a demostrarlo. Tendiendo el iPhone, añadió—: Toma, sácale fotos si hace algo interesante.

Cuando Jackson se levantó, el perro lo imitó y subió con esfuerzo tras él los peldaños hasta la cafetería. Era la perra de

Julia, *Dido*, una labradora de tono mostaza, vieja y con sobrepeso. Años atrás, cuando Julia los presentó («Jackson, esta es *Dido*; *Dido*, este es Jackson»), él pensó que la perra debía de llamarse así por la cantante, pero resultó que era la homónima de la reina de Cartago. Así era Julia, en dos palabras.

Dido —la perra, no la reina de Cartago— venía también con una larga lista de instrucciones. Cualquiera diría que Jackson nunca había cuidado antes de un crío o un chucho. («Pero no eran ni mi hijo ni mi perra», había dicho Julia. Y Jackson respondió: «Creo que deberías decir "nuestro" hijo».)

Nathan ya tenía tres años para cuando Jackson pudo reivindicar cualquier derecho sobre él. Por razones que solo ella conocía, Julia había negado que fuera el padre, de modo que él se había perdido los mejores años cuando ella reconoció por fin su paternidad. («Lo quería para mí sola.») Sin embargo, ahora que habían llegado los peores años, parecía más que dispuesta a compartirlo.

Julia iba a estar «atrozmente» ocupada durante casi todas las vacaciones escolares, de modo que Jackson se había traído consigo a Nathan a la casita que tenía alquilada en ese momento en la costa este de Yorkshire, unos tres kilómetros al norte de Whitby. Con una buena conexión inalámbrica podía llevar su negocio —Investigaciones Brodie— prácticamente desde cualquier parte. Internet era diabólico, pero no te quedaba otra que adorarlo.

Julia interpretaba a una patóloga («a la patóloga», corregía) en *Collier*, una serie policíaca que llevaba mucho tiempo emitiéndose. *Collier* se describía como «una obra dramática norteña descarnada», pero últimamente consistía más bien en paparruchas efectistas y cansinas ideadas por cínicos urbanitas que se pasaban casi todo el tiempo hasta las cejas de cocaína o cosas peores.

Por una vez, a Julia le habían dado su propia línea argumental. «Es un arco de transformación narrativa», le explicó a Jackson. Él creyó haber oído «arca» y le llevó un tiempo resolver mentalmente aquel misterio. E incluso ahora, siempre que ella hablaba de «mi arco», Jackson tenía una visión de Julia al frente de un desfile cada vez más estrafalario de animales desconcertados que ascendían de dos en dos por una pasarela. Julia no sería la peor persona del mundo con la que pasar el diluvio. Bajo su actitud atolondrada y teatrera, era una mujer con capacidad de recuperación y llena de recursos, por no mencionar que se le daban bien los animales.

Le tocaba renovar el contrato y le estaban revelando el guion con cuentagotas, de modo que estaba bastante segura, según decía, de ir derecha a una salida truculenta al final de su «arco». («¿No lo hacemos todos?», comentó Jackson.) Julia era entusiasta: decía que había sido una buena temporada. Su agente le tenía el ojo echado a una comedia de la Restauración que iban a estrenar en el teatro West Yorkshire. («Un papel como Dios manda», según Julia. «Y si eso falla, siempre me queda *Strictly*. Ya me lo han ofrecido dos veces. Es evidente que se están quedando sin recursos.») Tenía una risa ronca encantadora, sobre todo cuando hacía autocrítica. O fingía hacerla. Le daba cierto encanto.

—Como sospechaba, nada de Magnums ni de Cornettos; solo tenían Bassanis —anunció Jackson, volviendo con dos cucuruchos en alto como si fueran antorchas.

Después de lo que había pasado, lo lógico habría sido pensar que la gente preferiría que sus hijos dejaran de tomar helados de Bassani. La sala de juegos de Carmody también seguía ahí, una presencia bulliciosa y popular en primer término. Helados y juegos recreativos: los señuelos perfectos para los niños. Debían de llevar una década en marcha desde que el caso había aparecido en los periódicos, ¿no? (Cuanto mayor se hacía Jackson, más escurridizo se volvía el tiempo.) Antonio Bassani y Michael Carmody, personas «respetables» de la zona: uno estaba en la cárcel y el otro se había suicidado, pero Jackson nunca recordaba cuál era cuál. No le sorprendería que al que estaba en la cárcel le tocara salir pronto, si no lo había hecho ya. A Bassani y Carmody les gustaban los niños. Les gustaban demasiado los niños. Les gustaba pasarles niños a otros hombres a quienes les gustaban demasiado los niños. Como regalos, como prendas.

Una *Dido* eternamente hambrienta le había pisado los talones esperanzada y, en lugar de helado, Jackson le dio una galleta de perro con forma de hueso. Supuso que a ella le daba bastante igual qué forma tuviera.

—He conseguido uno de vainilla y uno de chocolate —le dijo a Nathan—. ¿Cuál quieres? —Era una pregunta retórica: ¿quién por debajo de la edad para votar elegía vainilla alguna vez?

—El de chocolate. Gracias.

«Gracias»: un pequeño triunfo de la buena educación, pensó Jackson. («Nathan saldrá bien al final —decía Julia—. Ser un adolescente es muy difícil, tienen un caos de hormonas y están agotados casi todo el tiempo. Lo de crecer consume un montón de energía.») Pero ¿qué pasaba con todos esos adolescentes del pasado que habían dejado el colegio a los catorce (¡casi la edad de Nathan!) para entrar en fábricas y plantas siderúrgicas y bajar a las minas de carbón? (El padre del propio Jackson y su padre antes que él, por ejemplo.) O con Jackson, en el Ejército a los dieciséis, un jovencito al que la autoridad había hecho añicos para volverlo a ensamblar hecho un hombre. ¿Se les concedía a esos adolescentes, él incluido, el lujo de unas hormonas caóticas? Pues no. Iban a trabajar junto con los hombres y se comportaban, al final de la semana les llevaban la paga a casa a sus madres y... («Oh, cállate ya, ¿quieres? —dijo Julia con tono cansino en su cabeza—. Esa vida se acabó y no va a volver.»)

—¿Dónde está Gary? —preguntó Jackson recorriendo con la mirada las filas de asientos.

—¿Gary?

—El Gary al que se suponía que debías echarle un ojo.

Sin alzar la vista del teléfono, Nathan indicó con la cabeza hacia las canoas, donde Gary y Kirsty hacían cola para sacar billetes.

Y la batalla ha concluido y van a izar la bandera del Reino Unido. ¡Un hurra por nuestra buena y vieja bandera!

Jackson prorrumpió en vítores junto con el resto del público. Le propinó a Nathan un cariñoso codazo.

—Vamos, vitorea a nuestra buena y vieja bandera.

—Hurra —fue la lacónica aportación de Nathan.

«Oh, ironía, llevas por nombre Nathan Land», pensó Jackson. Su hijo llevaba el apellido materno, una fuente de cierta discordia entre Julia y Jackson. Por decirlo suavemente. A oídos de Jackson, «Nathan Land» parecía el nombre de un financiero judío del siglo XVIII, el progenitor de alguna dinastía europea de banqueros. «Nat Brodie», en cambio, lo hacía pensar en un robusto aventurero, en alguien que emprendiera camino hacia el oeste, siguiendo la frontera en busca de oro o ganado, con mujeres de moral relajada en su estela. («¿Cuándo te has vuelto tan fantasioso?», preguntó Julia. «Probablemente, cuando te conocí», pensó Jackson.)

—¿Podemos irnos ya? —preguntó Nathan con un bostezo excesivo y desenfadado.

—Dentro de un momento, cuando haya acabado con esto —respondió Jackson indicando el helado. En su opinión, nada volvía más ridículo a un hombre adulto que pasearse por ahí lamiendo un cucurucho.

Los combatientes de la batalla del Río de la Plata emprendieron su vuelta de honor. En los barcos, los hombres que iban dentro habían levantado la parte superior, como en la torreta de un submarino, y saludaban con la mano a la multitud.

—¿Ves? —le dijo Jackson a Nathan—. Ya te decía.

—Sí, ya. ¿Y ahora sí podemos irnos?

—Sí, bueno, echémosle primero un vistazo a nuestro Gary.

Nathan soltó un gemido como si estuvieran a punto de someterlo a una tortura por ahogamiento.

—Tendrás que aguantarte —repuso Jackson alegremente.

Ahora que la flota tripulada más pequeña del mundo se alejaba hacia su amarradero, los botes del parque volvían a salir: patines a pedales de vivos colores primarios con largos cuellos y grandes cabezas de dragón, como versiones de dibujos animados de los barcos vikingos. Gary y Kirsty habían montado ya en su propio corcel feroz. Gary pedaleaba con gesto heroico hacia el centro del lago. Jackson hizo un par de fotos. Al comprobar el teléfono, se llevó una agradable sorpresa al descubrir que Nathan había tomado una ráfaga de fotos sucesivas —el equivalente moderno de los folioscopios de su propia infancia— mientras él compraba los helados. Gary y Kirsty besándose con los labios fruncidos como un par de peces globo.

—Buen chico —le dijo a Nathan.

—¿Podemos irnos ya?

—Sí, ahora sí.

Jackson llevaba varias semanas siguiendo a Gary y a Kirsty. Ya le había mandado las suficientes fotos de los dos in fraganti a la esposa de Gary, Penny, para interponer varias demandas de divorcio por adulterio, pero cada vez que le decía: «Creo que ya tiene bastantes pruebas, señora Trotter», ella contestaba: «Sígales la pista un poco más, señor Brodie». A Jackson, Penny Trotter le parecía un nombre desafortunado, le sonaba a «trote», a «trote cochinero», y eso lo hacía pensar en manitas de cerdo. Lo más barato de una carnicería. Su madre había preparado pies de cerdo, y la cabeza también. Del morro a la cola pasando por todo lo de en medio; no desperdiciaba nada. Era irlandesa y llevaba el recuerdo de la hambruna grabado en los huesos, como aquella talla de marfil que Jackson había visto en el museo de Whitby. Y, como buena madre irlandesa, les servía primero la comida a los hombres de la familia, cómo no, por orden de edad. Luego le tocaba el turno a su hermana, y entonces, finalmente, su madre se sentaba con su plato a comer lo que quedara, con frecuencia poco más que un par de patatas y un chorrito de salsa. Solo Niamh reparaba en ese sacrificio materno. («Vamos, mamá, ponte un poco de mi carne.»)

Había veces en que Jackson tenía una imagen más vívida de su hermana en la muerte que cuando estaba viva. Hacía lo posible por conservar el recuerdo de Niamh viva, puesto que no quedaba nadie más para mantener encendida la llama. No tardaría en extinguirse para toda la eternidad, como también lo haría él y su hijo y... («Por el amor de Dios, Jackson, déjalo ya», dijo una Julia mosqueada en su cabeza.)

Jackson había empezado a preguntarse si Penny Trotter experimentaba alguna clase de placer masoquista con lo que venía a ser (prácticamente) puro voyeurismo. ¿O tenía acaso un desenlace en la manga que no compartía con él? Quizá se limitaba a esperar, una Penélope con la esperanza de que Ulises encontrara el camino de regreso a casa. Durante las vacaciones, Nathan tuvo que hacer un trabajo sobre la *Odisea* para la escuela. No parecía haber aprendido nada, mientras que Jackson había aprendido un montón de cosas.

Nathan asistía a un colegio privado (gracias en su mayor parte a los honorarios de Julia por *Collier*), algo a lo que Jackson, por principio, ponía objeciones, pero que le producía un secreto alivio, puesto que la escuela pública que le tocaba era mediocre. («No consigo decidir qué eres —dijo Julia—, si un hipócrita o simplemente un ideólogo fallido.» ¿Había sido siempre tan sentenciosa? Ese solía ser el papel de su exmujer, Josie. ¿Cuándo había pasado a ser el de Julia?)

Jackson había llegado a aburrirse de Gary y Kirsty. Eran animales de costumbres: salían juntos todas las noches de lunes y miércoles, en Leeds, donde ambos trabajaban en la misma compañía de seguros. El patrón era siempre el mismo: una copa, una cena y luego un par de horas encerrados en el diminuto apartamento moderno de Kirsty, donde Jackson podía adivinar qué andaban haciendo sin tener que presenciarlo, gracias a Dios. Después, Gary cogía el coche y volvía a Penny y a la casa de ladrillo semiadosada y sin personalidad que tenían en propiedad en Acomb, en una planicie a las afueras de York. A Jackson le gustaba pensar que si él fuera un hombre casado que mantuviera una relación ilícita —algo que nunca había hecho, lo juraba por Dios—, esta habría sido un poco más espontánea, un poco menos predecible. Un poco más divertida. O eso esperaba.

Leeds quedaba a un buen trecho en coche cruzando los páramos, de manera que Jackson había contratado a un joven servicial llamado Sam Tilling, que vivía en Harrogate y se veía obligado a pasar un periodo de espera entre la universidad y su entrada en la policía, de modo que lo reclutó para que le hiciera parte del trabajo de campo. Sam llevaba a cabo alegremente las misiones más aburridas: en las vinotecas, las coctelerías y los restaurantes de curri donde Gary y Kirsty se permitían su pasión nada desenfrenada. De vez en cuando hacían una excursión de un día a alguna parte. Ese día era jueves, de modo que debían de haberse saltado el trabajo para aprovechar el buen tiempo. Sin tener prueba real alguna, Jackson imaginaba que Gary y Kirsty eran de la clase de gente que engañaría a sus patronos sin el menor reparo.

Puesto que Peasholm Park estaba prácticamente en el umbral de su casa, Jackson había decidido seguirlos personalmente ese día. Además, eso le proporcionaba algo que hacer con Nathan, aunque la posición por defecto preferida de su hijo fuera en el interior de la casa, jugando a *Grand Theft Auto* o en la Xbox o charlando en línea con sus amigos. (¿Qué demonios se contaban unos a otros, si nunca hacían nada?) Jackson había tenido que llevarse a rastras (casi literalmente) a Nathan para ascender los ciento noventa y nueve peldaños hasta las descarnadas ruinas de la abadía de Whitby, en un vano intento de hacerle comprender la historia. Y otro tanto con el museo, un lugar que a él le gustaba por su estrafalaria mezcolanza de cosas expuestas: desde cocodrilos fosilizados hasta objetos de interés de la caza de ballenas, pasando por la mano momificada de un ahorcado. No había nada interactivo, ninguno de los medios para asegurar a cualquier precio la diversión de críos hiperactivos y con déficit de atención. Solo un batiburrillo de cosas del pasado, muchas todavía en sus estuches victorianos originales: mariposas sujetas con alfileres, pájaros disecados, medallas de guerra expuestas, casas de muñecas abiertas. Los cachivaches de las vidas de la gente, que, al fin y al cabo, eran las cosas que importaban, ¿no?

Le sorprendió que Nathan no se sintiera atraído por la truculenta mano momificada. «La Mano de la Gloria», se llamaba, y llevaba asociada una confusa historia popular sobre ahorcados y ladrones oportunistas. El museo estaba lleno también del legado marítimo de Whitby, que tampoco tenía el menor interés para Nathan; así que la sala dedicada al capitán Cook no tenía la menor posibilidad de éxito. Jackson admiraba a Cook.

—Fue el primer hombre en dar la vuelta al mundo en barco —comentó, tratando de despertar el interés de Nathan.

—¿Y qué?

(¡Y qué! Cómo detestaba Jackson aquel desdeñoso «Y qué».) Quizá su hijo tenía razón. Quizá el pasado había dejado de ser el contexto para el presente. Quizá ya nada de eso importaba. ¿Era así como acabaría el mundo, no con un bang, sino con un «Y qué»?

Mientras Gary y Kirsty andaban dando vueltas por ahí, Penny Trotter se hacía cargo del negocio: una tienda de objetos de regalo en Acomb llamada El Tesoro Oculto, cuyo interior olía a nefasta mezcolanza de incienso con aroma a pachulí y vainilla artificial. Las existencias consistían sobre todo en tarjetas de regalo y papel de envolver, calendarios, velas, jabones, tazas y un montón de objetos cursis cuya función no resultaba evidente de inmediato. Era uno de esos negocios que iban tirando a trompicones de una festividad a la siguiente: Navidad, San Valentín, el Día de la Madre, Todos los Santos y de vuelta a la Navidad, con todos los cumpleaños en medio.

—Bueno, no tiene una función propiamente dicha —había respondido Penny Trotter cuando Jackson se interesó por la razón de ser de un cojincito de fieltro con forma de corazón y la palabra «Amor» en lentejuelas sobre la superficie escarlata—. Solo es para colgarlo en alguna parte.

Penny Trotter era una romántica por naturaleza; era su perdición, según decía. Era cristiana; en cierto sentido había «vuelto a nacer». (Sin duda con una vez bastaba, ¿no?) Llevaba una cruz al cuello y un brazalete en la muñeca con las iniciales QHJ grabadas, para el desconcierto de Jackson.

—«¿Qué haría Jesús?» —explicó ella—. Me obliga a detenerme y pensar antes de hacer algo que podría lamentar.

Jackson supuso que le resultaría útil tener uno. QHJ: ¿Qué haría Jackson?

Investigaciones Brodie era la última encarnación de su antigua agencia de detectives, aunque trataba de no utilizar el apelativo de «detective privado», pues tenía demasiadas connotaciones glamurosas (o sórdidas, dependiendo de cómo lo mirara uno). Sonaba demasiado a Chandler. Despertaba grandes expectativas entre la gente.

Las jornadas de Jackson consistían en llevar a cabo tareas aburridas para abogados: seguimiento de deudas, vigilancia y esas cosas. Se ocupaba asimismo de robos cometidos por empleados, comprobación de antecedentes y constatación de referencias para patronos, un poco de diligencia debida aquí y allá, pero, en realidad, en lugar de la placa virtual de Investigaciones Brodie, bien podría haber colgado uno de los corazones rellenos de Penny Trotter, porque la mayor parte de su trabajo consistía en seguir a gente que engañaba a sus cónyuges (infidelidad, llevas por nombre Gary) o bien en apresar a desprevenidos Garys en potencia en el pegajoso interior de tarros de miel (o atrapamoscas, como prefería considerarlos Jackson) para poner a prueba, mediante la tentación, a prometidos y novios. Ni siquiera el propio Jackson, por perro viejo que fuera, se había percatado de la cantidad de mujeres suspicaces que había por ahí.

Con ese fin, ponía en sus trampas devorahombres, a modo de cebo, un agente provocador. Este adoptaba la forma de una abeja melífera particularmente atractiva pero letal: una mujer rusa llamada Tatiana. En realidad, era más avispón que abejita. Jackson la había conocido en otra vida, cuando ella era una dominatriz y él, un tipo libre como el viento y (brevemente, por ridículo que pareciera ahora) millonario.

Nada de sexo, no tuvieron una relación. Dios nos libre; habría preferido irse a la cama con el supuesto avispón que con Tatiana. Sencillamente, ella había figurado en la periferia de una investigación en la que se había visto involucrado. Además, Jackson estaba con Julia en aquel entonces (o esa impresión le había dado a él), ocupado en la creación del embrión que algún día despatarraría las piernas y se cruzaría de brazos con sarcasmo. Tatiana decía haber sido una criatura del circo; su padre era un famoso payaso. Según decía, en Rusia los payasos no eran divertidos. «Y aquí tampoco lo son», pensaba Jackson. La propia Tatiana, por improbable que pareciera, había sido una trapecista en sus tiempos. «¿Practicaría todavía?», se preguntaba él.

El mundo se había vuelto más sombrío desde que Tatiana y él se conocieran, aunque el mundo se volvía más sombrío cada día, por lo que Jackson veía, y sin embargo Tatiana seguía siendo casi la misma, pese a que también se había reencarnado. Había vuelto a toparse con ella por casualidad (eso suponía, pero ¿quién sabía?) en Leeds, donde Tatiana trabajaba de camarera en una coctelería (parecía salido de alguna canción) exhibiéndose y coqueteando con los clientes en un prieto vestidito de lentejuelas negras.

—Lo que hago es legal —le contó más tarde a Jackson, pero esa palabra sonaba inverosímil en sus labios.

Jackson estaba en aquel momento tomando una copa intempestiva con un abogado llamado Stephen Mellors para el que hacía trabajos esporádicos. El bar era uno de esos sitios a la moda donde estaba tan oscuro que apenas veías la copa delante de tus narices. Mellors, un tipo también muy a la moda, metrosexual y orgulloso de serlo, algo de lo que nunca podrían acusar a Jackson, pidió un manhattan, mientras que él se decidía por un agua con gas; Leeds nunca le había parecido la clase de lugar donde pudieras fiarte del agua del grifo.

No es que tuviera nada contra el alcohol, más bien al contrario, pero tenía unas normas muy estrictas, autoimpuestas, sobre la bebida al volante. A uno solo le hacía falta despegar del asfalto una vez un vehículo lleno de adolescentes con dos copas de más para comprender que los coches y el alcohol no eran una buena combinación.

Una camarera les había tomado nota y otra distinta había traído sus copas a la mesa. Se inclinó hacia ellos con la bandeja, un movimiento potencialmente precario para una mujer con tacones de diez centímetros, pero que concedió a Mellors una buena visión de su escote mientras ella dejaba su manhattan en la mesa baja. Sirvió la Perrier de Jackson de la misma manera, vertiendo el agua en el vaso lentamente como si fuera un acto de seducción.

—Gracias —repuso él y, tratando de comportarse como un caballero (un proyecto de toda la vida), no se concentró en su escote, sino que la miró a los ojos. Se encontró con una sonrisa feroz que le resultaba sorprendentemente familiar.

—Hola, Jackson Brodie, volvemos a encontrarnos —dijo ella como quien hace una prueba para un papel de mala de Bond.

Para cuando Jackson hubo recuperado el habla, ella ya se alejaba sobre aquellos tacones de vértigo (no los llamaban «de aguja» porque sí) y desaparecía entre las sombras.

—Guau —comentó Stephen Mellors con tono de aprobación—. Eres un tío con suerte, Brodie. Menudos muslos tan bien torneados; apuesto a que hace un montón de sentadillas.

—Trapecio, en realidad —repuso Jackson.

Reparó en una lentejuela caída que lanzaba destellos en la mesa ante él como una tarjeta de visita.

Se dirigieron hacia la salida del parque, Nathan trotando como un perrito, *Dido* renqueando animosamente como si le hiciera falta una prótesis de cadera (y así era, por lo visto). En la puerta había un tablón de anuncios en el que varios carteles anunciaban los distintos placeres de la temporada de verano: el Día de Colecta para los Botes Salvavidas, Tom Jones en el teatro al aire libre, el grupo Showaddywaddy en el balneario. En el Palace había alguna clase de espectáculo *revival* de los años ochenta, del tipo revista de variedades, con Barclay Jack al frente del reparto. Jackson reconoció su careto. «El cómico más genial y desternillante del norte, ¡en persona! Control parental obligatorio.»

Jackson sabía algo turbio sobre Barclay Jack, pero no conseguía que ese dato brotara del lecho de su memoria, un lugar sombrío y alfombrado por los restos herrumbrados y los desechos de sus neuronas. Alguna clase de escándalo que tenía que ver con niños o drogas, un accidente en una piscina. Había tenido lugar una presunta redada en su casa, que quedó en nada, y luego la policía y los medios de comunicación tuvieron que echarse atrás deshaciéndose en disculpas, pero supuso prácticamente la ruina de su carrera. Y había algo más, pero Jackson había agotado ya sus poderes de recuperación de datos.

—Ese tío es un gilipollas —soltó Nathan.

—No utilices esa palabra —espetó Jackson. Se preguntó si habría un límite de edad para permitir que tu hijo soltara tacos con impunidad.

De camino al aparcamiento, pasaron ante un bungaló que lucía orgulloso su nombre en la puerta: «AQUIMISMO». A Nathan le llevó un instante decodificar aquello, y entonces soltó un bufido de risa.

—Menuda mierda —comentó.

—Pues sí —admitió Jackson. («Mierda» estaba permitido, pues le parecía una palabra demasiado útil para prohibirla por completo.)—. Pero… verás, quizá es un poco…, no sé…, zen —(¡Zen! ¿De verdad estaba diciendo eso?)—, lo de saber cuándo has llegado a algún sitio y comprender que te basta con eso. Dejar de luchar y limitarse a aceptar. —Un concepto con el que Jackson tenía que lidiar todos los días.

—Sigue siendo una mierda.

—Ya, bueno, sí.

En el aparcamiento había, según los consideraba siempre Jackson, unos «chicos malos»: eran tres, solo un par de años mayores que Nathan. Fumaban y bebían de unas latas que sin duda figurarían en la lista tabú de Julia. Y andaban merodeando demasiado cerca de su coche, para su gusto. Aunque mentalmente conducía algo más viril, su vehículo de entonces era, por propia elección, un Toyota de gama media y tremendamente aburrido que cuadraba con su condición de padre y canguro de perro labrador.

—¿Chicos? —dijo, de repente convertido nuevamente en policía.

Se rieron por lo bajo al captar la autoridad en su voz. Jackson notó que Nathan se encogía a su lado y se le acercaba más; pese a sus bravuconadas, seguía siendo un niño. Esa muestra de vulnerabilidad le hizo sentir el corazón henchido. Si alguien le pusiera un dedo encima a su hijo o lo molestara en cualquier sentido, Jackson tendría que contener el impulso de arrancarle la cabeza y metérsela en algún lugar donde nunca brillara el sol. En Middlesbrough, quizá.

Por instinto, *Dido* les soltó un gruñido a los chicos.

—¿No me digas? —se burló Jackson—. ¿Tú y el lobo de quién?

Volviéndose hacia los jóvenes, añadió:

—Este es mi coche, así que largo de aquí, ¿vale, chicos?

Hacía falta algo más que un mocoso adolescente chuleta para infundirle miedo a Jackson. Uno de ellos aplastó la lata vacía con el pie y le propinó un golpe de trasero al coche, de modo que saltó la alarma y todos estallaron en risas como hienas. Jackson exhaló un suspiro. No podía darles una paliza, porque aún eran unos críos, técnicamente, y prefería limitar sus actos de violencia a la gente lo bastante mayor para luchar por su país.

Los chicos se alejaron lentamente, todavía de cara a él, arrastrando los pies y haciendo gala de un lenguaje corporal insultante. Uno de ellos le hacía un gesto obsceno con ambas manos, de forma que parecía estar haciendo malabares con un solo dedo y con un objeto invisible. Jackson desconectó la alarma y desbloqueó las puertas del coche. Nathan subió mientras él aupaba a *Dido* para meterla en el asiento trasero. Pesaba una tonelada.

Cuando salían del aparcamiento, adelantaron al trío de chavales, que aún rondaban por allí. Uno de ellos imitaba a un mono —uh, uh, uh— y trató de encaramarse al capó del Toyota al pasar, como si estuvieran en un safari *park*. Jackson pisó con fuerza el freno y el chico cayó del coche. Jackson arrancó sin mirar atrás para ver si había causado algún daño.

—Menudos gilipollas —le dijo a Nathan.

Albatros

Club de Golf Belvedere. En el *green* se hallaban Thomas Holroyd, Andrew Bragg, Vincent Ives. Un carnicero, un panadero, un fabricante de candelabros. En la actualidad: el propietario de una empresa de transportes, un agente de viajes y hotelero, y un gerente de zona de una empresa de equipamiento para telecomunicaciones.

Le tocaba a Vince dar el golpe inicial. Adoptó la postura correspondiente y trató de concentrarse. Oyó cómo Andy Bragg exhalaba un suspiro de impaciencia a sus espaldas.

—Quizá deberías limitarte al minigolf, Vince —le soltó.

Había distintas categorías de amigos, en opinión de Vince: amigos del golf, amigos del trabajo, viejos amigos del colegio, amigos del barco (unos años atrás, había hecho un crucero por el Mediterráneo con Wendy, la que estaba a punto de convertirse en su exmujer), pero los amigos de verdad eran más difíciles de encontrar. Andy y Tommy figuraban en el apartado de amigos del golf, aunque no entre sí, pues ellos eran amigos de verdad. Se conocían desde hacía años y tenían una relación tan estrecha que Vince, cuando estaba con ellos, siempre sentía que quedaba fuera de algo. Aunque tampoco es que supiera con exactitud de qué lo estaban excluyendo. A veces se preguntaba si no era tanto que Tommy y Andy compartieran un secreto como que quisieran hacerle creer a él que lo compartían. Los hombres en realidad nunca dejaban atrás las risitas del patio de colegio, solo crecían de tamaño. Esa era la opinión de su mujer, en todo caso. De la que no tardaría en ser su exmujer.

—La bola no va a moverse por telepatía, Vince —dijo Tommy Holroyd—. Tienes que darle con el palo, ¿sabes?

Tommy era un hombre corpulento y sanote de cuarenta y tantos años. Tenía una nariz rota de matón que no disminuía su atractivo, sino que, de hecho, en lo que concernía a las mujeres, parecía incrementarlo. Había empezado a correr para ponerse en forma, pero seguía siendo de los que uno querría sin duda tener en su rincón del *ring* y no en el del otro púgil. Había tenido una «juventud disipada», le contó a Vince entre risas: dejó pronto la escuela y se puso a trabajar de portero en varios de los más sórdidos clubes del norte y a frecuentar «malas compañías». Una vez, sin querer, Vince lo había oído hablar de «trabajos de protección», una expresión imprecisa que parecía cubrir multitud de pecados o de virtudes.

—No te preocupes, esos tiempos quedaron atrás —dijo Tommy con una sonrisa al percatarse de que Vince había oído de qué hablaba.

Vince había levantado dócilmente las manos, como quien se rinde.

—Tranquilo, Tommy.

Tommy Holroyd se enorgullecía de haber llegado donde estaba gracias a «su propio esfuerzo». Aunque ¿no había hecho eso todo el mundo, por definición? Vince empezaba a pensar que él no se había esforzado lo suficiente.

Además de gorila, Tommy había sido boxeador aficionado. Combatir parecía venirle de familia: su padre había sido luchador profesional, un conocido «rudo», y en cierta ocasión había vencido a Jimmy Savile en el cuadrilátero del Spa

Royal Hall, en Brid, algo de lo que el hijo alardeaba por cuenta de su padre.

—Mi viejo dejó hecho papilla a ese pedófilo —le contó a Vince—. De haber sabido cómo era en realidad, supongo que lo habría matado.

Vince, para quien el mundo de la lucha libre era tan arcano y exótico como la corte de un emperador chino, tuvo que buscar en Google el término *rudo*: era un villano, un antagonista, alguien que hacía trampas o daba muestras de desprecio.

—Era un papel —explicó Tommy—, pero mi viejo no tenía que actuar mucho, porque era un cabronazo.

Vince sintió lástima por Tommy. Su propio padre había sido tan inofensivo como media pinta de cerveza Tetley suave, su bebida favorita.

La historia de Tommy prosiguió su rápido ascenso, de boxeador a empresario, y cuando hubo conseguido el dinero suficiente del *ring* se sacó el permiso para conducir vehículos pesados y compró su primer camión, y ese fue el comienzo de su flota: Transportes Holroyd. Quizá no fuera la mayor flotilla de vehículos articulados del norte, pero desde luego parecía estar teniendo un éxito asombroso, a juzgar por el estilo de vida de Tommy. Era ostentosamente rico, con su piscina y una segunda esposa, Crystal, que, según los rumores, había sido antaño modelo de fotografía erótica.

Tommy no era la clase de tipo que pasaría de largo en la calle si tuvieras algún problema, aunque Vince se preguntaba si habría algún precio que pagar después. Pero Tommy le caía bien, era de trato fácil y tenía lo que él consideraba «presencia»: una especie de arrogancia norteña que Vince a menudo codiciaba, pues captaba una carencia singular de ella en su propio modo de ser. Y Crystal era sensacional. «Una *barbie*», fue el veredicto de Wendy. Vince pensaba que el concepto de Wendy de algo sensacional sería soltarle a él una descarga con una pistola paralizante, pues su indiferencia benigna de antaño se había convertido en aversión. ¿Y qué había hecho él para provocar semejante sentimiento? ¡Nada!

No mucho antes de que a Vince le presentaran a Tommy, Louise, la primera esposa de este último, había muerto en un terrible accidente: se había despeñado por un acantilado tratando de rescatar a la mascota de la familia. Vince recordaba haberlo leído en Gazette («La esposa de un destacado hombre de negocios de la costa este sufre una tragedia», etcétera), recordaba haberle dicho a Wendy:

—Deberías tener cuidado si subes con *Sparky* al acantilado. —*Sparky* era el perro de ambos, un cachorro en aquella época.

—¿Quién te preocupa más, el perro o yo? —repuso ella.

—Bueno... —había dicho él, y ahora veía que no fue la respuesta adecuada.

El Viudo Alegre, había llamado Andy a Tommy, y en efecto había parecido sorprendentemente impasible ante la tragedia.

—Es que Lou era una carga, en cierto sentido —explicó Andy haciendo girar un índice contra la sien como si quisiera taladrarse un agujero en el cerebro—. Estaba como una regadera.

Andy no era un tío sentimental, más bien todo lo contrario. En aquella época aún había habido un ramo de flores secas sujeto a un banco cerca de donde Louise Holroyd se despeñó. No había parecido un recordatorio a la altura de las circunstancias.

—La tierra llamando a Vince —bromeó Tommy—. Va a aterrizarte encima una gaviota, como no te muevas de una vez de ese punto de salida.

—¿Cuál es tu hándicap en el minigolf temático, Vince? —se burló Andy claramente poco dispuesto a dejar correr la bromita—. Hay ese molino tan peliagudo, y esas velas tan cabronas por las que cuesta tanto pasar. Y, cómo no, tienes que ser un verdadero profesional para enfrentarte al cohete; ese es mortal, te hace fallar cada vez.

Andy no era tan fanfarrón como Tommy.

—Ya, nuestro Andrew es un tío callado —dijo Tommy con una risita, y rodeó los hombros de Andy para darle un abrazo (muy) viril—. Y es con los callados con quienes tienes que andarte con ojo, Vince.

—Vete a la mierda —soltó Andy de buen talante.

«Yo soy callado —pensó Vince—, y a nadie le hace falta andarse con ojo conmigo.» Andy era un tipo menudo y enjuto. Si fueran animales, Tommy sería un oso, y no uno blandito y de peluche como esos que cubrían la cama entera de Ashley, la hija de Vince. Los osos seguían allí, esperando pacientemente a que su hija ausente regresara de su año sabático. Tommy sería uno de esos con los que había que andarse con cuidado: un oso polar o uno pardo. Andy sería un zorro. De hecho, Tommy usaba a veces para llamar a Andy un apodo que reflejaba su talante «zorruno»: Foxy. ¿Y qué sería él mismo?, pensó Vince. Pues un ciervo, uno paralizado ante los faros del coche que estaba a punto de arrollarlo; con Wendy al volante, probablemente.

¿Habría llegado de hecho alguno de ellos a jugar en uno de esos minigolf temáticos? Él sí se había pasado muchas horas placenteras (casi siempre) en alguno, con una Ashley jovencita, animándola estoicamente cuando fallaba repetidas veces el primer golpe o insistía con terquedad en intentar un *putt*, una y otra vez, mientras se formaba una cola tras ellos, y ella soltaba un lastimero «Ay, papá…» cuando él hacía señas a la gente que esperaba de que siguieran jugando y los adelantaran. Ashley había sido una cría tozuda. (No era que se lo reprochara, ¡la quería mucho!)

Vince exhaló un suspiro. Que Tommy y Andy se rieran si querían. Antes, todas esas bromitas de tíos, esas fanfarronadas, le parecían divertidas (más o menos). Eran gallitos del norte, todos ellos. Lo llevaban en el ADN o en la testosterona, o donde fuera, pero Vince estaba demasiado deprimido últimamente para participar en sus burlas bienintencionadas (casi siempre) y sus alardes de superioridad.

Si en la gráfica de la vida Tommy se emplazaba aún en una curva ascendente, Vince ya iba decididamente cuesta abajo. Se acercaba inexorablemente a los cincuenta y llevaba los tres últimos meses viviendo en un piso de una sola habitación sobre una tienda de pescado frito con patatas, desde que una mañana, cuando él desayunaba su muesli (había pasado por una breve fase de vida sana), Wendy se había vuelto para decirle: «Ya es suficiente, ¿no te parece, Vince?», dejándolo boquiabierto de asombro ante el cuenco de cereales con frutos rojos de Tesco.

Ashley acababa de emprender su viaje de año sabático, de mochilera por el sureste asiático junto con su novio surfista. Por lo que a Vince concernía, «año sabático» significaba una tregua entre pagarle la cara escuela privada y financiarle la cara universidad, una remisión que, aun así, seguía costándole billetes de avión y una asignación mensual. De joven, a él le habían inculcado las encomiables virtudes protestantes de la autodisciplina y la autosuperación, mientras que Ashley (por no mencionar a su novio surfero) creía simplemente en la parte del «auto». (No era que se lo reprochara, ¡la quería mucho!)

En cuanto Ashley hubo ahuecado el ala, en un vuelo de Emirates a Hanói, Wendy informó a Vince de que su matrimonio había exhalado su último suspiro. El cadáver ni siquiera estaba frío cuando ella ya andaba concertando citas por internet con la velocidad de un conejo forrado de anfetas, y dejando que él cenara pescado frito con patatas casi todas las noches y se preguntara dónde había empezado a estropearse todo. (En Tenerife, tres años atrás, por lo visto.)

—Te he conseguido unas cuantas cajas de cartón de Costcutter para que metas tus cosas —declaró Wendy mientras él la miraba desconcertado—. No olvides sacar tu ropa sucia del cesto del lavadero. No pienso hacerte más la colada, Vince. He sido una esclava veintiún años. Ya basta.

Esa, pues, era la recompensa del sacrificio. Trabajabas de sol a sol, conduciendo cientos de kilómetros por semana el coche de la empresa, sin apenas tiempo para ti mismo, para que tu hija pudiera hacerse incontables selfis en Angkor Wat o donde fuera y tu esposa pudiera informarte de que durante el último año se había visto a escondidas con el dueño de un café de la zona que era además miembro del equipo de salvamento marítimo, lo cual parecía bendecir la aventura a ojos de ella. («Craig arriesga su vida cada vez que sale en una ronda. ¿Haces tú eso, Vince?» Sí, a su manera.) Todo eso te iba desmochando el alma, chas, chas, chas.

A Wendy le gustaba podar y desramar, cortar y desbrozar. En verano, sacaba casi cada noche el cortacésped al jardín: a lo largo de los años, había pasado más tiempo con aquel trasto que con Vince. Y en lugar de manos bien podía haber tenido tijeras de podar. Una de las curiosas aficiones de Wendy era velar por el crecimiento de un bonsái (o más bien impedir su crecimiento, suponía Vince), un pasatiempo cruel que a él le recordaba a aquellas mujeres chinas que se vendaban los pies. Eso le hacía Wendy a él en ese momento: le podaba el alma, lo reducía a una versión enana de sí mismo.

Se había abierto un esforzado camino en la vida por su esposa y su hija, con más heroicismo del que ellas imaginaban, y ese era el agradecimiento que recibía. No podía ser una coincidencia que esforzado rimase con pringado. Había supuesto que habría un objetivo al que llegar al final de toda aquella ardua senda, pero resultó que no había nada..., solo más esfuerzo.

—¿Otra vez usted? —preguntó la mujer jovial y dicharachera tras el mostrador, como hacía cada vez que Vince entraba.

Probablemente podría haber sacado la mano por la ventana trasera hasta la tienda y haber cogido él mismo el pescado de la freidora.

—Sí, otra vez yo —contestaba Vince sin falta y con tono alegre, como si también para él fuera una sorpresa.

Era como en aquella película de *Atrapado en el tiempo*, solo que él no aprendía nada (porque, afrontémoslo, no había nada que aprender) y nunca cambiaba nada.

¿Se había quejado acaso? No. De hecho, ese había sido el estribillo de su vida adulta: «No puedo quejarme». Un estoico británico hasta la médula. No había que andar gruñendo, como alguien en una comedia televisiva antigua. Ahora lo estaba compensando, aunque solo fuera para sí, porque todavía se sentía obligado a poner buena cara para el mundo, pues no hacerlo le parecía de mala educación. «Si no puedes decir algo agradable —le había inculcado su madre—, entonces no digas nada.»

—Uno de cada, por favor —le dijo a la mujer de la tienda de pescado frito. ¿Había algo más patético que un hombre de mediana edad al borde del divorcio pidiendo una sola ración de pescado para cenar?

—¿Quiere que le ponga migajas? —preguntó la mujer.

—Si tiene, sí, por favor. Gracias —respondió, torciendo el gesto para sus adentros. Mientras ella recogía con una espátula restos crujientes de rebozado, se dijo que no se le había pasado por alto la ironía de aquella pregunta. En eso consistía su vida ahora: en migajas.

—¿Más? —inquirió la mujer con la espátula todavía en el aire, dispuesta a mostrarse generosa.

La magnanimidad de los extraños. Debería averiguar su nombre, se dijo Vince. La veía más que a cualquier otra persona.

—No, gracias. Así está bien.

«Aquimismo», le habían puesto por nombre a su casa, una ocurrencia divertida que ahora parecía estúpida, pero antaño habían sido una familia de las divertidas. Una unidad que funcionaba al máximo: barbacoas en el jardín trasero, amigos que acudían a tomar copas, escapadas al parque de atracciones de Alton Towers, vacaciones en centros turísticos de cuatro estrellas en el extranjero, un par de cruceros. Había hecho realidad su sueño, comparado con un montón de gente. El sueño de un hombre de mediana edad, común y corriente, de clase media.

Cada fin de semana habían llenado el maletero en Tesco y nunca escatimaban en clases para Ashley, de baile, de equitación o de tenis, ni en fiestas de cumpleaños. (Ni en expediciones escolares a esquiar, ¡hacía falta una segunda hipoteca para eso!) Y Vince andaba todo el tiempo llevándola a jugar o a dormir a las casas de otros niños. Ashley no había salido barata. (No era que se lo reprochara, ¡la quería mucho!)

Y las clases de conducir… Cuántas horas, cuántos días, incluso, de su vida que nunca recuperaría enseñando a conducir tanto a su mujer como a su hija. Sentado en el asiento del acompañante de su propio coche con una de ellas al volante, cuando ninguna de las dos distinguía entre derecha e izquierda, ni siquiera entre si iban hacia delante o hacia atrás. Y de repente Ashley iba montada en la parte trasera de un tuktuk y Wendy tenía un Honda con una pegatina del Partido de la Independencia del Reino Unido en el cristal de atrás con el que andaba zumbando por ahí, en busca del nuevo míster Perfecto ahora que Vince era de pronto míster Imperfecto. Por lo visto, Wendy había arrojado por la borda a Craig, el de salvamento marítimo, porque prefería ahora el bufet libre de Tinder. Al parecer, Vince podría haber tenido una serie entera de libritos de Don sobre él: don Aburrido, don Sobrepeso, don Agotado. Y, para añadir el insulto al daño, Wendy había vuelto a utilizar su apellido de soltera, como si a él hubiera que borrarlo por entero de su existencia.

«Aquimismo», pensó Vince, soltando un bufido. Pues no, ya no podía quedarse ahí mismo, donde incluso *Sparky* lo trataba como a un extraño. *Sparky* era un cruce indeterminado de perro de caza que había elegido a Wendy como su macho alfa aunque Vince le tuviera un cariño desmesurado y fuera habitualmente él quien lo sacaba de paseo, recogía sus cacas y le ponía su carísima comida; una comida que, en retrospectiva, parecía de mayor calidad que las latas de estofado de marca blanca que compraba ahora para sí cuando no consumía pescado frito con patatas. Probablemente debería comprarse comida de perro en lugar de esas latas; no podía ser mucho peor. Echaba más de menos al perro que a Wendy. De hecho, le sorprendía darse cuenta de que a ella no la añoraba en absoluto; solo echaba de menos las comodidades domésticas que Wendy le había arrebatado. Un hombre despojado de sus comodidades domésticas no era más que un triste y solitario desgraciado.

Vince aún pertenecía al Real Cuerpo de Señales cuando había conocido a Wendy en la boda de un compañero del Ejército en el sur. Había lucido un bronceado de los Balcanes y los galones de su flamante ascenso a sargento, y Wendy había soltado una risita y comentado: «Ay, cómo me gustan los hombres de uniforme», y dos años más tarde se hallaban en su propia boda y él llevaba una vida de civil: trabajaba para una empresa de telecomunicaciones, al principio como ingeniero, llevando el Departamento de Informática, y más adelante había pasado a la sección «trajeada» del negocio, como directivo; eso había sido diez años atrás. Y ahora, pensando en Craig, el de salvamento marítimo, se preguntaba si lo que a su mujer le había gustado todo el tiempo de él habría sido el uniforme y no el hombre que iba dentro.

—Mi madre me aconsejó no casarme contigo —había soltado Wendy entre risas cuando, agotados y borrachos, se habían despojado de las galas nupciales en la habitación del hotel donde celebraron el banquete, un sitio bastante deslucido a las afueras de Croyden, población natal de la novia. Como preludio seductor de su primera noche de casados, esas palabras no habían presagiado nada bueno. La madre de Wendy, una viuda mezquina y perezosa, se había permitido una cantidad desproporcionada de quejas y rechinar de dientes con respecto al marido elegido por su hija. Sentada en el primer banco con un sombrero espantoso, por su aspecto de profunda aflicción bien podría haber estado en un funeral. En los años posteriores, había puesto mucho empeño en hacerse con el premio a la «suegra más criticona del mundo».

—Sí, esa es una competición muy reñida —comentaría Tommy, aunque él se las había apañado con dos matrimonios sin ninguna suegra a la vista.

Para Vince supuso un gran alivio que la suya hubiera muerto un par de años atrás de un cáncer prolongado que la había convertido en una mártir a los ojos de su hija.

—Ojalá hubiera escuchado a mi pobre madre —soltó Wendy mientras hacía una lista de los objetos que Vince tendría permitido llevarse. Y eso que ella sacaba tanto dinero del acuerdo de divorcio que a él apenas le quedaba lo suficiente para pagar la cuota de socio del club de golf.

—No he podido hacer más, Vince —le dijo Steve Mellors negando con la cabeza con gesto tristón—. El derecho matrimonial es un campo minado.

Steve se ocupaba de los trámites de su divorcio gratis, un favor por el que Vince le estaba muy agradecido. Era abogado de empresa en Leeds y no solía «andar metido en divorcios». «Yo tampoco —pensaba Vince—. Yo tampoco.»

Vince tenía un pasado compartido con Steve Mellors: habían asistido a la misma escuela, en Dewsbury, sede de la ruda industria de la lana regenerada. No dejaba de ser apropiado, pensaba Vince, visto cómo marchaba su vida y lo necesitada de regeneración que estaba. Al acabar la escuela, habían emprendido caminos muy distintos. El de Steve lo había llevado a Leeds a estudiar Derecho, mientras que Vince fue derecho al Ejército, a instancias de su padre, «para tener un oficio decente». Su padre tenía un negocio de fontanería, o más bien el negocio era él, pues nunca había tenido ni un aprendiz. Era un hombre agradable, un hombre paciente, que nunca les levantaba la voz a Vince y su madre, que hacía la quiniela todos los viernes y los sábados volvía a casa con una caja de pastelillos de la panadería junto a su tienda: bizcochitos de limón y alfajores. Nunca refunfuñaba; lo llevaba en los genes.

El padre de Vince no lo había animado a seguir sus pasos en la fontanería.

—Te pasarás media vida metido hasta los codos en la mierda de otra gente, hijo mío.

Y Vince había aprendido un oficio, en efecto; el Cuerpo de Señales funcionaba bien para eso. Rara vez se había visto desplegado en el meollo de un conflicto. En el Úlster, en el Golfo, en Bosnia, había estado tras la línea de batalla, en una unidad de apoyo en la que manipulaba equipo técnico o trataba de reanimar *software* moribundo. Fue solo en su último destino, en Kosovo, donde tuvo que unirse a las tropas de primera línea y quedar bajo fuego enemigo. Había probado el conflicto y descubierto que no le gustaba. Tampoco le habían gustado las consecuencias de la guerra: las mujeres, los niños e incluso los perros que se consideraban «daños colaterales». Después de Kosovo, decidió abandonar el Ejército; a diferencia de muchos otros, nunca había lamentado esa decisión.

Steve Mellors siempre había sido el más listo, el más popular de los dos. A Vince le había bastado con ser su compañero y dejar que se le pegara algo de su aura de confianza en sí mismo. Ser Watson donde Steve era Holmes; ser el *sherpa* Tenzing donde Steve era Hillary. Según el léxico de animales de Vince, en aquella época Steve habría sido un león joven.

Solían volver juntos del colegio en bicicleta por el camino de sirga del canal, haciendo el payaso, hasta que, un día, Steve metió la rueda en un bache, salió volando sobre el manillar, se dio un golpe en la cabeza contra el suelo de barro seco y cayó al agua. Y se hundió. «Así, tal cual», diría Vince después al relatar el incidente con su mejor imitación de Tommy Cooper. Solía ser el bufón de la clase, algo que ahora le costaba creer.

Vince esperó a que Steve saliera de nuevo a la superficie y se acercara hasta la orilla, pues era buen nadador, pero no vio nada aparte de unas burbujas en el agua, como si ahí abajo hubiera un pez y no una persona.

Vince se zambulló en el canal y sacó a su amigo. Lo dejó en la ribera y, al cabo de unos segundos, el chico sacó medio canal por la boca y se incorporó hasta quedar sentado y soltó: «Joder». Tenía un chichón del tamaño de un huevo en la frente, del golpe que lo había dejado inconsciente, pero aparte de eso estaba bien, por lo visto.

En aquel momento, a Vince no le había parecido un acto especialmente heroico; había hecho unas clases de salvamento en la piscina del barrio, así que difícilmente iba a quedarse ahí plantado viendo cómo se ahogaba su amigo. Aquello creó un vínculo entre ellos (salvarle la vida a alguien tenía ese resultado, suponía), porque habían seguido en contacto, aunque fuera esporádico: básicamente, con ocasionales felicitaciones de Navidad. A su manera, ambos tenían el rasgo de la lealtad, que no siempre era buena cosa, por lo que Vince veía. Él le había sido fiel a Wendy, le había sido fiel a *Sparky*. ¿Y ellos? ¿Le habían correspondido con la misma lealtad? Pues no. Además, tristemente, no dudaba en absoluto que Ashley se pondría de parte de su madre en el divorcio. Eran uña y carne.

Había vuelto a ver en persona a Steve en una reunión de antiguos alumnos del colegio un par de años atrás, un acto horroroso que vino a confirmar la teoría de Wendy de que los hombres no crecían, sino que solo aumentaban de tamaño, se volvían más calvos y gordos. No era el caso de Steve, que parecía un pura sangre que se acicalara todas las mañanas; no había nada en él que hiciera falta regenerar. «¿Tienes tu propio retrato en el desván o qué, Steve?», preguntó alguien en la reunión del colegio. Él se echó a reír y quitó importancia al comentario («tenis y el amor de una buena mujer»), pero Vince reparó en que se vanagloriaba un poco con aquel piropo. Las chicas y el dinero: esas habían sido siempre las dianas gemelas a las que había apuntado Steve, supuso Vince, y al parecer había dado en el blanco en las dos.

Últimamente se había metamorfoseado en «Stephen», aunque a Vince le costaba lo suyo llamarlo así. Era Steve quien le había presentado a «mis buenos amigos» Tommy y Andy. Formaban un extraño trío: el león, el oso y el zorro, como si hubieran salido de las fábulas de Esopo. Según las categorías de amistades de Vince, Tommy, Andy y Steve serían entre sí amigos de verdad. Sin embargo, como Vince no tardó en comprender, había cierta jerarquía entre ellos: Steve miraba un poco por encima del hombro a Tommy porque tenía una mejor educación; Tommy miraba por encima del hombro a Andy porque el primero tenía una mujer despampanante, y Andy lo miraba por encima del hombro a él porque…, bueno, porque era Vince. Y Vince no tenía a nadie a quien mirar por encima del hombro, excepto a sí mismo.

—Andy y Tommy viven por tus barrios —le dijo Steve—. Deberías intimar con ellos; podrían serte útiles.

(«¿Para qué?», se había preguntado Vince.) Y había sido también Steve quien lo había propuesto para el Club de Golf Belvedere.

Según la compleja jerarquía de amistades de Vince, Steve era un amigo del colegio, no un amigo de los de verdad del todo: había transcurrido demasiado tiempo, habían quedado demasiadas experiencias por compartir.

—Un viejo compinche de la escuela —había dicho Steve dándole una palmada (bastante fuerte) en la espalda cuando le había presentado a Tommy y Andy.

A Vince eso lo hizo sentirse joven durante unos instantes y luego viejo.

—Este tío me salvó la vida —añadió Steve dirigiéndose a Tommy y Andy—, literalmente, quiero decir. Podría decirse que se lo debo todo.

—Eso fue hace mucho —repuso Vince mirándose con modestia los pies.

No creía haber utilizado nunca la palabra «compinche» cuando estaban en Dewsbury. Dudaba que nadie en todo el oeste de Yorkshire lo hubiera hecho nunca. Era un término que encajaba mejor en los campos de juego de Eton que en la deslucida capital del norte.

Steve vivía en una antigua casa de labranza a las afueras de Malton, con una esposa atractiva y sofisticada que se llamaba Sophie, un fornido hijo adolescente jugador de *rugby* llamado Jamie y una hija un poco hosca y obsesionada por los ponis que respondía al nombre de Ida.

—La princesa Ida —comentó Sophie entre risas, como si fuera alguna clase de broma familiar, y al ver la cara inexpresiva de Wendy, explicó—: Es una ópera de Gilbert y Sullivan.

(«Menuda arpía pedante», comentó Wendy más tarde, en el parte de la velada.)

Los habían invitado a cenar, a Wendy y a él, pero había supuesto un episodio un poco incómodo, los cuatro allí solos, que resultó en que Wendy se pusiera grosera porque a Vince no le había ido tan bien en la vida como a su antiguo «compinche».

—En mi opinión, son unos fanfarrones —soltó, y siguió un inventario—: Cubertería de plata, copas de cristal, mantel de damasco. Creía que iba a ser una simple cena en la mesa de la cocina.

(¿Y qué era eso?, se preguntó Vince. ¿Algo que había leído en un suplemento del fin de semana?) Él también se había llevado una pequeña sorpresa con el estilo de vida de Steve, pero difícilmente podía uno echarle en cara a un hombre que le fuera bien.

Habían olvidado llevar consigo un regalo y se presentaron allí con una botella de vino y un ramo de flores comprados por el camino en una estación de servicio, junto con una caja de After Eight elegida a toda prisa. («Qué bonito detalle», murmuró Sophie.)

Ellos habían tenido, desde pequeñita, antes de que Ashley naciera, una gata atigrada llamada *Sophie*. Había muerto hacía solo un par de años y Vince todavía echaba de menos su poco exigente compañía. Cada vez que Steve mencionaba a su mujer, él se acordaba de la gata, aunque el nombre era lo único que tenía en común con la sofisticada esposa de Steve, excepto por cierta tendencia a una combinación de colores abigarrada. Antes de casarse, Sophie había tenido un puesto importante como contable «en Deloitte», pero había renunciado a su empleo para cuidar de la familia.

—Al fin y al cabo, es un trabajo a tiempo completo, ¿verdad?

—Dímelo a mí —contestó Wendy.

Mirando atrás, Vince comprendía que su mujer había heredado la predisposición al martirio de su madre.

Él se había reprochado no haber llevado un vino mejor, pero finalmente vino a aliviarlo que Steve alabara el «Pommard, 2011» que estaba sirviendo, aunque al propio Vince le supiera igual que cualquier tinto que uno pudiera haber comprado en el supermercado.

—Y esa Sophie —dijo Wendy con desdén (ni hablar de solidaridad femenina, en su caso)— iba vestida de Dries Van Noten, mientras que yo no puedo aspirar a más que la marca de Marks & Spencer.

Aunque Vince no comprendía los detalles de esa frase, sí entendía sus implicaciones: no era que Wendy no pudiera aspirar a más, sino que él no había hecho más en su favor.

Les habían devuelto la invitación, con cierta desgana. Wendy había preparado alguna clase de plato elaborado con cordero y un postre más elaborado incluso. Aquimismo tenía un comedor diminuto que solo se utilizaba en ocasiones señaladas y celebraciones, y la mesa de Ercol solía estar cubierta por los papeles de Vince (¡ya no!), que hubo que despejar. Wendy había mostrado una preocupación nada característica en ella por poner flores, velas «finas» y servilletas de tela, todo lo cual Vince tuvo que ir a buscar de camino a una vinatería «como Dios manda».

Finalmente, el veredicto de Vince sería que había sido una velada agradable. Sophie había llegado con rosas «del jardín» y Steve aferrando una botella de «Dom», ya muy frío, y se las apañaron para evitar hablar de política y religión (aunque ¿quién hablaba sobre religión en estos tiempos?) y, cuando el *brexit* asomó momentáneamente la fea cabeza, Vince consiguió hundírsela de nuevo.

Vince intentaba concentrarse. «Sé la pelota.» Acometió el golpe, pero le dio a la hierba y levantó una chuleta.

—¡Espabila, Vince! —le gritó Andy Bragg cuando él y Tommy ya empujaban sus carritos por el *green*—. Ya está a la vista el dieciocho, el último paga.

Hacía una tarde muy bonita. Vince trataba de apreciarla pese a la nube de desaliento que se cernía sobre él. Desde donde estaban, en lo alto del acantilado, era visible la ciudad entera, con el castillo sobre su risco y la bahía del norte en toda su extensión. Y un precioso cielo azul hasta donde alcanzaba la vista.

—Esto le da a un hombre ganas de vivir —comentó Tommy Holroyd mientras alineaba el palo para golpear su propia bola. Era un buen golfista, con un hándicap de tres bajo par en aquel momento.

¡Plaf!

—Buen tiro —comentó Vince, mostrándose generoso.

Las niñas bonitas...

Crystal estaba fumando un pitillo a escondidas en la galería. Habían hecho una venta de pasteles con el grupo de actividades de la guardería de Candy; organizaban una cada mes. Así ayudaban a pagar las excursiones y el alquiler de la sala de actos de la parroquia. Todas preparaban algo excepto la propia Crystal, que dudaba mucho que las otras madres fueran a apreciar su «tarta vegana de calabacín y chocolate» o sus «magdalenas de chirivía sin gluten»; era una neófita de la «comida sana», que defendía con fervor. Para compensar sus supuestas deficiencias, compraba a toneladas las asquerosas ofrendas de las demás, que tiraba a la basura al volver a casa o bien dejaba que Candy alimentara a los patos con ellas. Le daban lástima los patos; deberían comer espigas de agua o lo que fuera que comían los patos.

Ese día se había llevado a casa unas galletas caseras de avena, una tarta Victoria y algo que, según la etiqueta, era un «sobado esponjoso en porciones». Crystal no conseguía ni imaginar qué podía ser eso. ¿Era «sobado» siquiera una palabra? Tendría que preguntárselo a su hijastro, Harry. Fuera lo que fuese, tenía una pinta muy chunga. Desde el nacimiento de Candy, Crystal había hecho tremendos esfuerzos por no soltar tacos. En internet podía encontrarse una lista entera de estúpidos sustitutos: chungo, mentecato, majadero, chorrada, lechuzo… E incluso «ciruelo» o «calabaza». Sí, había entrado en la puta Mamasnet, la web de padres y madres. Perdón, en la majadera Mamasnet. Ahí estaba la prueba: contenerse costaba lo suyo. Resultaba que uno podía llevarse a una chica de Kingston, pero luego no había forma de sacar de ella lo que había mamado allí.

A Tommy no le parecía que soltar tacos y fumar fueran cosas propias «de una dama», aunque lo que Tommy sabía sobre las damas podía escribirse en un sello de correos. Si hubiera querido una dama, quizá podría haberse conseguido una en uno de esos bailes en que se tomaba el té o en una reunión del Instituto de la Mujer, o donde fuera que uno podía encontrarlas, y no en un salón de manicura en los barrios bajos de una ciudad costera.

Antes de convertirse en la señora de Thomas Holroyd, Crystal había ido ascendiendo pasito a pasito, con uñas y dientes, hasta llegar a las vertiginosas alturas de la técnica de la manicura y la pedicura. Había dirigido ¡Enseña las uñas! para un propietario al que nunca veía. Un tipo hosco y grandote llamado Jason aparecía cada semana y, a diferencia de lo que ocurriría en un negocio corriente, depositaba dinero en efectivo en lugar de recogerlo. Y no era lo que se decía un conversador. Crystal no era tonta: sabía que aquello era una tapadera. ¿Había acaso algún salón de manicura o de bronceado en el mundo entero que no lo fuera? Pero había mantenido la boca cerrada y regentaba su bonito local, aunque cabía preguntarse cómo era que Hacienda no cuestionaba el hecho de que moviera tantísimo dinero. Y hacía aquello ella sola, sin ninguna cría vietnamita víctima de la trata y esclava de la lima y el esmalte de uñas, como las que se veían en otros sitios. «No vale la pena tenerlas, causan más problemas que otra cosa», decía Jason como si supiera de esas cuestiones.

Para trabajar, Crystal había llevado un impecable uniforme blanco —a base de túnica y pantalones, no la clase de atuendo de enfermera sexi que una se pondría para una despedida de soltera— y lo había tenido todo asépticamente limpio. Se le daba bien lo que hacía —esmaltes acrílicos o en gel, lacas, diseños creativos— y le enorgullecía la atención que prestaba a su trabajo, pese a que no había mucha actividad. Era lo primero que hacía en su vida que no entrañaba vender su cuerpo de un modo u otro. El matrimonio con Tommy fue también una transacción financiera, pero, tal como lo veía ella, una podía dedicarse a bailar en privado para un cliente gordo y sudoroso de un supuesto «club de caballeros» o bien a saludar a Tommy Holroyd con un beso en la mejilla y colgarle la chaqueta antes de servirle la cena. Por lo que a Crystal concernía, todo formaba parte del mismo espectro, pero sabía qué extremo del mismo prefería. Y, por citar a Tina Turner, ¿qué tenía que ver con ello el amor? Pues un puto comino.

Casarse por dinero no suponía ninguna vergüenza: el dinero significaba seguridad. Las mujeres llevaban haciéndolo desde la noche de los tiempos. Una lo veía en todos los documentales sobre el mundo natural: constrúyeme el mejor nido, ejecuta la danza más admirable para mí, tráeme conchas y cosas brillantes. Y Tommy estaba más que encantado con aquel acuerdo: ella cocinaba para él, tenía sexo con él, le cuidaba la casa. Y, a cambio, ella despertaba cada mañana sintiéndose un pasito más lejos de su antiguo yo. En opinión de Crystal, la historia era algo que más valía dejar atrás, donde le tocaba estar.

Y tenía toda clase de conchas y cosas brillantes en la forma de un enorme guardarropa, una pulsera de brillantes con colgante a juego, un reloj de oro de Cartier (que le había regalado Tommy en su primer aniversario con la inscripción:

«De Tommy con amor»), un Range Rover Evoque blanco de alta gama, una tarjeta American Express negra y una hija, Candace (Candy), a la que adoraba. No era ese el orden en el que Crystal clasificaba sus bienes. La niña venía primero, siempre, y para siempre. Estaba dispuesta a matar a cualquiera que tocara un solo pelo de la cabeza de Candy.

Había conocido a Tommy una tarde desapacible y lluviosa, cuando él había entrado en el salón de uñas con un atractivo aspecto despeinado a causa del ventarrón fuerza ocho que soplaba fuera.

—¿Puedes hacerme una manicura rápida, tesoro? —preguntó.

Según dijo, iba camino de una reunión y no podía presentarse allí con las manos «llenas de aceite y mugre». Por lo visto, en el camino de regreso de Castleford, había tenido que cambiar «un neumático cabrón» en un área de descanso.

Tommy se mostró sorprendentemente hablador, al igual que la propia Crystal, si bien el tono de ella era más profesional («¿De modo que se va de vacaciones este verano?»), y una cosa llevó a la otra; como suele pasar. Y ahora estaba apagando una reveladora colilla en una planta costilla de Adán, una cosa feísima que se negaba a dejar de crecer, y preguntándose si la lavadora con las camisas de Tommy habría acabado ya el ciclo de centrifugado.

La primera esposa de Tommy, Louise, había sido fumadora, y él decía que el olor a tabaco le recordaba a ella. No especificó si eso era buena o mala cosa, pero en todo caso lo mejor sería, probablemente, no evocar el fantasma de la primera señora de Tommy Holroyd en su presencia mediante un paquete de Marlboro Light. «Lou era un pelín inestable», decía Tommy, lo cual, considerando lo que le había pasado, podría haber sido divertido si no fuera horrible. Fue un accidente (o eso esperaba Crystal), pero en esta vida no se sabía nunca cuándo podía resbalar una, perder el equilibrio y encontrarse precipitándose al vacío. Últimamente, Crystal iba pisando huevos.

Crystal había parado de cumplir años en torno a los treinta y nueve, y permanecer anclada ahí llevaba su buena dosis de trabajo. Era un ensamblaje, hecha a base de materiales artificiales: uñas acrílicas, pechos de silicona, pestañas de polímeros; un bronceado falso que se renovaba continuamente y un postizo añadido al cabello rubio teñido completaban el tejido sintético del que estaba hecha. El postizo del pelo daba menos problemas que las extensiones, y total, a Tommy le daba igual una cosa que otra. El pelo era auténtico; Crystal no tenía ni idea de a quién había pertenecido. Le había preocupado que procediera de un cadáver, pero el peluquero le dijo: «No, qué va, viene de un templo en la India. Las mujeres se afeitan la cabeza para alguna clase de rito religioso, y los monjes lo venden». Crystal se preguntó si bendecían el pelo antes de empaquetarlo y enviarlo. Cabello bendito. Le gustaba la idea. Sería agradable que se le contagiara un poquito de santidad.

Nunca había sabido muy bien de dónde había salido aquello de «modelo erótica»; ella debía de haber mencionado algo al respecto cuando estaban en pleno noviazgo. «Solo de *topless*», añadía Tommy cuando se lo contaba a la gente, y le gustaba contarlo, aunque ella preferiría que no lo hiciera. Era cierto que había hecho algunas sesiones fotográficas, pero aquello había tenido bien poco de erótico en un sentido glamuroso, más bien al contrario. Y no habían sido solo los pechos lo que había enseñado.

«Una *barbie*», había oído a alguien decir de ella en su boda. No le importó, pues a Tommy le gustaba así, y la habían llamado cosas mucho peores en sus tiempos. Y, para ser franca, ser una *barbie* suponía una mejora con respecto a casi todas las cosas que le habían pasado antes. Aun así, cabía preguntarse cuándo empezarían a verse las grietas en el florero.

En el lado de los pros, Tommy quería a Candy y contaba con el plus de tener un carácter alegre, por no mencionar que tenía un aspecto agradable. Las mujeres lo encontraban atractivo, aunque Crystal, por su historia personal, era bastante insensible a los encantos de los hombres; pero se le daba de maravilla fingir, así que daba bastante igual. Y vivían en una casa fantástica, El Refugio en la Cumbre. Tommy la compró después de la boda y la hizo renovar de arriba abajo, con todos los obreros trabajando en negro, y le dejó la decoración interior a Crystal, de modo que para ella fue como jugar con la casa de muñecas que no había tenido de pequeña. Tenía una cocina enorme, una piscina interior y todos los dormitorios con baño propio. La piscina era solo para ella y los niños, puesto que Tommy nunca se bañaba, si bien incluso a la propia Crystal le parecía un poco ostentosa con sus motivos romanos: un mosaico dorado con la forma de un delfín en el centro del fondo y un par de estatuas clásicas falsas que Tommy se había conseguido en el vivero de la zona.

A Crystal le encantaba nadar, le encantaba que, al moverse a través del agua, se sintiera como si llevara a cabo una limpieza profunda. Se había bautizado en cierta ocasión, con inmersión completa, ante la insistencia de un pastor baptista al que había conocido. «Lava tus pecados», le dijo él, y ella pensó: «¿Y qué pasa con los tuyos?». ¡No! No le hacía ninguna falta volver a ese recuerdo, muchas gracias.

La piscina se había hecho en el sótano, así que la iluminación era artificial, pero en el resto de El Refugio en la Cumbre había grandes ventanales por todas partes y todo estaba pintado de blanco, de modo que era como vivir en el interior de una gran caja de luz. Limpia y blanca. Crystal creía en la limpieza: esa era su religión y no alguna clase de superchería sobre un dios. Y muchas gracias, pero no le hacía falta que ningún psiquiatra le dijera que con cada gota de Domestos y cada pasada de un trapo empapado en Dettol estaba desinfectando el pasado.

La casa estaba al final de un largo sendero de acceso, encaramada en lo alto de un acantilado; de ahí su nombre. Quedaba expuesta a los elementos en invierno, pero tenía una estupenda vista del mar. Una no haría nada que pusiera en peligro vivir en una casa así.

Esa mañana había esquivado la reunión subsiguiente del grupo de la guardería en un café Costa. A veces, asistir se parecía demasiado a un trabajo extenuante. Sabía que las madres del grupo la consideraban una curiosidad (esposa florero, modelo erótica, etcétera), como un flamenco en un gallinero. Todas estaban en Mamasnet, no hacía falta decir más. Solo soportaba aquel grupo de la guardería por el bien de Candy, por no mencionar las clases de *ballet*, gimnasia y natación para parvulitos: la agenda estaba tan llena que apenas le dejaba tiempo para sus propias clases de artes marciales. La única razón por la que había elegido wing chun, un par de años atrás, era que estaba en el centro comercial del barrio y tenían guardería. Sonaba a algo que una pediría en un restaurante chino, pero no iba de eso. La cosa iba de equilibrio y fuerza y de encontrar tu propio poder, tanto el interno como el externo. A Crystal esa idea le gustaba. Se le daba sorprendentemente bien encontrar su propio poder.

Para ella era importante que Candy tuviera amigos y se sintiera integrada y no fuera la rara cuando creciera, el flamenco entre las gallinas. Trataba de ofrecerle a su hija la infancia que a ella le habían arrebatado. Unas semanas atrás, Harry le había preguntado cómo era su vida de pequeña, y había contestado:

—Ah, bueno, ya sabes, Harry…, todo eran vueltas en los caballitos y helados.

Eso en sí mismo no era una mentira, por supuesto. Harry, de dieciséis años, era el hijo de Tom de su primer y desventurado matrimonio. Era un chico divertido, pequeño para su edad, pero también mayor para su edad. Era un poco bicho raro, pero Crystal le tenía cariño. No se parecía en nada a su padre; buena cosa, probablemente.

En lugar de al Costa, habían ido a los columpios. Candy podía pasarse horas en uno. Crystal lo entendía, pues sentía lo mismo haciendo largos en la piscina. De aquí para allá, una y otra vez, sin otra cosa que movimiento. La calmaba. Y conducir también: se pasaría el día entero conduciendo si pudiera; ni siquiera le importaban los atascos ni las obras de carretera. Tommy, con una paciencia sorprendente, la había enseñado antes de que se casaran. Y ella se había sentido como pez en el agua al volante. Se preguntaba cómo sería vivir en sitios como Texas o Arizona, donde lo único que tenías por delante era el horizonte desnudo, mientras los kilómetros pasaban alegremente bajo tus ruedas, borrando poco a poco cuanto había a tus espaldas.

Cuando volvían en el coche, le dijo a Candy:

—No te duermas ahí atrás, cariño, o luego no harás la siesta. —Aunque impedir que una niña pequeña se quedara roque en un coche calentito era bastante imposible. Alargó el brazo para pasarle a Candy su pequeño reproductor rosa de discos compactos con auriculares a juego y la película *Frozen*. Ese día la niña iba vestida de Elsa, como tocaba. Vio a través del retrovisor lateral que las seguía un coche, un BMW Serie 3 plateado; Crystal sabía de coches.

Estaba bastante segura de que era el mismo coche que había visto el día anterior cuando llevaba a Harry al Transylvania World. Y que la había seguido cuando salía del aparcamiento de Sainsbury's. Y otra vez, esa misma tarde, cuando se había escapado un momento a buscar la ropa a la tintorería. Demasiadas veces para que fuera una coincidencia, ¿no? ¿La seguía alguien? ¿La tenían vigilada? ¿O estaba paranoica? A lo mejor se estaba volviendo loca. Su madre había bebido hasta perder el juicio, dejándola a ella en las garras de un supuesto «hogar de acogida». Cuando te ocurría algo así a los diez años, después ya nada te sorprendía.

En el asiento trasero del Evoque, Candy estaba en su mundo: movía la cabeza al ritmo de la película y cantaba sin afinar lo que podría haber sido *Do you want to build a snowman?*, pero sin oír la música era prácticamente imposible estar segura.

Crystal trató de ver la matrícula del BMW a través del retrovisor, entornando los ojos porque no conseguía localizar las gafas de sol en la guantera. Eran de Chanel y tenían cristales graduados. Veía fatal, aunque rara vez se ponía las gafas corrientes porque tenía mala pinta con ellas (de bibliotecaria fulana), y según el oculista no podía llevar lentillas porque tenía los ojos «secos». Debía de ser por todo lo que había llorado de niña; había secado el pozo.

Distinguía una T, una X y un 6; era como someterse a un examen de la vista en el oculista, solo que mirando atrás y en movimiento. El coche tenía los cristales tintados y cierto aire siniestro. ¿La estaba acechando? ¿Por qué? ¿Había contratado Tommy a alguien para seguirla? ¿Un detective privado? Pero ¿por qué iba a hacer algo así? No le había dado motivos a Tommy para sospechar de ella, ni lo haría. Él nunca le preguntaba dónde había estado o qué había hecho, pero eso no significaba que no quisiera saberlo, suponía. De pronto surgieron en sus pensamientos Enrique VIII y Ana Bolena. Los únicos retazos de historia que Crystal conocía parecían contener mujeres a las que les cortaban la cabeza: María Estuardo, María Antonieta...

—No te olvides de lady Juana Grey —dijo Harry—. La llamaban la Reina de los Nueve Días.

El chico añadió, con tono de disculpa, que habían estudiado a los Tudor en el colegio. Intentaba no alardear de su cultura general ante la ignorancia general de su madrastra. A ella no le importaba: había aprendido un montón de cosas gracias a Harry. La madre del chico, Louise, también había «perdido la cabeza», según Tommy, «después de lo del bebé». Había tenido una niña que nació muerta, una hermanita para Harry; él no se acordaba. Tommy quería a Candace: era su «princesa». Harry decía que su nacimiento había asegurado la posición de Crystal como reina de El Refugio en la Cumbre.

—Como un personaje de *Juego de tronos* —añadió.

No era una de las series de televisión que veían juntos. Para Crystal, se parecía demasiado a la vida real.

Antes de que pudiera descifrar nada más, el BMW giró de repente a la izquierda y dejó de verlo.

No era Tommy, decidió. Lo de contratar a un detective privado no era su estilo. Se habría encarado con ella directamente. («¿Qué coño pasa, Crystal?») ¿Se trataba de algo más amenazador que Tommy? ¿De alguien más amenazador que él? De esos había muchos, pero todos pertenecían al pasado. ¿O no? Frenó en seco para evitar un gato que había aparecido con un despreocupado brinco en la carretera. Candy soltó un gritito a medio camino entre el placer y el miedo. Se quitó los auriculares y Crystal oyó el sonido enlatado de la música que salía de ellos.

—¿Mami? —preguntó la niña con una expresión preocupada en la cara.

—Lo siento —dijo Crystal con el corazón desbocado—. Perdona, cariñito.

Cuando llegaron a casa, Crystal le dio de comer a Candy (tostada de pan integral con mantequilla de almendra y un plátano) y luego la acostó para que hiciera la siesta.

Llamó a la puerta de la habitación de Harry para ver si quería algo. El chico siempre tenía la nariz en un libro o andaba dibujando pequeñas viñetas.

—Es muy artista —le había comentado a Tommy, y él contestó:

—Todavía los llaman así, ¿eh?

Uno no elegía a sus hijos, aceptaba los que le daban, decía ella. Tommy no tenía sentido del humor, pero Harry sí, y siempre andaba contando chistes tontos. («¿Qué obtienes cuando cruzas un pitufo y una vaca?» Crystal, muy solícita, contestó: «No lo sé... ¿Qué obtienes?». «¡Queso azul!») Por alguna razón, casi todos sus chistes eran sobre quesos.

No hubo respuesta cuando llamó a la puerta. Debía de haber salido. Harry siempre estaba ocupado: cuando no leía o dibujaba, estaba trabajando en aquel sitio de vampiros. Y en el teatro también, ese año. Tommy no le daba mucha paga porque creía que debía «aprender a valerse por sí mismo», pero Crystal le pasaba a hurtadillas un billete de veinte de vez en cuando. ¿Por qué no? Era buen chaval y el pobre había perdido a su madre; una no podía evitar tenerle un poco de lástima.

—Yo también perdí a mi madre —le contó a Harry, aunque no añadió que, por lo que ella sabía, su madre seguía viva. No la imaginaba como una persona, sino como un montón de harapos empapados de ginebra y manchados de orina en algún rincón olvidado. En cuanto a su padre..., bueno, tampoco era buena idea volver a eso; ni siquiera había un camino para hacerlo.

—¿Te llevabas bien con tu madre? —había querido saber Harry unos días atrás.

Siempre andaba haciendo preguntas, y ella tenía que inventarse las respuestas.

—Claro que sí. ¿Quién no?

No le gustaba la idea de que Harry trabajara para ese viejo verde de Barclay Jack en el teatro Palace, pero difícilmente podía explicarle sus objeciones al chico sin revelar cosas que más valía dejar en la oscuridad del pasado. Barclay era un viejo cabrón asqueroso, pero al menos no le iban los jovencitos; de haber sido así, no habría dejado que Harry se le acercara. De todos modos, no deberían permitir que ese tipo continuara siquiera sobre la faz de la tierra. Crystal se había encontrado con Barclay un par de veces; se la habían «presentado». No había pasado nada, no tenía interés en ella porque por lo visto era «demasiado mayor» para él. En aquel entonces Crystal habría tenido unos catorce años. Se estremeció al recordarlo. Fue en Bridlington, cómo no. No importaba lo lejos que una viajara, el camino te llevaba siempre de vuelta a Bridlington.

Cuando Candy se hubo dormido, Crystal se preparó una infusión de menta y examinó lo que había pescado en la venta de pasteles. Tras mucha deliberación, liberó la tarta Victoria de su sofocante film transparente y la dejó sobre la barra americana. Se dedicó a contemplarla largo rato mientras tamborileaba con las uñas falsas sobre el granito pulido, como si esperara con impaciencia a que el pastel hiciera algo. El corazón empezó a palpitarle con fuerza en el pecho y tuvo la impresión de que sus costillas fueran un corsé que alguien le estaba apretando. Era como si estuviera a punto de cometer un asesinato. La tarta permaneció indiferente y, tras unos instantes más de silencioso debate consigo misma, se cortó una tajada modesta. Se la comió ahí de pie para comprometerse menos. Estaba asquerosa. Volvió a dejar la tarta en el armario.

—Te estás poniendo rellenita aquí arriba, ¿eh, tesoro? —había comentado Tommy la otra noche, riéndose.

Ella estaba lavándose los dientes en el baño integrado en la habitación cuando él la había rodeado desde atrás y asido un michelín bajo el precioso camisón de La Perla. De niña nunca había tenido pijamas: se veía obligada a dormir en camiseta interior y braguitas en su pequeño catre en la caravana.

¿Rellenita? ¿Qué narices quería decir? (Quizá había subido unos kilitos, pero era todo músculo, del wing chun.) Menudo gilipollas descarado. Alcornoque, menudo alcornoque descarado, se corrigió. (De algún modo, sonaba peor.)

—No me importa —añadió Tommy bajando las manos hasta sus caderas—. Me gusta que una mujer esté metidita en carnes; te da algo a lo que agarrarte, así no te caes. A los michelines no los llaman agarraderas porque sí.

Crystal volvió a sacar la tarta del armario y la dejó sobre la barra americana. La desenvolvió de nuevo y cortó otra tajada modesta. Esta vez se sentó a comérsela. Cortó una tajada más, menos modesta. Se la comió. Y luego otra, y otra más, embutiéndoselas en la boca. Era sorprendente lo rápido que una podía comerse un pastel entero si se empeñaba de verdad.

Cuando ya no quedó tarta, Crystal observó el plato vacío durante un rato y luego fue al aseo de la planta baja y la vomitó toda. Tuvo que tirar dos veces de la cadena para que el agua se la llevara. Fregó el retrete con lejía. Quedó tan impecable que podría haber comido en la taza. Volvió a doblar las toallas y las alisó en el toallero, reordenó la hilera de rollos de papel higiénico en el armario bajo el lavabo y pulverizó J'Adore en el pequeño cuarto de baño. Se sentía ligera, más limpia. Volvió a la cocina y llenó el lavavajillas. Luego volvió a la galería y encendió otro pitillo. «Conque estás usando otra vez algunos de tus viejos trucos, Christina», pensó. Y se preguntó a qué venía eso.

Salvando vidas en el mar

La base de operaciones de *Collier* quedaba a un par de calles de distancia. Disponían de medio aparcamiento municipal, a un coste elevado, imaginaba Jackson. Filmaban allí toda esa semana, y el «arco» de Julia entrañaba verse secuestrada por un psicópata furioso que se había fugado de la cárcel. Jackson no conseguía recordar por qué el psicópata furioso había decidido llevársela a la costa, porque al cabo de un tiempo había dejado de prestar atención a su arco.

Eran las cinco de la tarde y Julia había dicho que acabaría más o menos a esa hora. El día siguiente lo tenía libre y Nathan iba a quedarse esa noche con ella en el Crown Spa. Jackson estaba deseando tener una noche de paz; vivir con Nathan era como hacerlo dentro de una discusión. No se había percatado hasta hacía poco de hasta qué punto disfrutaba de la soledad. («Más que solitaria, quizá podría decirse que llevas una vida recluida», dijo Julia en su cabeza. «Menuda palabreja», contestó Jackson.) Y todavía quedaban por delante varias semanas de vacaciones escolares. Su hijo echaba de menos a sus amigos, estaba aburrido. De hecho, según decía, se estaba muriendo de aburrimiento. Jackson le dijo que ninguna autopsia había tenido jamás como resultado que en el certificado de defunción pusiera «aburrimiento».

—¿Has visto alguna autopsia? —preguntó Nathan, animándose ante semejante idea.

—Bastantes —contestó Jackson.

¿Cuántos cadáveres había visto?

—En toda tu vida, digamos.

—Demasiados —fue la respuesta de Jackson. Y todos tenían pinta de haber elegido encantados el aburrimiento, de haber podido, en lugar de la mesa de autopsias.

Mientras recorría el paseo marítimo en busca de un sitio para aparcar, Jackson iba observando las casas que flanqueaban la calle. Aquel era territorio del pedófilo Savile: «Reparaciones Jim» había tenido un piso en propiedad en una de esas casas. En las verjas del paseo marítimo había habido una placa, de cara a la playa, en la que se leía: «SAVILE'S VIEW». Hacía mucho que la habían quitado, por supuesto. Lo habían enterrado con la pompa debida a un santo católico y ahora se pudría en una tumba anónima para impedir que la profanaran. «Así va la cosa», pensó Jackson, solo que era una pena que tardara tanto tiempo. Y era una pena que todavía hubiera tantos depredadores ahí fuera. Podías pescar a uno, pero entonces parecían surgir diez para llenar ese vacío y nadie era capaz de arreglar eso, por lo visto.

Era asombroso que pudieran juntarse tantos pervertidos en una sola zona geográfica. Jackson nunca olvidaba haber asistido, muchos años atrás, toda una vida, a una charla ofrecida por una agente de Protección de Menores. «Miren alrededor en cualquier playa en verano —había dicho— y habrá un centenar de pedófilos disfrutando en su terreno de caza natural.»

La vista, sin embargo, era estupenda, un panorama de South Bay desplegado ante ellos.

—Bonita vista —le dijo a Nathan, aunque sabía que uno debía tener al menos treinta años para apreciar un paisaje. En todo caso, Nathan estaba muy ocupado en consultar al oráculo de su iPhone.

Jackson vislumbró una plaza de aparcamiento justo cuando un furgón de helados Bassani iniciaba un avance admirablemente majestuoso hacia ellos por el paseo. Era de color rosa y la melodía que brotaba de él era *El pícnic de los ositos*. Más que volver alegre la música (si podía llamarse así), las campanillas le daban un toque fúnebre. Jackson tenía el vago recuerdo de haberle cantado aquello a su hija de pequeñita. Nunca le había parecido una melodía triste. «Si vas al bosque hoy, mejor ve con disfraz.» O amenazadora, incluso. Y ahora, de algún modo, lo perturbaba.

Esos furgones de helados de color rosa habían tenido un papel, ¿no? Habían sido uno de los medios para atraer a los niños. ¿Era posible hipnotizar a unos críos con las campanillas de un furgón de helados?, se preguntó Jackson. ¿Cautivarlos como el flautista de Hamelín y conducirlos a algún destino espantoso? (¿No había leído eso en una novela de Stephen King?) ¿Quién dirigía ahora Helados Bassani?, se dijo. ¿Seguía siendo de la familia o ahora era tan solo un nombre?

Se preguntó cómo se habrían conocido Bassani y Carmody..., ¿en una reunión del consejo, en un acto benéfico de gala? Debían de haber quedado encantados al descubrir que compartían el apetito por el mismo forraje. La suya era una historia tristemente familiar, una historia de niñas, y niños, a los que se llevaban con zalamerías de centros o familias de acogida, o de sus propios entornos familiares disfuncionales. Como miembros del consejo municipal y respetados colaboradores en obras benéficas, Bassani y Carmody estaban en la posición ideal para ser bien recibidos en esos lugares; por el amor de Dios, si los invitaban a entrar, como a los vampiros. Aparecían con regalos, en la forma de fiestas navideñas, excursiones al campo y a la playa, vacaciones en *campings* y caravanas: Carmody era propietario de sitios así por toda la costa este. A los niños les daban entradas gratis a salas de juegos recreativos y ferias. Y helados, golosinas, cigarrillos. Obsequios. A los críos con carencias les gustaban los obsequios.

Siempre habían circulado rumores sobre un tercer hombre. No era Savile: él había tenido su propio espectáculo, distinto del de Bassani y Carmody. Esos dos habían estado en danza durante décadas sin que los pillaran. Había un antiguo programa de televisión, *Los buenos viejos tiempos*, a modo de homenaje a las difuntas revistas de variedades. Esos viejos programas, por alguna razón, Dios sabría cuál, se estaban volviendo a emitir en la BBC4. («Posironía», decía Julia, un término que para Jackson era un misterio.) Bassani y Carmody tenían su propio programa: *Los malos viejos tiempos*.

Bassani y Carmody habían operado antaño en esas costas. Era curioso que tantos hombres quedaran definidos por su caída: César, Fred Goodwin, Trotsky, Harvey Weinstein, Hitler, Jimmy Savile. Con las mujeres casi nunca pasaba. Ellas no caían: seguían en pie.

—¿Puedo tomar un helado? —preguntó Nathan; la respuesta pavloviana inmediata a las campanillas.

—¿Otro helado? ¿En qué estás pensando?

—¿Por qué no?

—Porque ya te has tomado uno, evidentemente.

—¿Y qué?

—Pues que no vas a tomar otro —zanjó Jackson.

Nunca tenía suficiente. Y ese era el rasgo dominante también de sus amigos. No importaba cuánto les dieran, con cuántas cosas se hicieran: nunca quedaban satisfechos. Los habían criado para consumir, y un día ya no quedaría nada. El capitalismo se habría devorado a sí mismo y cumplido por tanto con su razón de ser en un acto de autodestrucción, ayudado por el bucle de retroalimentación de la dopamina: la serpiente que se tragaba su propia cola.

Aun así, su hijo tenía sus virtudes, se recordó Jackson. Era bueno con *Dido*, por ejemplo: se mostraba comprensivo con sus achaques, siempre dispuesto a cepillarla o darle de comer. La conocía desde que era un cachorro. El propio Nathan era también un cachorro, dulce y juguetón, pero ahora *Dido* lo había dejado muy atrás. No tardaría en llegar al final del camino, y a Jackson le daba miedo pensar cuál sería la reacción de Nathan. La de Julia sería peor, por supuesto.

La visión de una niña que caminaba por la otra acera del paseo distrajo a Jackson. Llevaba zapatillas de deporte, tejanos y una camiseta con la imagen en lentejuelas de la cabeza de un gatito. Y una mochila de vivos colores. ¿Qué tendría, doce años? A Jackson no le gustaba ver niñas solas por ahí. El furgón de helados aminoró la marcha hasta detenerse y la niña se volvió para mirar a ambos lados (bien hecho) antes de cruzar, y Jackson creyó que iba en busca de un helado, pero entonces levantó un pulgar (mal hecho) ante los coches que pasaban.

¡Por el amor de Dios, estaba haciendo autostop! Era una cría, ¿en qué estaría pensando? La niña corrió hacia el furgón de helados con la mochila rebotándole entre los hombros flacuchos. La mochila era azul y con un unicornio entre una serie de pequeños arcoíris. Gatitos, unicornios, arcoíris: las niñas eran criaturas bien curiosas. No conseguía imaginar a Nathan cargado con una mochila con un unicornio o llevando una camiseta con la cabeza de un gatito. A menos que fuera el logotipo de una marca global, en cuyo caso, probablemente, las lentejuelas las habría cosido una por una un crío en algún taller clandestino del tercer mundo. («¿Siempre tienes que verle a todo el lado oscuro?», preguntó Julia en su cabeza. «Alguien tiene que hacerlo», fue su respuesta. «Ya, pero ¿tienes que ser precisamente tú?» Pues sí. Por lo visto, sí.)

La niña no se detuvo ante el furgón de helados, sino que lo pasó de largo corriendo, y fue entonces cuando Jackson vio el sencillo utilitario gris de cinco puertas que se había parado ante el furgón de Bassani, y antes de que hubiera podido siquiera pensar «¡No hagas eso!» la niña se había subido al asiento del acompañante y el vehículo ya se alejaba.

—¡Rápido! —le dijo a Nathan—. Hazle una foto a ese coche.

—¿Qué?

—Ese coche de ahí, coge el número de matrícula.

Demasiado tarde. Jackson puso en marcha el motor e hizo que el Toyota describiera un cambio de sentido justo cuando el furgón de helados arrancaba lentamente y (mira por dónde) aparecía un camión de basura, que ocupó el paseo sin intención de dejar pasar a nadie y dejó a Jackson bloqueado en el cruce. Entre el furgón rosa de helados y el camión de basura, perdió cualquier posibilidad de seguir al coche.

—Mierda —soltó—. Ni siquiera he visto de qué marca era. —Estaba perdiendo facultades.

—Un Peugeot 308 —repuso Nathan con la vista de nuevo fija en el teléfono.

Pese a su frustración, Jackson sintió una punzada de orgullo. «Ese es mi chico», pensó.

—No sé por qué te pones tan histérico —añadió Nathan—. Probablemente se trataba de su padre o su madre que venían a recogerla.

—Estaba haciendo autostop.

—A lo mejor solo les gastaba una broma.

—¿Una broma?

Nathan le pasó el teléfono móvil a Jackson. Había una fotografía, al fin y al cabo, demasiado borrosa para ver el número de matrícula.

—¿Podemos irnos ya, papá?

No había rastro de Julia en el centro de operaciones.

—Sigue en el plató —dijo alguien.

Los actores y el equipo de rodaje estaban habituados a la presencia de Jackson. El tipo que interpretaba a Collier siempre andaba sonsacándole información sobre cómo debería comportarse un detective «real» y luego no seguía sus consejos. «Bueno, ¿y por qué debería hacerlo? —preguntó Julia—. Hace años que no estás en la policía.» «Sí, pero siempre seré policía», pensaba Jackson. Era su condición por defecto. La llevaba entretejida en el alma, por el amor de Dios.

Aquel era el segundo intérprete de Collier, porque el actor original había tenido una crisis y lo dejó para nunca volver. Ya hacía cinco años de eso, pero Jackson siempre consideraba al nuevo precisamente eso, «el nuevo», y encima tenía uno de esos nombres (Sam, Max, Matt) que nunca conseguía retener.

En la furgoneta del cáterin habían dispuesto unos sándwiches, y Nathan se zampó varios sin el menor asomo de un «por favor» o un «gracias». Sería un digno rival de *Dido*.

—Qué bien se vive en la pocilga, ¿eh? —se burló Jackson.

—¿Qué? —contestó Nathan, frunciendo el entrecejo como si su padre fuera irritante.

Y lo era, Jackson lo sabía: irritante y motivo de vergüenza. («Forma parte de la descripción de tu labor de padre —decía Julia—. Además, de todas formas, eres un viejales.» «Gracias.» «A ojos de Nathan, quiero decir.»)

Jackson creía tener buen aspecto para su edad. Conservaba todo el pelo, algo que algún día le donaría (genéticamente hablando) a Nathan, de manera que el chico debería estarle agradecido (como que no). Y con su barbour Belstaff y las Ray-Ban, creía lucir todavía una figura atractiva, incluso había quien diría que molona. «Claro que sí», dijo Julia en su cabeza como quien tranquiliza a un crío quisquilloso.

Julia apareció finalmente, con pinta de venir derecha del campo de batalla. Llevaba puesto un pijama quirúrgico, que le sentaba bien, si no fuera por los manchones de sangre y por el feo tajo que le cruzaba la cara, cortesía del Departamento de Maquillaje.

—Me ha atacado un asesino en serie —le dijo alegremente a Jackson.

Nathan ya se encogía al verla acercarse con los brazos abiertos para abrazarlo, de modo que añadió, dirigiéndose a Jackson:

—Sujétamelo, ¿quieres?

Él decidió de qué bando ponerse y rehusó. Nathan trató de zafarse, pero Julia se las apañó para asirlo y plantarle un sonoro beso mientras el chico se retorcía como un pez en el anzuelo en sus intentos de escapar del maternal abrazo.

—Mamá, por favor, para. —Consiguió liberarse.

—En realidad le encanta —le dijo ella a Jackson.

—Tienes una pinta asquerosa —le dijo Nathan a su madre.

—Ya lo sé. Brillante, ¿no crees? —Julia se dejó caer de rodillas y abrazó a *Dido* tan efusivamente como había abrazado a su hijo. La perra, a diferencia del chico, se dejó encantada.

Según Julia, iban con retraso y tardaría siglos en salir.

—Será mejor que te vuelvas a casa con papi.

—Ningún problema —contestó «papi».

Julia esbozó un exagerado mohín de pena, como el de un payaso, y le dijo a Nathan:

—Con lo que me apetecía pasar un poco de tiempo con mi niño… Vuelve a verme mañana, ¿vale, cariño? —Volviéndose hacia Jackson, con menos pucheros y mayor eficacia, añadió—: Mañana tengo el día libre. ¿Podrás traérmelo al hotel?

—Claro, sin problema —repuso Jackson, y le dijo a Nathan—: Vamos, nos conseguiremos una cena a base de pescado.

Se comieron el pescado frito con patatas por el camino, directamente de los envases de cartón, mientras paseaban por la playa de la bajamar. Jackson echaba de menos el grasiento papel de periódico, con su regusto a vinagre, del pescado frito de su infancia. Se estaba convirtiendo en una lección de historia andante y parlante, un museo de tradiciones locales de un solo hombre, solo que a nadie le interesaba aprender nada de él. Metió los envases de cartón a presión en una papelera ya desbordada. Pues qué gran papel el de aquel camión de basura que andaba metiéndose en medio.

Aún había mucha gente en la playa, sacándole el máximo partido al tiempo templado y agradable de última hora de la tarde. En la parte de Yorkshire donde Jackson había nacido y crecido, llovía todos los días, el día entero, desde la noche de los tiempos, y le había supuesto una agradable sorpresa que la costa este pudiera llegar a ser tan radiante y ventosa. Y había hecho un verano genial, con el sol asomando el rostro, a veces incluso con el sombrero puesto, durante unas horas al día por lo menos.

La marea estaba a medio bajar, o a medio subir, Jackson no supo decir cómo. (¿Era como lo del vaso que unos veían medio lleno y otros medio vacío?) Aún estaba aprendiendo lo que significaba vivir en la costa. Si se quedaba allí el tiempo suficiente, quizá llegaría a sentir en la sangre la pleamar y la bajamar y ya no le haría falta consultar la gráfica del flujo y el reflujo de la marea cada vez que saliera a correr por la playa.

—Ven —le dijo a Nathan—. Vamos a caminar por la arena.

—¿A caminar?

—Sí, a caminar, es muy fácil. Te enseñaré cómo, si quieres. Mira, este pie primero, y luego tienes que poner el otro.

—Ja, ja.

—Vamos. Y luego cogeremos el funicular de vuelta al coche. Es muy divertido, como indica su nombre.

—No me parece que su nombre indique nada.

—Cierto, pero aun así te gustará.

—Oh, me muero por probarlo —murmuró Nathan.

El propio Jackson decía eso en momentos de puro cinismo. Le resultó extraño y al mismo tiempo halagador oír al niño hablando como un hombre.

—Venga, vamos —lo animó Jackson cuando llegaron a la playa.

—Vale, *okey*.

—¿Sabías que *okey* es la palabra más reconocible del mundo?

—¿Sí? —Nathan mostró su desinterés encogiéndose de hombros, pero siguió caminando pesadamente a su lado. El hombre había cruzado desiertos bajo un sol abrasador con mayor entusiasmo.

—Vamos, pregúntamelo —dijo Jackson—, porque sé que te mueres por hacerlo… ¿Cuál es la segunda palabra más reconocible del mundo?

—¿Papá? —El adolescente cínico se esfumó y durante unos instantes volvió a ser solo un niño.

—¿Cómo?

—Mira. —Nathan señaló hacia la bahía, donde había alguna clase de alboroto en el agua, y añadió sin mucha convicción—: Aquí no hay tiburones, ¿no?

—Sí, muchos, pero no están necesariamente en el mar —contestó Jackson.

No se trataba del ataque de un tiburón, sino del trío de chicos malos de antes, los del aparcamiento. Dos de ellos iban en un bote inflable de aspecto maltrecho, más juguete que embarcación en condiciones de navegar. El tercero era presumiblemente quien causaba el jaleo mediante la inoportuna decisión de ahogarse. Jackson paseó la vista en busca de un socorrista, pero no vio ninguno. No trabajarían solo en horas de oficina, ¿no? Exhaló un suspiro. Qué típico suyo tener la mala suerte de ser el único de guardia. Se quitó las botas Magnum y le tendió el barbour a Nathan; no estaba dispuesto a estropear un Belstaff por uno de esos idiotas, ni en broma. Echó a correr hacia la orilla y se adentró en el agua, chapoteando con cierta torpeza, hasta que pudo zambullirse en las olas y empezar a nadar. Un hombre internándose en el mar en calcetines resultaba casi tan indigno como uno que lamiera un cucurucho.

El chico (o el gilipollas en el agua, como prefería considerarlo) se había hundido para cuando Jackson llegó a su altura. Los otros dos chicos malos gritaban como tarados inútiles; toda su chulería se había esfumado, reemplazada por el pánico más absoluto. Jackson inspiró una gran bocanada de aire y se sumergió. El mar había parecido en calma desde la playa, pero ahí fuera, a menos de treinta metros de la orilla, daba la impresión de estar al mando con su fuerza bruta. El mar no hacía prisioneros: contra él, o ganabas o perdías.

Jackson, el tritón más patoso posible, emergió y volvió a zambullirse. Se las apañó para agarrar al chico del pelo y luego de la cinturilla trasera de los tejanos, hasta que finalmente, sabe Dios cómo, consiguió que ambos salieran a la superficie. No fue la operación de socorrismo más elegante del mundo, pero habría funcionado de no haber tratado Jackson entonces de agarrarse al bote inflable, poco menos que inútil. Resultó demasiado frágil para semejante cometido y los otros dos chicos cayeron al agua chillando. Y empezaron a ahogarse también. ¿Ninguno de ellos había aprendido a nadar o qué? Eran un desperdicio de espacio, los tres, aunque supuso que para sus madres no. (O quizá sí.) Con desperdicio de espacio o sin él, el instinto le dictaba salvarlos.

Con uno la cosa no estaba tan mal, pero con tres era imposible. Jackson se sintió presa del agotamiento y durante un breve instante pensó: «¿Es esto el final?». Pero, por suerte para todos ellos, la lancha de salvamento marítimo se les acercó y empezó a sacarlos del agua.

De vuelta en tierra firme, alguien le aplicó al chico ahogado la reanimación cardiopulmonar en la arena, con la gente plantada alrededor ofreciendo su mudo apoyo. Los otros dos chavales, un par de ratas de agua empapadas, se alejaron de Jackson cuando él se les acercó; eran incapaces por defecto de lidiar con la caballerosidad, la suya o la de quien fuera.

El chico ahogado volvió a la vida entre resoplidos (un milagro, se dijo Jackson, fuera o no un desperdicio de espacio), renació ahí mismo sobre la arena. Pensó en Penny Trotter, que había «vuelto a nacer». El propio Jackson había estado muerto una vez. Resultó herido en un accidente de tren y el corazón se le paró. («Brevemente», según dijo el médico de urgencias con cierto desdén en opinión de Jackson.) Lo había revivido alguien, una chica, junto a la vía del tren, y durante mucho tiempo había experimentado la euforia de los salvados. Ahora ya se le había pasado, por supuesto, pues lo ordinario de la vida cotidiana había acabado por imponerse a lo trascendental.

Un enfermero de urgencias envolvió a Jackson en una manta y quiso llevárselo al hospital, pero él se negó.

—¿Papá?

Nathan esperaba a su lado, pálido y preocupado. *Dido* se acercó a ofrecerle un apoyo silencioso y estoico que casi entrañó dejarse caer pesadamente sobre él.

—¿Estás bien? —preguntó Nathan.

—Sí —contestó Jackson—. ¿Podemos irnos ya?

... son dulces y modositas

El olor del desayuno de su padre (salchichas, beicon, huevo, morcilla, alubias, pan frito) todavía flotaba en toda la casa de manera amenazadora (y era una casa grande). «Un día te matará, Tommy», decía Crystal casi cada vez que se lo servía. «Todavía no lo ha hecho», contestaba alegremente su padre, como si aquel fuera un argumento lógico. (Harry se imaginaba a su propia madre diciendo: «Bueno, aún no me he despeñado por ningún acantilado» cuando le advertían del peligro.)

Su padre había cogido el coche a primera hora de la mañana en dirección al puerto de Tyne, para esperar al ferri de la DFDS procedente de Róterdam. «Electrodomésticos», había dicho. A menudo recibía en persona sus camiones en la aduana si venían del continente. «Control de calidad», según él. «Es vital si uno quiere que sus clientes le sigan siendo fieles.» Su padre solía expresar el deseo de que Harry formara parte de la empresa («Holroyd e hijo», decía), pero últimamente no hablaba tanto de ello, desde que Harry había dicho que quería estudiar teatro. («¿Por qué no ingeniería o algo así?»)

Unos días atrás, Harry había oído cómo su padre le preguntaba a Crystal si creía que su hijo era gay.

—A ver, un poco de pluma sí tiene, ¿no?

—No sé —contestó Crystal—. ¿Importa?

Por lo visto, a su padre sí. Harry no creía que fuera gay: le gustaban las chicas (aunque quizá no de esa manera), pero también se sentía tan poco formado como persona, como personaje central de su propio drama, que no creía estar preparado para mostrarse tajante sobre nada. Quizá su padre convencería a Candace de unirse al negocio familiar. Holroyd e hija. Podía pintar los camiones de rosa para tentarla.

Harry estaba solo en casa. Crystal y Candace estaban en un encuentro del grupo de actividades de la guardería, que solía ir seguido de una visita al parque o a un café Costa con las otras madres, lo cual consistía básicamente en lo mismo que el grupo de actividades, pero en un lugar diferente y menos apropiado. A veces Harry se encargaba de las sesiones de guardería. Era interesante tomar café con las madres del grupo. Entre las madres y las chicas del coro del teatro había aprendido mucho, la mayoría a nivel anatómico y confuso.

Trabajaba en el turno de tarde en el Transylvania World, o «el World», como lo llamaban sus empleados malpagados: básicamente él mismo y sus amigos. «¿ESTÁIS PREPARADOS PARA EXPERIMENTAR EL MIEDO?», se leía en un cartel en el exterior. Era una de las atracciones del puerto, aunque nadie usaría una palabra como «atractiva» para describirla. Harry había trabajado allí los últimos dos veranos, cobrando y distribuyendo entradas. No era algo muy complicado que digamos y, por la falta de clientes, se pasaba la mayor parte del tiempo leyendo. Empezaba los exámenes de acceso a la universidad en septiembre y tenía una larga lista de libros en la que abrirse paso. Iba a un colegio pijo, así lo llamaba su padre: «¿Te enseñan algo en ese colegio pijo?», decía, o «Me cago en la leche, ¿pago ese colegio de pijos para que te enseñen ética? Yo puedo enseñarte ética: no golpees a un hombre cuando haya caído. No dejes que tu mano derecha sepa a qué se dedica tu mano izquierda. Mujeres y niños primero». Tratándose de códigos morales, era un batiburrillo bien variopinto, y Harry no estaba seguro de que Sócrates se hubiera mostrado totalmente de acuerdo, ni siquiera de que su padre se ciñera a él.

A pesar de ser un «colegio pijo», casi todos los conocidos de Harry en él tenían un trabajo de verano. Había tantos empleos de temporada que parecía un crimen no tener uno. Los chicos molones (o más bien los chicos que se consideraban molones) pasaban el tiempo cogiendo olas con sus tablas o intentando sacarse el carnet de socorrista, mientras que los empollones, como Harry y sus amigos, vendían entradas y helados, servían patatas fritas o hacían de camareros.

El Transylvania World era propiedad de Carmody, el grupo de juegos recreativos, y era lo peor de lo peor en cuanto a atracciones: unas cuantas figuras apolilladas sacadas de un antiguo museo de cera y un par de murales mal pintados. En el anuncio ponía «con actores de carne y hueso», pero había solo uno, y no era un actor, sino un empollón llamado Archie que iba a clase de Historia con Harry y al que le pagaban una miseria por esconderse por ahí y asustar a los (escasos y espaciados) clientes de pago ataviado con una máscara de goma de Drácula. No era precisamente *Sangre fresca*.

La ciudad era famosa por sus vampiros, pues a ella había ido a parar el conde original: en la ficción, en cualquier caso, pero, tal como la gente hablaba de ello, cualquiera diría que se trataba de un acontecimiento histórico. Las tiendas de recuerdos estaban llenas de calaveras, cruces, ataúdes y murciélagos de goma. Varias veces al año, la ciudad recibía una invasión de góticos fanáticos de los muertos vivientes, y ahora contaba ya con una semana de *steampunk* y una semana de los piratas, así que había acabado por convertirse en un recinto para fiestas de disfraces. Los «piratas» llevaban todos gabanes raídos y grandes sombreros con plumas e iban armados con alfanje y pistola. Harry se preguntaba si los alfanjes estarían afilados. En realidad, como decía con sarcasmo su amiga Emma, «son señores que se llaman Kevin y que se pasan la semana analizando y procesando datos. Los fines de semana materializan sus fantasías».

Harry suponía que aquello no tenía nada de malo, aunque no conseguía imaginar por qué querría alguien ser un pirata o la novia de Drácula. («Bueno, hay muchas mujeres casadas con vampiros», decía Crystal.) Pero el *steampunk* era algo que a Harry aún le costaba entender. El fin de semana anterior, un hombre había chocado con él. Una máscara metálica de la que salían tubos y manguitos le cubría toda la cara.

—Ay, perdona, chaval —dijo alegremente—, no veo nada con esto puesto.

Harry no quería convertirse en otra persona, quería ser él mismo. Y eso ya resultaba bastante complicado.

Todavía le quedaba algo de tiempo antes de tener que ponerse en marcha. Podría darse un baño en la piscina, supuso, o sentarse a leer en el jardín, pero hacía un día precioso y no le apetecía tener la nariz metida en un libro. Así lo describía Crystal: «¿Ya estás otra vez con la nariz metida en un libro, Harry?». Sería divertido si de verdad se le quedara la nariz dentro de un libro.

Entre el teatro y el World, la mayoría de los días debía emprender una serie de laboriosos trayectos. El Refugio en la Cumbre se hallaba encaramado en el acantilado, en una tierra de nadie entre Scarborough y Whitby, y Harry se había pasado la mayor parte del verano yendo de una zona a la otra. Si tenía tiempo de sobra, a veces iba en bicicleta por la antigua vía de toba del ferrocarril, pero normalmente cogía el autobús. Se moría de ganas de que llegara el día en que se sacara el carnet de conducir y pudiera tener un coche. Su padre había empezado a enseñarlo en carreteras comarcales, dejándolo conducir su Clase S. («¿Qué es lo peor que puedes hacer?, ¿estamparlo?») Tommy daba muestras de una paciencia sorprendente (asombrosa) y resultó tratarse de un ámbito en el que se comportaban…, bueno, como padre e hijo. («No eres tan chapuza con esto como creía que serías», decía Tommy. Un gran halago, desde luego.) Era agradable haber descubierto una actividad en la que no se decepcionaran mutuamente.

Ese verano, Crystal lo había llevado en coche al trabajo varias veces. «Voy para allá de todas formas», decía, o simplemente le «apetecía conducir». Según ella, si alguna vez tuviera que rellenar un cuestionario «para solicitar un empleo o algo así», incluiría conducir como una de sus aficiones. ¿Estaría pensando en conseguir trabajo? Harry se preguntaba qué experiencia profesional tendría. Le gustaba conducir y a él le gustaba ir en el coche con ella al volante. Solía ocupar el asiento trasero del Evoque con Candace y los tres cantaban *Let it go* a pleno pulmón. Harry tenía una voz bonita y discreta (formaba parte del coro del colegio), pero Crystal desafinaba y Candace era una chillona. Aun así, aquello parecía establecer un vínculo entre ellos, como si fueran una familia. Le echó un vistazo al reloj y reparó en que se había entretenido tanto que estaba a punto de perder el autobús.

Apenas había habido visitantes en el Transylvania World en toda la tarde. Aquello estaba muerto, se dijo Harry. Ja, ja. Además, brillaba el sol y nadie, excepto por algún que otro pervertido ocasional, deseaba quedarse de puertas para adentro cuando hacía buen tiempo. La lluvia era mejor para el negocio: la gente llegaba en busca de refugio y la entrada solo costaba dos libras, aunque incluso eso resultaba a menudo excesivo una vez que descubrían la exigua cantidad de horror que se les ofrecía. La salida daba a otra calle, de modo que Harry no solía tener que enfrentarse a clientes decepcionados. Para cuando averiguaban dónde estaban y cómo volver al principio, habían perdido las ganas de vivir y no les parecía que valiera la pena discutir por dos libras.

Archie, el supuesto «actor de carne y hueso», no había aparecido. Cuando pasaba eso (a menudo, como era de esperar), Harry guiaba a la gente hacia la entrada («Está muy oscuro aquí dentro.» ¡Lo estaba!) y luego atravesaba corriendo un pasillo trasero hasta una puerta oculta, se agenciaba una máscara de Drácula y reaparecía con un brinco justo cuando ellos doblaban la esquina, emitiendo ruidos guturales (¡Yaargh!), como un vampiro que tratara de expectorar flema. La gente nunca quedaba impresionada y rara vez se asustaba. Según su padre, el miedo no era mala cosa: «Te hace estar alerta».

La madre de Harry, Louise, había muerto seis años atrás, cuando él tenía diez; su padre había vuelto a casarse, con Crystal, y un año más tarde tuvieron a Candace. Ahora ella tenía tres años y todos la llamaban Candy excepto el propio Harry, a quien le parecía un nombre algo sexista. En su opinión, las niñas deberían tener nombres sencillos como Emily, Olivia y Amy, que eran los que llevaban las chicas del colegio que eran amigas suyas. «Hermiones», las llamaba la señorita Dangerfield con cierto desdén, sobre todo teniendo en cuenta que formaban parte de su «club de fans», como decía ella. «Son un pelín Jean Brodie para mi gusto.» (¿Estaba la señorita Dangerfield en sus mejores años, como la de la película?, se planteaba Harry. No se lo había preguntado a ella.)

La señorita Dangerfield era la profesora de Literatura Inglesa y Teatro en la escuela. «Llámame Bella», le dijo a Harry cuando lo acompañó a casa con el coche después de los ensayos. («Vivo en la misma dirección.») A final de curso, antes del verano, habían llevado a escena *Muerte de un viajante*. Harry tenía un pequeño papel, el de Stanley, el camarero del restaurante, aunque había hecho audiciones (muy malas) para los de Biff y Happy. Actuar no se le daba muy bien.

—No te preocupes, Harry —decía Crystal—, aprenderás a medida que te hagas mayor.

Interpretaron *Muerte de un viajante* durante tres noches. El padre de Harry no pudo ir, pero Crystal asistió la noche del estreno.

—Qué obra tan deprimente, ¿no? —comentó, y añadió—: Pero tú has estado muy bien, Harry.

Él sabía que no era verdad, pero le pareció bonito que lo dijera.

—¿Cómo empezaba Hamlet su soliloquio sobre el queso? —le preguntó a la señorita Dangerfield cuando lo llevaba a casa la noche anterior—. «*To brie or not to brie*».

Ella se había reído, y luego, cuando aparcó el coche ante su casa, le puso una mano en la rodilla y dijo:

—No tienes ni idea de hasta qué punto eres un chico especial, Harry. Recuerda que tienes todo el futuro por delante, no lo desperdicies. —Y luego se había inclinado para darle un beso en la boca, y él había notado su lengua hurgando en la suya como una babosa dulce y con sabor a menta.

—¿Era esa tu queridísima señorita Dangerfield? —preguntó Crystal con el ceño fruncido cuando él entró en la casa, todavía tambaleándose por el beso—. Os he visto en las cámaras de seguridad. —Harry se ruborizó y ella le dio una palmadita tranquilizadora en el hombro—. Ya sabrás que el curso que viene la trasladan a otro colegio, ¿no?

Harry no supo si sentir decepción o alivio ante aquella noticia.

Las chicas con nombres como Bunny o Bella podían confundirlo a uno. Y un nombre como Candy podía conducir a toda clase de cosas desafortunadas. (Básicamente, a que se te comieran.) Por supuesto, de mayor podías convertirte en *drag queen*. Bunny Hopps, que interpretaba un número de transformismo en el Palace, conocía a alguien que se llamaba Candy Floss, aunque Harry suponía que ese no era el nombre real del tipo (o la tipa).

Todo lo que había en la habitación de Candace (y en su vida, de hecho) era rosa y giraba en torno a los temas de las hadas y las princesas. Dormía en una recargada cama que supuestamente era el carruaje de Cenicienta y tenía un colgador entero de disfraces de Disney que le gustaba lucir por turnos: Bella y Elsa, Ariel, Blancanieves, Campanilla, Vaiana, Cenicienta; un inventario interminable y virtualmente intercambiable de lentejuelas y satén artificial. El año anterior habían estado en Disneyland París y prácticamente vaciaron el perchero de la tienda.

—Más vale eso que parecerse a JonBenét, supongo —dijo Bunny.

Si alguien sabía de disfraces era Bunny. Él..., ella (Harry tenía que andarse con cuidado con los pronombres en presencia de Bunny) era la confidente de Harry. Por raro que fuera, era a quien había empezado a acudir en busca de consejo o para confesarse. Casi como si volviera a tener una madre. Una que llevaba peluca, zapatos de tacón del cuarenta y seis y se «recogía el tren de aterrizaje» (algo que requeriría siempre un pronombre masculino, incluso en el léxico de Bunny).

Harry a menudo le leía un cuento a Candace antes de dormir, y para ello había recuperado sus propios libros de uno de los graneros donde su infancia había acabado (mal) metida en cajas para enmohecerse. Su padre había convertido dos de esos graneros en garajes y trataba de que le permitieran hacer lo mismo con un tercero, pero se lo impedían porque ahí dentro había murciélagos (o «putos murciélagos», como siempre los llamaban) y esos animales estaban protegidos. («¿Por qué? ¿Por qué va alguien a proteger a un puto murciélago, por el amor de Dios?») A Harry le gustaba verlos revolotear por el granero las noches de verano, atrapando insectos. Eran diminutos y parecían vulnerables, y le preocupaba que su padre pretendiera infligirles algún daño de forma clandestina.

Había encontrado una edición ilustrada muy bonita de los hermanos Grimm (con la dedicatoria «Para mamá, con cariño») en una de las cajas de la Batcueva y la estaba usando para introducir a Candace en el aspecto más malévolo de las hadas, con relatos donde la gente era víctima de maldiciones o abandonada, o les cortaban los dedos de los pies y les sacaban los ojos. Relatos donde había una notable ausencia de dulzura y bondad, donde la gente no era modosita. No porque quisiera asustar a Candace (y había que reconocerle a la niña que no se asustaba con facilidad), sino porque tenía la impresión de que alguien debía contrarrestar aquel mundo algodonoso y rosa en el que vivía inmersa, y a falta de otra persona, suponía que debía hacerlo él. Además, habían supuesto su propia introducción a la literatura y creía que estaría bien que la niña desarrollara también la afición a la lectura.

Había mantenido una conversación con la peligrosa señorita Dangerfield sobre los cuentos de hadas, que según ella eran «libros de instrucciones» para que las niñas aprendieran a sobrevivir en un mundo de «depredadores masculinos». («O lobos, podríamos llamarlos.») Como manuales para saber qué hacer, decía, cuando una niña se encontraba sola en un bosque oscuro. Harry suponía que el bosque oscuro era una metáfora. No había muchos bosques oscuros por ahí últimamente, pero aun así le gustaba la idea de que Candace creciera sabiendo cómo evitar a los lobos.

Por mucho que se esforzara en conservarla en su memoria, su propia madre ya era poco más que un recuerdo emborronado y cada vez le costaba más evocarla. A veces brotaba algo de aquel miasma, un fragmento repentinamente nítido, como el recuerdo de ir sentado a su lado en un coche o de que ella le tendiera un helado, aunque no había el menor rastro de «contexto», como lo habría llamado la señorita Dangerfield. Su madre nunca había vivido en El Refugio en la Cumbre, de modo que tampoco sentía su presencia allí. Había sido fumadora, de eso sí se acordaba. Y recordaba asimismo una risa ronca, un cabello oscuro. Y haberla visto bailando en la cocina una vez, pero no un vals, sino más bien como la pobre Karen, víctima de una maldición, de *Los zapatos rojos*. (A Harry le había parecido un relato demasiado horroroso para contárselo a Candace.)

Emily parecía tener un vínculo mayor con la madre de Harry que él mismo y siempre andaba diciendo cosas como: «¿Te acuerdas de aquel pastel con forma de camión de bomberos que te hizo por tu cumpleaños?» o «Qué bien lo pasamos cuando tu madre nos llevó en aquel tren de vapor por Navidad, ¿verdad?». ¿Fue así? Harry no lo sabía, era como si la mayor parte de sus recuerdos hubieran quedado borrados junto con su madre. Como un libro que ya no contuviera narración alguna, sino solo palabras diseminadas aquí y allá entre sus páginas. «A veces lo mejor es olvidar, Harry», le decía Crystal.

Harry se preguntaba a veces si ella habría acabado por morir de cáncer, de tanto fumar, en lugar de una caída desde un acantilado, que era lo que le había ocurrido en realidad.

Nadie la había visto caer, había salido a pasear al perro. *Patosa*, una adorable Yorkshire terrier de la que Harry se acordaba con mayor claridad que de su madre. Un nombre profético, visto lo que le había ocurrido a la perra. («Profético» era otra palabra de la señorita Dangerfield.) A *Patosa* la encontraron en una cornisa bajo el acantilado y supusieron que la perra había caído primero y que su madre, al tratar de recuperarla, resbaló y se despeñó.

A *Patosa* la encontraron viva, pero la lancha de salvamento costero tuvo que rescatar del mar el cuerpo de su madre. Harry había encontrado recientemente el certificado de defunción de su madre cuando buscaba su propia partida de nacimiento, para dar fe de su edad para el bono de autobús de menores, y en él se decía que se había tratado de una muerte «por ahogamiento». Aquello supuso una sorpresa, pues siempre había imaginado que la marea estaría baja y ella se habría estrellado de cabeza contra las rocas, lo cual habría sido espantoso, pero también mejor de algún modo, porque sin duda habría sido más rápido. A veces se preguntaba si *Patosa* la habría visto cuando caía a plomo, si habrían intercambiado una mirada de sorpresa.

Su padre se deshizo de la perra, se la dio a uno de sus conductores. «No puedo mirarla sin pensar en Lou, Harry.» Dos años más tarde ya estaba casado con Crystal. Harry deseaba que no se hubiera deshecho de *Patosa*.

Su madre se había visto reemplazada, pero la perra no. Ahora solo tenían un *rottweiler* llamado *Brutus* que su padre había comprado como perro de vigilancia para el jardín de los Holroyd, y al principio no les permitían acercarse a él. Quien le preocupaba a su padre era Candy; no parecía que le quitara tanto el sueño que el perro matara a mordiscos a Crystal o Harry. En realidad, resultó que *Brutus* no era el salvaje que había esperado su padre, sino un grandote bonachón, que parecía tenerle un cariño especial a Harry, aunque a Crystal seguía provocándole desconfianza. Según decía, ella nunca había tenido una mascota de niña.

—¿Ni siquiera un hámster? —preguntó Harry, apiadándose de ella.

—Ni siquiera un hámster —confirmó Crystal—. Aunque sí había montones de ratas por ahí.

Crystal no era una madrastra malvada. No le daba la lata («Vive y deja vivir») y daba muestras de un benigno interés en su vida («¿Cómo te va, Harry? ¿Todo bien?»). No se paseaba por la casa en ropa interior ni nada parecido, gracias a Dios. Tampoco se burlaba de la ausencia de barba o la presencia de granos en su rostro. De hecho, le había dejado discretamente en su habitación un carísimo gel antibacteriano para la cara. Harry se ocupaba de su propia colada, sin embargo, porque le habría dado vergüenza que Crystal le lavara los calzoncillos y los calcetines.

—No me importa, Harry —le decía ella—. Me he ocupado de cosas muchísimo peores.

No lo trataba como a un crío, sino como a un adulto que compartía la casa con ella. Había veces en las que a Harry le habría gustado mucho que lo trataran como a un crío, pero no lo decía. (Era «pequeño para su edad», decía su padre.) Según Crystal, eran «colegas», y en efecto a él le producía una sensación de agradable cordialidad que se dejaran caer juntos en el sofá, cuando Candace ya estaba en la cama, a ver los programas favoritos de ambos en la televisión: *Supermodelo*, *Countryfile*, *SAS: Entrenamiento extremo*.

—Tenemos gustos eclécticos —comentó Harry.

—¿Eléctricos? —preguntó Crystal, desconcertada.

—Más o menos —repuso él.

Casi nunca veían las noticias.

—Quítalas, Harry, son todas malas.

Sí veían en cambio documentales sobre el medio natural, soltando exclamaciones cuando aparecía cualquier bicho mono y peludo, pero cambiaban de canal en cuanto parecía que estaba a punto de ocurrir algo triste o sangriento. Huelga decir que el padre de Harry no se sentaba en el sofá con ellos. («¿Qué es esa mierda que veis?») La mayor parte del tiempo estaba trabajando, y si no, se encerraba en su «guarida» con su televisor de ochenta pulgadas y el canal Sky Sports. Ahí dentro también hacía ejercicio: gruñía y sudaba al levantar una barra con pesas sobre la cabeza o al aporrear el saco Everlast de boxeo que pendía del techo. A veces parecía que Harry y Crystal fueran conspiradores, aunque él no acababa de saber contra qué se conchababan. Contra su padre, suponía. Crystal decía que a su padre le gustaba pensar que era «un tío autoritario».

—Como el señor Rochester —comentó Harry.

—Creo que no lo conozco —respondió Crystal—. ¿Es profesor tuyo en la escuela?

Crystal se desvivía por Candace, y Harry se preguntaba a veces cómo habría sido su propia infancia. No había prueba alguna de la misma: ni fotos ni parientes ni abuelos para Candace; era como si Crystal hubiera llegado al mundo plenamente formada, como la Venus de Botticelli. Esa era una idea desafortunada, pues Harry hacía grandes esfuerzos por no pensar en Crystal desnuda; ni en cualquier otra mujer, ya puestos. Tenía un enorme y lujoso libro de arte ilustrado que había pedido de regalo la última Navidad. Los desnudos que había en él era lo más cerca que llegaba del porno. Ver mujeres desnudas lo avergonzaba incluso cuando estaba a solas.

—Este chico no es normal —oyó cómo su padre le decía a Crystal. Quizá no lo era.

—Defíneme normal —respondió ella.

Le había preguntado a Crystal por su infancia y ella se había reído y dicho algo sobre caballitos de feria y helados, pero sin hacer que la cosa sonara atractiva.

Crystal preparaba la clase de comidas que le gustaban a su padre: el «desayuno inglés completo» de todas las mañanas, el asado de los domingos («con toda su guarnición») y, en medio, filetes y hamburguesas, aunque su padre se pasaba gran parte del tiempo en el trabajo o «por ahí» y consumía comida para llevar. O llegaba muy tarde a casa y sacaba una pizza o un plato preparado del congelador (un Meneghini cuyo precio habría podido pagar el primer coche de Harry, llegado el momento).

Crystal y Candace no comían «esas porquerías», como las llamaba Crystal. La llegada de Candace la había convertido en «adepta» a la comida sana.

—Dieta limpia —decía—. Me gustan esas palabras.

No paraba de navegar por internet en busca de blogs, vlogs y recetas. Ensaladas, frutas y alimentos veganos. Leche de anacardo, tofu. Quinoa, chía, bayas de goji; parecía comida adecuada para miembros de una tribu del Amazonas, no para un chico de dieciséis años en Yorkshire. La semana anterior, Crystal había preparado un pastel de «chocolate» a base de judías negras y aguacate, y la víspera, le había ofrecido a Harry un «merengue».

—Apuesto a que no sabes con qué está hecho.

Pues no, Harry no lo sabía. Con algo que había muerto en el fondo de un pozo cien años atrás, quizá.

—¡Con el agua de una lata de garbanzos! —exclamó Crystal con tono triunfal—. Se llama acuafaba.

A oídos de Harry, aquello sonaba a algo que hubieran construido los romanos.

Sin embargo, en general, él podía elegir libremente qué comía, aunque Crystal siempre lo estaba presionando con brécol y boniato.

—Estás en edad de crecimiento, Harry. Eres lo que comes.

Eso significaba que, básicamente, era una pizza americana. La dieta limpia no le impedía a Crystal seguir fumando, advertía él («Solo un pitillo de vez en cuando, Harry, y no te chives»), aunque nunca lo hacía delante de Candace ni dentro de la casa, solo en la galería, en la que casi nunca entraban. Y nunca la había visto beber mucho, a diferencia de su padre.

Si Crystal estuviera en un incendio, lo primero que salvaría, aparte de a Candace, evidentemente, serían la batidora Vitamix y la licuadora Kuvings, los lares y penates de El Refugio en la Cumbre por lo que a ella concernía. («¿Qué me dices de un vaso de zumo de col rizada y apio, Harry?») ¿Quién lo salvaría a él?, se preguntaba Harry. Su padre, esperaba. O quizá *Brutus*.

—No seas tonto —soltó Crystal—. Te salvaría yo.

A Crystal le encantaba hacer las tareas domésticas y, pese a la insistencia del padre de Harry, se negaba a contratar a alguien para hacer la limpieza porque no sería una persona «tan concienzuda» como ella.

—Yo me casé con un bombón —se quejaba Tommy— y he acabado con una fregona.

«Bombón» y «fregona» eran términos que Tommy había aprendido de su propio padre, por lo visto, y que tanto a Harry como a Crystal les parecían de lo más misteriosos.

La casa era de estilo eduardiano, aunque solo se apreciaba desde el exterior porque Crystal la había despojado de todos los elementos decorativos y accesorios originales hasta hacerla parecerse más bien al interior blanco y brillante de una nave espacial.

—Sí, lo sé —dijo Crystal mirando con cariño la isla de cocina—, ahí encima se podría operar.

El Refugio en la Cumbre se había construido como vivienda de vacaciones para un magnate de la lana de Bradford, muerto tiempo atrás, y su familia, y a Harry le gustaba imaginar el aspecto que habría tenido antaño: los helechos en macetas de latón, las pantallas de lámpara de vidrio de vaselina, los frescos del movimiento Arts & Crafts. Y el frufrú de faldas de seda y el tintineo de las tazas de té en lugar de la cafetera Miele empotrada que sonaba como un tren de vapor cuando bombeaba cafeína en el cuerpo de su padre.

—¿Por qué no metértelo en vena? —le decía Crystal a Tommy.

Harry tenía sensibilidad para recrear cosas del pasado. Había ayudado a diseñar el decorado para la puesta en escena en la escuela de *La importancia de llamarse Ernesto*.

—Ha sido una versión de la obra bastante vanguardista —oyó que el director le comentaba a la señorita Dangerfield.

La señorita Dangerfield le dijo a Harry que sospechaba que su futuro, más que en la interpretación, estaba en la escenografía.

Crystal, según su padre, era «una auténtica friki».

—Pues sí, padezco TOC —declaró ella con tono triunfal, como si se hubiera esforzado mucho en desarrollar aquel trastorno.

Todo tenía que doblarse, distribuirse y ordenarse con exactitud. Latas, adornos, ropa: todo debía estar «donde tocaba». En cierta ocasión había entrado en la habitación de Harry para preguntarle algo (siempre llamaba primero, a diferencia de su padre) y empezado a mover libros en las estanterías para colocarlos por orden alfabético (no del todo correcto), y él no se había atrevido a señalar que ya los había ordenado según la temática.

—No soy lectora, Harry. El colegio y yo no hacíamos buenas migas. Mi límite es el *Marie Claire*.

Un día en que buscaba unas patatas fritas para meterlas en el horno, Harry había reparado en que los ladrillos de comida congelada del muro que contenía el Meneghini estaban ordenados según un complejo sistema de categorías que habría avergonzado a un bibliotecario. Una tarde en que había invitado a Olivia y Amy a casa, Olivia había abierto la nevera para coger un zumo y soltado un grito, literalmente, al ver el interior. Harry tenía que admitir que le produjo cierto orgullo ser el hijastro de una mujer cuyas hileras de túpers y botes de cristal etiquetados impresionaban hasta ese punto a una chica de dieciséis años. «Espera a que veas el cuarto de baño», pensó.

Su amiga Amy apareció para ocuparse del World en su lugar, porque él tenía que llegar al Palace a tiempo para la representación de la noche.

—Hay gente dentro —dijo Harry señalando la entrada al oscuro túnel—. Madre, padre y crío.

El «crío», de unos diez años, torpe y hosco, había estado mordisqueando un palo de caramelo como un dinosaurio que royera un hueso.

—No irá a pasar miedo, ¿no? —había preguntado la madre con timidez.

—No es muy probable —contestó Harry.

Entonces le dijo a Amy:

—Archie no ha venido. Tendrás que ponerte tú la máscara.

—Ni en broma —respondió ella—. Es asquerosa y nada higiénica. Pueden apañárselas sin un vampiro.

Amy tenía un trastorno alimentario y Harry había leído un montón al respecto en internet para saber qué cosas no debería decirle, como por ejemplo «Cómetelo todo, que te hace falta carne en esos huesos» o «Por lo menos acábate lo que tienes en el plato, por el amor de Dios», que era lo que su madre le decía constantemente. Harry, en cambio, le decía cosas como «No voy a poder acabarme esta manzana, ¿quieres la mitad?». Media manzana no alarmaba tanto a Amy como un gran plato de pasta.

—Llevan aquí un montón de rato... o más del habitual.

—A lo mejor se han muerto de miedo, aunque eso es bien improbable. Vas a llegar tarde, Harry.

—Ah, por cierto —dijo él como quien no quiere la cosa, cuando ya salía por la puerta—. Ahí hay un sándwich de hummus y lechuga que no me he podido comer. Lo ha preparado Crystal, así que es muy sano. Si no lo quieres, tíralo y ya está.

—Gracias, Harry.

Las gemelas Kray

Reggie se había traído café en un termo. El de la comisaría era un asco: más que café, parecía agua sucia. Ronnie lo tomaba solo, pero Reggie tenía un botecito de leche de soja para añadir al suyo. Llevaba ya bastante tiempo siendo vegana, casi diez años, desde antes de que los famosos lo pusieran de moda. La gente siempre andaba haciéndole preguntas sobre su dieta, y le parecía que lo mejor era no entrar en detalles y limitarse a responder: «Oh, las alergias, ya sabes...», porque en esos tiempos todo el mundo era alérgico a algo. Lo que en realidad le habría apetecido decir era: «Porque no quiero animales muertos dentro de mi cuerpo» o «Porque la leche de vaca es para los terneritos» o «No quiero contribuir a la muerte del planeta», pero, por alguna razón, a la gente no le gustaba que les dijeras esas cosas. Lo cierto era que ser vegana costaba lo suyo, y encima Reggie no sabía cocinar. Probablemente, a esas alturas habría muerto de inanición si no fuera por su comida más apañada a base de tostada con alubias. Tenía veintiséis años, pero no le parecía haber tenido nunca la edad adecuada.

—Gracias —le dijo Ronnie cuando ella le sirvió un café.

Tenían sus propias tazas. Esa mañana ya habían tomado un café «en casa», como habían empezado a llamarla, aunque solo hubieran pasado dos noches en la casita de Airbnb medio en ruinas en Robin Hood's Bay que habían alquilado durante una semana; era el tiempo que esperaban que durara esa parte de la investigación.

Se acomodaron una junto a la otra en el único escritorio que les habían asignado en el pequeño despacho del último piso de la comisaría. Sobre él había un ordenador y no mucho más, aparte de un montón de cajas, salidas de la nada el día anterior, que contenían todo el papeleo perteneciente a la investigación original del caso Bassani y Carmody. Se trataba de un caótico batiburrillo de recibos y facturas y misteriosas notas que la policía de la zona había reunido para ellas a petición de Rod Gilmerton, su inspector al mando. La palabra «papeleo» quedaría obsoleta algún día. En todo caso, Reggie confiaba de veras en que así fuera. Otra razón para no consumir el café de la comisaría era que Gilmerton les había dado instrucciones de mostrarse reservadas.

—La prudencia es la madre de... lo que sea —dijo.

—De la ciencia —completó la frase Reggie—, aunque en realidad Shakespeare no dijo eso. La gente siempre lo cita mal.

—Te hace falta tener una vida, Reggie —dijo Gilmerton.

—Aunque muchos no lo crean, ya tengo una —terció Reggie.

A su llegada no se habían encontrado con una cálida acogida. Eran intrusas de otro distrito policial, no exactamente bienvenidas por aquellos pagos. El caso que les habían encomendado había tenido su origen ahí hacía más de diez años y ya llevaba su tiempo cerrado, con los culpables castigados, los inocentes compensados y la mancha borrada a base de frotarla, aunque, como podría decirles cualquier miembro de un equipo forense, siempre queda algún rastro. Aun así, todos se comportaban como si en efecto estuviera cerrado, y no solo eso, sino dentro de una caja sellada y en un estante alto, donde todos los implicados habían tratado de olvidarlo y seguir con lo suyo, y de pronto ahí estaban Ronnie y Reggie forzando los candados para volver a abrirla.

Todavía era temprano y se estaba relativamente tranquilo, aunque en la planta baja, en la entrada del edificio, el sargento de guardia en recepción se ocupaba de un puñado de borrachos de la noche anterior para que pudieran volver a integrarse en la sociedad y convertirse en los borrachos de esa noche. Reggie y Ronnie invertían unos minutos bastante infructuosos en revisar las notas de la víspera. Se habían pasado la tarde anterior interrogando a un jugador profesional en el Club de Golf Belvedere con tan poca memoria que bien podrían habérsela borrado unos extraterrestres. De hecho, los extraterrestres parecían haber estado ocupadísimos provocando amnesia por aquella zona.

Ronnie solía tener su base en Bradford y Reggie, en Leeds, y aunque solo llevaban trabajando juntas un par de semanas, desde la comisaría de Reggie en Leeds, ya habían descubierto una gran armonía entre ambas. Reggie era capaz de imaginar que se hacían amigas fuera del trabajo, pero se había guardado esa idea para sí porque no quería parecer demasiado ansiosa.

Las habían incluido en un pequeño cuerpo especial que llevaba el nombre de Operación Villette. De hecho, prácticamente constituían la Operación Villette. Gilmerton iba y venía de otras investigaciones en las que andaba metido. Era un tipo bastante agradable, y al principio a Reggie le había gustado su capacidad de restarles importancia a las cosas, pero al cabo de un tiempo había empezado a parecer sencillamente un pelagatos.

A Reggie y Ronnie las habían reclutado para entrevistar a potenciales testigos y contactos. Recientemente habían salido a la luz nuevas acusaciones, y la mujer responsable de ellas vivía en su territorio. El trabajo de las dos jóvenes agentes consistía en hablar con gente que hubiera mencionado a otra gente que a su vez hubiera sido mencionada por otra gente, un poco como en el juego del teléfono roto. Era un rompecabezas en continua expansión y en el que faltaban muchas piezas, puesto que se remontaba a los años setenta y muchas de las personas mencionadas ya habían muerto, por desgracia. Las nuevas acusaciones implicaban a figuras de la clase dirigente (peces gordos, o halcones, en la jerga nativa de Reggie), y sin embargo la investigación no podía ser más discreta. Quizá por una buena razón; o quizá no.

Gilmerton estaba a punto de retirarse, feliz en su desmovilización, e iba a dejar, básicamente, que ellas «se apañaran con las cosas» solas. No esperaba mucho en lo tocante a los resultados, decía («Solo tenemos que poner los puntos sobre algunas íes»), y eso hacía que Ronnie y Reggie estuvieran incluso más empeñadas en resolver el rompecabezas.

—Encontraremos todas las piezas —dijo Reggie—. Estarán bajo una alfombra o detrás de un sofá. Pero acabaremos con esto.

—A lo mejor se han barrido y metido bajo la alfombra a propósito —sugirió Ronnie.

A Ronnie le gustaba ser organizada casi tanto como a Reggie, y ya era mucho. Acababan de ascenderlas a ambas, por la vía rápida, «hasta la azotea», decía Ronnie. Dos años de uniforme y luego un periodo de formación en la Brigada de Investigación Criminal. Estaban llenas de entusiasmo. Reggie planeaba optar a un empleo con la Agencia Nacional contra el Crimen. Ronnie quería formar parte de la Policía Metropolitana.

Reggie era escocesa, pero no sentía la añoranza del exiliado por su patria. Varios de los peores años de su vida los había pasado en Edimburgo, su ciudad de origen. Y, en cualquier caso, a esas alturas toda su familia había muerto, de modo que no tenía a quien regresar. A los dieciocho años había volado hacia el sur y aterrizado en Derby, donde cursó la carrera de Derecho y Criminología. Antes de eso no habría sido capaz de encontrar Derby en un mapa. En realidad no le importaba adónde iba a parar siempre y cuando no fuera el lugar del que procedía.

Ronnie había hecho un posgrado en Ciencia Forense en la Universidad de Kent. Se llamaba Veronika, pronunciado «Weronika». Sus padres eran polacos y su madre la llamaba Vera, algo que ella detestaba. Pertenecía a la segunda generación. Sus padres no paraban de hablar de regresar, pero a Ronnie no le interesaba. Una cosa más que tenía en común con Reggie.

Tenían la misma altura: ambas eran bajitas. («Menudas», corregía Ronnie.) Reggie llevaba una melenita corta a lo paje y Ronnie se recogía el pelo en un pulcro moño sujeto por un coletero. Las demás agentes, en general, eran un verdadero desastre en lo concerniente a la indumentaria: tejanos o faldas que les sentaban fatal, camisas descoloridas y chaquetas pasadas de moda sobre unos cuerpos que demasiadas comidas para llevar y bolsas de patatas fritas habían vuelto blandengues. Reggie y Ronnie siempre andaban de punta en blanco. Ese día, Ronnie llevaba una blusa blanca y pantalones azul marino. Pese a que el tiempo era cálido, Reggie llevaba un traje chaqueta negro de «lana veraniega» (no existía tal cosa, había descubierto: la lana era lana).

Cuando era más joven, Reggie había abrigado la esperanza de tener algún día una vida que implicara llevar un traje negro. Su mentora y jefa en aquella época, Joanna Hunter, había acudido todos los días a su trabajo como médica de cabecera enfundada en un traje chaqueta negro. Reggie había trabajado para ella como niñera y todavía mantenían el contacto, pese a que la doctora Hunter se había trasladado a Nueva Zelanda con su hijo Gabriel para «empezar de cero». (Cuando una pensaba en lo que le había ocurrido, difícilmente podía culparla.) «¿Por qué no te vienes, Reggie? Podrías venir de visita y a lo mejor hasta considerar encontrar un empleo aquí.» A Reggie le parecía que Nueva Zelanda estaba lejísimos. «Bueno, cuando estás aquí, en realidad no te lo parece —le escribió la doctora Hunter—. Entonces no está lejos en absoluto, porque es sencillamente donde estás; estás aquí.» No era tanto una mentora como una gurú.

Reggie practicaba taekwondo y Ronnie, boxeo. Cuando una era menuda, mujer y policía, tenía que hacer algo; era un triple contratiempo. Al igual que en la brigada, Reggie ascendía en el taekwondo por la vía rápida: ya era tercer dan. Acariciaba un sueño: el de un ataque inesperado una noche oscura, en un callejón siniestro, y la sorpresa de su atacante al verse reducido y en el suelo. «¡Hi-yah!» Aunque en su clase nadie gritaba eso. Y ella no era una persona violenta, pero si te pasabas la vida oyendo cómo te llamaban «chiquitina» o «pobrecita Reggie Chase», te concedías de vez en cuando la fantasía de ser temible.

Le habían ofrecido una beca para asistir a Cambridge, pero no la había aceptado. Sabía que se habría apagado entre tantos derechos y privilegios, y aunque la hubieran admitido en el círculo, cada día del tiempo que pasara allí, la gente habría visto, al mirarla, sus desafortunados orígenes. Su padre había resultado muerto antes de que ella naciera en un incidente de «fuego amigo» (de «amigo» nada, en opinión de Reggie), en una guerra inútil que a esas alturas prácticamente todo el mundo había olvidado. Y su madre se había ahogado en un accidente en una piscina cuando ella tenía quince años, lo que la dejó tan solo con un hermano al que perdería también, víctima de las drogas.

Derby había supuesto una revelación: gente de su misma edad a la que le caía bien y una relación (¡Sexo! ¡Y no era algo vergonzoso!) con un chico divertido y educado que había estudiado Informática y trabajaba combatiendo el pirateo para la misma malévola multinacional que él había pirateado cuando cursaba el posgrado, porque eso era por supuesto lo que le ocurría a todo buen *hacker*, que se veía obligado a trabajar para el diablo bajo amenaza de una larga pena de prisión o la extradición. Se llamaba Sai y era asiático y muy atractivo, y ya no se veían porque él iba a contraer un matrimonio concertado y el FBI le había echado el lazo y lo mandaba a trabajar a Quantico, todo lo cual, en opinión de Reggie, suponía una forma demasiado dramática de poner fin a una relación.

No tenía el corazón destrozado, solo agrietado, aunque eso ya fuera bastante malo. Y tenía su carrera y el traje chaqueta negro a modo de consuelo.

—Eso es lo importante —comentó Ronnie.

La propia Ronnie se encontraba en ese momento «entre novia y novia». Reggie deseaba a menudo ser también homosexual, porque quizá le volvería la vida más fácil, pero Ronnie se partió de risa al enterarse y preguntó:

—¿En qué sentido exactamente?

Reggie había empezado con el taekwondo en la universidad. Había un club para cualquier cosa que te apeteciera aprender. La doctora Hunter había formado parte del club de atletismo de su facultad, y del de tiro al blanco, y Reggie sabía hasta qué punto podían ser últiles esas dos cosas porque la doctora lo había demostrado.

La doctora Hunter era la persona más buena, generosa y comprensiva que Reggie había conocido en su vida, y sabía a ciencia cierta que había matado a dos hombres con sus propias manos (literalmente), algo de lo que solo Reggie y otra persona estaban al tanto. Lo cual venía a demostrar ciertas cosas. «La justicia no tiene nada que ver con la ley», le había dicho la doctora Hunter en cierta ocasión, y Reggie había comprendido a qué se refería, como también lo haría la otra persona que estaba al corriente de la breve carrera como asesina de la doctora.

Ronnie y Reggie apuraron sus tazas de café al mismo tiempo. Dejaron un mensaje para Gilmerton con sus planes para la jornada y lo mismo para el centro de control de allí. Aunque en realidad se trataba de una simple cuestión operativa, pues Reggie tenía la impresión de que a nadie le importaba gran cosa.

—Bueno —concluyó Ronnie—, será mejor que nos pongamos en marcha.

Tenían las placas a punto cuando Ronnie llamó al timbre del Seashell. Les abrió una mujer.

—Buenos días, soy la agente Ronnie Dibicki y esta es la agente Reggie Chase.

Reggie sonrió y sostuvo en alto la placa para que la mujer pudiera examinarla, pero ella apenas la miró.

—Estamos buscando al señor Andrew Bragg —añadió Ronnie.

—¿A Andy? ¿Y para qué lo quieren?

—¿Es usted la señora Bragg? —intervino Reggie.

—Es posible —contestó la mujer.

«Bueno, o lo eres o no. Seguro que no eres el gato de Schrödinger», pensó Reggie.

—¿Está aquí el señor Bragg? —preguntó Ronnie y añadió con tono más tranquilo—: Solo necesitamos hablar un momentito con él, para atar unos cabos sueltos en un caso antiguo. Puro papeleo, en realidad. —Miró a la mujer enarcando una inquisitiva ceja.

A Ronnie se le daba muy bien el truco de arquear la ceja. Reggie lo había intentado, pero siempre parecía que tratara de hacer una mala (malísima) imitación de Roger Moore o de Groucho Marx.

La mujer de Andy Bragg se dio por vencida ante aquella ceja.

—Iré a ver si está —dijo y añadió a regañadientes—: Será mejor que pasen. —Las aparcó en el salón para huéspedes antes de desaparecer en las entrañas de la casa.

Sobre un aparador, dispuestos en abanico, había folletos de información turística: paseos en barca o a caballo, restaurantes de la zona y números de taxi. Reggie se sentó en un sofá y cogió una tabla de mareas de la mesa de centro. Los cojines del sofá y las cortinas de las ventanas eran de una tela adornada con conchas marinas. Cuando te fijabas bien, las veías por todas partes. Resultaba extrañamente perturbador. Leyó detenidamente la arcana información contenida en la tabla de mareas.

—Hoy habrá bajamar a las tres —anunció.

Ni Ronnie ni ella habían vivido nunca junto al mar. Para ellas constituía un misterio. Esclavo de la luna, subía y bajaba, subía y bajaba.

Un perro del tamaño de un caballo de tiro entró en la habitación y las observó en silencio antes de volver a salir.

—Menudo perro tan grande —comentó Ronnie.

—Pues sí —coincidió Reggie—. Casi tanto como tú.

—O tú.

Reggie echó un vistazo a su reloj.

—¿Tú crees que la señora Bragg se ha olvidado de que está buscando al señor Bragg?

Un hombre entró en el salón y pareció asustarse al verlas.

—¿Señor Bragg? —preguntó Reggie poniéndose en pie de un salto.

—No —contestó él—. ¿Lo han visto en algún sitio? En la ducha no sale agua caliente.

El hoyo número diecinueve

—Diría que esta ronda te toca a ti, colega —dijo Andy.

—¿Otra vez? —repuso Vince. ¿Cómo era posible?, se preguntó. ¿No había pagado ya una ronda? Su factura en el bar debía de estar por las nubes, porque Tommy y Andy bebían whiskies de malta dobles. Él había tratado de limitarse a las cervezas, pero aun así se sentía bastante grogui.

—Hoy no aguantas muy bien la bebida, Vince —comentó Tommy—. ¿Qué te ha pasado?

—Me he saltado el almuerzo —respondió él—. Estaba demasiado ocupado para comer.

No era exactamente cierto. Bueno, la parte del almuerzo sí era verdad, pero no estaba «ocupado» en absoluto, porque, para rematar las cosas (y no se lo había confesado a nadie), hacía una semana que había perdido su empleo. Había llegado al final de la curva, a su mismísima base. Una tribulación tras otra. Casi parecía algo bíblico, como si algún vengativo dios del Antiguo Testamento lo estuviera poniendo a prueba. Los padecimientos de Job, pensaba. Se había criado como bautista en Yorkshire del oeste, y las lecciones de la catequesis habían echado raíces.

Puestos a pensarlo, la coincidencia de las tribulaciones de Job con las suyas tenía su gracia, aunque la verdad era que haberse quedado sin trabajo no le hacía ni pizca de gracia. Reducción de plantilla, lo llamaban.

—Lo siento, Vince —había dicho su jefe, Neil Mosser—. Pero ya sabes... —Se encogió de hombros—. Es por la absorción y todo eso.

A Vince no le pareció que encogerse de hombros fuera la respuesta apropiada a un hombre que perdía su forma de ganarse el sustento.

—Tenía que pasar en cuanto empezaran a fusionarse —continuó Mosser. («El gilipollas», decían todos a espaldas de él, y tenían razón: lo era.)

Por otra parte, Vince les caía bien a todos: se les iluminaba la cara cuando entraba, siempre se alegraban de verlo. «¿Te traigo una taza de café, Vince?» «¿Qué tal está esa hija tuya, Vince? Ashley, ¿no es eso?» Qué distintos de Wendy, que durante aquel último año apenas lo había mirado cuando entraba por la puerta. Había una mujer especialmente simpática que trabajaba en las oficinas de York. Se llamaba Heather. Un poco regordeta, siempre parecía vestir de morado, aunque ninguna de esas dos cosas le sentaba mal. Siempre le daba un abrazo y decía: «Mirad quién está aquí, ¡si es nada menos que Vince!», como si nadie esperara su llegada.

—Llevo veinte años trabajando para la empresa —le dijo a Mosser. ¿Acaso no contaban?—. ¿Y no se supone que el primero en llegar es el último en irse? ¿Y no que el primero en llegar es el primero que se va?

El gilipollas volvió a encogerse de hombros.

—Ya sabes, quieren carne nueva. Carne joven y hambrienta, tipos dispuestos a dejarse la piel por la empresa.

—¡Yo me la he dejado! ¡Ya no me queda ni una sola capa de piel! ¡Pero si parezco una víctima de *El silencio de los corderos!*

—No pongas las cosas más difíciles, Vince. —(¿Por qué no?)—. Tendrás una buena indemnización por despido.

«¿Buena? Y una mierda», pensó Vince. Le daría para mantenerse un año. El universo se estaba echando unas risas a su costa. Un hombre que rondaba los cincuenta en paro y divorciado: ¿existía una forma de vida más ínfima en el planeta? Un año antes era un ser humano en pleno funcionamiento: marido, padre, empleado; ahora era superfluo, en todos los sentidos. Un simple residuo en el fondo de la freidora.

—¡Vamos, espabila, Vince! —retumbó en sus oídos el vozarrón de Tommy Holroyd, interrumpiendo sus pensamientos—. Que aquí hay dos hombres con sed.

—¿Te has enterado de la noticia? —preguntó Tommy como quien no quiere la cosa; estaban sentados ante la ventana, con magníficas vistas de la calle del golf. (Tommy siempre conseguía la mejor mesa porque al personal femenino del club le caía bien.)—. Alguien anda diciendo que pronto soltarán a Carmody. Le concederán un permiso de salida.

—Madre mía —repuso Vince—. ¿Cómo se las ha arreglado para algo así?

—Ha alegado motivos familiares. Su mujer se está muriendo, supuestamente.

Tommy y Andy intercambiaron una mirada que a Vince le costó interpretar. Tanto Bassani como Carmody habían sido miembros del Belvedere. En el club ya nadie los mencionaba nunca, pero sus fantasmas todavía acechaban en las sombras. Habían dejado atrás una especie de mácula, un interrogante sobre todo lo que habían tocado. Y, por supuesto, siempre hubo rumores sobre un tercer hombre. ¿Se trataba de alguien que seguía allí?, se preguntó Vince paseando la mirada por el salón del club, vibrante por el alcohol y las conversaciones sin prisas de unos hombres muy ufanos. En realidad, Vince nunca se había sentido uno de ellos, y menos incluso ahora que había caído en desgracia.

A Bassani y Carmody les habían atribuido cosas horrorosas, la clase de cosas que a Vince le resultaban repugnantes, la mayoría relacionadas con niños pequeños. Hubo acusaciones de todo tipo: de celebrar «fiestas», de «suministrar» niños, de viajes al extranjero a sitios «especiales» propiedad de uno de los dos. De poseer una libreta con una lista negra en la que figuraban nombres de jueces, banqueros y policías. De los insignes y los buenos. Por no mencionar la corrupción: ambos habían pasado años en el Gobierno de la región. De la mayor parte de esas cosas no había pruebas, solo (¡solo!) de agresión indecorosa a chicas menores de edad, prostitución de niños y posesión de pornografía infantil. Eso fue suficiente para mandarlos a pudrirse en la cárcel, o por lo menos a Carmody, porque Bassani se había ahorcado en Armley cuando estaba en prisión preventiva. Carmody había sido declarado culpable de todos los cargos y enviado a la cárcel de Wakefield, todavía protestando y asegurando que era inocente. Ninguno de los dos reveló el contenido de aquella libretita negra, si es que existía.

—He oído decir —añadió Tommy— que Carmody está enfermo.

—¿Quién te ha contado eso? —quiso saber Andy.

—Un pajarito. O más bien un pájaro bien gordo: el jubilado del Consorcio de Compensación por Accidentes que suele beber aquí.

—¿Aquel tipo alto de la barbita de chivo?

—Ajá, ese. Dice que a Carmody no le queda mucho. Dentro de unos meses tendrá derecho a la condicional y quiere salir cuanto antes. Según él, hablan de que va a aceptar un trato.

—¿Un trato? —repitió Andy con aspereza—. ¿Qué clase de trato?

—No lo sé —respondió Tommy—. El de revelar algún nombre, quizá.

—¿De quién? —intervino Vince, tratando de que no lo dejaran fuera de la conversación—. ¿El del tercer hombre?

Tanto Tommy como Andy se volvieron para mirarlo como si lo vieran por primera vez esa noche. Transcurrió un instante demasiado largo antes de que Tommy se echara a reír y dijera:

—¿El tercer hombre? Eso es una película, ¿no, Vince?

Tommy y Andy intercambiaron otra mirada, una que excluía por completo a Vince. Amigos de verdad.

A la espera de un héroe

En cuanto llegó a casa, Jackson se quitó la ropa mojada y la metió en la lavadora, y luego se dio una ducha con agua bien caliente. Podía ser verano, pero una zambullida en el mar del Norte bastaba para provocarle hipotermia a uno.

Sentaba bien estar de nuevo a salvo en tierra firme. En realidad el mar no era su elemento: Jackson elegiría la tierra por encima del agua en cualquier ocasión. Y estar en una casa calentita también sentaba bien, con troncos en la leñera y madreselva en torno a la puerta. La casa se hallaba en una finca que se remontaba a siglos atrás, a cuando los normandos se habían apropiado de aquellas tierras. Todo estaba bien conservado, y eso a él le gustaba. No era donde hubiera pronosticado que acabaría, aunque tampoco se trataba necesariamente de que ya estuviera acabado.

La casita estaba emplazada a unos trescientos metros del mar, acurrucada al fondo de un pequeño valle, una mera hendidura en el paisaje, lo que significaba que quedaba resguardada del peor embate del viento. Por un lado tenía vistas a un bosque y, por el otro, a una colina tras la que guarecerse. Un riachuelo fluía a través del valle. A veces había vacas en la colina. La desaparición y reaparición de esas vacas era un misterio sobre el que Jackson rumiaba más tiempo del que quizá le habría dedicado un hombre más joven.

Vivía allí desde la primavera y le gustaba lo suficiente para considerar convertirlo en algo más permanente. Según le contó un vecino al mudarse, se quedaban incomunicados cuando nevaba; podían pasarse días sin ver a nadie. Parecía una idea atractiva. («Una vida recluida —dijo Julia en su cabeza—. A las pruebas me remito.»)

—¿Estás bien? —preguntó Nathan, mirándolo brevemente cuando entró en la sala de estar secándose el pelo con una toalla.

Semejante muestra de preocupación le pareció alentadora: al fin y al cabo, no había criado a un sociópata.

—Sí, gracias —contestó.

Nathan estaba repantigado en el sofá (metido en un chat, por la pinta que tenía), mientras en la televisión se emitía alguna clase de programa concurso, complicado y estúpido. («Como tú, pues», oyó decir a la voz de Julia en su cabeza.) Gente vestida de animales (pollos, conejos, ardillas, con enormes cabezas) corría de aquí para allá mientras otras personas los animaban a gritos.

—Mientras tanto, en Alepo… —murmuró Jackson.

—¿Qué?

—Nada —repuso Jackson con un suspiro.

—Ha sido guay —comentó Nathan al cabo de un ratito.

—¿El qué?

—Lo que has hecho hoy.

—Solo un día más en la oficina —repuso Jackson, aunque notó cómo el corazón se le henchía de orgullo: el hijo honraba al padre.

Julia había pasado por alto ofrecer una opinión sobre las patatas fritas, de modo que compartieron una bolsa grande de Kettle con aroma a jalapeño dulce y crema agria, en amigable silencio, mientras observaban cómo los grandes conejos y ardillas se perseguían unos a otros. Cuando le salvabas la vida a alguien, pensó Jackson, era un buen día. Y se volvía incluso mejor cuando no perdías la tuya.

Temporada de verano

Barclay Jack, en su camerino, se aplicaba base de maquillaje
Rimmel en la cara. Se detuvo para contemplarse con melancolía en el espejo. ¿Aparentaba la edad que tenía? (Cincuenta
y ocho.) Sí, la aparentaba, cada minuto de ella y más. Barclay
(que en realidad se llamaba Brian Smith) sintió una punzada
de abatimiento. Notaba el estómago un poco revuelto. ¿Miedo escénico? ¿O un curri un poco chungo?

Alguien llamó a la puerta del camerino. Se abrió con cautela y Harry asomó la cabeza. Le habían proporcionado a
Barclay un «ayudante» para la temporada, un voluntario, un
chico en edad escolar que deseaba «empezar en el teatro».
«Bueno, pues esta no es la vía, tesoro», pensó Barclay. Harry.
Harry Holroyd. Era el nombre de alguien en una comedia del
cine mudo. O de un artista del escapismo.

—Tiene diez minutos, señor Jack.

—Vete al carajo.

—Sí, señor Jack.

Harry cerró la puerta y rondó por el pasillo. El año siguiente
tenía previsto solicitar el ingreso en la Universidad de Sun-
derland para cursar Arte Dramático y Cinematográfico, de
modo que consideraba el Palace una especie de experiencia

laboral que tendría buena pinta en su formulario de solicitud. Desde luego era una experiencia: solo al empezar a trabajar allí había comprendido hasta qué punto llevaba una vida protegida y cándida. «El Palace» era un nombre un pelín inapropiado: ni que lo hubiera intentado se habría parecido menos a un palacio.

Bunny Hopps se contoneó hacia él por el angosto pasillo, tambaleándose sobre los colosales zapatos de tacón rojos y brillantes. Honeybun Hopps (aunque todos la llamaban Bunny) era enorme: casi metro noventa y con la complexión de un delantero de *rugby*.

—No tengo relación alguna con *lady* Bunny —decía con cierto tono de misterio—. He sido Bunny desde que era una criatura.

Su nombre de pila era en realidad Clive, pero el apellido Hopps sí era auténtico. Lo presentaban como «un hombre que se hacía pasar por mujer», una descripción que parecía enfurecerlo.

—No soy ningún puto Danny Le Rue —le dijo a Harry.

Harry no tenía la menor idea de quién era ese, pero lo encontró (o la encontró) en un antiguo programa de televisión titulado *Los buenos viejos tiempos*.

—Era un poco… raro —informó después a Bunny.

—Ay, tesoro —dijo Bunny (con mucho acento de Tyneside)—, espera a que te encuentres con Fanny Cradock.

El espectáculo del Palace era una suerte de retorno a los años ochenta, una revista de variedades que, a su manera, se hacía eco de *Los buenos viejos tiempos*.

—Por el amor de Dios, yo soy una puta *drag queen* —continuó Bunny—. ¿Por qué no me han puesto así en el programa?

Por pura curiosidad, Harry había visto *RuPaul's Drag Race*, el programa concurso de transformistas, y descubierto que Bunny, pese a sus protestas, era un participante bastante anticuado en el mundo siempre cambiante de las *drag*, más Lily Savage que RuPaul. Por supuesto, el padre de Harry, que no se tomaba el menor interés en lo que viera su hijo, había elegido aquel momento para irrumpir en su habitación.

—Dios santo —exclamó—. ¿No puedes ver porno como todo el mundo?

Bunny hurgó en el interior del corsé en el que iba embutida en busca de cigarrillos. Fumar estaba estrictamente prohibido en el teatro: según el ayudante del director de escena, era un «polvorín» con alto riesgo de incendio. Las alarmas de humo que hubiera se habían quedado sin batería tiempo atrás, y entre bambalinas había una singular falta de rociadores que permitía a los intérpretes su buena dosis de pitillos ilícitos. Las coristas eran las peores: fumaban como carreteros en su camerino entre un despliegue de laca y poliéster que habría sido la pesadilla del Departamento de Sanidad y Seguridad en el Trabajo.

Bunny le ofreció el paquete de tabaco a Harry.

—Venga, tesoro, que no va a matarte.

—No, no quiero, Bunny, gracias —contestó Harry.

Prácticamente cada noche tenían la misma conversación, y Harry llevaba una caja de cerillas en el bolsillo para poder encenderle los pitillos a Bunny: él (ella, ella, se corrigió) podía apañárselas con el paquete de cigarrillos, pero en su disfraz no había sitio para nada con que encenderlos.

—Demasiado apretado —se quejaba Bunny—. La fricción que se produciría si tratara de meter algo más aquí dentro sería peligrosa. Quizá verías un caso de combustión instantánea.

Harry sabía que prácticamente todo lo que Bunny decía era lascivo, pero no siempre estaba seguro de qué pretendía con el doble sentido. Bunny transmitía algo extrañamente shakesperiano. En el colegio habían tocado el tema de los cambios de género: «Compara y contrasta los personajes masculinos y femeninos en *Noche de reyes* y *El mercader de Venecia*».

De hecho, Harry había estudiado el número de Bunny como podría haber estudiado a Shakespeare. Tenía una interesante trayectoria (uno de los términos preferidos de la señorita Dangerfield). El número de Bunny ponía fin a la primera mitad del espectáculo y se basaba en el concepto de que él…, ella era una diva de la ópera, una soprano chillona, que nunca conseguía llegar a cantar su gran aria. (Era más entretenido de lo que parecía.) Durante la primera parte de la actuación de Bunny, el público daba muestras de inquietud, entre abucheos y murmullos: la mayoría había acudido solo para ver a Barclay Jack y no a un tipo grandote con tacones.

—Pero siempre los conquistas —le dijo Harry a Bunny.

—Gracias por explicarme mi propio número, tesoro —terció Bunny.

—Perdona —repuso Harry, pero insistió—. Aunque me gusta mucho cómo lo haces: eres realmente divertida, y hasta un poco… temeraria. —A él le habría gustado aprender a ser temerario—. Y para cuando llegas a tu apoteosis —(«Ooh, Betty», decía misteriosamente Bunny)—, te están aclamando como si fueras un héroe. Es brillante.

A Harry le gustaba la naturaleza transformadora de lo que hacía Bunny. Se preguntaba si él se convertiría en una persona distinta si se cambiaba el nombre. ¿Cuál elegiría si asumía la identidad de una *drag queen*? (Una idea poco probable, pues nunca se atrevería.)

—¿Hedda Gabler? —le sugirió a Bunny—. ¿Lin Crusta?

—Un poco crípticos, tesoro.

Bunny conocía a una *drag queen* llamada tía Hista-Mina y a otra que se hacía llamar señorita Fal Tona, que desde luego no eran nombres reales. Y a otra con el nombre de Ana Rexia, lo cual estaba sencillamente mal. Harry se preguntó si

Amy se habría comido el sándwich de hummus que había dejado para ella.

Crystal se llamaba Crystal Waters antes de que su padre se casara con ella. Parecía un nombre improbable. Le confesó a Harry que era su «nombre artístico». ¿Había sido artista?, le preguntó él ilusionado.

—Bueno, ya sabes… —contestó ella sin concretar.

El padre de Harry le había contado que había sido antaño modelo de fotografía erótica, «solo de *topless*», como si eso supusiera un logro, aunque más por parte de él que de Crystal.

Según Emily, no se trataba de un logro, sino de algo degradante. Emily podía llegar a tener opiniones muy severas, en especial cuando se trataba de Crystal.

—Es una farsante —decía de ella.

Harry conocía a Emily desde la escuela primaria, de modo que ya era un poco tarde para hacerle frente.

—Me refiero a que tu madrastra no es lo que se dice un icono del feminismo, ¿no, Harry?

—No, pero es buena persona —la defendió él débilmente.

Y uno tenía que admirar el esfuerzo que Crystal ponía en su aspecto, casi tanto como Bunny. («Chúpate esa, Donatella», soltó Bunny cuando Harry le enseñó una foto. En realidad le mostraba una imagen de Candace, pero Bunny se mostró más interesado en Crystal, que casualmente también aparecía en la instantánea.) En «farsante» Harry reconoció una de las palabras de la señorita Dangerfield. Emily iba a llevarse un buen disgusto cuando se enterara de que la señorita Dangerfield no regresaría a la escuela después del verano. Emily era tremendamente inteligente: estaba leyendo *Ulises* y *Finnegans wake* «para entretenerse» durante las vacaciones. El espectáculo del Palace la habría horrorizado.

Crystal era más lista de lo que la consideraba Emily, más lista de lo que se consideraba ella misma. Por ejemplo, se le daba de maravilla jugar al ajedrez, aunque lo hiciera con cierta desgana y siempre anduviera señalando lo tonta que era. Y había que tener bastante sentido común para digerir (por así decirlo) todos aquellos datos científicos sobre «la dieta limpia». A veces hablaba como si tuviera una licenciatura en nutrición avanzada. «Verás, Harry, lo que tiene la vitamina B_{12} es que…» Etcétera. A Harry le parecía que ocultaba sus talentos, que era precisamente lo que la señorita Dangerfield les había dicho sobre él a sus padres en la reunión del trimestre anterior en el colegio.

—La señorita Dangerfield sí que oculta cosas, pero bajo la falda —soltó su padre al llegar a casa con una sonrisa de oreja a oreja—. Y menudo espectáculo debe de haber ahí para los ojos.

Su padre podía ser a veces horriblemente grosero. Parecía creer que eso lo ayudaría a él a hacerse un hombre.

—¿Y es eso lo que quieres ser, tesoro? —preguntó Bunny—. ¿Un hombre? Porque serlo no es tan estupendo como lo pintan, te lo digo yo.

*

—¿Y qué tal Poli Ester? —le sugirió Harry a Bunny (estaba lanzado)—. ¿O Cone Jita? ¡Ya sé, Filis Tea! Ese sí que es bueno. A ti te quedaría bien, Bunny, porque eres muy grandota.

(«Pareces muy metido en el mundillo de las *drag* —le comentó Emily—. Deberías desconfiar de la apropiación cultural.» Sin duda ese era un concepto que le había transmitido la señorita Dangerfield.)

Del camerino de Barclay Jack les llegó el ruido de algo que se hacía añicos contra el suelo, seguido por un bramido de ira del hombre en cuestión.

Bunny señaló el camerino con el pitillo.

—¿Te ha vuelto a crear problemas ese cabrón?

Harry se encogió de hombros.

—No pasa nada.

—Está furibundo porque ya no sale en la tele —explicó Bunny—. Además, es un hijoputa gordo.

Si el padre de Harry oyera a Bunny utilizando esa clase de lenguaje, probablemente le daría un puñetazo. Él mismo soltaba tacos terribles, tan tremendos como cualquiera que saliera de los labios recauchutados de Bunny, pero eso por lo visto no contaba. Tommy tenía estándares para los demás, y en especial para Harry.

—Se trata de que prosperes como persona —decía—. Haz lo que yo diga, no lo que yo haga.

Harry confiaba en que su padre nunca se cruzara con Bunny. No lograba imaginarlos juntos en la misma habitación.

Volvió a llamar a la puerta de Barclay Jack.

—¡Dos minutos, señor Jack! —exclamó.

Mientras escuchaban la sarta de improperios que soltaba a modo de respuesta Barclay Jack, Bunny dijo:

—Bueno, pues si te causa problemas, limítate a mencionarle Bridlington.

—¿Bridlington? —repitió Harry—. ¿Qué pasó en Bridlington?

—Da igual, tesoro. Ya conoces el dicho: lo que pasa en Brid se queda en Brid. Eso si tienes suerte, claro.

***

Los focos iluminaron a una pareja de cantantes, marido y mujer, que antaño habían sido los representantes (fallidos, huelga decir) del Reino Unido en Eurovisión. Madre mía, pensó Barclay, era como retroceder en el tiempo. Bueno, de hecho era así, pues aparecían en cartel como «Un soplo del pasado», o sea, vestigios de la televisión de los setenta y los ochenta. Fueron buenas décadas para Barclay, pero ahora no lo eran necesariamente. Había coristas que levantaban las piernas y un ventrílocuo cuyo «muñeco» era una gallina (*Clueca*) y que solía morar en la desmoralizadora órbita de la televisión para niños; un grupo de *glam rock* que había tenido un gran éxito con una única canción, literalmente, y que llevaba los últimos cuarenta años de gira interpretándola; un mago que había sido antaño invitado habitual de alguna clase de espacio televisivo..., ¿un programa de entrevistas y variedades? ¿El de Cilla Black? ¿El de Esther Rantzen? Barclay no se acordaba. Y el mago tampoco. Todo el mundo creía que había muerto. («Yo también», decía el mago.)

Y, cómo no, el maldito Bunny Hopps, que andaba moviendo el culo por ahí como la dama de una comedia navideña de tres al cuarto. Bastaba para darle a uno ganas de vomitar. El teatro trataba de convertirlo en un espectáculo familiar, pero los mandamases los habían obligado a incluir la advertencia antes del intermedio de que dejaban a criterio de los padres con niños en el público si les permitían quedarse a la segunda parte, pues Barclay Jack era «un poco atrevido». La dirección le había pedido que «bajara el tono» para las sesiones matinales. Menudo hatajo de cabrones impertinentes. Le daba igual, sabía que no iban a echarse atrás. El espectáculo entero, la temporada entera, se había tildado de algo salido de la Edad Media. Al igual que el propio Barclay.

Había llegado a lo más alto. Había caído. Antaño no paraba de aparecer en la televisión, y en cierta ocasión había ganado el «premio del público». Había recibido cientos de cartas de admiradores por semana, había copresentado *Saturday Night at the London Palladium* y coincidido con el príncipe de Gales. Dos veces. Durante una temporada había tenido su propio programa en la ITV y un efímero concurso del Canal 5 en sus primeros tiempos. Los concursantes no eran lumbreras y hasta la cuestión más simple de cultura general parecía superarles. (Pregunta: ¿Cuál era el nombre de pila de Hitler? Respuesta: ¿*Heil*?)

«Y mírenme ahora», pensó. «Tocando fondo».

—Bueno, Barclay —le dijo Trevor, su mánager—, el *crack* y las menores de edad pueden volver muy largo el camino hasta la redención.

—Fueron rumores, Trevor —repuso Barclay—. Nunca hubo pruebas de nada. —Y eran los años setenta, por el amor de Dios; todo el mundo andaba metido en esas cosas.

Los focos volvieron a encenderse. Pudo captar la emoción, como un vapor caliente que se elevaba hasta llenar el auditorio. El público de esa noche era muy escandaloso: un par de despedidas de soltera, por cómo sonaba. Esa era la cuestión, que él seguía siendo popular, y mucho, si había que fiarse de la reacción del público. ¿Por qué los ejecutivos de la televisión no eran capaces de verlo?

Salió al escenario y se tomó unos instantes para disfrutarlo, con el estómago ya en su sitio. Arqueó una lasciva ceja mirando a una mujer en la primera fila, que pareció a punto de mearse encima.

—¿Cómo haces para que un pájaro muy gordo se vaya a la cama contigo? —exclamó para llegar a la última fila de la platea alta.

Ya se estaban riendo, incluso antes de que acabara el chiste.

—¡Es fácil! —gritó—. ¡Pan comido!

Les encantó.

Llegó la hora, caballeros

—Bueno —dijo Andy—, supongo que llegó la hora de volver a casa y a los viejos grilletes.

Tommy soltó una risita cómplice. La mujer de Andy, Rhoda, se había labrado en un material bien distinto al de Crystal, cuyo cianotipo era el de una diosa.

En cierta ocasión, Andy le confió a Vince, cuando Tommy no les oía:

—Lo lógico sería pensar que, si Crystal hubiera sido en efecto modelo erótica, habría fotografías suyas desnuda por todo internet, pero no he sido capaz de encontrar nada. Creo que Tommy nos ha contado una bola.

—¿La has buscado? —preguntó Vince horrorizado.

—Claro que sí. No me digas que tú no.

Vince no lo había hecho. Nunca haría algo así. Era una falta de respeto. No sería capaz de volver a mirar a Crystal sin imaginarla desnuda.

—De eso se trata más o menos, Vince —terció Andy.

Los moradores del bar del club Belvedere emprendieron el tardío camino de vuelta a casa. Al tanto de las leyes, Tommy Holroyd había pedido un taxi por teléfono.

Andy, como de costumbre, se mostró encantado de arriesgarse a que lo pararan. El Belvedere era el segundo hogar de una serie de miembros del cuerpo que probablemente harían la vista gorda ante sus transgresiones. Le propuso a Vince llevarlo hasta el tugurio en el que Wendy lo había obligado a vivir, pero él declinó el ofrecimiento.

Si iba a morir (y, para ser franco, tampoco le preocuparía demasiado que pasara), no quería que fuera con la cara enterrada en el airbag del Volvo de Andy Bragg. Había sitios mejores para que ocurriera: en York, en las profundidades del escote rodeado de morado de Heather, por ejemplo. Podía imaginarse hundiendo la cabeza entre aquellos pechos grandes como globos. «Mirad quién está aquí, ¡si es nada menos que Vince!» Y luego…

Andy Bragg le tocó el claxon cuando pasaba con el coche. Aminoró la marcha y bajó la ventanilla del acompañante.

—¿Seguro que no quieres que te lleve, Vince?

—No, no hace falta, Andy, gracias. Me apetece que me dé un poco el aire. Hace una noche bonita. Igual me paso por la casa y saco al perro antes de la hora de acostarse. Hace ya una temporada que no veo a *Sparky*.

—Como quieras, colega.

Andy se internó en la noche entre el bramido del motor. Vivía a cuarenta minutos siguiendo la carretera de la costa, en su hotel, el Seashell, pero Vince sabía que intentaría llegar en media hora.

El Seashell. Habían comprado el Sea View un par de años atrás y le cambiaron el nombre para relanzarlo a modo de hotel *boutique*. («*Boutique* de lujo», insistía Rhoda.) Cuando lo adquirieron era un hotel muy anticuado y venido a menos: moqueta con motivos en rojo y azul, papel pintado Lincrusta manchado de nicotina, apliques en las paredes con flecos en las pantallas y bombillas incandescentes. Lo vaciaron hasta dejarlo desnudo, convirtieron las siete habitaciones en *suites*, lo pintaron todo en tonos apagados de gris, azul y verde, y pulieron y blanquearon los tablones del suelo. «Al estilo Cape Cod», dijo Rhoda, aunque ninguno de ellos había estado nunca en Cape Cod. Para introducir un toque más británico, bautizaron las habitaciones con los nombres de las zonas de predicción marítima: Lundy, Malin, Cromarty, etcétera, aunque sin usar los más raros, como German Bight o Dogger, que sonaban vagamente pornográficos.

Era, en realidad, la criatura de Rhoda. Andy llevaba a cabo «las tareas pesadas», como ella las llamaba: conducir hasta el Cash and Carry, las interminables labores de mantenimiento, por no mencionar a los huéspedes más problemáticos a los que hacía falta aplacar. Se le daba bien contemporizar con la gente: «El señor Cordialidad», lo llamaba Rhoda a veces, aunque no siempre parecía estar echándole un piropo. La resolución de conflictos no era el punto fuerte de Rhoda: ella tenía más probabilidades de iniciar una pelea que de ponerle fin.

La agencia de viajes de Andy, la epónima Andy's Travel, había quebrado un tiempo atrás, y ahora llevaba su negocio reencarnado desde casa, con el nombre de Rhoda en los documentos de la empresa bajo el apelativo anónimo de Exotic Tours.

Andy llevaba más tiempo en el mundo de los viajes del que era capaz de recordar. Tras un contrato de aprendizaje con Thomas Cook, montó su propio negocio, con un escritorio en la agencia de algún otro (en aquella época estaba en Bridlington), hasta que reunió el dinero suficiente para abrir su propio local un trecho más arriba en la costa. En aquellos tiempos vendía sobre todo vacaciones organizadas: dos semanas en Lanzarote, el Algarve o la Costa Brava, con un manojo de cheques de viajero en una mano y una botella de Hawaiian Tropic en la otra.

La vida era simple en aquel entonces. La gente necesitaba agentes de viajes. Luego el barco había encallado, arrollado por internet. Y en ese punto había tenido lugar una competencia despiadada, en la que solo sobrevivías si evolucionabas. De modo que Andy había evolucionado para centrarse en los aspectos más especializados del negocio: «Un servicio a medida que satisface el gusto individual», era como él describía su línea. Turismo sexual, básicamente: viajes para tíos a Tailandia, Bali, Sri Lanka, donde podían conseguirse chavalas en los bares, chicos en las playas e incluso encontrar esposa si era eso lo que andaban buscando. Ahora también todo eso había pasado a mejor vida, por así decirlo. Los tíos hacían eso por sí mismos y Exotic Travel se había convertido en poco más que un nombre. El negocio de Andy pasó entonces a ser clandestino, y últimamente tenía más que ver con la importación que con la exportación. Rhoda no tenía el menor interés en las actividades comerciales de Andy, y menos mal, visto lo visto.

Se trataba de una pendiente resbaladiza. Empezabas vendiéndoles paquetes turísticos del Club Med a chavales de dieciocho años que querían un poco de diversión y de sol, y acababas pinchado en el extremo de un tenedor y tostándote como una tortita. Pecados de comisión. Andy sabía qué le esperaba. Lo habían criado en el más estricto catolicismo, su madre era una creyente feroz. Hacer borrón y cuenta nueva le iba a costar más que unas cuantas avemarías.

El Seashell se hallaba en un pueblecito, o en lo que pasaba por pueblecito, aunque últimamente consistía en propiedades de alquiler vacacional dispuestas a lo largo de la carretera o, en el caso de las más caras, ocultas en las laderas del valle. No había rastro del ambiente chabacano y carnavalesco de otros lugares de la costa más hacia el sur, ni de salas de juegos recreativos, puestos de pescado frito o parques de atracciones. El aire no estaba viciado por el hedor de la grasa frita y el azúcar. Allí acudían los paseantes de perros: jubilados de mediana edad, gente que iba a pasar el día (por desgracia) y parejas jóvenes con niños pequeños que querían unas vacaciones anticuadas de cubo y pala. Aunque acudieran otros días de la semana, eran poco más que «domingueros» (Andy detestaba esa palabra). Ninguno de ellos constituía la clientela ideal para el Seashell. Tenían licencia para vender alcohol y preparaban «almuerzos ligeros», y eso ayudaba, pero suponía que Airbnb acabaría por condenarlos a muerte. Daba igual, no era que le faltara el dinero, pues de hecho nadaba en él; solo era desafortunado que no lograra encontrar la forma de explicarle su procedencia a Rhoda.

Rhoda había convertido las conchas marinas en rasgo distintivo del hotel. Había grandes caracolas en las *suites*, jaboneras con forma de vieira, móviles hechos con bígaros y lapas zapatilla. Andy no distinguía una almeja de un mejillón. En el comedor, cada caro mantel individual lucía una pintura de estilo clásico de alguna concha. En Pompeya no habrían parecido fuera de lugar. Una gran concha adornaba el centro de todas las mesas. Rhoda en persona había pegado conchas marinas en las bases de las lámparas de Ikea. Andy opinaba que había llevado la cosa demasiado lejos, pero era como una posesa. En el TK Maxx de los almacenes MetroCentre de Gateshead había visto cortinas de ducha con conchas (parecía un trabalenguas) y contemplaba la idea de encargar toallas bordadas con el logotipo del hotel, una concha marina sobre un par de eses entrelazadas. A Andy le preocupaban las connotaciones nazis, y Rhoda, que no dejaba de tener cierto parecido con un soldado de asalto alemán, pensaba que su marido era demasiado susceptible; no era algo de lo que solieran acusar a Andy.

Andy había conocido a Rhoda diez años atrás, cuando ella entró en su agencia para contratar unas vacaciones de soltera en Fuerteventura. Estaba de paso: era representante de una empresa farmacéutica y una mujer formidable en muchos sentidos, en particular de envergadura. Iba embutida en un traje sastre con pantalón, gris y demasiado apretado (que hizo brotar inesperadamente la palabra «grupa» en los pensamientos de Andy), y rodeada por una nube asfixiante compuesta a partes iguales de laca Elnett y Poison de Dior. Una vez que hubo hecho la reserva y aceptado el depósito, Andy comentó:

—Una mujer tan preciosa como usted no debería estar soltera.

Rhoda había soltado una risotada de desdén parecida a la que solían dedicarle las niñas en el colegio. Luego había vuelto a asir el pesado maletín negro de muestras para subirse de nuevo a su coche de empresa. No obstante, la frasecita con la que Andy había tratado de entablar conversación debió de haber tenido su efecto, porque un año más tarde estaban de luna de miel en un hotel de Creta en el que él se había asegurado un gran descuento del ramo.

Rhoda vivía en Luton («un sitio de mala muerte») en aquel entonces, pero era oriunda de Filey y le produjo alivio trasladarse de nuevo a la costa este. El magnético tirón del norte.

—Como un salmón que viene a desovar —comentó Rhoda—. Solo que yo no vengo a poner huevos, Dios me libre.

Era el segundo matrimonio para ambos y Rhoda no había querido hijos.

—De todos modos, creo que ese barco ha zarpado ya —dijo sin el menor indicio de lamentarlo.

Andy se preguntaba a veces cómo habría sido lo de ser padre, lo de ver cómo su ADN florecía en un niño. Pero se decía que tal vez al mundo le iría mejor sin otro Andy Bragg en él.

En lugar de un crío tenían una perra, una terranova llamada *Lottie* y grande como un poni que aparecía en la página web como si fuera una de las atracciones del Seashell, aunque seguía mostrándose estoicamente indiferente hacia los huéspedes. Andy y Rhoda proyectaban en ella una serie de emociones, pero de hecho su expresión (una especie de decidida vacuidad) nunca cambiaba. Según Andy, era una lástima que no jugara al póquer. Tendía a bloquearle a uno el camino, como un mueble enorme e impasible. A Andy, en ciertos sentidos, *Lottie* le recordaba a su mujer.

Rhoda sabía muy bien lo que quería, era uno de sus mejores rasgos distintivos. Y también uno de los peores, por supuesto. Estaba resuelta a convertir el Seashell en un éxito, aunque tuviera que drogar a la gente que pasara por delante y arrastrarla a través de las puertas. «Como un tigre con su presa», pensaba Andy.

La puerta principal estaba cerrada con llave para cuando Andy llegó a casa; los residentes tenían llave. Le llevó unos minutos encontrar la suya y varios ebrios intentos conseguir meterla en la cerradura. Por nada del mundo iba a llamar al timbre y sacar a Rhoda de la cama: cuando perturbaban su sueño se convertía en una verdadera pesadilla. Era una alondra, no un búho, decía. Las diferencias entre Rhoda y una alondra eran demasiado grandes para considerarlas siquiera.

Finalmente se las apañó para entrar, pero no antes de tropezar con la gigantesca concha araña que se utilizaba de tope para la puerta interior del porche.

Pasó ante la puerta abierta del comedor, donde todo estaba dispuesto para el desayuno del día siguiente. Había tarritos individuales para el kétchup y las mermeladas, un derroche caro, pero eso definía el «lujo», por lo visto. En plena temporada alta, solo estaban ocupadas tres de las siete habitaciones. Era asombroso lo que podía provocar una mala reseña en TripAdvisor.

Tuvo que rodear a *Lottie*, que dormía profundamente en el rellano, antes de subir de puntillas hasta la habitación en la buhardilla que hacía las veces de oficina de Exotic Travel. Se detuvo en el umbral y aguzó el oído para asegurarse de que Rhoda no se moviera en el dormitorio del piso de abajo. Encendió el ordenador y entró al sistema. La pantalla arrojaba la única luz en la habitación y la miró fijamente durante largo rato antes de teclear la dirección de un sitio web. No era la clase de página que uno encontraría en Google.

***

Crystal fumaba un pitillo a hurtadillas en el umbral cuando oyó el ruido de un coche que entraba en el sendero. Entornando los ojos para escudriñar la oscuridad, sintió una punzada de miedo. ¿Sería el BMW plateado?

Las luces con sensores de movimiento que flanqueaban el sendero de entrada se activaron de repente y reparó en que solo era un taxi que se acercaba: Tommy volvía a casa desde el Belvedere.

—Gilipollas —musitó por lo bajo mientras aplastaba la colilla bajo el zapato.

A toda prisa, se pulverizó un poco de aromatizador bucal en aerosol y adoptó una pose de pasarela en el umbral, y cuando Tommy se hubo apeado del taxi, le dijo:

—Hola, cariño, ¿has tenido un buen día?

—Ajá, un día genial —respondió Tommy Holroyd—. Le he dado con la bola a un albatros.

Crystal frunció el entrecejo. No lograba imaginar una situación en la que algo así pudiera volver genial un día, sobre todo para el albatros, pero dijo:

—Vaya, pues bien hecho. Ni siquiera sabía que los hubiera en Gran Bretaña.

***

Aquimismo. «El hogar conyugal», como se llamaba ahora en la jerga legal de Steve Mellors. La parte paloma del cerebro de Vince guio sus pies hasta allí de manera automática. Quizá podría hablar con Wendy, pedirle que suavizara un poco las condiciones del divorcio para que él no lo perdiera todo, en particular su dignidad.

Las luces estaban encendidas, un hecho que lo mosqueó, pues todavía pagaba él la factura de electricidad. Wendy podría dar alguna muestra de piedad, aunque solo fuera apagando alguna luz. Al fin y al cabo, ella tenía un empleo, solo de media jornada, pero no le costaría mucho pasar a trabajar a tiempo completo y ganar algo más de dinero en lugar de quedarse con todo el de Vince. (¡Y la mitad de su pensión! ¿Cómo podía ser justo algo así?) Wendy trabajaba en las oficinas de una universidad de la zona, aunque, por su forma de dejarse caer en el sofá cuando llegaba a casa tras haber concluido la jornada, cualquiera diría que se pasaba el día extrayendo carbón con sus propias manos. («Estoy hecha polvo, Vince, tráeme una copa de *prosecco*, ¿quieres?»)

Vince escudriñó a través de la ventana de la fachada, pero no consiguió ver nada entre las cortinas, que dejaban un resquicio de apenas un dedo. Parecía poco probable que Wendy estuviera allí dentro con un nuevo hombre, pues sin duda entonces andaría besuqueándose con él bajo la suave luz de una lámpara o de una vela indulgente, no bajo el radiante resplandor de la araña de luces BHS de cinco brazos. El British Home Stores bien podía haber quebrado para entonces, pero sus artilugios de iluminación seguían brillando contra viento y marea. Era una noche de sábado; supuso que Wendy habría salido de parranda.

Apoyó la cabeza contra el frío cristal de la ventana durante unos instantes. La casa parecía sumida en un silencio sepulcral. No le llegaba el cotorreo de la televisión ni los enloquecidos ladridos de *Sparky*.

—¡Vince!

Se apartó de un brinco de la ventana, pero solo era un vecino, Benny. Exvecino.

—¿Estás bien, amigo?

—Solo quería echar un vistazo a mi antiguo rancho, ya sabes.

—Te echamos de menos por aquí.

—Ya, yo también me echo de menos —terció Vince.

—¿Cómo te va, por cierto? —preguntó Benny con una expresión de preocupación en el rostro: un médico con un paciente terminal.

—Oh, bueno, ya sabes —repuso Vince esforzándose en mostrarse cordial—, no puedo quejarme. —Se le habían pasado las ganas de enfrentarse con Wendy, de modo que añadió—: Mejor voy pasando ya. Nos vemos por ahí, Benny.

—Claro, Vince, nos vemos por ahí.

Vince se metió entre las sábanas con olor a humedad. Pues sí, había algo más patético que un hombre de mediana edad al borde del divorcio pidiendo una sola ración de pescado frito: un hombre de mediana edad al borde del divorcio arrastrando una bolsa de ropa sucia por las calles de camino a una lavandería. El coche de empresa se había esfumado con el empleo, el perro con el matrimonio y la lavadora con la casa. Se preguntó qué sería lo siguiente que iban a quitarle.

Permaneció despierto, mirando el techo. Los pubs acababan de vaciarse y había demasiado ruido para dormir. Oía el enervante barullo de la sala de juegos recreativos de Carmody en la acera opuesta. Todavía estaba al frente de ella la familia. Cada vez que pasaba por delante, Vince veía a la nervuda hija de Carmody sentada en la cabina donde se proporcionaba cambio, muerta de aburrimiento por la pinta que tenía. Solían llamarlo el «imperio» Carmody, solo porque tenía más de una sala en más de una ciudad. «Cuatro salas de juegos recreativos no forman un imperio», pensaba Vince. Y ahora, ¿dónde estaba Carmody? Sentado en una celda en alguna parte, un emperador depuesto. «¡Contemplad mis obras, poderosos, y desesperad!» Había aprendido ese poema en el colegio. Tenía una memoria excelente, más una maldición que un don. ¿De verdad iba Carmody a revelar nombres? ¿A deponer a más emperadores? ¿O solo a sus esbirros?

Estaba muerto de cansancio, pero suponía que, como la mayoría de las noches desde que se había mudado allí, su sueño sería torturado y agitado. La pauta habitual era que, cuando se las apañaba por fin para olvidar sus cuitas y quedarse dormido, lo despertaran de golpe las gaviotas que ejecutaban su claqué matutino en el tejado sobre su cabeza.

Exhaló un suspiro. A su pesar, empezaba a comprender que no le importaría a nadie que no se despertara por la mañana. No estaba seguro de que le importara a él mismo. Si se despeñaba por un precipicio, como Louise Holroyd, dudaba que hubiera siquiera un ramo de flores marchitas para señalar el sitio. Una lágrima le surcó la mejilla. «Estoy muy triste —se dijo—. Soy un hombre muy triste.» Quizá había llegado la hora de ponerle fin a todo.

Bis

—¿Cómo deja uno embarazada a una monja?

Harry nunca llegaba a averiguar el final de ese chiste porque cuando lo oía a través del intercomunicador entre bastidores era la señal de que disponía de cinco minutos para asegurarse de que todo estuviera en su sitio para la salida de Barclay Jack, por el lado izquierdo del escenario. No salía perseguido por ningún oso; el propio Barclay Jack era el oso. En cuanto abandonaba el escenario había que darle un cigarrillo y una ginebra, con tres cubitos de hielo y un chorrito de tónica. («Y quiero decir un chorrito, chaval. La tónica solo le hace señas a la ginebra desde lejos, ¿*capiche*?») Harry también debía tener a punto una toalla limpia para que Barclay Jack se enjugara el sudor de la cara (y de la calva), así como toallitas húmedas para eliminar el maquillaje. Después, Barclay Jack siempre tenía que comerse una hamburguesa. Harry se había escapado ya a comprar una y en ese momento la estaba recalentando en el microondas que tenían las coristas en su camerino, por donde vagaban medio desnudas sin la menor vergüenza. («Súbeme la cremallera, Harry, ¿quieres?») Para ellas, era como un cachorrito: divertido y mono, pero absolutamente asexuado. Él soñaba a veces con ellas por las noches, pero no en un buen sentido.

Ya formaban una cola entre bambalinas para la apoteosis. Todo el mundo se quejaba de la ovación final, en especial las coristas, puesto que no se trataba de una apoteosis como era debido y tenían que esperar durante gran parte del segundo acto solo para saludar tras una repetición de diez segundos de las patadas de cancán. Barclay Jack había insistido en ello; decía que no estaba dispuesto a quedarse solo en el escenario al final como si no tuviera amigos.

—Es que no los tienes, Barclay —le decía Bunny.

Harry se unió a las chicas (mujeres, en realidad) entre bastidores, donde se daban empujones como una bandada de pájaros enormes e impacientes, apretujándolo a él con sus piernas musculosas con medias de red; no eran solo las plumas en sus tocados y colas o las enormes pestañas (casi tan largas como las de Bunny) las que lo hacían pensar en avestruces. Olían fuerte porque su vestuario solo se mandaba a limpiar en seco una vez por semana. La laca y el maquillaje que llevaban eran muy potentes y despedían una curiosa aura química, como de ozono.

—¡Porque en realidad lo que buscará un hombre será una pelota de golf! —exclamó Barclay Jack.

Por el contrario, Harry nunca había oído el principio de ese chiste concreto; tampoco es que deseara hacerlo. Una de las chicas soltó un bufido de desdén, pese a que ya había visto aquel número docenas de veces: la actuación de Barclay era la misma cada noche, sin cambios ni variaciones. Y detestaba a los espontáneos porque no disponía de respuestas ingeniosas. Era curioso, pensaba Harry: para tratarse de un humorista, tenía muy poco sentido del humor. A Harry le gustaban los chistes, los sabía a montones.

(—Venga, hazme reír —dijo Barclay.

—¿Con qué queso se disfraza la gente en carnaval?

—No lo sé.

—Con mascarpone, ¿lo pillas? Máscara se pone.

—Madre mía, chaval, más te vale conservar este empleo.)

Solo faltaba el chiste de la lechuga iceberg y la cosa habría acabado. Incluso desde ahí podían verse las gotas de sudor en el rostro de Barclay Jack. Desde el otro lado del escenario, Bunny, en pleno despliegue de lentejuelas, le guiñó un ojo a Harry e hizo un gesto obsceno en dirección a Barclay Jack. Bunny era la segunda figura en el programa, cerraba la primera parte del espectáculo. Esa noche el público se había puesto en pie para ovacionarlo: su número acababa en un punto tan culminante que a veces la gente parecía incapaz de contenerse. Barclay echaba chispas cada vez que Bunny tenía una buena velada.

—Un hombre entra en la consulta del médico ¡con un trozo de lechuga asomándole del culo! —exclamó Barclay—. De manera que el doctor le dice: «Será mejor que le eche un vistazo, bájese los pantalones y agáchese». Y comenta: «Vaya, ya veo qué quiere decir. Desde luego parece que tiene usted un problema ahí». Y el hombre contesta: «No es más que la punta de la iceberg, doctor».

El público prorrumpió en vítores de aprobación.

—Eso es todo, amigos. Damas y caballeros, han sido un público genial de la hostia, confío en volver a verles muy pronto.

Barclay Jack abandonó el escenario entre tumultuosos aplausos, hizo una pirueta entre bambalinas y volvió a salir para hacer una reverencia. Los focos se apagaron antes de que abandonara el escenario por segunda vez, lo que le impidió sacarle todo el jugo a la ovación. Harry sabía que el ayudante del director de escena pagaría por ello después.

Observó cómo la sonrisa complaciente de Barclay se convertía en una mueca.

—Tráeme la copa —le gruñó a Harry—, y arreando, que es gerundio.

—Sí, señor Jack.

QHM

Jackson estaba matando el tiempo con el móvil. Había entrado en una aplicación de mensajería, pero nadie le mandaba mensajes. En la sala de estar de la casita había dos sofás: Jackson ocupaba uno, en el otro roncaba una reina de Cartago. La televisión aún estaba encendida, en uno de esos canales para ancianos insomnes que emitían viejas series de crímenes, supuestamente porque eran baratas. Un antiquísimo episodio de *Los asesinatos de Midsomer* dio paso a uno de los primeros de *Collier*. Jackson se mantuvo atento por si aparecía Julia. Cuando llegó, fue breve. Estaba en el depósito de cadáveres y sostenía en la mano algo que pretendía ser un corazón humano.

—Varón sano —declaró—. Sin indicios de problemas cardíacos.

Ahí había una metáfora en alguna parte, pero no supo decir cuál era. ¿Tenía Julia el corazón de él en su mano? (¿Y era él un varón sano?)

Desde que había empezado a vivir allí y a verla con regularidad debido a las interminables entregas y recogidas de Nathan, habían establecido una cómoda rutina el uno con el otro.

—Es como ponerse un par de viejas zapatillas —comentó ella.

—Gracias —respondió Jackson—. Justo lo que siempre había querido oír de labios de una mujer.

Se habían besado una vez..., no, dos, pero la cosa no había ido más allá, y una de las veces fue por Navidad, así que en realidad no contaba.

Al final había logrado convencer a Nathan de que se fuera a la cama; la misma tediosa lucha cada noche. «¿Por qué? No estoy cansado», repetía sin cesar con la esperanza de aburrir a Jackson hasta volverlo indiferente. Había subido a darle las buenas noches, reprimiendo el instinto de abrazar a su hijo por miedo al rechazo. Debería ser más práctico, como Julia. («Sujétamelo, ¿quieres?») Era probable que siguiera despierto ahí arriba, chateando por Snapchat a la luz de la luna plateada. Esa noche se veía más dorada que plateada: gorda y redonda, dominaba el oscuro cielo nocturno sobre el bosque. Jackson no había corrido las cortinas y podía ver cómo ascendía a través de la ventana. Oyó el ulular de un búho. Antes de vivir allí pensaba que los búhos emitían sonidos suaves, de cuento de hadas, «uhu, uhu», pero ese parecía un viejo con una maligna tos de fumador.

Sonó el teléfono. Jackson soltó un suspiro. Solo había una persona que lo llamaba tan tarde.

—¿Estás en la cama? ¿Te cuento una historia? ¿Un cuento para dormir? — ronroneó Tatiana.

Jackson deseó que no sonara siempre como la telefonista de un servicio sexual. Y no, nunca había llamado a una línea caliente, pero siempre imaginaba que los operadores (operadoras más bien) no eran las Tatianas de este mundo, sino mujeres agobiadas pero prácticas, madres que les decían guarradas a sus clientes desconocidos mientras preparaban el equipo de fútbol de sus hijos o revolvían la salsa de los espaguetis de la cena. Mujeres mayores que complementaban su pensión, que miraban de reojo *Cifras y letras* con el volumen al mínimo mientras fingían hallarse al borde del éxtasis.

—No, no estoy en la cama —respondió. Y aunque lo hubiera estado lo habría negado. Lo habría hecho sentir vulnerable y curiosamente poco sexi al hablar con Tatiana—. ¿Qué tal si me cuentas lo que ha pasado? ¿Va todo bien?

—Todo estupendo.

—¿Dónde estás?

—En un taxi. Acabo de salir de Malmaison. Robbie un niño muy malo.

A veces, a menudo en realidad, Jackson tenía la sensación de que Tatiana era perfectamente capaz de utilizar tiempos verbales y artículos y todos los otros componentes de la gramática, pero que prefería sonar como una rusa de comedia.

—Me lo encuentro en bar del hotel y le digo: «¿Quieres invitar a una dama a una copa?» y después de beber le digo: «Tengo una habitación aquí, ¿quieres subir?». Él dice «*da*». Yo digo: «¿Tienes novia?».

—¿Y él dice?

—*Nyet*, dice que es soltero y sin promesa.

—Sin compromiso —corrigió él—. ¿Has grabado todo eso?

—*Da*, no te preocupes.

¿Debería preocuparse? Su trabajo consistía en proteger a mujeres (sí, así era), no en pagarles para que se pusieran en situaciones en las que podían correr riesgos. ¿Y si la metía en líos? Ella no era una mujer cualquiera, por supuesto, era siberiana y probablemente sería capaz de aplastar como una nuez la cabeza de un hombre con aquellos muslos cascanueces que tenía.

Tatiana trabajaba en negro, aunque Jackson estaba más que dispuesto a pagar impuestos y darla de alta en la seguridad social y cualquier otra clase de requisito legal, pero era rusa, y eso era sinónimo de efectivo. No había ningún tópico con el que no pudiera estar a la altura. A veces él imaginaba que un día descubriría que no era siberiana ni de lejos, sino que en realidad había nacido en algún lugar como Scunthorpe o Skegness y que había trabajado en el mostrador de Greggs hasta que decidió reinventarse.

—Pobre novia…, como sea que se llame.

—Jenna —repuso Jackson—. Sabes su nombre de sobra.

—Ya no habrá campanas de boda.

Tatiana carecía por completo de compasión. Habría sido una asesina a sueldo perfecta. De hecho, a Jackson no le sorprendería que en sus ratos libres trabajara de eso.

—¿Dónde está ahora? —preguntó—. Robbie.

—En habitación hotel esperándome. Ja. Larga espera. Me voy a casa.

Jackson no tenía ni idea de dónde vivía Tatiana. La palabra «casa» sonaba demasiado acogedora para ella. Era más fácil imaginarla en una guarida en el bosque o tumbada sobre la rama de un árbol. Con un ojo abierto incluso mientras dormía, lista para abatirse sobre una víctima confiada, pero no, era una criatura de sorpresas.

—Me voy a tomar un chocolate caliente y a ver la vieja *Marple* —continuó ella.

Cuando colgó, Jackson se acordó de pronto de la niña del paseo marítimo. Pensó en la mochila de los arcoíris y el unicornio y en la velocidad con la que se había deslizado en el interior del Peugeot y desaparecido. Sintió una oleada de culpabilidad. Aún conservaba algunos contactos en la Policía. Al día siguiente intentaría averiguar si se había perdido alguna niña, quizá vería si alguien podía hacer algo con aquel borroso número de matrícula. Se sintió mal por haberse olvidado de ella, pero había sido un día muy largo.

Barclay Jack aún seguía incordiándolo, haciendo esfuerzos por liberarse del ancla que lo sujetaba al descuidado fondo marino de su memoria. Oh, sí. Había hecho un trabajito para la organización fascista Britain First. Eso sí era más o menos correcto.

En la televisión, Miss Marple cortaba rosas marchitas en su jardín de St Mary Mead. ¿Qué habría hecho ella respecto a la niña? Lo distrajo de esos pensamientos el heraldo de un suave *ping* en su teléfono. Tenía un mensaje.

EWAN: Hola. ¿Q tal? ¿Tas bien?
CHLOE: Sí, OK. ¿Q haces?
EWAN: Poca cosa. ¿Así q tienes 14?
CHLOE: 13
EWAN: No parece.
CHLOE: JaJaJa. Ya me gustaría.
EWAN: Ah, manda más fotos. Sin ropa, ¿vale?
CHLOE: No sé. ¿Tú qué...?

—¿Papá?
Mierda. Jackson tecleó apresuradamente.

CHLOE: M piro. Mis padres aquí.
EWAN: Hblams lueg.

Nathan esbozó una sonrisa de satisfacción y dijo:
—Te he pillado viendo porno, ¿verdad?
—Ja, ja. En realidad es trabajo, solo para mis ojos.
Decía la verdad, era trabajo. Una versión diferente del tarro de miel. Jackson se estaba haciendo pasar por una adolescente llamada Chloe, un reto tan grande como lo había imaginado cuando aceptó el trabajo.
—¿Por qué no estás en la cama?
—No podía dormir. Ahí fuera hay algo que hace ruido.
—Es un búho.
—Y me parece que he oído gritos.
—Un zorro. Ahí fuera hay una selva, hijo.

Darcy Slee

En una calle oscura, el anodino utilitario se deslizó con suavidad hasta detenerse junto a una farola convenientemente estropeada. El motor se apagó y el conductor, de aspecto casi tan anónimo como el propio Peugeot, salió y cerró la puerta del coche con un ruido sordo. La puerta del acompañante se abrió y bajó una niña. El conductor esperó en la acera a que sacara la mochila del espacio destinado a las piernas. Los colores de los pequeños arcoíris se habían vuelto grises en la oscuridad y el unicornio casi no era visible. La niña cerró la puerta del coche y oyó un suave chirrido cuando el hombre accionó el cierre centralizado. Él abrió la marcha y luego se volvió, sonrió y dijo:

—Por aquí, sígueme.

Se dirigió hacia una casa con la llave de la puerta ya en la mano. Darcy vaciló durante unos segundos. Algo le decía que debería salir corriendo, pero solo tenía trece años y aún no había aprendido a fiarse de sus instintos, de modo que se echó la mochila al hombro y siguió al hombre al interior de la casa.

Buscando tesoros en la playa

Jackson sacó a *Dido* a su habitual paseo matutino. Había dejado a Nathan durmiendo en la cama. Ya era lo bastante mayor, sin duda, para dejarlo solo, ¿no? Hacerlo no era ilegal y, de todos modos, podía garantizar que seguiría sumido en un sueño profundo cuando volviera. Cuando Jackson tenía trece años...; casi pudo oír a Julia supirando en su cabeza ante lo que fuera que él estaba a punto de pensar, de modo que cedió y liberó aquel pensamiento, momento en que cayó flotando para unirse al resto de desechos que cubrían el lecho marino de su memoria. Volvería a casa en cuestión de un minuto, sacaría a Nathan de su agujero, le daría el desayuno y lo llevaría en coche con la perra hasta la casa de Julia. «Veinticuatro horas de libertad», pensó.

Le arrojó una pelota a *Dido*, un suave lanzamiento que llegó lo bastante lejos como para recordarle que seguía siendo una perra, pero no tan lejos como para que sus caderas oxidadas se agarrotaran del todo. *Dido* emprendió un trote lento y pesado en su busca y luego volvió con la pelota y la depositó a sus pies. Estaba cubierta de baba y arena, y Jackson tomó nota mentalmente de comprar uno de esos chismes lanzapelotas.

La playa estaba prácticamente desierta a aquellas horas: solo Jackson y la congregación de paseadores de perros madrugadores. Se saludaban unos a otros murmurando «buenos días» o «bonita mañana» (lo era). Los perros se mostraban más entusiastas, olisqueándose las partes pudendas unos a otros con aire de expertos. Gracias a Dios que sus propietarios no tenían que hacer eso, pensó Jackson.

Desde allí se veía Whitby, unos tres kilómetros hacia el sur playa abajo, con el esqueleto de la abadía en lo alto del acantilado. La marea sin duda estaba bajando, decidió. La playa estaba limpia y relucía bajo el sol matutino. Cada mañana era una promesa, pensó, y se regañó por parecer una tarjeta de felicitación. No, una tarjeta no: algo que hubiera visto escrito en la tienda de Penny Trotter, El Tesoro Oculto, en un letrero pintado sobre madera. Los tenía a montones, del estilo de «Cuidado, niños sueltos» y «Cuenta los recuerdos, no las calorías» (un lema según el que ella misma vivía, a juzgar por su cintura), por no mencionar el omnipresente «Mantén la calma y sigue adelante», un consejo banal que a Jackson le enfurecía especialmente.

Un poco más adelante vio algo traído por la marea. *Dido*, con la delicadeza de una señorona que tomara las aguas, hundía las patas en el agua para olisquear lo que fuera aquello. Parecía una mochila. Jackson llamó a *Dido* para que volviera porque no le gustaban las mochilas abandonadas, ni siquiera si tenían aspecto de haber pasado la noche en el mar. Mientras se acercaba, tuvo un mal presentimiento. Pese a que estaba empapada y oscurecida por el agua, aún pudo distinguir los pequeños arcoíris. Y un unicornio.

—Mierda —le dijo a *Dido*.

La perra le dirigió una mirada compasiva, si bien desconcertada.

—Antes era policía.

—Ya, todos dicen lo mismo —respondió el sargento de guardia.

—¿En serio?

¿De verdad decían eso?, se preguntó Jackson. Y ¿quiénes eran «todos»? Hombres que aparecían en la comisaría y aseguraban que había sucedido algo malo; él llevaba los últimos diez minutos tratando de hacer precisamente eso, en vano.

—Yo lo era de verdad —protestó—. En la Policía de Cambridgeshire. Y ahora soy detective privado. Tengo licencia —añadió. Sonó patético incluso a sus propios oídos.

Se había llevado la mochila del unicornio y los arcoíris de vuelta a su casita y la examinó mientras Nathan se metía cereales Crunchy Nut en la boca como un fogonero que atizara las calderas del *Titanic*. Estaban en la lista prohibida, pero ¿dónde estaba la avena cuando la necesitabas?

—No se lo digas a tu madre —le pidió Jackson.

—¿Qué es eso? Parece asqueroso.

—No es asqueroso, solo está mojado.

Para entonces la mochila, que se había pasado la última hora colgada de la barra de la cocina Aga, ya estaba bastante seca.

Sí, Jackson convivía con una Aga. Le gustaba. Era un objeto más varonil de lo que le habían hecho creer con anterioridad.

—¿No la reconoces? —preguntó Jackson.

—No.

—La niña de ayer..., la que estaba en el paseo marítimo haciendo autostop, ¿te acuerdas?

Nathan se encogió de hombros.

—Más o menos. Aquella que te pareció que hacía autostop.

—Sí, esa. Llevaba una como esta. Me parece demasiada coincidencia que no sea la suya.

Jackson no creía en coincidencias. Uno de sus mantras era: «Una coincidencia es solo una explicación en ciernes». Y otro, que había sacado de un antiguo episodio de *Ley y orden:* «Si sumas las suficientes coincidencias, el resultado es una probabilidad».

—¿Por qué estaría en el mar? —se preguntó.

—No lo sé —respondió Nathan.

«Con *Dido* tendría una conversación más a dos bandas», pensó Jackson.

—No, yo tampoco —coincidió—. Pero no tiene buena pinta.

La primera vez que Jackson había visto el unicornio estaban en Scarborough, a más de treinta kilómetros al sur. ¿Las corrientes la habían arrastrado tan lejos? ¿O se había perdido (o alguien se había deshecho de ella) más cerca de allí? Vientos, mareas y corrientes: constituían la maquinaria que movía el mundo, ¿no? Y, sin embargo, él no alcanzaba a entender cómo funcionaban.

La chica de la mochila del unicornio. Sonaba a una de esas novelas negras escandinavas que él no leía. No le gustaban mucho: demasiado enigmáticas y retorcidas, o bien demasiado lúgubres. Jackson prefería las novelas policíacas poco realistas y con buen rollo, aunque lo cierto era que ya apenas leía nada del género que fuera. La vida era demasiado corta y Netflix demasiado bueno.

La mochila del unicornio no había aportado pista alguna: ni una cartera, ni siquiera un cepillo de pelo o una empapada tarjeta de autobús.

—Luego la llevaré a una comisaría —le dijo a Nathan.

Donde él vivía no había comisaría de policía, solo un valle, un bosque, una tienda, una hilera de casitas de guardabosques o vacacionales. Y a veces, vacas. También había una especie de hotel, el Seashell. En una ocasión, con Julia y

Nathan, había tomado un almuerzo mediocre en el jardín. Servían pasteles de pescado, unos postres empalagosos de dulce de leche: ese tipo de cosas, todo en platos de loza individuales. «Del congelador al microondas», comentó Julia en tono despectivo, pese a que era una descripción bastante acertada de su propia cocina.

—Vale —dijo Nathan encogiéndose de hombros sin el menor interés ni en el génesis ni en el éxodo de la mochila del unicornio. Su propia mochila era muy grande, con un enorme logo de Nike. Incluso la funda de su teléfono móvil estaba cubierta de distintivos de marcas. Los chicos adolescentes eran como hombres anuncio vivientes, cubiertos de publicidad gratuita del mal corporativo. ¿Eran símbolos de identidad?, se preguntó Jackson («Ay, basta ya de ese *Himno a la juventud condenada*», diría Julia).

—Vamos, acaba de una vez —le dijo a Nathan—. Es hora de irse.

—Un momento.

—Ahora mismo.

—Dame un momento, tengo que hacer esto.

Estaba colgando sus cereales en Instagram. No, en realidad estaba haciendo una fotografía de sí mismo, y daba la casualidad de que los cereales aparecían en el encuadre. Los adolescentes no fotografiaban la comida que tenían delante, no era enrollado; era lo que harían los nada enrollados Gary y Kirsty de este mundo, que retrataban todas y cada una de las comidas que pasaban ante sus ojos: cordero *kandhari* en la brasería bengalí del Merrion Way, pollo *pad thai* en Chaopraya, Kirsty y su cóctel favorito, daiquiri de lima, en el bar de Harvey Nichols. El daiquiri era más fotogénico que Kirsty. Unos años atrás, Jackson había ido de vacaciones a Sudáfrica (era una larga historia), y el personal del bar no lograba entender el modo en que la mujer que estaba con él (una historia aún más larga) pedía su bebida preferida: daiquiri, que ella pronunciaba con un acento muy cerrado. Era una impenitente oriunda del lado equivocado de los montes Peninos, de modo que el viaje entero estaba condenado al fracaso desde el principio. Su sed insaciable quedó finalmente saciada cuando aprendió a comunicarse pronunciando una versión medio inteligible de la palabra, gracias a Jackson, que procuró centrar sus esfuerzos en una faceta no policial de sí mismo y ejercer de preceptor. (Aunque no era tanto que ella hablara por boca de ganso como que era una gansa de tomo y lomo, francamente. El tribunal de mujeres que Jackson llevaba en la cabeza no le concedió el perdón en este caso.)

El propio Jackson nunca habría bebido algo tan frívolo. Tomaba whisky de malta solo, una pinta de Black Sheep, un Ricard o un Pernod de vez en cuando.

Kirsty subía todo lo que comía y bebía a su cuenta privada de Instagram con la errónea creencia de que Penny Trotter nunca lo veía. «Bollos del bribón, típicos de York, en el bar de Betty en Harlow Carr, ¡qué ricos!» («Bollos del cabrón», los llamaba Julia.)

—Ya no hay nada privado —comentaba Sam Tilling, el servicial ayudante de Jackson, pues además de cubrir los aspectos más tediosos de la vigilancia, aquel chico detective era también un mago, no en el sentido de Harry Potter (aunque, por desgracia para su vida amorosa, sí era un poco potteriano), sino en que sabía más de informática de lo que Jackson hubiera deseado saber nunca.

—Va a matarse si sigue así —dijo Penny Trotter cuando ambos examinaban con detenimiento las fotografías en la última visita de Jackson a El Tesoro Oculto.

En una imagen aparecía la mano de Gary, en la que llevaba la alianza, disponiéndose a coger un pedazo de hojaldre de crema. Padecía diabetes. Del tipo 2, supuso Jackson: así iba a extinguirse la raza humana, en una marea de azúcar y grasa visceral; pero no, según su fiel esposa, era de tipo 1.

—Con el lote completo: las inyecciones diarias de insulina —explicó que ella tenía que recordárselas y añadió—: Es la clase de hombre que necesita mimos maternales.

¿Lo sabía Kirsty?, se preguntó Jackson. ¿Lo atiborraría de bollos del bribón si lo supiera? ¿Le hacía de madre? Parecía poco probable.

—Vámonos —le dijo Jackson a Nathan.

—Un momento.

—Porque fotografiarte es importante, claro —replicó Jackson con sarcasmo.

—Pues sí, lo es.

(«No le puedes imponer tus valores», decía Julia. «Puedo intentarlo, narices», pensó Jackson. Era su cometido convertir al chico en un buen hombre.)

Jackson suponía que debería sentirse agradecido por no tener que pelearse con su hijo cada mañana para que fuera al colegio. Y también por que Nathan no subiera a coches de desconocidos y se sumergiera en la noche. Jackson había instalado un GPS de seguimiento en el móvil de su hijo, pero de haber podido le habría implantado un chip rastreador en el cogote. Había investigado al respecto, pero resultó que no era tan sencillo, y tendría que haber implantado también un receptor y una voluminosa batería. Imaginaba que a Nathan no le haría mucha gracia la idea.

Se dispuso a formar a sus tropas: Nathan en el asiento del acompañante, *Dido* en el de atrás. Lo habría hecho sentir mejor que la perra tuviera un cinturón de seguridad. Siempre se sentaba muy tiesa y alerta ante el peligro, como un conductor trasero, pero saldría catapultada como una piedra a través del parabrisas si él tuviera que dar un frenazo. Arrojó la mochila vacía al maletero.

Al poner el coche en marcha, le preguntó a Nathan:

—¿Música?

Pero en menos tiempo del que llevaba decir «lista de reproducción» Nathan ya daba a gritos su respuesta:

—Papá, por favor, esa porquería que sueles escuchar no.

Llegaron al acuerdo de poner Radio 2, lo que por parte de Nathan era mucho transigir.

Cuando llegaron al hotel Crown Spa, en el paseo marítimo, Jackson buscó en Google la ubicación de la comisaría más cercana mientras esperaba a Julia en el vestíbulo.

—¡Mis dos personas favoritas! —exclamó ella cuando hizo su aparición.

Jackson se sintió bastante complacido, hasta que se dio cuenta de que se refería a Nathan y *Dido*.

—Los perros no son personas —terció.

—Claro que lo son —repuso Julia—. ¿Estáis haciendo algo agradable con vuestro día libre?

—Perseguir unicornios.

—Genial —dijo ella de modo que él supo que no prestaba atención.

Jackson había reparado en que, últimamente, cada vez más gente no le prestaba atención.

—Pero sin duda podrá decirme si se ha perdido alguna jovencita en las últimas veinticuatro horas —le insistió al sargento de guardia.

—No, señor, no puedo decírselo —respondió él. Ni siquiera miraba a Jackson, sino que fingía estar ocupado con el papeleo de su escritorio.

—¿Quiere decir que no se ha perdido ninguna jovencita o que no me lo diría aunque así fuera?

—Exacto.

—¿Qué…, que no hay jovencitas desaparecidas?

—No hay jovencitas desaparecidas —contestó el sargento con un suspiro—. Ahora váyase a «investigar» otra cosa, ¿quiere?

—¿No hay cámaras de seguridad en el paseo marítimo que puedan haber grabado cómo una niña se subía a un coche?

—No.

—¿No hay imágenes de las cámaras o no hay cámaras? —Había cámaras por todas partes. Uno no podía moverse por el Reino Unido sin que lo filmaran, y a Jackson le encantaba que fuera así.

—Ninguna de las dos cosas.

—¿No va a buscar esa matrícula en la base de datos de tráfico?

—No, señor, pero estoy considerando arrestarle por hacerle perder el tiempo a la policía.

—No, no va a hacer eso —terció Jackson—. Demasiado papeleo.

A pesar de sus protestas, el sargento de guardia se había quedado la mochila y dijo que la introduciría en la base de datos de objetos perdidos.

—Nadie la va a reclamar —dijo Jackson.

—Bueno, pues entonces deje su nombre y dirección, señor, y si nadie lo hace en seis meses, es toda suya.

Jackson le había hecho una foto a la mochila antes de salir de la cabaña; últimamente lo fotografiaba todo, pues nunca se sabía cuándo ibas a necesitar una prueba. Aun así lamentaba haber tenido que entregar la mochila: era el único víncu-lo tangible con la escurridiza niña, y en esos momentos desa-parecía en las tinieblas de algún almacén.

Recuperó el Toyota y emprendió el camino de regreso por la costa. De vuelta al rancho para hacer unas llamadas, pen-só, y pedir unos favores. Libre de los prejuicios musicales de Nathan, rebuscó entre su música y puso a Lori McKenna. Siempre había imaginado que Lori era alguien que compren-dería su vena melancólica. Cantaba *Wreck you*. «Naufragas-te». Eso hacía la gente todo el tiempo, ¿no? De un modo u otro.

Exhaló un suspiro. El día aún era relativamente joven, pero a esas alturas parecía contener menos promesas. En la tienda de Penny Trotter no había ningún letrero de madera sobre eso.

La dama del perrito

Para su sorpresa, las llamaron del centro de control, para preguntar si seguían en la A165.

—Sí —respondió Ronnie—. Ahora salimos de Burniston Road.

—Vale, pues dad media vuelta e id hacia el oeste, ¿de acuerdo? Han denunciado un asesinato. Todo el mundo anda liado con cosas que están pasando fuera de la ciudad; no queda claro si son moteros de excursión o jóvenes camorristas. Sois lo que tenemos más cerca.

Ronnie y Reggie se miraron, poniendo cara de asombro y con los ojos saliéndose de las órbitas. A veces parecía que tuvieran telepatía. Ronnie introdujo la dirección en su navegador GPS con gesto impaciente.

—Una unidad de delitos graves os pisará los talones, pero ¿podéis defender el fuerte mientras llegan?

Tenían que acordonar la escena del crimen, nada más. Al fin y al cabo, aquel no era su territorio.

—No hay problema, estamos en camino.

Se miraron con sendas sonrisas de oreja a oreja y encendieron las luces de emergencia y la sirena. Reggie se subió las gafas de sol en el puente de la nariz, comprobó el tráfico en la autopista y aceleró. Era una conductora prudente, por decir poco.

—Hossstia —exclamó con fuerte acento en su mejor imitación de Taggart, el poli de la serie escocesa—. Hay un fiambre.

—¿Eh? —preguntó Ronnie.

Para ser francas, algo que eran casi siempre, Ronnie y Reggie habrían admitido que estaban un pelín nerviosas. Ambas habían presenciado montones de muertes: drogas, alcohol, incendios, ahogamientos, suicidios, pero nunca en la forma de verdaderos asesinatos.

La llamada a la policía la había hecho un tal Leo Parker, un especialista en tala que había acudido a la casa para «echar abajo un árbol» (algo que a Reggie le sonó a jerga de mafiosos). Pero se había encontrado un cuerpo, el de una mujer que yacía en el césped. «Un cuerpo talado», pensó Reggie.

—Es cuanto sabemos —dijeron los del centro de control—. Las ambulancias se han quedado atascadas en un gran accidente, pero la persona que ha llamado afirma que está muerta.

En la entrada del bungaló había una furgoneta con el nombre de una empresa de silvicultura estampado en un costado y, aparcada frente a ella, una máquina enorme que a Reggie le pareció alguna clase de cortadora de madera. Tenía aspecto de poder tragarse un árbol entero. O un cuerpo, ya puestos.

En el asiento del acompañante, un hombre con el semblante de tono verde momia (a Reggie le encantaba esa expresión) fumaba un pitillo.

—¿Señor Parker? —preguntó Reggie, pero él señaló a otro hombre, menos verde, que estaba junto a la verja lateral del jardín. Lucía un moño, cual falso vikingo, y un cinturón de herramientas y un arnés.

—Por lo visto tiene un gran concepto de sí mismo —murmuró Ronnie.

Cuando se aproximaban con sus placas en alto, el hombre pareció titubear. A menudo los ciudadanos, e incluso los criminales (por supuesto, a veces eran lo uno y lo otro; de hecho, muchas veces), les decían que eran «muy menudas» o «muy jóvenes» o ambas cosas. Y Ronnie les contestaba: «Lo sé, qué churra tenemos, ¿verdad?». Y Reggie pensaba: «¡Hiyah!».

—¿Señor Parker? Soy la agente Reggie Chase, y esta es la agente Ronnie Dibicki.

—Me ha parecido que mejor me quedaba aquí de guardia, ¿saben? —dijo el tipo del moño—. Para proteger la escena del crimen.

¿Era él quien había llamado al número de emergencias?

Pues sí.

¿Y sabía si había alguien en la casa?

Pues no.

Ronnie rodeó la casa hasta la entrada principal, llamó al timbre y aporreó la puerta. Todas las luces estaban encendidas, pero no había nadie.

¿Y con quién se suponía que debía encontrarse allí el señor Parker?

—Con la señora de la casa. No la conozco, solo he hablado con ella por teléfono. Una tal señorita Easton.

—¿Como Sheena? —preguntó Reggie mientras escribía el nombre en su cuaderno de notas—. ¿Sabe su nombre de pila?

No lo sabía. Solo sabía que le había pedido que talara un árbol, dijo el tipo del moño.

—Un sicomoro —añadió, como si eso pudiera ser relevante. Se sacó un maltrecho pitillo de tabaco de liar de detrás de la oreja, lo encendió y señaló con él hacia el jardín—. Ahí dentro.

A través de la puerta abierta de la verja, Reggie distinguió el cuerpo inmóvil de una mujer que yacía en el césped.

—¿Ha entrado, señor Parker? —quiso saber Reggie.

—Sí, por supuesto…; he pensado que podía estar herida o enferma.

Ronnie volvió y dijo:

—En la casa no contestan.

—Señorita Easton —le explicó Reggie a Ronnie—. Así se llama por lo visto la mujer que vive aquí. Continúe, señor Parker.

—Bueno, entonces he vuelto a salir de inmediato. No quería alterar nada. Ya saben, por el equipo forense.

Gracias a la televisión, todos eran expertos. *Collier* y las de su calaña tenían mucha responsabilidad en el asunto, pensó Reggie. Aun así, significaba que el tipo había hecho lo correcto.

—Bien —dijo Reggie—. Quédese aquí, señor Parker.

Se pusieron guantes y patucos azules y miraron bien por los alrededores antes de entrar en el jardín. Si habían asesinado a alguien, tenía que haber un asesino, y si había un asesino, podía ser que siguiera al acecho en el jardín, aunque no era la clase de jardín que lo animara a uno a acechar. No había árboles, excepto por uno que se alzaba entre los insulsos y pulcros arriates, tan fuera de lugar como un perro en misa. El indeseado sicomoro, supuso Reggie. Había un gran patio con mucho pavimento que solo servía para ponerle más difícil el trabajo al planeta.

¿Por qué estaba el señor Parker tan seguro de que se trataba de un asesinato y no de un accidente?

—Ya lo verán —contestó el tipo del moño.

Llevaba un camisón y un negligé casi transparentes, la clase de prendas que una se pone para el sexo, no para una noche de sueño reparador. Tanto Ronnie como Reggie utilizaban ropa cómoda para sus noches solitarias. Ronnie se ponía calcetines de montaña y pijama. Reggie se iba a la cama en chándal. Lista para salir corriendo; la doctora Hunter le había enseñado a hacerlo.

Había un garaje, al que se aproximaron con cautela. Solo había sitio para un pequeño Honda y un cortacésped Flymo. Ahí no se escondía ningún asesino. Centraron su atención en la mujer.

Yacía de costado y con aspecto de haberse quedado dormida en la hierba por falta de energías para llegar a la cama. Era así hasta que una se acercaba y veía que la parte posterior del cráneo estaba aplastada. La sangre se había derramado en la hierba, donde lucía un color fangoso muy poco atractivo que no podría encontrarse en una caja de pinturas.

Y había un perro. Gracias a Dios no estaba muerto, pensó Reggie, sino tumbado como una esfinge, como si velara el cuerpo.

—*Fido* —dijo Reggie.

—¿Cómo? —preguntó Ronnie.

—El *Bobby* de Greyfriars de Italia. Fiel hasta la muerte. Ya sabes, los perros permanecen junto a sus amos después de su muerte.

Fido, Hachiko, Ruswarp, Old Shep, Squeak, Spot. Había una lista en Wikipedia. Reggie la leía a veces cuando necesitaba una buena sesión de llanto y no quería profundizar en su propio pozo de tristeza.

Sadie, ese era el nombre de la perra pastor alemán de la doctora Hunter. Muerta tiempo atrás, pero si la doctora Hunter hubiera muerto, *Sadie* habría permanecido a su lado, pasara lo que pasase. La doctora Hunter decía que, aparte de unas pocas excepciones (gracias a Dios Reggie estaba en esa lista), prefería los perros a las personas. Y que una de las grandes tragedias de los perros era que no vivieran tanto tiempo como los humanos. La doctora Hunter había tenido un perro de niña, *Scout*. «Un perro muy bueno», según ella. *Scout* había muerto asesinado junto con la madre, la hermana y el hermano bebé de la doctora Hunter un caluroso día de verano, hacía ya mucho tiempo. Para Reggie, esa escena era tan vívida que a veces creía haber estado allí aquel día.

—¿Reggie?

—Sí, perdona. Buen chico —le dijo al perro.

El animal le dirigió una mirada algo avergonzada, como si no creyera merecer un apelativo tan caritativo. Fue entonces cuando Reggie reparó en que tenía el hocico cubierto de sangre. Había estado lamiendo a la señora de la casa. Quizá el perro no daría finalmente la talla para figurar en la lista de la Wikipedia.

Ni Ronnie ni Reggie se estremecieron ante el espectáculo. Tenían sorprendente estómago para ese tipo de cosas. Nada de ponerse verdes como momias. Pese a que la mujer parecía requetemuerta, Ronnie se arrodilló junto a ella y comprobó si tenía pulso en el cuello.

—Para estar seguras del todo, por si alguien pregunta. ¿Algún rastro de un arma? —le preguntó a Reggie.

Reggie paseó la mirada por el césped y luego se encaminó al extremo de uno de los insulsos y pulcros arriates. Ronnie se unió a ella.

—¡Vaya! —exclamó al ver el palo de golf ensangrentado entre las monótonas plantas del parterre. Aún tenía pegados un fragmento de cráneo y un pedacito de cerebro con aspecto de carne picada gris.

Y entonces, antes de que tuvieran la oportunidad de decir pío, irrumpió la caballería en el jardín. Policías de uniforme, paramédicos, agentes de homicidios, un patólogo, personal del equipo forense y hasta el apuntador. Reggie reconoció a algunas personas: un par de polis de uniforme y una inspectora llamada Marriot con la que se habían encontrado en el pasado y que dijo ser quien estaba al mando.

—Ay, madre mía —la oyeron decir mientras avanzaba como un tanque hacia ellas—, pero si son las gemelas Kray.

—Uy, el muñeco de Michelín —le murmuró Reggie a Ronnie.

La inspectora era una mujer a la que le gustaba bambolear sus kilos por ahí, y sin duda tenía un montón para bambolear. Podrían haberle metido dentro a Ronnie y Reggie y probablemente aún quedaría espacio para la hermanita pequeña de Ronnie, Dominika.

—Será mejor que no os hayáis puesto en plan *Principal sospechoso* —dijo la inspectora Marriot—. Y ya podéis mover el culo y largaros, que han llegado los adultos.

Ambas se sintieron un poco decepcionadas. Habían estado muy cerca de una investigación por asesinato y a la vez muy lejos. La inspectora Marriot quería un informe por escrito de todo lo que habían hecho hasta su llegada, de modo que se alejaron en el coche, aparcaron en el paseo marítimo y lo redactaron en el iPad de Ronnie.

—¿Sabes una cosa? Jimmy Savile tenía un piso aquí arriba —dijo Reggie.

—El infierno debe de estar bastante lleno últimamente —respondió Ronnie.

—Siempre hay sitio para uno más.

Habían tenido que abandonar la escena del crimen antes de que se llevara a cabo una identificación, lo cual era frustrante.

—Debe de ser la señora de la casa del tipo del moño, la señora Easton, ¿no crees? —aventuró Reggie.

—Supongo que lo averiguaremos —repuso Ronnie.

Cuando le habían señalado el palo de golf a la inspectora, ella lo había mirado con expresión inquisitiva antes de decir, a nadie en particular:

—¿Y eso qué es? ¿Un *putter*?

—«Llegamos a la propiedad a las diez y veintidós —leyó Ronnie en su iPad— y nos encontramos al señor Leo Parker esperándonos». ¿Cómo se llamaba el otro tipo? El de la furgoneta. No lo he apuntado.

Reggie consultó su cuaderno.

—Owen. Owen Watts.

A su llegada, a Ronnie ya le había parecido raro el nombre del bungaló, en un letrero sujeto a la verja. Arqueó una inquisitiva ceja.

—Dilo en voz alta —propuso Reggie.

—Aquimismo —pronunció Ronnie. Y se le encendió la bombilla—. Pues menuda chorrada, ¿no?

—Sí, lo es —confirmó Reggie. El estómago le rugía como un tren.

—Podemos conseguirnos algo de comer después del siguiente de la lista —propuso Ronnie.

Reggie consultó su cuaderno.

—Tengo una listita —dijo.

—¿Cómo?

—Es de Gilbert y Sullivan... Da igual. El siguiente es un tal señor Vincent Ives, vive en Friargate.

—Suena a algo que se fríe.

—Pues no, nada que ver.

La gota que colma el vaso

—¿Señor Ives? ¿Vincent Ives? Soy la agente Ronnie Dibicki, y esta es mi compañera, la agente Reggie Chase. ¿Podemos entrar?

Vince las hizo pasar y les ofreció un té.

—O un café, pero me temo que solo tengo instantáneo —se disculpó. Wendy se había quedado con la custodia de la cafetera Krups con molinillo incorporado.

—Muy amable por su parte —contestó la del acento escocés—, pero no es necesario, gracias.

¿Había hecho algo que mereciera una visita de la policía? A bote pronto, a Vince no se le ocurría nada, pero no le sorprendería que así fuera. El malestar general que venía sintiendo esos últimos tiempos suponía que se sintiera vagamente culpable todo el tiempo. Miró alrededor, trató de ver el apartamento a través de los ojos de las policías. Era un lugar humilde y maltrecho, algo que no quedaba reflejado en el alquiler.

—Lo siento —dijo—, hay un poco de desorden.

—¿Nos sentamos? —preguntó la que no era escocesa.

—Perdón. Por supuesto.

Vince quitó unos papeles del sofá, sacudió las migas con la mano y lo indicó con un ademán, consciente de que lo hacía parecer Walter Raleigh tendiendo una capa sobre un charco.

Se sintió ridículo, pero ellas no lo advirtieron, por lo visto. Tomaron asiento y cruzaron cuidadosamente los tobillos, con las libretas a punto. Parecían alumnas entusiastas de sexto de primaria haciendo un trabajo para el colegio.

—¿He hecho algo? —preguntó.

—No, en absoluto. No pasa nada, no hay de que preocuparse —respondió la que no era escocesa. Vince ya había olvidado sus nombres—. No es sospechoso de nada. Llevamos a cabo pesquisas sobre un caso antiguo, y esto es solo un interrogatorio de rutina. Investigamos a una serie de individuos y tenemos unas cuantas preguntas que hacerle, si le parece bien. Tratamos de formarnos un panorama completo, de suplir algunos detalles de fondo. Es como completar un rompecabezas, digamos. Alguien mencionó su nombre...

—¿Quién? ¿Quién mencionó mi nombre?

—Lo lamento, señor. No estamos autorizadas a revelarle eso. ¿Le parece bien responder a unas preguntas?

—Sí —contestó Vince con cautela.

—En primer lugar, voy a preguntarle si ha oído alguna vez el nombre de Antonio o Tony Bassani —dijo la escocesa.

—Sí. Lo ha oído todo el mundo, ¿no? —¿No era de eso de lo que habían estado hablando Tommy y Andy? ¿De que Carmody estaba «revelando nombres»? «Pero no habrá dado el mío, sin duda», pensó Vince.

—¿Conoció usted al señor Bassani?

—Era miembro de mi club de golf, pero mucho antes de que yo ingresara.

—¿Y qué club de golf es ese?

—El Belvedere.

La escocesa anotaba todo lo que él decía en su cuaderno y eso, de algún modo, lo hacía sentir incluso más culpable. «Cualquier cosa que diga puede ser utilizada en su contra en un tribunal», pensó. La agente seguía una lista e iba escribiendo pulcramente sus respuestas junto a cada pregunta. La otra, la que no era escocesa, tomaba notas como complemento a todo eso. Imaginó que las notas de esta última eran de tipo más descriptivo («Ha dicho "sí" con cierta cautela» o «Ha dicho que no lo sabía, pero ha parecido inquieto»). Vince se sentía como si estuviera sometiéndose a un examen oral.

—¿Y ha oído el nombre de Michael, o Mick, Carmody?

—Sí. De nuevo, todo el mundo lo ha oído.

—¿Todo el mundo?

—Bueno…

—¿Y llegó a conocer a Michael Carmody?

—No.

—¿No lo conoció en el Club de Golf Belvedere?

—No. Está en la cárcel.

—Sí, así es. ¿Y qué me dice de Andrew Bragg? ¿Ha oído ese nombre?

—¿Andy? —¿Cómo podía ser que mencionaran a Andy inmediatamente después de a Carmody y Bassani?—. Juego al golf con él. En el Belvedere.

—¿En el Club de Golf Belvedere?

—Sí.

—¿Es amigo suyo? —insistió la escocesa.

—Bueno, no es un amigo de verdad.

—¿Y qué clase de amigo es? —quiso saber la que no era escocesa, perpleja.

—Un amigo del golf.

—¿De modo que no lo ve fuera del Belvedere?

—Bueno, sí —admitió él.

—Entonces, no es solo un amigo del golf. ¿Y qué me dice del nombre Thomas, o Tommy, Holroyd? ¿Ha oído hablar de él?

Vince notó más seca la garganta y que se le quebraba la voz. El de Bassani y Carmody era un caso de abusos. ¿Por qué preguntaban por Tommy y Andy? Parecía ridículo, ellos no eran así. «Ay, madre mía», se dijo, «¿se referirán a mí?». Él jamás haría nada parecido. Notó una gélida cascada de miedo en las entrañas. ¡Él nunca había abusado de nadie! ¿Quién diría algo así? Wendy, probablemente, solo para vengarse de que se hubiera casado con ella.

—Yo no he hecho nada —dijo.

—No hablamos de usted, señor Ives —lo tranquilizó la escocesa cuando él se puso en pie con agitación. Se habría paseado por la habitación de haber sido lo bastante grande para hacerlo—. Siéntese, ¿quiere, señor Ives? ¿Thomas Holroyd?

—Sí, del Belvedere. Tommy es miembro del club. Jugamos juntos.

—¿En el Club de Golf Belvedere?

—Sí.

—¿Con el señor Bragg?

—Sí.

—¿Y es un amigo del golf?

—Sí.

—¿Ha estado alguna vez en la casa del señor Holroyd? —quiso saber la escocesa, que consultaba sus notas—. El Refugio. —Al hacer esa pregunta ladeó la cabeza como un pajarito. Un gorrión.

—El Refugio en la Cumbre —corrigió él—. Varias veces.

—¿Y puede decirme si cuando estuvo usted en casa del señor Holroyd, El Refugio en la Cumbre, había otras personas presentes?

—Habitualmente, sí.

—¿Estaba el señor Bragg?

—Habitualmente, sí.

—¿Y el señor Bassani?

—No.

—¿Y el señor Carmody?

—No, ya se lo he dicho. Nunca lo conocí, era de una época anterior a la mía.

Vince empezaba a marearse. ¿Cuánto tiempo iba a continuar aquel interrogatorio? ¿Qué trataban de sonsacarle?

—Ya casi hemos acabado, señor Ives —dijo la escocesa como si le hubiera leído el pensamiento. Esbozó una sonrisa compasiva, como la enfermera de un dentista que ayudara con una endodoncia.

—Y de cuando estuvo en casa del señor Holroyd —continuó la que no tenía acento escocés—, ¿podría nombrar a alguien más que estuviera presente, en cualquiera de las ocasiones?

—Bueno, la esposa de Tommy..., Crystal. Su hijo, Harry. Andy..., Andy Bragg, y su esposa, Rhoda. A su casa acude un montón de gente: a tomar copas por Navidad, y hubo una fiesta el día de la Conspiración de la Pólvora y otra por el cumpleaños de Tommy. Esa fue pasada por agua.

—¿Pasada por agua? ¿Bajo la lluvia?

—No, fue en la piscina. Tienen una interior, climatizada, excavada en el sótano. Tommy la hizo instalar cuando compraron la casa. Era una fiesta por el cumpleaños de Crystal. —Tommy se había ocupado de la barbacoa en el exterior, no había bajado a la piscina.

«Nunca aprendió a nadar —le reveló Crystal—. Creo que le da un poco de miedo el agua. Que es su..., ¿cómo se llamaba? Su talón de Aquiles. Eso es de los griegos, ¿sabes? Es un mito, me lo ha contado Harry.» Crystal estaba plantada ante él en bikini mientras le hablaba, de modo que a él le había costado lo suyo concentrarse en los mitos griegos. Ella misma se parecía un poco a uno: una diosa rubia escultural que hubiera descendido del Olimpo. El mero hecho de pensar en Crystal, en cómo se movía a través del agua con aquellas magníficas brazadas, volvía fantasioso a Vince.

Recordarla en bikini lo hizo sonrojarse, y recordarla nadando también, y le preocupó que las dos agentes de policía lo hubieran advertido. Ambas ladearon al unísono la cabeza de pájaro y lo miraron con curiosidad.

—Una barbacoa en el jardín —añadió Vince, y recitó débilmente—: Filetes, hamburguesas. Pollo, costillas. —Tuvo que contenerse para no hacer un inventario completo del mostrador de una carnicería.

La agente escocesa lo apuntaba todo, como quien hace la lista de la compra.

—¿Alguien más a quien conociera en esa casa? ¿En El Refugio en la Cumbre?

—Un montón de gente: Ellerman, el tipo ese de la comida al por mayor, y Pete Robinson, el que lleva ese gran hotel de primera línea. Toda clase de gente. Un tipo que es concejal…, Brook, creo que se llama. Alguien que era asistente social. Ah, y Steve Mellors. Stephen Mellors. Es abogado, está llevando mi divorcio y a veces juega con nosotros en el Belvedere.

—¿El Club de Golf Belvedere?

—Sí.

—¿Y es su…?

—Abogado. Es mi abogado, sí. Y es amigo mío.

—¿Es amigo suyo? —insistió la que no era escocesa.

—Fuimos juntos al colegio.

—¿Un amigo de verdad, entonces?

—Un amigo del colegio —murmuró él. Se sentía un absoluto idiota.

—¿Se conocen desde hace mucho, entonces?

—Sí.

—¿Alguien más de esas fiestas? ¿Alguien relacionado con las leyes?

—Bueno, un policía. Creo que dijo que era un comisario.

—¿Un comisario? —repitieron ellas al unísono.

—Sí, me parece que era escocés, como usted —añadió Vince mirando a la agente que hablaba con acento, como si pudiera no saber qué significaba ser escocés.

Las dos agentes se sentaron más tiesas y se miraron, fijamente, como si se estuvieran comunicando por telepatía.

—¿Se acuerda de su nombre? —preguntó la que no era escocesa.

—No, lo siento. Ni siquiera me acuerdo del de ustedes dos, y me lo han dicho hace cinco minutos. —Aunque tenía la sensación de que hubieran transcurrido horas.

—Agente Reggie Chase y agente Ronnie Dibicki —le recordó la no escocesa.

—Ah, sí. Disculpen. —(¿Había dicho Ronnie de Bicki? No podía ser; sonaba a mafioso londinense de los años sesenta).

Hubo un silencio, como si las agentes pusieran en orden sus pensamientos. La escocesa, Reggie Chase, miraba ceñuda su cuaderno. La otra, la mafiosa, dijo:

—Señor Ives, ¿ha oído alguna vez las palabras «el círculo mágico»?

—Sí, se trata de magos.

—¿Magos?

—Es una especie de sindicato de magos. Bueno, un sindicato no…, más bien una organización. Para poder entrar, uno debe probar que sabe hacer trucos.

Las dos lo miraron fijamente.

—¿Trucos? —repitió con frialdad la mafiosa enarcando una ceja sorprendentemente amenazadora.

Antes de que Vince pudiera decir más, sonó el timbre. Los tres miraron hacia la puerta como si al otro lado de ella hubiera algo portentoso. Vince se sintió inseguro, como si necesitara el permiso de las agentes para abrir. El timbre volvió a sonar, y ambas lo miraron con expresión inquisitiva.

—Voy a ver quién es, ¿no? —se apresuró a decir él.

La puerta de entrada daba directamente a la salita, pues el piso ni siquiera tenía el lujo de un recibidor. En el umbral se hallaban dos policías de uniforme, dos mujeres. Se quitaron la gorra y le mostraron la placa con rostro solemne.

—¿El señor Ives? ¿Vincent Ives? ¿Podemos pasar?

«Ay, madre mía —pensó él—. ¿Qué pasa ahora?»

El tesoro oculto

Andy Bragg conocía el aeropuerto de Newcastle como la palma de su mano. Pasaba el suficiente tiempo allí, mayormente dejando pasar el tiempo en una cafetería. Su agencia de viajes se ocupaba antaño de sacar a la gente del país; hoy en día, se ocupaba de traerla a él.

El vuelo que estaba esperando llevaba retraso, ya iba por el tercer café y empezaba a sentirse nervioso. Sabía en qué mesa sentarse para tener una buena vista del tablón de LLEGADAS. A esa hora del día había toneladas de vuelos procedentes de Ámsterdam en ruta, y lo mismo de Charles de Gaulle. También de Heathrow, Berlín, Gdansk, Tenerife, Sofía. Y uno de Málaga rodaba por la pista de aterrizaje. Junto al vuelo que esperaba aparecieron las palabras «EN TIERRA», de modo que apuró el café y se encaminó a la zona de LLEGADAS.

No había prisa: tenían que pasar por el control de pasaportes y eso siempre se alargaba mucho, pese a que tenían visados de turista y una dirección en el muelle que podían proporcionar. Luego, cómo no, tenían que recoger el equipaje y siempre llevaban maletas enormes. Aun así, no quería pasarlas por alto, de modo que se apostó tras la barrera con el iPad a punto con los nombres de las chicas en él. Era elegante y profesional, no como unos garabatos apenas legibles en un pedazo de papel.

Al cabo de media hora empezó a pensar que habían perdido el vuelo o que no habían conseguido pasar el control de pasaportes, pero entonces las puertas correderas se abrieron y dos chicas, que parecían hermanas, se quedaron ahí plantadas mirando alrededor con vacilación. Llevaban tejanos y deportivas, de marca y casi sin duda de imitación. Colas de caballo y mucho maquillaje. Podrían haber sido gemelas. Con maletas gigantescas, cómo no. Entonces repararon en el iPad y Andy vio la expresión de alivio en sus rostros.

Se acercaron a él con un trotecillo impaciente, y una de ellas preguntó:

—¿Señor Mark?

—No, cariño, yo me llamo Andy. Me manda el señor Price..., el señor Mark, quiero decir. —Tendió la mano y la chica se la estrechó—. ¿Jasmine? —preguntó con una sonrisa.

Para ser franco, todas se parecían. Había acertado. No se había molestado en averiguar sus apellidos: no estaba dispuesto a aprender a pronunciar el tagalo. (¿De verdad se llamaba así su lengua? Parecía el nombre de un programa de televisión para niños.)

—Entonces, tú debes de ser Maria —le dijo a la otra.

La chica le sonrió de oreja a oreja. Tenía un apretón de manos sorprendentemente firme para lo menuda que era.

—¿Habéis tenido un buen vuelo?

Ambas asintieron con la cabeza y dijeron que sí, un poco vacilantes. En la solicitud, las dos habían puesto que tenían «buen nivel» de inglés. Probablemente habían mentido; la mayoría de las chicas lo hacían.

—Pues vámonos ya, señoritas —concluyó Andy con falso entusiasmo—. Salgamos de aquí. ¿Tenéis hambre?

Hizo la mímica de meterse una cucharada de comida en la boca. Ambas rieron y asintieron. Andy asió una maleta con cada mano y empezó a arrastrarlas. Madre mía, ¿qué llevaban ahí dentro?, ¿cadáveres? Ellas lo siguieron, sin equipaje y con las colas de caballo meciéndose al caminar.

—Bueno, aquí lo tenéis, chicas —dijo Andy al abrir la puerta del apartamento.

Se trataba de un estudio en el muelle que habían adquirido un par de años atrás y que utilizaban mucho para una cosa u otra. Pulcro y moderno, estaba en la séptima planta y tenía buenas vistas, si a uno le gustaban las vistas de Newcastle. Maria y Jasmine parecieron impresionadas, y esa era la intención. A Andy le gustaba considerar aquello «dorar la píldora» para conseguir que siguieran siendo dóciles. Las habría llevado directamente al centro turístico de Silver Birches, pero ni Jason ni Vasily (los esbirros de Tommy) habían estado disponibles para llevar a cabo los trámites con las chicas y, según dijo Tommy, lo de allí era un «confinamiento».

—Una sola noche —les advirtió a las chicas mientras ellas exploraban.

¿Eso no era una canción? Salida de algo que había visto con Rhoda en Londres. Habían pasado un fin de semana allí, haciendo todo lo que hacían los turistas: una visita a la noria, un trayecto en autobús con el techo descubierto, un espectáculo en el West End (un musical). Rhoda conocía Londres mejor que él y eso lo había hecho sentir un poco paleto de provincias: manejaba con torpeza la tarjeta de metro y andaba por ahí con la vista clavada en el Google Maps del teléfono. Aun así, en general lo habían pasado bien y el fin de semana le había recordado a Andy que la mayor parte del tiempo disfrutaba de estar casado con Rhoda, si bien no estaba muy claro si Rhoda sentía lo mismo por él.

Habían dejado el Seashell en manos de Wendy Ives. Era temporada baja y solo había una reserva. Podrían haberse ahorrado el dinero que le pagaron y dejado al mando a *Lottie* para el trabajo que le supuso. Eso fue antes de que rompiera con Vince, y Wendy ya tenía una aventura con aquel tipo de las lanchas de salvamento. Rhoda sospechaba que Wendy había querido quedarse de vigilante del hotel para tener un sitio al que ir con su nuevo hombre mientras el antiguo se quedaba en casa y paseaba al perro con cierta pinta de gilipollas por no haberse enterado. Ahora sí lo sabía, claro. Wendy estaba dejando pelado a Vince.

Wendy le había tirado los tejos a Andy una vez en que estaba borracha; bueno, ambos lo estaban, pero él no se habría atrevido ni de haber deseado hacerlo, y no lo deseaba. Rhoda era suficiente mujer, y de sobra, para él. Una cuarta parte de Rhoda habría sido suficiente mujer, y de sobra, para cualquier hombre. Además, si descubriera alguna vez que él le había sido infiel, lo mataría. Primero lo torturaría, probablemente. Esa era la menor de las preocupaciones de Andy. Le estaba ocultando a Rhoda un secreto mucho mayor, un secreto que se volvía más grande e incómodo con cada día que pasaba.

—¿Señor Andy?

—Dime, Jasmine, cariño.

Ahora ya era capaz de distinguirlas. Se había sorprendido a sí mismo al aprenderse sus nombres, algo que solía costarle bastante.

—¿Nos quedamos aquí esta noche?

—Sí, cariño. Pero una sola noche. —(*Dreamgirls*, así se llamaba aquel musical.)—. Mañana a primera hora nos iremos a Silver Birches. Están poniendo a punto vuestra habitación.

Estaba agotado. Las había llevado de compras a Primark, y no porque necesitaran ropa nueva, pues las maletas estaban a rebosar de ella, pero las había guiado hacia unos vestiditos escasos y con lentejuelas que las habían atraído como a urracas. Se habían tomado interminables selfis. Trataron de hacerle posar con ellas. Ni en broma, había contestado él entre risas, alejándose. No estaba dispuesto a aparecer en la página de Facebook de alguien, pero en todo caso sí estuvo bien que ellas colgaran una foto, porque así todos en el lugar del que procedían podrían ver que estaban vivas y bien y que habían llegado sanas y salvas al Reino Unido, donde lo estaban pasando en grande. No eran chicas de bar, sino que trabajaban en una fábrica de ropa en Manila y habían viajado hasta allí para ser cuidadoras. Las residencias de ancianos del Reino Unido estaban llenas de filipinos porque los británicos eran incapaces de cuidar de nada, y mucho menos de sus propias familias.

Habían hecho la compra en Sainsbury's, y él las había ayudado a elegir ingredientes para la cena. Platos preparados, porque en el piso del muelle había un microondas. En el lugar del que venían, la gente comía toda clase de porquerías: patitas de pollo, insectos fritos y Dios sabía qué más. El supermercado las entusiasmó. Las dos se entusiasmaban con facilidad.

A Andy le sonó el teléfono. Era Stephen Mellors, alias Mark Price.

—¿Steve?

—¿Sigue todo bien con Panderito y Bambi?

—«El señor Price» —vocalizó Andy indicándoles el teléfono a las chicas, que sonrieron y asintieron, y le dijo a Steve—: ¿Jasmine y Maria? Sí, están bien, acabo de instalarlas para pasar la noche aquí.

Las chicas habían encendido el televisor y estaban viendo *Pointless*. Parecían hipnotizadas, aunque seguramente no entendían una sola palabra del programa.

—Hemos pasado un buen día, ¿eh, chicas? —comentó Andy alzando la voz con una gran sonrisa y levantando el pulgar.

Ellas soltaron risitas y le devolvieron el gesto con el pulgar hacia arriba, muy exagerado. Era un crimen lo fácil que resultaba engañarlas. Eran inocentes, pensó Andy, como niños o crías de conejo. Corderitos. Vislumbró su propia imagen en un espejo en la pared y sintió una punzada de algo. ¿Culpabilidad? Era una emoción nueva para él. A veces se preguntaba adónde habría ido a parar su humanidad. Ah, sí, recordó: nunca había tenido ninguna.

—Luego hablamos —zanjó y presionó el botón para finalizar la llamada.

Casi de inmediato, el móvil volvió a iluminarse y la pantalla mostró la identidad de quien hacía la llamada: una foto de *Lottie*. En realidad no era *Lottie* quien llamaba, por supuesto; era la imagen que usaba para Rhoda. Contestó en el estrecho pasillo.

—Hola, cariño —dijo, intentando que no se le notara el cansancio en la voz. Recurrir a la compasión de Rhoda no servía de nada, porque ella tenía la energía de un tren japonés.

—¿Vas a tardar mucho, Andrew? ¿En hacer lo que sea que estés haciendo?

¿Por qué había empezado Rhoda a llamarlo Andrew en lugar de Andy? Él asociaba «Andrew» con su propia madre, pues antes era la única que lo llamaba así, y solo cuando la hacía enfadar (aunque pasaba a menudo), de modo que ahora se sentía como si Rhoda estuviera siempre irritada con él por algo. (¿Y lo estaba?)

—¿Eso que oigo no es la voz de Alexander Armstrong? ¿Estás viendo *Pointless*? —preguntó Rhoda con suspicacia—. ¿Dónde estás, Andy?

«En un vacío sin sentido», pensó él.

—Volviendo a casa —contestó alegremente—. ¿Quieres que pare a comprar algo por el camino? ¿Qué tal comida india? ¿O china?

Papeleo

—Quiero decir..., ¿qué probabilidades había? —le preguntó Reggie a Ronnie cuando ya habían salido del apartamento de Vincent Ives en Friargate—. De que el hombre al que íbamos a interrogar como parte de la operación Villette fuera el mismo que estuvo casado con el cadáver. Cuando no era un cadáver, claro.

—Ya lo sé, menuda coincidencia —repuso Ronnie—. Rara, muy rara.

Vincent Ives no era sospechoso de nada, al menos para Reggie y Ronnie. Solo era un diminuto signo de «visto» en la lista de comprobación de las agentes, una pieza anodina en el rompecabezas (de la monotonía del cielo o la hierba), mencionado por un camarero en el Belvedere, y de pronto, sin embargo, era el marido de una mujer asesinada. Y eso desde luego la hacía a una poner en duda su inocencia en general.

A las dos policías de uniforme que habían acudido a la puerta de Vincent Ives les había provocado confusión la presencia de Ronnie y Reggie. Al principio creyeron que eran amigas de Ives y luego parecieron pensar que eran alguna clase de asistentes sociales, y fue solo cuando ellas enseñaron sus placas y Reggie dijo: «Agente Reggie Chase y agente Ronnie Dibicki» cuando las de uniforme entendieron quiénes eran.

—¿Le habéis informado ya? —preguntó una de las policías.

—¿De qué? —repuso una perpleja Ronnie.

—De lo de su mujer —dijo la otra policía.

—¿Qué pasa con su mujer?

—Sí, ¿qué pasa con mi mujer? —intervino Ives.

—La señora Easton —dijo con suavidad una de las policías—. Wendy Easton, o Ives…, ¿se llama así su esposa, señor Ives?

—Está a punto de convertirse en mi exesposa —murmuró él.

—¿No preferiría sentarse, señor? —le dijo una de las policías a Vincent Ives—. Me temo que tenemos malas noticias sobre la señora Easton.

¡Asesinada! Ronnie y Reggie se miraron fijamente, comunicándose en silencio con los ojos muy abiertos. Pues la persona con mayores probabilidades de haber asesinado a la dama del jardín no era otra que quien estaba a punto de convertirse en su exmarido. ¡El hombre sentado en un sofá delante de sus narices! Reggie se acordó del palo de golf en el parterre del jardín.

—El Belvedere —musitó dirigiéndose a Ronnie.

—Sí, lo sé —murmuró ella en respuesta.

Las policías de uniforme se habían llevado entonces a Vince Ives, diciéndole que tenía que acompañarlas para identificar a su mujer. Y así, en un pispás, el asesino de Wendy Easton se les había vuelto a escurrir a ellas entre los dedos.

Lo realmente peculiar, según coincidieron después, fue que, cuando le dijeron que su mujer había muerto asesinada, lo primero que había dicho Vincent Ives había sido:

—¿El perro está bien?

Volvieron con el coche al Seashell.

—A ver si esta vez pillamos allí a nuestro señor Bragg —dijo Ronnie.

El sol empezaba a ponerse, tiñendo el cielo.

—«¡Ved, ved cómo la sangre de Cristo riela en el cielo!» —declamó Reggie.

—¿Eh? —dijo Ronnie.

—Hola de nuevo, señora Bragg. ¿Está el señor Bragg en casa ahora?

—No.

—¿Espera que vuelva pronto?

—No.

—Entonces, le dejaré mi tarjeta. ¿Puede pedirle que nos llame?

—«Le buscan por aquí, le buscan por allá» —dijo Reggie cuando estaban de vuelta en el coche, compartiendo una bolsa de frutos secos y pasas, y añadió—: La Pimpinela Escarlata. Tenía fama de escurridizo, como nuestro señor Bragg.

—Quizá deberíamos coger una habitación en el hotel —sugirió Ronnie—. Así a lo mejor podríamos echarle el guante.

Se acabaron los frutos secos y las pasas. Ronnie dobló la bolsa de papel y la metió en otra de pástico que usaban para la basura. Eran pulcras incluso con la basura.

—Supongo que deberíamos irnos a casa —añadió con un suspiro—, a empezar con las cajas.

—Pues sí. —A Reggie empezaba a gustarle que la llamaran «casa» sin pensárselo dos veces.

Habían cargado las cajas con el papeleo en el asiento trasero del coche; de hecho, excepto por el espacio que Reggie y

Ronnie habían liberado apenas para sí mismas, ocupaban el coche entero. Aquellas pasajeras de atrás no deseadas empezaban a resultar agobiantes. Reggie y Ronnie habían hecho los deberes, conocían el caso de Bassani y Carmody por dentro y por fuera, por no decir de arriba abajo y de delante atrás, y parecía poco probable que pudieran encontrar en aquellas cajas algo que no se hubiera examinado antes a conciencia, y casi todo el material importante se había informatizado ya, en cualquier caso.

—Vaya, vaya —dijo Ronnie—. Hablando del rey de Roma...

—¿Cómo?

—Allí, sentado en aquel banco. Es nada menos que nuestro viejo amigo el señor Ives, ¿no?

—Está muy lejos de casa. ¿Qué se supone que está haciendo aquí? —caviló Reggie.

—Qué raro, ¿no? Quizá anda buscando también a Andrew Bragg —dijo Ronnie, y añadió, riendo—: Pero no son amigos de verdad, claro.

—Quizá ha venido a decirle que estábamos haciendo preguntas sobre él. O a contarle lo del asesinato de su mujer. Me pregunto si lo considerarán sospechoso.

—¡Mira! —exclamó Ronnie—. Se ha puesto en movimiento.

Estirando el cuello para ver adónde se dirigía, observaron cómo Vincent Ives entraba en el aparcamiento tras el rompeolas y, desde ahí, subía por el tramo de escaleras que llevaba hasta el sendero del acantilado.

—Solo va a dar un paseo de última hora de la tarde —concluyó Ronnie—. Es posible que busque un poco de paz para llorar a la inminente exseñora Ives.

—De inminente ya no tiene nada —repuso Reggie—. Ahora es completamente ex.

Decidieron deambular por ahí un poco más por si Andrew Bragg llegaba a casa o Vincent Ives regresaba y hacía algo interesante. Bajaron del coche y se apoyaron en el malecón para tomar el aire y apreciar los últimos vestigios de la puesta de sol y la inmensidad del mar del Norte. La marea estaba alta y las olas arremetían contra el espolón y el paseo marítimo.

—La hace a una preguntarse cómo será esto en invierno —comentó Ronnie.

—Bastante dramático, supongo —respondió Reggie.

Le pareció que se volvería loca en un sitio como aquel. Un corredor que cruzaba el aparcamiento llamó su atención: un hombre de mediana edad con unos auriculares ciñéndole la cabeza. Reggie soltó un leve jadeo de sorpresa.

—¿Qué pasa? —quiso saber Ronnie.

—Ese tipo —repuso Reggie.

—¿El que sube corriendo por el acantilado?

—Sí, ese. Yo lo conozco.

—Hoy es un día de coincidencias, desde luego.

—Ya sabes qué dicen —comentó Reggie.

—Pues no, ¿qué dicen?

—Una coincidencia no es más que una explicación en ciernes.

O por lo menos eso era lo que siempre decía el hombre que subía corriendo por el acantilado, pensó Reggie.

—¿Has visto esto? —preguntó Ronnie.

Estaban hurgando en la escoria de aquellas cajas sin fondo, aunque la tarea se volvía un poco más llevadera gracias a la pizza extragrande y la botella de rioja que se habían conseguido en el supermercado de Whitby. No hacía frío suficiente para encender un fuego, pero Reggie lo había hecho de todos modos, y las llamas restallaban con entusiasmo en la pequeña chimenea. Cuando una estaba en una casita junto al mar, parecía lo suyo. Era la primera vez que encendía un fuego y tuvo que buscar en Google cómo hacerlo, pero se sentía orgullosa del resultado.

—¿Si he visto qué? —preguntó.

Ronnie sostuvo en alto un papel arrugado y maltrecho. Es un informe judicial de un proceso de 1998. Parece una especie de trámite de bienes inmuebles, de un piso en Filey. Dice algo sobre «el derecho de vuelo»...; ¿y eso qué es?

—Me parece que es cuando en realidad no eres dueño del terreno bajo tu propiedad, por ejemplo, si tienes una habitación sobre un pasaje o alguna clase de vacío.

—¿Y tú cómo sabes eso?

—Soy un arsenal de sabiduría inútil —admitió Reggie—. Cien años atrás, habría sido un número de *music-hall*. Como el señor Memoria de *Treinta y nueve escalones*.

—¿De qué?

—De *Treinta y nueve escalones*. Es una película de Hitchcock, muy famosa.

Reggie se preguntaba a veces si Ronnie habría abierto un libro o visto una película o una obra de teatro alguna vez. Era una absoluta ignorante. No se lo reprochaba; de hecho, le despertaba cierta admiración. Siendo ella misma alguien que lo había leído todo, que había visto todo, desde la *Ilíada* hasta *Pasaporte para Pimlico*, tenía la sensación de que nada de todo eso le había hecho mucho bien. Desde luego no la había ayudado a conservar a Sai.

—Sea como sea —dijo Ronnie—, aquí dice que al comprador no se le informó sobre el derecho de vuelo y que su abogado le puso una demanda al abogado del vendedor, por falsear los hechos o algo así. El comprador era Antonio Bassani, pero lo interesante no es eso: el abogado que lo representó ante los tribunales fue Stephen Mellors. ¿Te suena ese nombre?

—El abogado de Vincent Ives —repuso Reggie. Cogió su cuaderno, lo hojeó y leyó en voz alta—: «Es abogado, está llevando mi divorcio y a veces juega con nosotros en el Belvedere».

—Y es también «un amigo del colegio», no lo olvidemos —añadió Ronnie—. Se conocen desde hace mucho.

—Aquí hay más cosas antiguas de ese tipo —dijo Reggie, y le tendió una fina carpeta de cartón marrón reblandecido y afelpado por los años—. Son meros fragmentos de la cartera inmobiliaria de Bassani en los setenta, básicamente: aparcamientos para caravanas, una residencia de ancianos, pisos en Redcar, Saltburn y Scarborough. Imagino que sería el tipo de casero capaz de echar por tierra la mala reputación del mismísimo Rachman.

—¿De quién?

—Da igual. Los investigadores forenses tienen que haber tenido todo esto entre manos en la época del juicio, ¿no crees?

—Pues no sé. ¿Nos hará falta abrir otra botella?

En la buhardilla había dos pequeños dormitorios y cada uno contenía una cama estrecha como a la que habrían relegado antaño a una tía soltera o a una monja.

—Un beaterio —comentó Reggie.

—¿Eh?

—Es una especie de convento laico para mujeres, una comunidad religiosa de la época medieval. Hay uno en Brujas, precioso. No es algo que exista ahora, quiero decir, pero sí estaría bien que los hubiera.

Reggie había viajado a Brujas con Sai, en un ferri nocturno que cruzaba el mar del Norte hasta el puerto de Zeebrugge. Reggie había pasado toda la travesía mareada y él le había sujetado el pelo mientras vomitaba en el inodoro de acero inoxidable del diminuto cuarto de baño del camarote. «No hay mayor amor que el de un novio», había dicho él entre risas. Cuando Sai la dejó para casarse con la chica que sus padres habían elegido para él, Reggie fue a la peluquería y pidió que le cortaran el pelo muy corto, un ritual por el que habían pasado las mujeres desde tiempos inmemoriales, o por lo menos desde que el primer hombre dejó plantada a la primera mujer. Adán y Eva, quizá. ¿Quién sabía qué derroteros había tomado su unión después de que Adán le chivara a Dios que Eva había estado tonteando con el árbol de la sabiduría?

—Quiero decir..., ¿quién quiere a una mujer que sepa lo que sea? —le preguntó Reggie a Ronnie con tono de cabreo.

—Pues no sé..., ¿otra mujer?

Al borde del abismo

¿Asesinada? Vince había esperado que lo llevaran al depósito de cadáveres o incluso a la escena del crimen (o «mi casa», como aún pensaba en ella) y le mostraran el cuerpo, pero no, lo llevaron a una comisaría y le enseñaron una Polaroid. Habría sido lógico pensar que divorciarte de una mujer te eximiría de la obligación de identificar su cadáver, pero por lo visto no era así.

Lo cierto era que en la fotografía no acababa de verse que a Wendy le pasara algo malo. Tal vez la conclusión no habría sido que estaba dormida, pero, ante un cuestionario con múltiples opciones, uno no se habría decidido necesariamente por «muerta». Según decían, había sufrido una lesión en la cabeza, pero debían de haberla colocado de forma que el horror en cuestión, fuera cual fuese, quedara oculto. Se negaron a contarle cómo había sufrido esa «lesión en la cabeza». Sí le dijeron que la habían encontrado en el jardín trasero y que, según sus cálculos, la habían matado durante la madrugada o bien a primera hora de la mañana. Tuvieron que insistirle en que la identificara, porque él se limitaba a mirar fijamente la fotografía. ¿Era realmente Wendy? Cayó en la cuenta de pronto de que no tenía unas facciones particularmente distintivas. Nunca había reparado en ello.

—¿Señor Ives?

—Sí —contestó al fin—. Es ella. Es Wendy.

¿Lo era? Seguía dudando. Se parecía a ella, pero todo aquel asunto se le antojaba de lo más improbable. Asesinada..., ¿por quién?

—¿Sabe quién lo hizo? —preguntó la policía que dijo estar a cargo de la investigación.

Se había presentado como «la inspectora Marriot». Le preguntó por «su hija», pero Ashley estaba en medio de una jungla en alguna parte, sin cobertura de teléfono. «Ayudando a proteger a los orangutanes», le había dicho a Vince antes de quedarse desconectada. Cabía pensar que podía haber encontrado un montón de cosas que proteger más cerca de casa. A su madre, por ejemplo. (No era que se lo reprochara, ¡la quería mucho!)

—Nos pondremos en contacto con el cónsul británico en Sarawak.

—Gracias. La noticia la dejará destrozada —repuso Vince—. Estaban muy unidas.

—¿Y ustedes dos no?

—Wendy iba a divorciarse de mí, así que diría que no estábamos muy unidos, ¿no le parece?

Las mujeres policía de uniforme (¿aún las llamaban así?) lo habían llevado a una comisaría, donde le habían hecho montones de preguntas. Ya lo habían sometido a un interrogatorio esa mañana; dos veces el mismo día parecía injusto. Llevaba la jornada entera rodeado por mujeres con nombres extraños que le hacían preguntas, aunque había empezado a pensar casi con ternura en las dos agentes como pajarillos y su fascinación con el Belvedere. En retrospectiva, sus preguntas parecían casi inocuas, y por lo menos no les parecía sospechoso de un asesinato; solo de jugar al golf, por lo visto.

La inspectora Marriot también tenía interés en ese deporte, porque no paraba de hacerle preguntas sobre sus palos de golf.

Los dejaban en el Belvedere, le contó: allí tenían un sitio para ello (muy caro), solo para los miembros del club, y ya le estaba bien porque en su piso no había espacio. No había sitio para nada, apenas para sí mismo, y desde luego no el suficiente para el propio Vince y cuatro mujeres policía, por menudas que fueran. Se había sentido como si lo estuvieran asfixiando. «Me temo que tenemos malas noticias sobre la señora Easton.»

«Fue atacada», dijeron al principio, como si quisieran llegar poco a poco a la palabra mala de verdad: asesinada. La noche anterior, cuando él había ido allí, la casa había estado sumida en el silencio. ¿Estaba ya muerta? De haber rodeado el edificio hasta la parte de atrás y mirado en el jardín, ¿se la habría encontrado? Por lo visto era ahí donde la habían descubierto esa mañana. Pensó en todas esas citas por internet que Wendy había concertado últimamente. ¿Se trataba de algún extraño con el que había contactado y al que había llevado al lecho conyugal? ¿Habría escudriñado él entre las cortinas de la sala de estar justo cuando la estaban matando? ¿Podría haberlo impedido? Pero ¿no habría ladrado *Sparky* como un loco? Era un buen perro guardián, habría sido raro que no reaccionara ante un extraño.

—¿Señor Ives?

—Sí, perdone.

A Vince le había llevado un tiempo comprender que podían considerarlo sospechoso. Cuando lo hizo, le pareció una idea tan increíble que se tropezó en plena respuesta a una de las preguntas de las policías («¿Hay alguien, señor Ives, que pueda corroborar dónde estuvo anoche? ¿O esta mañana a primera hora?») y empezó a balbucir tonterías.

—Durmiendo, estaba durmiendo. Acababa de conciliar el sueño, porque el salón de juegos recreativos es muy ruidoso.

Y duermo solo, así que no, no hay nadie que pueda corroborar mi coartada.

Ay, Dios: «Duermo solo», qué patético sonaba eso.

—¿Su coartada? —repuso la inspectora con tono plácido—. Nadie ha hablado de coartadas, señor Ives. Solo usted.

Vince notó un fugaz escalofrío de miedo, como si en efecto pudiera haber matado a Wendy y luego, de algún modo, haberlo olvidado; como si su memoria, normalmente buena, le fallara a causa del trauma.

—El Belvedere —dijo—. Estuve en el club, bebiendo con unos amigos: Tommy Holroyd y Andy Bragg.

No le mencionó a la inspectora Marriot que había estado allí, en la casa. Fue una estupidez, de pronto se daba cuenta. Al fin y al cabo, le habían visto: había hablado con Benny, el vecino de al lado, y probablemente había cámaras de seguridad que él no había visto por todas partes. Por desgracia, para cuando se le ocurrió corregir ese error, ya habían pasado a otra cosa y la inspectora le estaba pidiendo un análisis de ADN para «descartar cosas», así como sus huellas dactilares.

—Ya que está aquí —añadió, como si lo hiciera para la conveniencia del propio Vince.

Esa solía ser una broma entre Wendy y él. Si estaban sentados en el sofá viendo la televisión, ella decía: «Ya que estás de pie, cariño, ¿podrías prepararme una taza de té?», y por su tono parecía que fuera ella quien le estaba haciendo un favor a él. La reacción de Vince solía ser como la del perro de Pavlov: levantarse de un salto y poner agua a hervir antes de caer siquiera en la cuenta de que no estaba más «de pie» que la propia Wendy. La oía soltar una risotada (cariñosa, o eso le había parecido en el momento) mientras él sacaba obedientemente las bolsitas de té de la lata de conmemoración del quincuagésimo aniversario de la reina que ella lo había mandado a comprar. Era una monárquica incondicional. Era aficionada a los bonsáis. Asistía a clases de calanética dos veces por semana y le gustaban las series de televisión sobre mujeres que buscaban venganza. Y estaba muerta. Nunca volvería a sentarse en el sofá.

Habían pasado un montón de tiempo juntos en aquel sofá, donde veían mucha televisión, consumían mucha comida para llevar y tomaban mucho té, por no mencionar el vino. El perro solía tumbarse entre los dos como si fuera un brazo del sofá. Sí, llevaban una existencia aburrida y pedestre, pero había algo que decir en su favor: era mejor que morirse de hambre, que te pegaran un tiro o que te arrastrara un tsunami. Mejor que ser sospechoso de asesinato. Definitivamente mejor que estar muerto.

Después, cuando ya lo habían echado de aquel mismísimo sofá, Wendy le dijo que su vida en común se había convertido en la de unos «muertos vivientes», y a Vince le pareció que aquello era ir un poco lejos. Probablemente, ella se conformaría encantada ahora con ser una muerta viviente en lugar de…, bueno, pues una muerta bien muerta. Vince echaba de menos aquel sofá. En él se había sentido seguro y cómodo: había sido una lancha de salvamento, y ahora se estaba ahogando.

—¿No recuerda haber estado en casa de la señora Easton, Aquimismo, anoche sobre las once? —insistió la inquisidora española, implacable—. Un vecino lo vio a través de su cámara de seguridad.

—También es mi casa, no solo de Wendy —corrigió él débilmente—. Todavía pago la hipoteca y no vivo allí porque no quiera. —Se preguntó si eso sería una doble negación.

La inspectora ignoró su comentario.

—¿O recuerda haber hablado con un hombre que vive en la casa vecina, un tal señor…? —consultó sus notas— ¿… señor Benjamin Lincoln?

—Benny. Sí, se me ha ido de la cabeza, lo siento.

—¿Se le ha ido de la cabeza?

Vince casi esperaba que la inspectora Marriot lo detuviera allí mismo, pero le dijeron que era libre de irse.

—Nos gustaría que se presentara de nuevo aquí mañana, si no le importa, señor Ives.

—¿Cómo la mataron? —quiso saber él—. Es decir, ya sé que fue una lesión en la cabeza, pero ¿cómo? ¿Qué usaron como arma?

—Un palo de golf, señor Ives. Un palo de golf.

¿Qué se suponía que iba a hacer en ese momento?, pensó. Quizá podía dar un paseo, para despejarse la cabeza. No le dejarían llevarse al perro, lo estaban analizando «en busca de ADN». ¿Creían acaso que *Sparky* había matado a Wendy? «No», dijo la inspectora, mirándolo con tristeza, como si le diera lástima que fuera tan tonto.

—Por si el perro atacó al asesino.

Vince no fue andando, sino que cogió un autobús. Andaba casualmente cerca de una parada, indeciso, cuando se detuvo en ella un autobús y, en un acto de espontaneidad nada característico en él, se limitó a subir. Era la primera vez en veinte años que iba en autobús. ¿Quién conducía ahora su coche de empresa?, se preguntó mientras ocupaba un asiento. No le había dado importancia cuando estaba a su disposición, pero ahora pensaba en él con cariño, casi como pensaba en *Sparky*.

En la parte delantera del autobús se leía «Middlesbrough», pero bien podía haber puesto «Primer círculo del infierno». ¿Y qué más daba, en todo caso? Vince solo necesitaba alejarse, dejarlo todo atrás. Ojalá pudiera dejarse atrás a sí mismo. Suponía que, si desaparecía, la policía lo creería culpable, pero ya le daba igual. Quizá emitirían una de esas cosas que aparecían en las series de polis americanas…, OBC, se llamaban, ¿no? «Orden de busca y captura.» Era un hombre que huía hacia la frontera, pensó, como en un libro o una película, pero no estaba en ninguna de las dos cosas: era un hombre en su propia vida, y esa vida se estaba haciendo añicos. Y no había frontera hacia la que huir, a menos que uno contara el límite administrativo invisible entre el norte de Yorkshire y Teesside. Vince ni siquiera iba a llegar tan lejos. Se bajó del autobús en Whitby, por si se quedaba dormido y acababa en el limbo, o en Middlesbrough, que era más o menos lo mismo, y luego recorrió la playa andando hasta donde pudo hasta que la marea empezó a darle caza y subió por un tramo de peldaños resbaladizos de algas hasta la zona pavimentada que discurría a lo largo del frente marítimo.

Pasó ante un pequeño hotel con vistas al mar y, para su sorpresa, reparó en que se trataba del Seashell, el establecimiento de Andy Bragg. Solo había estado en él un par de veces y sin bajar del coche. Todo parecía distinto cuando ibas andando. (Mucho más lento, para empezar.) Consideró entrar y ahogar sus penas, descargar sus problemas en oídos compasivos («Nunca adivinarías qué me ha pasado hoy, Andy»), pero sabía que Andy no lo escucharía con mucha compasión que digamos, y su mujer, Rhoda, incluso menos. En momentos como ese uno necesitaba un amigo (de verdad), pero no se le ocurría ni uno. Había intentado llamar al teléfono fijo de Tommy, confiando en que Crystal estuviera allí, pero solo le hablaba el contestador automático, o Harry más bien, el hijo de Tommy, cuya voz anunciaba: «Ha llamado al número de la familia Holroyd». También había tratado de llamar al móvil de Tommy, pero sonaba y sonaba, y ni saltaba el buzón de voz. No tenía a nadie con quien hablar. Ni siquiera el perro.

Pasó de largo el Seashell y encontró un banco cerca del aparcamiento junto al malecón. El banco daba al mar, y Vince lo contempló hasta que la mente se le quedó tan vacía como el espolón en sí.

Al cabo de un rato, se levantó y miró alrededor. Del aparcamiento arrancaban unas escaleras que llevaban a lo alto del acantilado. Allí arriba, uno podía cubrir kilómetros caminando, porque formaba parte de la ruta de senderismo de Cleveland. Cuando Ashley era pequeña habían acudido una vez: tomaron un pícnic bajo un viento helado, sentados en un banco en medio de Kettlewell; no había nada, ni un mísero café, y se habían sentido abatidos, pero el paso del tiempo lo había transformado en un recuerdo casi agradable. Ahora ya no habría más recuerdos agradables, ¿verdad? ¿No sería todo mucho más sencillo si seguía a Louise Holroyd desde lo alto del acantilado?

Vince se estremeció. El sol había empezado a hundirse en el mar: tenía que seguir adelante. Exhaló un suspiro, se levantó con rigidez del banco y empezó a subir los peldaños hacia el acantilado. Un hombre que iba a ninguna parte, que ascendía penoso paso tras penoso paso.

Ovación final

Jackson había salido a correr. Cuando había vuelto a casa, sin la mochila del unicornio, se sentía bastante abatido. Había llegado el momento de reagrupar las células de la materia gris. Se levantó un invisible sombrero ante Poirot; prefería al inspector belga que a la señorita Marple. Él iba más al grano, mientras que la señorita Marple se andaba con interminables artimañas.

A través de los auriculares, escuchaba a Miranda Lambert: era su absoluta favorita. Rubia y curvilínea, cantaba sobre la bebida, el sexo, los corazones rotos y la nostalgia, y Jackson sospechaba que en la vida real lo haría sentir un poco nervioso. Pero aun así seguía siendo su favorita. Corría por el bosque que quedaba cerca de su casita. Umbrío, húmedo y con profusión de setas, desprendía un aroma a otoño: un anticipo del cambio de temporada que acechaba a la vuelta de la esquina, amenazador. El invierno se acercaba, siempre; sin cesar, sin desistir.

El bosque tenía dos entradas: la principal, desde la carretera, con un aparcamiento y una cafetería; y otra mucho más pequeña que quedaba cerca de su casa, en un camino tan escondido que casi parecía secreto, de modo que Jackson había empezado a considerarla prácticamente su entrada privada. En ambas rutas de acceso había letreros oficiales de la finca con recomendaciones de respetar el bosque, los días en que estaba abierto, la advertencia de no llevar a los perros sin correa, etcétera. No se podía acceder todos los días, pues en la finca se organizaban partidas de caza, y cuando no andaban pegando tiros, criaban bichos a los que poder disparar. Los faisanes solían alejarse mansamente hasta el jardín delantero de Jackson, ajenos por completo al destino que les aguardaba al final. Los machos resultaban magníficos con su plumaje de gala, pero Jackson prefería las más modestas y moteadas hembras.

Últimamente salía mucho a correr, pese a las protestas de sus rodillas.

—Sus rodillas están demasiado viejas para correr —le había informado sin ambages la médica de cabecera.

Era una mujer joven y lucía unas rodillas bonitas; unas rodillas bonitas y jóvenes. Ya aprendería.

Él corría por el bosque, corría por la playa. Y corría por lo alto del acantilado. Si ponía rumbo hacia el norte, podía correr hasta Kettlewell, Runswick Bay, Hinderwell o Staithes. Probablemente podría haber llegado corriendo hasta Saltburn, pero no lo había intentado. Podría haberse desviado del sendero del acantilado y haber corrido hasta Middlesbrough, pero allí no pensaba ir, ni en broma. Si hacía eso, no serían solo sus rodillas las que protestarían.

En la otra dirección, podía correr siguiendo el acantilado desde la abadía de Whitby hasta la bahía de Robin Hood. Esa bahía le gustaba: antes solía llevarse a cabo allí mucho contrabando. En el pasado, el contrabando parecía algo romántico: barriles de ron, cofres de té y fardos de seda que los lugareños transportaban desde la costa a través de túneles secretos. Y brandi en abundancia. Creía recordar haber leído de joven un libro al respecto (o, conociendo al joven Jackson, era más probable que se hubiera tratado de un cómic). Últimamente, el contrabando había perdido su extravagante encanto: artículos falsos, heroína, animales en peligro de extinción, personas en peligro de extinción.

La llegada de un chico adolescente y una perra vieja tendía a interponerse en sus salidas a correr. Nathan no le veía sentido a caminar, y a correr ya no digamos («Sentido en sí no tiene», decía Jackson), y aunque *Dido* habría hecho el animoso intento de acompañarlo, a esas alturas, la reina de Cartago solo era capaz en realidad de correr en sueños.

Correr no era una actividad sin sentido, por supuesto. Unas veces, uno corría para tratar de adelantarse a sus pensamientos; otras, corría para darles caza y abatirlos. Otras más, uno corría para no pensar en absoluto. Jackson había probado con la meditación (sí, en serio), pero sencillamente no fue capaz de sentarse y no pensar en nada. ¿De verdad podía hacerlo alguien? Imaginaba a Buda sentado bajo su árbol con las piernas cruzadas y con un bocadillo de cómic lleno de cosas como: «Que no se me olvide comprar comida de perro, comprobar la presión de los neumáticos, llamar a mi contable». Pero correr…, correr sí que era meditar.

Aunque en ese momento su mente, más que vacía, estaba llena, consumida por la niña de la mochila. O ahora ya sin mochila, claro. Jackson había echado mano de sus contactos en la policía: eran menos de los que creía, pues la mayoría ya estaban jubilados, o muertos en algunos casos, y al final no había dado con nadie. Llevaba demasiado tiempo alejado del auténtico meollo de la investigación. No era lo mismo lidiar con delincuentes que atrapar novios y maridos infieles: esos solo eran tarados de alto funcionamiento.

En cuanto al *software* de edición de imagen, no sabía ni por dónde empezar, de modo que le había enviado la fotografía de la matrícula del Peugeot de la noche anterior a Sam Tilling, su joven y entusiasta aprendiz. Jackson estaba bastante seguro de que él sabría qué hacer con ella. Si Sam pudiera descifrar el número de matrícula, él podría entonces recurrir a la Agencia de Licencias para Conductores y Vehículos en busca de los detalles del propietario del coche; aunque no para gran cosa, tener licencia de investigador privado servía para algo. No por primera vez, Jackson se encontró lamentándose de haber dejado la Policía, donde había tenido tantísimos recursos al alcance. ¿Por qué se había ido? Para ser franco, no se acordaba. Por puro capricho, probablemente.

De no haberse retirado del terreno de forma tan prematura, ahora se estaría pegando la gran vida. Sería un jubilado con una buena pensión, ahorros, un montón de tiempo libre. Podría aprender cosas nuevas: pasatiempos, algo para lo que nunca había tenido tiempo. Identificación de árboles, por ejemplo. Estaba rodeado de ellos en ese momento, pero le habría costado identificar una sola especie. Con el roble se las apañaba porque tenía unas hojas muy características y porque había ocupado un papel fundamental en la historia británica: todos aquellos astilleros que habían construido la gran armada del rey Enrique VIII. Tenía un corazón de roble. «Firmes, muchachos, firmes.» El futuro Carlos II se escondió en un roble. De joven, Jackson había estado políticamente hablando en el bando de los parlamentarios; ahora le despertaban más simpatías los monárquicos. Era la trayectoria de la edad, suponía.

En cuanto al resto de los árboles del bosque, para él se englobaban en un genérico «árboles», pues no distinguía un abedul de una haya. Alguien debería inventar un Shazam para árboles y plantas. (Probablemente ya lo había.) «He ahí un hueco en el mercado», se dijo. Aunque se trataría de un mercado altamente especializado, básicamente para miembros del National Trust. De clase media, con ingresos medios: la frágil y sobrecargada espina dorsal de Inglaterra. La clase de gente que tenía perros labradores y escuchaba la radionovela *The Archers* y no soportaba la telerrealidad. «O sea, yo», pensó Jackson. Incluso si el labrador era prestado y él no escuchaba *The Archers* («Como si lo hicieras», diría Nathan); solo los interminables resúmenes del programa que le hacía Julia. Jackson era la primera persona en toda su familia que se había abierto a codazos un sitio en la clase media, y si alguien ponía en duda su derecho a estar ahí, podía agitarle en las narices su carnet de socio del National Trust como prueba. Quizá Julia tenía razón en lo de que la guerra de clases se había acabado, pero no en que todos habían perdido.

No se había encontrado un alma en el camino. Aquella no era una parte popular del bosque. Probablemente, podías morirte ahí y que tardaran semanas en encontrarte, si llegaban a hacerlo. Supuso que a un árbol le pasaba lo mismo: si caía en medio del bosque y no había nadie para oírlo, ¿producía algún sonido? Aunque pareciera un *koan* zen (sí, conocía el término *koan*), en realidad se trataba de una cuestión científica relacionada con la vibración, la presión atmosférica y la fisiología del oído. ¿Y si un hombre caía en el bosque…?

Salió volando al tropezar con una raíz que había esperado, oculta, para tenderle una emboscada y vengarse de él por su ignorancia. Más castigo para sus rodillas. Por lo menos no había nadie para presenciar el batacazo, aunque, si escuchaba atentamente, le parecía oír el sonido de una persona que aplaudía.

Se incorporó, se sacudió el polvo y continuó corriendo: salió del bosque, dejó atrás su propia casa, enfiló la ribera del río, pasó ante el Seashell y subió hacia el acantilado.

Había cambiado la música en los auriculares por Maren Morris, que cantaba sobre que su credo era su coche. No era un sentimiento que uno oyera con frecuencia de labios de una mujer. Si no hubiera sido lo bastante joven para ser su hija (por no mencionar que a ella le habría parecido ridículo), Jackson habría intentado casarse con ella. «Aleluya.»

Los últimos vestigios de una bonita puesta de sol teñían todavía el cielo. Jackson corría siguiendo la antigua vía del ferrocarril, que se había tendido para dar servicio a las canteras de alumbre que habían enriquecido esa parte de la costa. Según le informaba su pequeña guía de la zona, la vía nunca llegó a usarse, porque se percataron de que estaba demasiado cerca del acantilado y su riesgo de desprendimientos. Al mudarse allí, Jackson no había tenido ni idea de qué era el alumbre. Se obtenía de una lutita y se había utilizado para fijar tintes, por lo visto, un proceso en el que se precisaban grandes cantidades de orina. Esa orina solía transportarse hasta ahí en barriles. Un negocio curioso del que formar parte. En lo alto del acantilado aún podían verse los montones de lutita que quedaron atrás cuando se dejó de excavar en las canteras. La antigua vía de ferrocarril se había incorporado a la ruta de senderismo de Cleveland y, durante el día, Jackson se encontraba con gente animosa con mochilas y bastones de travesía, pero en aquel instante, cuando ya casi caía la noche, era la única persona allí arriba. Un par de veces se había encontrado un ciervo, pero en ese momento lo que había acorralado en el acantilado era un hombre.

El tipo estaba plantado en la punta del promontorio y contemplaba el mar como si esperara la llegada de su barco y el barco en cuestión no solo trajera su suerte, sino también la respuesta al significado de la vida. O quizá consideraba levantar el vuelo, como un ave que aguardara una corriente ascendente. Estaba muy cerca del borde. Muy cerca, teniendo en cuenta los desprendimientos. Jackson se quitó los auriculares y se desvió un poco para enfilar el promontorio, con la lutita moviéndose bajo sus pies al correr. Aminoró el paso al acercarse al hombre.

—Bonito anochecer —le dijo el hombre que corría al hombre plantado en el borde.

El hombre plantado se volvió, sorprendido.

¿Iba a saltar?, se preguntó Jackson.

—Debería tener cuidado —dijo con fingido tono de despreocupación—, en este acantilado hay desprendimientos.

Ignorando el consejo, el hombre se acercó un paso más al borde y la lutita bajo sus pies se desmoronó en una pequeña lluvia. «Sí», se dijo Jackson: lo de ese tipo era pulsión de muerte.

—Me parece que debería apartarse un poco del borde —intentó persuadirlo.

A un suicida en potencia había que abordarlo como a un perro nervioso: sin alarmarlo, dejando que te calibrara antes de tender los brazos hacia él. Y lo más importante, había que impedir que te arrastrara consigo en su caída.

—¿Quiere hablar de esto? —preguntó Jackson.

—La verdad es que no —respondió el hombre.

Dio un paso más hacia el abismo. Y luego otro. Jackson desobedeció sus propias normas y se abalanzó hacia el hombre para estrecharlo en una especie de abrazo de oso torpe, de modo que el hombre plantado y el hombre que corría se volvieron uno solo cuando se precipitaron juntos al vacío. El hombre caído.

Miedo escénico

—¡No es más que la punta de la iceberg, doctor!

—Mi copa, Harry, si eres tan amable —dijo Barclay Jack con afectada cortesía al salir del escenario.

Barclay estaba de buen humor y rebosante de bondad hacia el género humano. Trevor, su mánager, había acudido la noche anterior a ver el espectáculo sin avisarlo de antemano («No quería hacerte perder el hilo») y se había traído consigo a un tío de la televisión, de un canal rural y con solo un puñado de espectadores, pero de la televisión al fin y al cabo, y al tío en cuestión, según Trevor, «le gustaba lo que veía».

El teléfono que Barclay Jack llevaba en el bolsillo vibró cuando Harry le tendía el vaso de ginebra.

—Ooh, Barclay —se burló Bunny Hopps—, ¿eso ha sido tu móvil o solo que te alegras de verme?

—Vete a tomar por culo, pedazo de travesti.

Su buen humor se había esfumado de repente, y su bondad hacia el género humano también, al ver el texto en la pantalla de su teléfono móvil. Lo miró durante unos instantes, presa de la confusión, antes de comprender qué significaba. Su presión sanguínea pegó un repentino bajón. Las piernas empezaron a temblarle y luego se desplomaron como columnas en un terremoto. Se estaba viniendo abajo, literalmente.

—Rápido, Harry —oyó decir a Bunny—. Pilla al tipo de la ambulancia del St John antes de que abandone el teatro. Este cabrón está sufriendo un ataque al corazón, el muy idiota.

Y entonces todo se volvió negro.

Todos quieren ser el lobo

EWAN: Q hcs hoy?

  CHLOE: Nada. Qdams?

  EWAN: Q hra ok xti?

  CHLOE: 4?

  EWAN: Guay! Dnd?

  CHLOE: Spa?

  EWAN: Bn. Kiosco?

  CHLOE: ok.

  EWAN: Hsta prntito! Mua!

Era como aprender una lengua extranjera. De hecho, era una lengua extranjera. Chloe, la Chloe de verdad, estaba encerrada en su habitación y castigada para el resto de su vida desde que su madre había descubierto que un supuesto admirador la acechaba en línea. Ewan afirmaba (aunque era de lo más improbable) que le gustaban los perritos y Hello Kitty y una sofisticada banda juvenil coreana que Jackson había visto en YouTube con una especie de fascinación horrorizada.

—¿Qué, poniéndote al día de las tendencias, papá? —soltó Nathan con sarcasmo cuando lo pilló viendo aquello.

Jackson suponía que, en realidad, Ewan era probablemente un cuarentón patético sentado ante su ordenador en calzoncillos.

(—Pues deberías saber —comentó Julia— que una gran proporción de pedófilos son bastante jóvenes.

¿Cómo demonios sabía ella eso?

—Lo cubrimos en un capítulo de *Collier*. ¿No lo viste?

—Mmm, ese debí de perdérmelo —repuso él.

Lo cierto era que Jackson ya sabía eso, de hecho, y desearía no saberlo, de alguna forma. La idea de que chicos no mucho mayores que Nathan acosaran a chicas en internet era demasiado inquietante.)

La madre de Chloe, una mujer aterradora llamada Ricky Kemp, no había optado por la ruta convencional de llamar a la policía, sobre todo porque había pruebas fehacientes de que su pareja, el padre de Chloe, era miembro de la fraternidad criminal de la costa este.

—Conozco a gente muy chunga —decía ella. Jackson no lo ponía en duda.

Ricky le había dado el portátil y el móvil de Chloe a Jackson, que ahora se hacía pasar por ella para intentar acorralar a Ewan. Acoso inverso en el extraño mundo de la justicia oscura.

—Y luego, cuando le hayáis echado el guante, entregádmelo a mí —fue la indicación de Ricky.

Jackson no se oponía a la incitación a la comisión de un delito, pues en eso consistía el grueso de su negocio, y tampoco estaba en contra de limpiar las calles de otro pervertido, pero la parte de la entrega no acababa de convencerlo. Él no era un justiciero, en realidad, aunque su concepto del bien y el mal no siempre se ciñera al estándar legal. Lo que era una manera bonita de decir que había infringido la ley. En más de una ocasión; por buenos motivos.

Ewan podía ser un deplorable desgraciado, pero ¿quería Jackson ser responsable de que el padre de Chloe y sus amigos del inframundo lo hicieran papilla, o algo peor, probablemente? Si conseguía reunirse con Ewan, Jackson planeaba exponerse a la ira de la mafia local y llevar a cabo un arresto civil, antes de llamar a la policía y dejar que la fría e inerte mano de la ley se ocupara de él.

Con suerte, todo se resolvería esa tarde a las cuatro, cuando quedaran para su «cita».

Preparó café en la Aga con la ayuda de su vieja y fiel amiga Bialetti y se sentó al sol matutino en el banco junto a su puerta de entrada. *Dido* salió con paso torpe tras él y se tumbó a sus pies sobre el césped ante la casa. Jackson rascó al animal detrás de la oreja izquierda, un sitio favorito, y el pelaje del lomo se estremeció.

(—¿Te estremeces si te rasco detrás de la oreja? —preguntó Tatiana.

Había conocido a *Dido*. Le gustaban los perros, según dijo. Cuando era «pequeña niña» había formado parte de un número de circo con perros.

—Gastamos trucos juntos —añadió.

—Hacemos —corrigió él.

—Pues eso.)

Jackson se preguntó distraídamente cómo le iría a Vince. Le llevó unos instantes recordar su apellido, tras haber repasado metódicamente el alfabeto hasta llegar a la «I». Ives. «Como St Ives», pensó. Jackson nunca había estado en Cornualles: seguía habiendo grandes porciones del mapa de Gran Bretaña que no había explorado todavía (Leicestershire era un misterio. Suffolk, otro tanto. Y lo mismo pasaba con muchos otros sitios, para ser franco.) Quizá debería hacer un viaje por carretera. Una gran gira por el reino. Quizá encontraría St Mary Mead si buscaba lo suficiente.

Vince Ives probablemente no era ningún santo, pero Jackson tampoco tenía la impresión de que fuera un pecador. Pero quién sabía.

Despeñarse por un acantilado no era algo que a uno le pasara todos los días. Por suerte, resultó que un poco más abajo había una repisa inclinada de roca, conveniente y salvadora, y solo habían caído un par de metros, aunque ambos habían gritado lo suficiente como para causar una avalancha antes de resbalar y detenerse a escasos centímetros del borde.

«Hostia puta», había pensado Jackson, tumbado boca arriba y contemplando el cielo cada vez más negro. Tenía el corazón desbocado como si acabara de correr un esprint y no les había hecho ningún favor a sus «viejas» rodillas al caer ambos contra la roca implacable. Se incorporó con esfuerzo hasta quedar sentado y le dijo al hombre, que ahora no estaba plantado, sino tumbado:

—Eso de ahí es un precipicio tremendo y no estoy dispuesto a impedir tus acrobacias por segunda vez, ¿de acuerdo?

El tipo tuvo la decencia de parecer avergonzado.

Jackson pensó que probablemente sería buena idea alejar a un hombre con pulsión de muerte de un acantilado.

—Vamos —dijo, poniéndose en pie con cuidado, y le tendió una mano a Vince con cierta cautela, por si volvía a experimentar otro instante de locura y decidía arrastrarlo consigo al vacío.

Así se llamaba, Vince.

—Vince Ives —añadió él, y estrechó la mano de Jackson como si estuvieran en una fiesta o una conferencia y no tambaleándose y desafiando a la muerte al borde de un acantilado. Dijo que lo sentía mucho—. He sufrido un instante de locura. Digamos que había llegado a un punto crítico.

—¿Qué tal una copa? —ofreció Jackson cuando hubieron bajado del acantilado y se hallaban de nuevo en lo que podría pasar por civilización—. Ese sitio parece abierto todavía —añadió señalándole el Seashell a Vince Ives.

Vince no pareció impresionado; de hecho, pareció decididamente reacio.

—¿El Seashell? No, gracias —respondió con lo que semejó un leve escalofrío.

Así que Jackson lo llevó consigo a su casa, como haría uno con un perro extraviado. Encendió la chimenea y le ofreció un whisky, que él rechazó. Por lo visto, Vince no había comido en todo el día, así que Jackson preparó té y tostadas para ambos.

Era un buen día cuando le salvabas la vida a alguien, pensó Jackson mientras ponía el agua a calentar sobre la Aga. Y era incluso mejor cuando no te morías al salvarlo. Confió en que esa no se volviera su reflexión del día habitual, porque, tarde o temprano, estaba destinado a fallar en una o ambas partes de la ecuación.

Finalmente, Vince fue recobrando el ánimo, y resultó que tenían algo en común. Ambos procedían de la misma región y ambos eran exmiembros de «la banda de hermanos».

—El «pequeño y feliz ejército» —añadió Vince con el menor aspecto posible de sentirse feliz.

A Jackson no le pareció que tuviera mucha pinta de soldado.

—Del Real Cuerpo de Señales —explicó Vince—. En otra vida.

—Ya, bueno —repuso Jackson—. Yo antes era policía.

La de Vince era una historia corriente. Crisis de la mediana edad, sensación de que nada tenía sentido, depresión, etcétera. Era un fracasado, declaró.

—Todos hemos pasado por eso —dijo Jackson, aunque en realidad nunca se había permitido más que un rápido vistazo al abismo. Nunca había acabado de verle el sentido a la angustia existencial. Si a uno no le gustaba algo, lo cambiaba, y si no podía cambiarlo, se lo tragaba y seguía adelante, pasito a pasito. («Recuérdame que no acuda a ti en busca de terapia», decía Julia.)

—Toda mi vida me he limitado a ir tirando —continuó Vince—. Nunca he hecho nada interesante, nada importante. He llevado una vida muy insignificante. Nunca he sido un líder, ¿sabes?

—Bueno, no creo que ser macho alfa sea cuanto dicen que es —comentó Jackson—. No pasa nada por formar parte de la tropa. Ellos también prestan su servicio y todo eso.

Vince soltó un suspiro tristón.

—No es solo eso. Lo he perdido todo: mi trabajo, mi mujer, mi casa, mi perro. Prácticamente, también he perdido a mi hija —añadió.

Era una lista larga, pero que a Jackson le resultaba familiar.

—Mi primera mujer se divorció de mí —dijo por mostrar solidaridad.

—¿De modo que te volviste a casar?

—Bueno, pues sí —respondió Jackson. Se arrepintió inmediatamente de haber mencionado a Tessa, o como fuera que se llamara en realidad. Era una loba. Cierto orgullo viril le impedía admitir ante un desconocido que su segunda mujer había sido una pelandrusca intrigante y estafadora que lo había despojado de su dinero con precisión quirúrgica antes de desvanecerse en la noche. En lugar de eso, dijo—: No, bueno, ese tampoco funcionó.

—La vida sencillamente parece estar en mi contra —continuó Vince —, como si fuera una maldición.

—Unas veces eres el parabrisas, Vince —dijo Jackson—, y otras, la mosca. —O por lo menos eso cantaba Mary Chapin Carpenter, con todo respeto a los Dire Straits.

—Supongo —admitió Vince, asintiendo lentamente mientras masticaba el último trozo de tostada.

Era buena señal, en opinión de Jackson: la gente que comía no solía estar a punto de suicidarse.

—Y no tiene sentido aferrarse a las cosas cuando se han acabado —continuó Jackson. (Julia tenía razón, quizá la terapia no era su fuerte.)—. Ya sabes qué dicen —(o qué diría Kenny Rogers)—: «Tienes que saber cuándo resistir y cuándo ceder».

Así estaba mejor, pensó Jackson: cuanto tenía que hacer era utilizar la letra de canciones *country*, pues contenían mejores consejos que cualquier cosa que él pudiera sacarse de la manga. Pero más valía evitar a Hank: «Estoy tan solo que tengo ganas de llorar. Nunca saldré de este mundo vivo. No me importa si el mañana nunca llega». Pobre viejo Hank; no era el mejor alimento mental para un hombre que acababa de intentar arrojarse a un precipicio. Aunque ¿conocería acaso Vince la existencia de aquella repisa de roca salvadora?, se preguntó Jackson. ¿Era consciente, a diferencia de él, de que la escena era menos peliaguda de lo que aparentaba? ¿Se había tratado de una llamada de auxilio más que de un suicidio en toda la regla? Eso esperaba.

—Wendy, mi mujer, se estaba quedando con todo, me trataba como si no fuera nada. Un don nadie.

—Ella la empuñó por el mango, Vince, y tú por la hoja. —(«Gracias, Ashley Monroe»).

—Y me despidieron por reducción de plantilla, después de veintitantos años. Dando el callo, arrimando el hombro... y todos los clichés posibles, sin protestar nunca.

—Conseguirás otro trabajo, Vince.

¿Podría?, se preguntó Jackson. El tipo rozaba los cincuenta, y nadie te quería cuando ya llevabas medio siglo dándole al bate. (Jackson había empezado a ver el críquet en la tele, un hecho que guardaba para sí porque le parecía un vicio secreto.)

—Y me quitaron el coche de empresa —añadió Vince.

—Ah, vaya, pues eso sí que es malo —coincidió Jackson. No había ninguna canción de *country* capaz de lidiar con semejante catástrofe. Un hombre no podía rendir culto sin una iglesia.

Fue solo después de que Jackson hubiera ofrecido a Vince Ives llevarlo a su casa (e insistido en ello, de hecho, por si decidía alejarse hacia el acantilado otra vez) cuando Vince, mientras se abrochaba el cinturón, soltó:

—Mi mujer ha muerto hoy.

—¿Hoy? ¿La que se está divorciando de ti?

—Sí, esa.

—Madre mía, lo siento, Vince.

Así que quizá iban a llegar finalmente al motivo real por el que el tipo había decidido arrojarse al vacío. Cáncer, pensó Jackson, o un accidente, pero no, por lo visto no.

—Ha muerto asesinada.

—¿Asesinada? —repitió Jackson, y sintió que las pequeñas células de materia gris se ponían firmes. Al fin y al cabo, antes era policía.

—Sí, asesinada. Solo con decirlo ya suena ridículo.

—¿Y no fuiste tú? —(Por si acaso).

—No.

—¿Cómo ha sido? ¿Lo sabes?

—La han aporreado con un palo de golf, según la policía.

—Madre mía, qué violento suena eso —repuso Jackson. Por no mencionar que parecía algo personal. Aunque él había visto cosas peores. («¿Cuántos cadáveres has visto? ¿En toda tu vida, digamos?»)

—Yo juego al golf —dijo Vince—. La policía se ha mostrado muy interesada en eso.

El críquet era una cosa, pero el golf constituía un enigma bien distinto en lo que a Jackson concernía. Estaba dispuesto a apostar el futuro del universo a que él nunca practicaría ese deporte. Ni siquiera había pisado un campo de golf, excepto por una vez, cuando era detective en Cambridge, y se había descubierto un cadáver en el *rough* en el campo de Gog Magog. (¿Existía en alguna parte un campo de golf con un nombre más estrafalario?, se preguntó.)

—Mucha gente juega al golf —le dijo a Vince—. Eso no los convierte en asesinos. No siempre, vamos.

Vince Ives jugaba al golf, a su mujer la habían asesinado con un palo de golf, por lo tanto, Vince Ives la había matado. ¿No se llamaba eso de algún modo...?, ¿una falacia lógica? (¿Se estaba inventando eso? Sus pequeñas células se pusieron a utilizar la materia gris, pero no se le ocurrió nada, lo cual no era de sorprender.)

—¿Y dónde están tus palos de golf, Vince?

—¿Podemos limitarnos a ir en coche? —preguntó Vince con un suspiro—. Llevo todo el día contestando preguntas.

—Vale.

—Ay, Dios, acabo de acordarme... —dijo Vince—. Tenía un *putter*, uno de recambio, lo guardaba en el garaje. Lo usaba para practicar en el jardín. Wendy odiaba que hiciera eso, me sorprende que no pusiera un cartel de «Prohibido pisar el césped» en el jardín. —Soltó un suspiro—. Tendrá mis huellas dactilares por todas partes, supongo.

—Supongo que sí.

Era tarde para cuando salieron a la carretera. Jackson llevaba tantas idas y venidas por la A171 últimamente que empezaba a tener la impresión de conocer cada centímetro del asfalto. No parecía muy sensato volver a casa, ya que tenía que estar de vuelta ahí a primera hora de la mañana para recoger a Nathan y asumir de nuevo el peso de la responsabilidad parental. Se planteó quedarse en el Crown Spa a pasar la noche; podía dormir en el suelo de la habitación de hotel de Julia. A lo mejor hasta le permitía dormir en la cama. ¿Era eso buena idea o mala? ¿Marea alta o marea baja? No lo sabía.

Se ofreció a dejar a Vince en su apartamento, pero en algún punto del andurrial de callejones, dijo:

—No, déjame aquí, ya va bien. Aquí mismo. —Soltó una risa sombría y Jackson se preguntó dónde estaría el chiste.

Jackson había llamado a Julia desde el exterior del Crown, pero su respuesta medio grogui no había sido exactamente esperanzadora. («Vete al carajo, Jackson»), y estaba a punto de emprender el cansino trayecto de vuelta cuando su móvil se iluminó. Pensó que ella habría cambiado de opinión, pero llamaba solo para decirle que Nathan se había largado a pasar la noche con un amigo del colegio cuya familia estaba acampada allí cerca, pero ¿se llevaría de todas formas a *Dido*?

—Subo —repuso él, pero Julia dijo:

—No, ya bajo yo.

Jackson tuvo que darle vueltas a eso. ¿Tenía a alguien ahí arriba con ella? ¿O le preocupaba sentirse tan abrumada por el deseo con él tan cerca de su cama como para caer rendida en sus brazos? Ni en sueños iba a ser eso.

Julia apareció en la silenciosa zona de recepción descalza, con el pelo hecho unos zorros y enfundada en un pijama tan viejo que él lo reconoció de cuando aún estaban juntos. No parecía de humor para seducciones.

—Toma —dijo ella, tendiéndole la correa de la perra, con la perra en el otro extremo. Luego se volvió en redondo y añadió un soñoliento «Buenas noches» antes de subir de nuevo por las escaleras.

(«¿Cuándo dormiste por última vez con mujer?», le había interpelado Tatiana unas noches atrás. «¿Con mujer de verdad?» Jackson se acogió a la quinta enmienda para no contestar.)

—Nos vamos con el rabo entre las piernas, ¿eh? —le dijo a *Dido* a través del retrovisor mientras se alejaban, pero ya se había dormido.

Así que ahora tenía a la perra, pero no al niño, y se sorprendió al sentirse tan decepcionado ante la ausencia de este último.

Apuró su café y echó un vistazo al móvil y vio que Sam Tilling le había contestado a lo del número de matrícula del Peugeot. Era legible, de modo que Jackson envió un correo a la Agencia de Licencias para Conductores y Vehículos pidiendo los detalles del dueño. No esperaba una respuesta rápida. Llamó a Sam y le dio las gracias.

—¿Cómo andan Gary y Kirsty?

—Como siempre, como siempre —contestó Sam—. Ayer, burritos de pollo en All Bar One en la calle Greek.

—¿Fotos?

—Sí. Ya enviadas a la señora Trotter. Te manda un saludo.

—Sigue con tu buen trabajo. Cuando acabes, habrá un regaliz con picapica para ti.

—Ja, ja.

Penny Trotter había acumulado un expediente enorme con pruebas que demostraban el adulterio de Gary. ¿Era eso lo que «Jesús querría» que hiciera? Parecía improbable, pero

Jackson no era quién para juzgarla. Las esposas agraviadas constituían una ley en sí mismas. Y a él le pagaban las facturas y mantenían al lobo lejos de su puerta.

(—¿Has considerado alguna vez que a lo mejor el lobo eres tú? —dijo Julia.

—Sí, el lobo solitario —contestó él.

—Sé que te gusta pensarlo, pero ser un lobo solitario no tiene nada de heroico, Jackson. Un lobo solitario está solo y punto.)

Llegaron más fotos a su móvil. Tenía un álbum dedicado a Gary y Kirsty compartido con Sam Tilling. Aparecían uno encima del otro en lugares públicos, «besuqueándose», como lo habría llamado Julia. («Me encanta esa palabra», decía.) Por lo visto, Julia ya no estaba dispuesta a besuquearse con él, ni en público ni en privado. Quizá quería compromiso. Quizá debería pedirle que se casara con él. (¿En serio acababa de pensar eso?)

Se acabó el café. Tenía mucho tiempo disponible hasta su encuentro con Ewan y se preguntaba qué hacer con él..., ¿salir a correr? Observó un tanto dudoso a *Dido*, que roncaba suavemente al sol a sus pies. Con lo máximo que podrían apañarse juntos sería probablemente con un paseo tranquilo.

Le sonó el móvil. Se preguntó si sería Julia, para pedir disculpas por haber sido descortés la noche anterior. Pues no. Era una clienta. Una nueva.

Chicas, chicas y más chicas

—¿Te has enterado de la noticia? —preguntó Rhoda cuando Andy entró en la cocina del Seashell a la mañana siguiente.

Estaba muy atareada con los desayunos, haciendo malabarismos con sartenes y espátulas de un modo que resultaba sorprendentemente amenazador. Por las mañanas hacía gala de una eficacia implacable; bueno, a cualquier hora del día, en realidad. Andy supuso que estaba mosqueada con él por no haberse vuelto derecho a casa desde Newcastle la noche anterior. Se había desviado para pasar por el Belvedere, donde se había concedido unas copas solitarias. A veces, más valía beber que pensar. Con frecuencia, de hecho. Cuando finalmente había entrado dando tumbos por la puerta, Rhoda dormía como un tronco y roncaba más fuerte que *Lottie*.

—¿La noticia? —repitió Andy, y tendió una mano hacia el salvavidas de la cafetera.

Inhaló el aroma del beicon que se estaba friendo como si fuera oxígeno. Aún tenía el cerebro embotado de sueño, por no mencionar la resaca que se fraguaba lentamente.

—¿Qué noticia?

En opinión de Andy, las noticias rara vez eran buena cosa. Las noticias, invariablemente, traían consigo consecuencias.

Trató de pinchar un poco de beicon para prepararse un bocadillo, pero Rhoda se lo impidió de un manotazo. Ya lo estaba bombardeando con una lista de órdenes.

—¿Puedes vigilar las salchichas? Tengo tres clases de huevos de los que ocuparme. Y pon un par de rebanadas en la tostadora, ¿quieres? La pareja de la habitación Fastnet quiere un desayuno inglés completo, con huevos fritos para él y revueltos para ella. El tipo de la Lundy también tomará un inglés, pero su mujer solo quiere huevos escalfados. Y las lesbianas vegetarianas de la Rockall aseguran ahora que son veganas. En el congelador hay salchichas veganas…, saca cuatro. Y abre una lata de alubias.

—¿Qué noticia? —insistió Andy, aguantando el chaparrón de Rhoda.

—Lo de Wendy —contestó ella mientras cascaba huevos y los echaba en una sartén de aceite chisporroteante.

—Wendy…, ¿Wendy Ives? —preguntó Andy desconcertado—. O Easton, o comoquiera que se haga llamar ahora. ¿Qué ha hecho esta vez?

—Solo se ha apuntado al club de las esposas muertas.

—¿El qué?

—Ha muerto, asesinada —respondió Rhoda, saboreando la última palabra con fruición.

—¿Asesinada? —El cerebro aturullado por el alcohol de Andy le dio vueltas al término, tratando de dotarlo de sentido—. ¿Asesinada? —Repetirlo no parecía ser de mucha ayuda.

—Sí, asesinada. O sea, que la han matado. —Rhoda se tomó unos instantes para consultar su diccionario de sinónimos interno. Dio con uno mientras cortaba una morcilla—. La han vuelto fiambre. —Luego, con cierta satisfacción, añadió—: La han dejado tiesa. Y no te quedes ahí como un pasmarote, ve a por las salchichas.

—¿Cómo la han matado? —quiso saber Andy. El beicon ya no olía tan apetitoso (¿Fiambre?)—. ¿Cuándo? ¿Y quién, por el amor de Dios?

Recordaba vagamente haber oído algo en las noticias por la radio del coche de camino a casa la noche anterior. «Una mujer ha sido asesinada...» Pero no un nombre, no el de Wendy..., ¡la esposa de Vince, por Dios! —Sacó las salchichas del congelador y leyó los ingredientes en el envoltorio—. Aquí dice que contienen clara de huevo.

—Ay, pues qué mal, porque es cuanto tengo. Las bolleras no van a enterarse.

Rhoda tenía una serie de amigos homosexuales, de ambas inclinaciones, pero eso no le impedía utilizar un lenguaje despectivo sobre ellos a sus espaldas. A los hombres de esas tendencias se los colgaba del brazo como si fueran bolsos de diseño, de los que tenía varios vergonzosamente caros que Andy le había regalado por Navidad o en su cumpleaños. Y un par de relojes también. Era una manera (bastante insignificante desde una perspectiva más amplia) de gastar el dinero que se le acumulaba en las manos. Solo le parecía seguro conservar cierta cantidad de efectivo, que guardaba en el desván bajo el tejado. Y las sumas que podía colar a través del negocio o endilgarle a un local de manicura eran limitadas. Los bolsos y los relojes no los consideraba blanqueo, sino una forma de poner el dinero a buen recaudo, y en último caso siempre tendrían un buen valor de reventa. Le decía a Rhoda que los Rolex y los bolsos de Chanel eran de imitación, cuando en realidad eran auténticos. Andy vivía en un mundo de locos últimamente.

El año anterior le había regalado a Rhoda por su cumpleaños un Patek Philippe, sin trampa ni cartón, que había comprado en una joyería en Leeds. El hombre tras el mostrador pareció receloso ante su dinero en efectivo, pero Andy explicó que lo había ganado en una apuesta acumulativa. «A un yanqui, en Redcar», le pareció necesario precisar. El reloj costaba una pequeña fortuna. Por el mismo precio, uno podría haber comprado un barrio entero de casas en Middlesbrough; probablemente podría comprar Middlesbrough entera, de sentirse inclinado a hacerlo. Le dijo a Rhoda que era un reloj de imitación que le había traído un cliente de Hong Kong. Rhoda solo se lo había puesto una vez; según ella, saltaba a la vista que no era auténtico. («Y deja ya de comprarme relojes, Andy, por el amor de Dios. Solo tengo una muñeca, y eres tú quien tiene un problema con la puntualidad, no yo.» Tenía dos muñecas, pensó él, pero no lo dijo.)

—Ah, por cierto —añadió Rhoda—. Se me olvidó decírtelo, porque anoche llegaste tardísimo... —Hizo una pausa para hacer hincapié en eso último.

—Ya, ya... Lo siento mucho y todo eso —repuso él y preguntó—: ¿Qué es? ¿Lo que se te olvidó contarme?

—La policía estuvo aquí ayer, buscándote.

—¿La policía? —repitió Andy con cautela.

—Sí, la policía. Dos agentes, chicas las dos; tenían pinta de asistir a la escuela primaria. Vinieron por la mañana y luego volvieron a aparecer a última hora de la tarde.

—Me pregunto para qué pudo haber sido —murmuró Andy cogiendo de nuevo la cafetera. Notó un leve temblor en la mano cuando se servía y se preguntó si Rhoda lo habría visto.

—A lo mejor creen que mataste tú a Wendy —soltó ella.

—¿Cómo? ¡Yo no he matado a Wendy! —protestó él.

—¿Estás seguro?

—¿Que si estoy seguro? ¡Pues claro que lo estoy! Hace semanas que no la veo.

—Mira que eres tonto del bote —dijo Rhoda con un bufido de risa—. Lo decía en broma. ¿De verdad crees que iban a sospechar de ti? Dijeron algo sobre papeleo... ¿Ya has vuelto a dejar multas de aparcamiento por pagar?

—Sí, probablemente se trataba de eso.

—O quizá andaban preguntando por Vince..., ya sabes, si lo habías visto y eso. Tomaste unas copas con él, ¿no? ¿Hace dos noches? A lo mejor podías proporcionarle una coartada.

—¿Crees que sospechan de Vince?

—Bueno, suele ser el marido, ¿no? —terció Rhoda.

—¿Sí?

—Esas salchichas están a punto de salir ardiendo, por cierto.

—Pero... ¿Vince? Seguro que él no. —Andy sacó las salchichas de la parrilla quemándose los dedos—. No creo que él fuera capaz de algo así. No tendría valor para hacerlo, ¿no?

—Ay, pues no lo sé —repuso Rhoda—. Siempre he pensado que Vince era un poco taimado.

—¿En serio?

—Fue muy feo: le aplastaron la cabeza con un palo de golf. La encontraron en el jardín de atrás, muy ligera de ropa. Te hace pensar qué andaría tramando.

—¿Cómo sabes tú todo eso? —preguntó Andy con tono de asombro.

—Por Trish Parker —contestó Rhoda—. Es la madre de uno de los tipos que descubrieron el cuerpo. Está en mi club de lectura.

—¿Tu club de lectura? —Andy no sabía qué era más sorprendente: que hubieran asesinado a Wendy Ives o que Rhoda formara parte de un club de lectura.

—La primera norma del club de lectura —repuso Rhoda— es que no existe el club de lectura. ¿Vas a dejar que se quemen también esas tostadas?

—Bueno, aquí tenemos un desayuno inglés completo para usted, caballero, o un Yorkshire completo, como nos gusta llamarlo aquí —dijo Andy, y dejó un plato pesado y rebosante de la promesa de un ataque al corazón ante el huésped de la Lundy—. Y, para la dama, dos huevos escalfados a la perfección. Ecológicos, de gallinas en libertad, traídos de una granja de aquí cerca. —(«O del supermercado Morrison, como también nos gusta llamarlo», pensó.)

¿Qué querría la policía? Tenía el estómago revuelto de miedo, y el olor de los huevos no ayudaba. El numerito de la cordialidad en el desayuno no le salía con la misma facilidad que de costumbre.

¿Se habría puesto la policía en contacto con Tommy también? En cuanto pudo, se escapó al pasillo y lo llamó al móvil, pero saltó al instante el buzón de voz. Antes de que se le ocurriera un mensaje que dejar, le llegó un grito procedente del comedor del desayuno, seguido de un estridente «¡Pero bueno!» de Rhoda al ir en su busca.

—¡Andrew! ¡Por el amor de Dios, le has servido morcilla a una de las lesbianas!

Andy tardó casi tres horas en llegar a Newcastle. Un camión había derramado su carga en la A19 y la policía aún seguía dirigiendo el tráfico en torno a la carnicería de electrodomésticos. Sintió una punzada de compasión por las grandes cajas de cartón desparramadas por el arcén como soldados caídos. Una caja se había abierto para revelar una lavadora que, abollada y llena de arañazos, yacía desamparada. Lo hizo pensar en Wendy Ives, a quien habían «aplastado la cabeza con un palo de golf».

«¿Qué clase de palo?», se preguntó despreocupadamente mientras pasaba centímetro a centímetro ante el batiburrillo de cajas. ¿Qué elegiría él para una faena como esa? Una madera, quizá, si bien era cierto que su intención no sería lanzar la cabeza de Wendy bien lejos calle abajo, ¿no? Tal vez iría mejor un hierro corto, ¿del 8 o del 9? Se decidió por un *putter*, se dijo, por el fino extremo de la cucharilla, capaz de cascar un cráneo como un huevo. Vino a interrumpir sus pensamientos la súbita constatación de que el camión que había perdido la carga era de Transportes Holroyd. Tommy se iba a poner como una mona con el conductor.

Intentó llamar a Tommy otra vez, pero seguía sin contestar al teléfono.

Se sentía como si hubiera cumplido ya con una larga jornada para cuando se encontró apresurando a Jasmine y Maria para que salieran del piso y subieran al coche. Sus pertenencias parecían haber criado durante la noche en la oscuridad, y le llevó una eternidad cargarlas todas en el maletero. Le sonó el teléfono: era un número que no reconocía y dejó que saltara el buzón de voz.

Apenas habían emprendido el trayecto cuando tuvo que parar en una gasolinera para conseguirles unas hamburguesas. Él también pidió una porque el estómago le rugía de hambre después de que le hubiesen privado cruelmente de su bocadillo de beicon, pero la hamburguesa solo consiguió que lo tuviera más revuelto. Aprovechó la oportunidad para escuchar el buzón de voz. Una tal inspectora Marriot necesitaba charlar un momento con él. ¿Podía devolverle la llamada? Pues no, no podía. ¿No había dicho Rhoda que las policías que habían acudido a su casa eran agentes? ¿Y ahora lo llamaba una inspectora? Empezaba a sentirse acosado. Probó a llamar a Tommy de nuevo, pero seguía sin contestar, a ninguno de sus teléfonos. Notaba una sensación desagradable y no era solo por la hamburguesa. ¿Por qué el largo brazo de la ley se tendía hacia él?

Pasaron ante el Ángel del Norte y Andy se lo señaló a Jasmine y Maria.

—Ahí tenéis el Ángel del Norte, chicas —anunció como si fuera un guía turístico.

Ellas soltaron exclamaciones, como si entendieran de qué se trataba.

¿Era hombre o mujer?, se preguntó Andy. Los ángeles eran asexuados, ¿no? Le gustaba pensar que la figura estaba ahí para protegerlos, pero suponía que en realidad lo que hacía era juzgarlos. Lo cierto era que, de no haber estado conduciendo, habría apoyado la cabeza en el volante y se habría echado a llorar ante lo absurdo de toda aquella situación.

—No tardaremos en llegar —les dijo, esbozando una sonrisa alentadora a través del espejo retrovisor.

Tuvo que volver a parar en un Roadchef a las afueras de Durham para que las chicas pudieran ir al lavabo. Mientras esperaba, compró barritas de chocolate y latas de Fanta, que parecía ser su bebida favorita. Pasaron una eternidad en los aseos de señoras, y durante unos paranoicos instantes se preguntó si se habrían fugado, pero por fin volvieron, soltando risitas sin parar y charlando en aquella incomprensible lengua suya.

—¿Puedo ofrecerles una bebida fresquita, damiselas? —preguntó con irónica cortesía cuando las hubo metido de nuevo en el coche.

Más risitas.

Le recordaban a una chica tailandesa que había conocido en Bangkok un par de años antes de casarse con Rhoda. Se reía de todo lo que él decía, admiraba todo lo que hacía. Lo hacía sentir el hombre más divertido e interesante sobre la faz de la tierra. Era puro teatro, obviamente, pero ¿importaba acaso?

Había considerado traérsela de vuelta, casarse con ella, tener críos: todo el tinglado. Pero la cosa no había funcionado.

—Cambié de opinión —le contó a Tommy, aunque en realidad era la chica quien había cambiado de parecer.

Tenía uno de esos nombres tailandeses tan raros: Chompu. O algo parecido, en todo caso. «Champú», la llamaba Tommy siempre. Tommy estaba allá con él en aquella época: andaban gestionando «el Retiro», como siempre lo llamaban, aunque en realidad no tenía nombre, solo una dirección en una calle a las afueras de Pattaya. Por lo visto, Chompu era ahora una monja budista.

Tommy se había involucrado con Bassani y Carmody unos meses antes de que hubieran captado a Andy. Había hecho algún que otro trabajillo de protección para ellos, pues en aquel entonces aún estaba en la palestra y a ellos les venía bien tener un par de puños más por si se metían en líos. Era un bravucón, un «gorila». Hoy en día, evitaba el trabajo sucio. Tenía un par de «segundos», como él los llamaba: Jason y Vasily, dos matones sociópatas. Andy siempre daba por hecho que Vasily era ruso, pero nunca había tenido el interés suficiente para preguntarlo. Hacían cualquier cosa que les pidieran. Era perturbador.

El presunto Retiro en Tailandia había sido un lugar al que Tony Bassani y Mick Carmody y sus amigos y conocidos de gustos afines podían acudir para «relajarse». Muchos de esos amigos y conocidos tenían puestos importantes e incluso en las más altas esferas: había por lo menos un juez, un alto magistrado, un puñado de concejales, altos cargos policiales y abogados y un par de miembros del Parlamento. En el Retiro podían satisfacer sus gustos con una población local dócil y adaptable a sus deseos. Quizá «dócil» y «adaptable» no fueran términos tan exactos como «víctima de abusos» y «explotada». En su mayoría se trataba de menores de edad, pues los había hasta debajo de las piedras. Y al fin y al cabo, se justificaba Andy, nadie les había puesto una pistola en la sien;

excepto por una única vez, que más valía olvidar. Aquello había supuesto el principio del final para Tommy y Andy.

—Va siendo hora de poner pies en polvorosa, ¿no te parece? —comentó Tommy.

Andy nunca los había conocido en persona, ni a Bassani ni a Carmody. Sí los había visto en el Belvedere, claro, en el campo de juego o en el local del club con sus mujeres alguna noche de sábado, pero no se habían llevado a cabo presentaciones porque la discreción estaba a la orden del día.

Había sido un abogado de Bassani y Carmody quien había abordado a Andy. Era un novato ambicioso que acababa de terminar las prácticas. Bassani y Carmody habían abandonado recientemente el barco de un bufete antiguo y bien establecido, y se suponía que habían elegido a ese nuevo tipo porque era un entusiasta del dinero y no lo era tanto de los escrúpulos morales. Los había representado en una disputa sobre bienes inmuebles y, según él, «les gustó la pinta que tenía».

Le contó a Andy que sus clientes necesitaban un agente de viajes y que él actuaría de intermediario.

—Me parece bien —repuso Andy.

El abogado le parecía un poco gilipollas. (Andy ya llevaba a cuestas sus buenos diez años de madurez y cinismo.) El tío actuaba como si estuviera en la mafia y su cliente fuera Al Capone. Corrían los últimos años noventa y, en todo caso, a Andy le recordaba a Tony Blair. El típico campechanote que se hace el simpático y deja que las cosas le resbalen. Según dijo, sus clientes querían una propiedad para las vacaciones, un refugio de la vida estresante que llevaban en el Reino Unido. Ellos y sus amigos iban a necesitar que les organizaran los viajes. Él mismo iba a ocuparse del papeleo («del aspecto legal») y andaba buscando a alguien que hiciera el trabajo de campo en el destino.

—¿Como una especie de agente inmobiliario? —preguntó un perplejo Andy.

—Más o menos —respondió el abogado.

—Bueno, ¿y en qué sitio les apetece a esos clientes suyos pasar las vacaciones? —quiso saber Andy—. ¿Benidorm? ¿Tenerife? O qué tal Ayia Napa…; cada vez es más popular.

—Estábamos pensando en Tailandia.

—Oh, muy exótico.

—Bueno, son caballeros con gustos exóticos. Nos gustaría que fuera usted allí y echara un vistazo.

—¿Yo? —preguntó Andy.

—Sí, usted —contestó Steve Mellors.

La propiedad en cuestión no estaría a nombre de sus clientes, lo informó Steve Mellors, pues Bassani y Carmody tenían una empresa para ese propósito, SanKat; a oídos de Andy, sonaba a empresa de limpieza, de esas que se ocupaban de cambiar los dispensadores de toallas en los lavabos de caballeros o de vaciar el contenido de las papeleras de «higiene femenina». Tardó años en llegar a enterarse de que era una amalgama de los nombres de las hijas mayores de ambos, Santina y Kathleen. Lo cual daba bastante que pensar.

Andy sabía quiénes eran Bassani y Carmody, por supuesto. Todo el mundo lo sabía. Eran tipos influyentes en toda la costa este, estaban metidos en muchos fregados. Bassani, el emperador de los helados; Carmody, el propietario de salas recreativas y parques de atracciones. Formaban parte del Gobierno de la zona, eran famosos por sus obras benéficas. Carmody incluso había sido alcalde durante un tiempo y se daba muchos aires y metía ruido con su traje de ceremonia. Eran de la clase de hombres que llevaban gruesos sellos en los dedos regordetes y tenían más de un esmoquin hecho a medida y favorecedor colgando en el armario. La clase de hombres a los que la gente adulaba porque te hacían favores: licencias de construcción, permisos de obras, autorizaciones para la venta de licores, contratos para taxis de alquiler privados; todo quedaba a su alcance, a cambio de un precio. A veces, ese precio era el silencio.

Andy no había estado demasiado al corriente de las otras cosas, de los asuntos anteriores que habían formado la base para el juicio de ambos. Las «fiestas», los niños. Ahora sabía que había mucho más que no salió a la luz en su momento, un montón de gente en su círculo a quienes no se había identificado. Fueron años de obrar mal, la cosa se remontaba a los años setenta y ochenta. Todos esos amigos y conocidos en puestos de responsabilidad habían estado comerciando con niños entre sí durante años. Intocables. ¿Eran esos los hombres a quienes Carmody, supuestamente, estaba dispuesto a delatar ahora? La mayor parte de ellos estaban muertos; quizá por eso estaba dispuesto a hablar.

Bassani y Carmody fueron arrestados años después de que el Retiro se hubiese desmantelado, y para entonces Andy y Tommy habían cortado lazos y nadie descubrió la conexión con ellos. También Steve, por supuesto, había dejado tiempo atrás de ser su letrado. Cuando fueron a juicio, tuvieron a un par de gilipollas de North Square defendiéndolos y no había ni rastro del joven abogado que antes se ocupaba de sus asuntos. Los acusados casi no abrieron el pico, no delataron a nadie, y Andy se preguntó si era así porque temían represalias, contra ellos mismos o sus familias. A lo largo de los años habían hecho negocios sucios con algunos hombres poderosos, la clase de hombres a quienes no les costaría organizar que te apuñalaran por accidente en una ducha de la prisión.

Durante el juicio, circularon toda clase de rumores. El de «una listita negra» fue uno de ellos, pero nadie la había hecho aparecer ni se descubrieron nunca los nombres de los hombres que se habían dedicado a la trata de niños durante décadas, hombres que se habían reunido en las casas de unos y otros para celebrar «fiestas especiales». Pero Andy conocía sus nombres porque les había organizado los viajes de ida y vuelta de Bangkok. Había visto sus pasaportes. Tenía fotocopias. Y había conservado todo ese papeleo; nunca se sabía cuándo podías necesitar un seguro de vida. La listita negra, que no era pequeña ni negra, y ni siquiera estaba en una libreta, sino en un archivo de ordenador, en un lápiz de memoria, escondido junto al excedente de efectivo de Andy en el desván del Seashell.

Tras haber partido peras con Bassani y Carmody, los tres, Steve, Tommy y Andy («los Tres Mosqueteros», los llamaba Steve, qué nombre tan estúpido), habían empezado con las chicas.

Anderson Price Asociados fue idea de Steve: una agencia de colocaciones, de aspecto legal, «totalmente intachable». Solo de chicas, porque siempre había demanda de chicas: siempre había sido así y siempre lo sería. Nada de lotes: había que traerlas de una en una, de dos en dos a lo sumo, como en el arca de Noé. Un negocio sin dobleces, sin niños pequeños, sin refugiados: solo chicas.

Tommy había dado su visto bueno de inmediato; claro que, por alguna razón, creía que Steve había nacido con una flor en el culo.

Andy no había estado tan seguro, pero Tommy le dijo:

—No te preocupes tanto, Foxy, es la gallina de los huevos de oro.

Y lo fue.

Anderson Price Asociados constituía la reluciente fachada oficial de agencia de empleo de toda la operación. La empresa de Andy, Exotic Travel, se ocupaba de hacer entrar a las chicas en el país. Oferta y demanda: he ahí la base sobre la que se asienta el capitalismo, ¿no? Les salían chicas por las orejas.

—Es exponencial —decía Steve.

No se llevaban a las chicas por la fuerza de las calles, sino que acudían *motu proprio*. Creían que iban a desempeñar empleos reales: como enfermeras, en contabilidad, en residencias de ancianos, como administrativas, incluso como traductoras. La gente vendía pan, zapatos o coches; Anderson Price vendía chicas.

—Solo es un negocio —decía Tommy encogiéndose de hombros—. La verdad es que no es tan distinto de cualquier otra cosa.

Anderson Price Asociados, encarnada en Steve, reclutaba a las chicas por Skype desde lo que él llamaba su «segundo despacho». En realidad se trataba de una caravana, estacionada en un antiguo *camping* propiedad de Carmody, pero causaba gran impresión, hasta el mismísimo detalle del sonido de fondo de una oficina auténtica.

Muchas chicas tenían profesiones cualificadas, que de mucho no les iban a servir cuando se encontraran encadenadas a una vieja cama de hospital en Silver Birches, donde les inyectarían drogas a la fuerza. Steve lo llamaba «domarlas», como si fueran caballos. Después venía la distribución: Sheffield, Doncaster, Leeds, Nottingham, Manchester, Hull. Algunas elegidas iban a parar a contactos en Londres, a otras incluso se las llevaban de regreso al continente. La trata de blancas, viva y coleando en la nueva Jerusalén.

Y, al fin y al cabo, ¿quién iba a sospechar de un puñado de tipos blancos de mediana edad en una población costera? La atención de la policía, de los servicios secretos, se centraba en otra parte: en las bandas de pedófilos asiáticos, en los tratantes rumanos de esclavos. De modo que ahí seguían ellos, escondidos a plena luz del día, satisfaciendo las ilimitadas necesidades de sexo en burdeles móviles, saunas y lugares incluso menos legales, menos recomendables. (No parecía posible, pero lo era.) El negocio iba viento en popa.

Los números se llevaban en meticuloso secreto: toda la contabilidad se ocultaba bajo el manto de la web oscura. Anderson Price Asociados era el escudo tras el que se supervisaba todo, pero Anderson Price era, básicamente, solo Steve. Lo que tenía Steve era que disfrutaba con aquel juego: con el poder, la manipulación y las mentiras; disfrutaba engañando a las chicas. Aquella vieja casa rodante de Carmody era como un pasatiempo para él, y quizá también un refugio. Otros hombres tenían cobertizos o huertos; Steve tenía su caravana varada.

Volvieron a parar en un Sainsbury's en la entrada a la ciudad y Andy compró una empanada para cada chica, más Fanta y un café que sabía a rancio para él. No podía creer que comieran tanto.

—Sois como pozos sin fondo, ¿eh, chicas?

Aun así, se dijo que no iban a darles mucho de comer a partir de entonces, así que por qué no concederles el capricho. Ellas gorjearon algo ininteligible a modo de respuesta, cuya traducción sería alguna muestra de gratitud, supuso. Sintió cómo su conciencia, inesperadamente, trataba de abrirse paso en la oscuridad para salir a la luz. Se lo impidió de un empujón.

—Allá vamos, chicas. Hemos llegado a nuestro destino definitivo —declaró cuando apareció ante sus ojos el edificio enorme y ruinoso de Silver Birches.

Era de hecho una especie de asilo. Había iniciado su andadura en el siglo XIX como hospital psiquiátrico privado para gente pudiente, pero en sus últimos tiempos se había vuelto un hogar para «desorientados y ancianos». Había pertenecido a Tony Bassani, en la época en la que gestionaba varias residencias de mayores a lo largo de la costa. Había cerrado años atrás, cuando lo compró una «empresa fantasma». La empresa fantasma en cuestión tenía su sede en un piso de alquiler vacío en Dundee, pero detrás de ella había otras cáscaras vacías.

—Es como la puta danza de los siete velos —bromeaba Tommy.

Tommy y Andy no tenían ni idea de qué pasaba más allá de la tapadera de Dundee, pues el aspecto legal de las cosas era el territorio de Steve. Tommy, siempre tan viva la Virgen, creía que la ignorancia podía equivaler a protección; Andy ponía en duda que la ignorancia hubiera protegido nunca a nadie.

Jasmine y Maria observaron con desconfianza el edificio. Casi todas las ventanas se habían sellado con tablones y algunas incluso tenían trancas. La desconchada pintura era de un tono deprimente de magnolia institucional. Había barrotes en prácticamente todas las ventanas, aunque a Andy no le recordaba tanto a una cárcel como a un almacén aduanero, a un sitio donde uno aparcaba las mercancías hasta que llegara el momento de mandarlas a otro lugar. Y, en cierto sentido, no dejaba de ser eso.

—¿Esto es *Selvirbirchis*? —preguntó Jasmine con el ceño fruncido.

—Por dentro es mejor, ya lo veréis —respondió Andy—. Venga, bajad del coche.

Era un pastor con dos ovejas remolonas; o corderitos, en realidad, de camino al matadero. Su conciencia volvió a asomar y la hundió de un golpetazo. Parecía aquel juego en el que uno se liaba a martillazos con los topos que salían de sus madrigueras.

Alguien tamborileó en la ventanilla y lo hizo dar un respingo. Vasily. Llevaba el *rottweiler* de Tommy con una correa corta, y las chicas empezaron a soltar pequeños gorjeos. No había razón para inquietarse, aquel chucho estúpido era solo decorativo.

—No os preocupéis, *Brutus* es tan manso como un minino —dijo Andy, aunque ellas no entendieron una palabra de lo que decía—. Venga, chicas, vamos allá. Rapidito. Llegó la hora de empezar vuestra nueva vida, ¿eh? Un hogar lejos de casa.

Cumbres borrascosas

A primera hora, en la prisión de Wakefield, que la prensa sensacionalista llamaba «la Mansión de los Monstruos», el olor del desayuno institucional, un combinado de huevos y gachas, todavía impregnaba las maltrechas paredes e hizo que Reggie sintiera náuseas.

Habían esperado encontrar al preso JS 5896 en el ala del hospital, ya que supuestamente se hallaba al borde de la muerte, pero las condujeron a una sala de interrogatorio corriente. Un celador les trajo sendos cafés.

—Ya está en camino, es un poco lento —dijo.

En el deprimente cubículo de paredes desnudas, el olor del desayuno quedaba cubierto por el tufillo a pino de un producto desinfectante, como si alguien hubiera vomitado ahí recientemente. El café era espantoso, pero al menos proporcionaba una especie de antídoto sensorial.

El objeto de su interés entró finalmente trastabillando, con el anuncio previo de un estrépito metálico que, durante un instante, hizo pensar a Reggie que su entrevistado llevaba grilletes. Wakefield era una prisión de máxima seguridad, pero resultó que Michael Carmody no iba encadenado a otra cosa que a un gran cilindro de oxígeno sobre ruedas.

—Enfisema —declaró jadeante, y se dejó caer en una de las sillas duras en torno a la mesa.

Un celador montaba guardia en la puerta, pero parecía improbable que Michael Carmody fuera a lanzarse a por la libertad. La única manera que tenía de salir de aquel sitio era con los pies por delante.

—Señor Carmody —dijo Ronnie—. Estamos aquí hoy porque la policía maneja cierta información nueva en lo que se refiere a su caso. Se ha identificado recientemente a una serie de personas que no formaron parte de la investigación original de sus delitos, por los que usted cumple ahora condena.

—Vaya, no me había dado cuenta —repuso Carmody con sarcasmo.

Pese a la actitud desdeñosa, solo era una sombra del hombre que debía de haber sido antaño, pensó Reggie. Había visto imágenes suyas en su fastuosa época de alcalde, e incluso en la foto para la ficha policial tomada después de su arresto (un momento en el que, francamente, pocos tienen un gran aspecto) todavía había parecido robusto y enérgico, si bien rubicundo y sobrealimentado. Ahora tenía las mejillas hundidas y el blanco de los ojos de un amarillo enfermizo. Claro que ya debía de pasar de los ochenta. De haberlo encontrado por la calle, una habría pensado que era un viejo pensionista inofensivo.

—Tenemos entendido que puede proporcionarnos información sobre las personas a las que estamos investigando y nos gustaría hacerle unas preguntas. ¿Le parece bien, señor Carmody?

—Madre mía —soltó Reggie.

—Ya. Pensaba que quería hablar —repuso una desconcertada Ronnie cuando subían al coche, apenas veinte minutos más tarde. («¿Tienes toallitas desinfectantes? Me siento contaminada.»)

—Se suponía que tenía que cantar más que un canario, pero me ha parecido lo último que quería hacer.

—¿Crees que alguien se ha puesto en contacto con él? ¿Que lo han amenazado?

—Es posible —contestó Reggie—. Al fin y al cabo, la cárcel está llena de criminales. ¿Quieres conducir o lo hago yo?

—Conduce tú si quieres —repuso Ronnie.

Era generoso por su parte, teniendo en cuenta que no paraba de apretar con el pie un acelerador imaginario cuando la lenta de Reggie se ponía al volante. El trayecto consistía en dos horas hasta allí y dos horas de vuelta.

—Para nada —se quejó Ronnie.

—Bueno, el paisaje era bonito —dijo Reggie.

Los páramos. Los páramos levantiscos y azotados por el viento. Haworth quedaba a cincuenta kilómetros en la dirección opuesta. Reggie lo sabía porque había ido allí con Sai, en una excursión de un día con la facultad, antes de que él se decidiera por un banquete de boda india al completo, de cinco días, en lugar de por tostadas con alubias y un recopilatorio de *Mad Men* con Reggie. («Eres tú, no yo», dijo.) Según el diccionario, el adjetivo *levantisco* se aplicaba a personas (Reggie lo había buscado). La gente capaz de esa clase de prosopopeyas le parecía admirable.

—¿Has estado alguna vez en Haworth?

—No —respondió Ronnie—. ¿Qué es?

—La casa parroquial de Haworth, donde vivían las Brontë.

—¿Las hermanas Brontë?

—Sí.

—Supongo que nuestra Bronte se llama así por ellas. Nunca lo había pensado.

—Sí, supongo —coincidió Reggie—. Aunque en Sicilia hay un pueblo llamado Bronte, supuestamente por uno de los cíclopes, que según se cuenta vivían bajo el monte Etna. El rey

Fernando le concedió el título de duque de Bronte al almirante Nelson por haberlo ayudado a recuperar su trono durante el periodo napoleónico. Pero nuestra Bronte no escribe su nombre con diéresis.

—¿Con qué?

—Diéresis, los dos puntitos encima de la «e», que en este caso no es un signo diacrítico, sino que de hecho era una inflexión vocálica que llevaba a cabo su padre.

—Tú no sales mucho de casa, ¿no, Reggie?

—¿La verdad? No. Ya no.

Habían entrevistado a su Bronte, Bronte Finch, en su casa de Ilkley, en un precioso saloncito de tonos limón donde ella les había servido té en unas bonitas tazas y tartaletas de fresa individuales de Bettys, a las que no pudieron resistirse a pesar del pacto tácito de no comer ni beber nada cuando estaban de servicio. Y las había comprado especialmente para la ocasión, así que habría sido grosero no comérselas, como acordaron después. Ella era su paciente cero, la primera pieza del rompecabezas.

Había sofás mullidos y obras de arte auténticas en las paredes y una maravillosa alfombra antigua («de Isfahán») sobre el parqué de roble. Había un gran jarrón con petunias de color rosa oscuro sobre la chimenea. Todo de buen gusto, todo cómodo. A Reggie le recordaba a la casa de la doctora Hunter. Era el tipo de casa que le gustaría tener algún día.

La Bronte sin diéresis era una mujer menuda y guapa, cuarentona y madre de tres hijos («Noah, Tilly y Jacob»), vestida de Lululemon. Llevaba el pelo recogido en un moño descuidado en la coronilla y parecía que acabara de volver del gimnasio.

—Yoga caliente. —Soltó una risita avergonzada, como si la idea fuera ligeramente ridícula. Un gran gato gris oscuro estaba arrellanado en el sofá, deleitándose—. Es *Ivan*, como el Terrible. Vigílenlo, le gusta morder —añadió con tono afectuoso. Cogió al gato y se lo llevó a otra habitación—. Por si acaso. No le gustan los extraños.

—¿Y a quién sí? —terció Reggie.

Bronte era veterinaria.

—Solo de animales pequeños. No quiero pasarme la vida con el brazo metido en el culo de una vaca —soltó, riendo otra vez.

Su marido, Ben, era médico especialista en Urgencias del Hospital General de Leeds. Entre los dos trataban a todas las criaturas, grandes y pequeñas. Bronte tenía una sonrisa maravillosa: era lo que Reggie recordaba de ella.

Ilkley se extendía hasta internarse ligeramente en el territorio de West Yorkshire, motivo por el cual se habían hecho cargo de ese caso. Era imposible que no te cayera bien una mujer que decía «el culo de una vaca» con acento sofisticado y que te compraba pastelillos de fresa de Bettys.

El sol que entraba por las ventanas arrancaba destellos al modesto brillante de compromiso en su largo dedo. Proyectaba pequeños arcoíris fragmentados en las paredes de tono limón mientras servía el té. Ronnie y Reggie se tomaron el té y los pastelillos de fresa y luego sacaron sus libretas y escribieron al dictado mientras Bronte Finch recitaba la letanía de todos los hombres que habían abusado de ella durante su infancia, empezando por su padre, el señor Lawson Finch, juez del Tribunal Superior de Justicia.

—Es un lugar sombrío.

—¿La prisión de Wakefield?

—Haworth. Creo que a las hermanas Brontë las hacía sentir encerradas vivir allí —reflexionó Reggie—.Y aun así, en cierto sentido, las volvía curiosamente libres.

—Nunca he leído sus libros.

—¿Ni siquiera *Cumbres borrascosas* en el colegio?

—No, solo conozco la canción de Kate Bush.

—Agente Ronnie Dibicki y agente Reggie Chase. Buscamos al señor Stephen Mellors.

—Lo siento —dijo la recepcionista del bufete de abogados de Stephen Mellors en Leeds—, el señor Mellors no ha venido hoy. Creo que trabaja desde casa.

Era un edificio nuevo, todo acero y cromados y lleno de extrañas obras de arte. Un templo al dinero.

—Gracias. Si pudiera decirle que hemos estado aquí...

—¿Y puedo decirle para qué?

—Solo queremos hacerle unas preguntas sobre algunos de sus clientes. Antiguos clientes. Le dejaré mi tarjeta.

Recuperaron su coche del aparcamiento de varios pisos.

—Hay mucho dinero en Leeds —observó Ronnie.

—Pues sí.

Durante unos instantes, Reggie había considerado invitar a Ronnie a su piso para tomar «un café rápido», pero luego se dio cuenta de que podía parecer poco profesional. Le preocupaba que Ronnie lo considerara una invitación a alguna clase de intimidad y que ella tuviera que soltar el embarazoso rollo de «No soy gay, pero si lo fuera...». Aunque era absurdo creer que el hecho de que Ronnie fuera lesbiana significaba que intentaría algo con ella..., y de todos modos, ¿por qué iba Ronnie a considerarla atractiva si nadie más sobre la faz de la tierra lo hacía? (¿Y si en realidad era homosexual y lo estaba reprimiendo en algún extraño sentido presbiteriano escocés?) De todas formas, cuando la gente presuponía que era gay (pasaba a menudo, no sabía muy bien por qué), tampoco lo negaba, porque negarlo implicaba que de algún modo estaba mal. ¿Y por qué se estaba enredando en semejante nudo gordiano?

—¿Vamos a quedarnos sentadas en este aparcamiento el día entero, contemplando hormigón?

—Lo siento. ¿Qué toca ahora? Puedes conducir tú si quieres.

Felicity Yardley. Conocida por la policía de la zona: prostitución, drogas. Había un antiquísimo portero automático, lleno de mugre.

—Está en casa —dijo Reggie—. He visto moverse una cortina arriba.

Ronnie apretó el timbre. No hubo respuesta. No estaban seguras de que el interfono funcionara, pero Ronnie habló igualmente.

—¿Señorita Yardley? Soy la agente Ronnie Dibicki y estoy aquí con la agente Reggie Chase. Estamos investigando un caso antiguo. Esto es solo una entrevista rutinaria, no significa ninguna clase de problema para usted. Estamos investigando a diversos individuos conectados al caso porque han salido a la luz nuevas acusaciones.

Nada. Ronnie llamó al timbre de nuevo. Siguió sin pasar nada.

—Bueno, no podemos obligarla a hablar con nosotras. Volvamos más tarde. ¿Me das otra toallita? Sabe Dios quién habrá apretado ese timbre. Me muero de hambre, por cierto. Vamos a por unas patatas, ¿no?

—Y que lo digas —repuso Reggie.

—¿Quién toca ahora?

Reggie consultó su libreta.

—Kathleen Carmody, la hija de Carmody. Nunca la interrogaron, pero según Bronte asistió a algunas de las fiestas. Tienen más o menos la misma edad; me parece que podemos adivinar qué puede significar eso. No me gusta llamarlas fiestas —añadió.

—Porque se supone que en las fiestas una lo pasa bien.

—Bueno, yo, personalmente, no —respondió Reggie—. Pero sí.

Kathleen Carmody estaba sentada en el centro de la sala de juegos recreativos, como una araña en su tela. De vez en cuando, alguien se acercaba a su garita y cambiaba billetes por monedas. Había máquinas que hacían eso mismo, de modo que el papel de la hija de Carmody parecía superfluo. Tenía el cutis macilento de quien nunca ve la luz del día.

El salón recreativo era un caos de ruido y colores estridentes. Podría haberlo diseñado la CIA para una de esas operaciones secretas con el fin de volver loca a la gente.

—¿Señorita Carmody? ¿Kathleen Carmody? —preguntó Reggie alzando la voz para hacerse oír sobre el barullo—. Soy la agente Reggie Chase y esta es la agente Ronnie Dibicki. Estamos investigando un caso antiguo en el que estuvo involucrado su padre, Michael Carmody. Esto no es más que una entrevista rutinaria, no significa que esté implicada en ningún problema. Investigamos a varias personas relacionadas con el caso porque han salido a la luz nuevas acusaciones y nos gustaría hacerle unas preguntas, si le parece bien. Intentamos establecer un panorama general, suplir algunos detalles de fondo. Como si fuera un rompecabezas, en cierto sentido. ¿Hay algún lugar un poco más privado al que podamos ir?

—Sí, podéis iros a la puta mierda. Y si vuelvo a ver vuestras caras por aquí, os las haré pedazos, ¿vale?

—¿No te ha dado la impresión de que no quería hablar con nosotras? —ironizó Reggie cuando estuvieron de vuelta en el coche.

—Agente Reggie Chase y agente Ronnie Dibicki, señora Bragg. ¿Se acuerda de nosotras? ¿Está el señor Bragg en casa?

—Justo acaba de salir.

—¿Tiene alguna idea de cuándo volverá?

—No.

—¿Querrá decirle que hemos venido? Otra vez.

En la recepción del Seashell, una pareja de mujeres excursionistas con cara de pocos amigos se ajustaban mutuamente las enormes mochilas. A Reggie le recordaron a unos caracoles gigantes que había visto una vez en el zoo.

—Deberían detenerla —le soltó una de las mujeres a Ronnie, indicando con la cabeza a Rhoda Bragg—. Los precios de este sitio son criminales y encima intentan envenenarte.

—A la porra —dijo Rhoda alegremente cuando las mujeres cruzaban con torpeza la puerta principal con sus cargados cuerpos, y añadió—: Malditas lesbianas. —Se volvió hacia Ronnie y Reggie—. Bueno, qué les voy a contar, ya saben de qué hablo.

—Sí —contestó Ronnie solo por fastidiar—. El cuerpo de policía británico es el máximo contratador de LGTB.

—Y apuesto a que votaron contra el *brexit* también. Son todas iguales.

—¿*Antibrexit* y lesbianas?

—Sí.

—Probablemente tenga razón en eso —comentó Reggie cuando estuvieron de vuelta en el coche.

—Probablemente. —Ronnie alzó un puño en el aire a lo Lenin y añadió con sarcasmo, parafraseando a Trump—: «Devolvamos al Reino Unido su grandeza». No me digas que no da risa.

—Ese es uno de los lemas de Barclay Jack.

—¿No me digan que no da risa? ¿Y se ríen?

—Vamos a averiguarlo.

Un unicornio en la sala

Había un café en la ciudad que Jackson había sugerido como un buen lugar de encuentro. Sabía que admitían perros, aunque eso pasaba prácticamente en todas partes, pues nadie habría podido hacer negocio alguno en aquel lugar si no dejaba entrar clientes caninos, pero en aquel sitio en particular se las apañaban además para preparar un café decente. Llegó antes de hora y ya había apurado la taza que tenía delante mientras *Dido*, bajo la mesa a sus pies, todavía trabajaba con afán en la salchicha cocida que había pedido para ella. («Se está quedando sin dientes», decía Julia con tono tristón.)

Había comprado un ejemplar del *Yorkshire Post* en un quiosco cercano y lo hojeaba sin mucho interés, preguntándose si el asesinato de la mujer de Vince Ives se habría abierto paso hasta sus páginas. Por fin lo encontró, un pequeño artículo interior sobre «Wendy Easton, también conocida como "Ives"». Según un portavoz de la Policía, había sido «un asesinato especialmente brutal. Rogamos a cualquiera que pueda tener información al respecto que se ponga en contacto con nosotros». No decían nada sobre el palo de golf con el que la habían atacado; debían de reservarse ese detalle. Pero el policía que Jackson llevaba dentro seguía interesado en él... ¿Se trataba del *putter* de repuesto de Vince, un arma oportuna? ¿O la había traído consigo el asesino en un acto premeditado? Si...

—¿Señor Brodie?

—¿Señora Holroyd?

Por teléfono, Jackson le había dicho a su nueva clienta: «Me reconocerá porque seré el tipo con el labrador dorado». Probablemente debería haber llevado un clavel rojo en el ojal o un ejemplar del *Guardian*, pues ambas cosas, por aquellos pagos, habrían sido menos probables que un hombre acompañado por un perro labrador dorado.

«Señora de Holroyd», había dicho llamarse, y no le había correspondido a Jackson con un nombre de pila con el que identificarla. Cuando lo pronunció así, él había pensado de pronto que cada vez menos mujeres hoy en día utilizaban ese «señora de». Era un título que lo hacía pensar en su madre. En un pañuelo de cabeza, una bolsa de la compra y unas manos de lavandera.

Crystal Holroyd no se parecía a su madre. En absoluto. Ni una pizca.

Alta, rubia, y al parecer realzada de muchos modos distintos, Crystal Holroyd no llevaba como accesorio un perro, sino una niña, una llamada Candy que iba disfrazada, si Jackson no se equivocaba, de Blancanieves. O más bien de la idea que Disney tenía de Blancanieves, con el familiar corpiño rojo y azul, la falda amarilla y con la icónica diadema roja con un lacito. Él había sido antaño el padre de una niñita; conocía esas cosas.

Notó una pequeña punzada de dolor al recordar la última vez que había visto a Marlee, que ya no era pequeñita ni una niña, sino una mujer adulta. Habían tenido una furibunda pelea que pareció brotar de la nada. («Menudo ludita estás hecho, papá. ¿Por qué no te buscas un piquete en algún sitio en el que plantarte o te apuntas a alguna manifestación a gritar: "¡Maggie Thatcher nos quita el pan de la boca!".» Sí, el suyo había sido un insulto complejo y bastante prolijo. Jackson se había quedado demasiado sorprendido ante el análisis político-histórico de su personalidad —el término era de Marlee— que había hecho su hija como para responder con una defensa decente.) «Debería llamarla», pensó. Hacer las paces con ella antes de que se vieran ese fin de semana. Estaban a punto de llevar a cabo juntos (o quizá de soportar) uno de los mayores ritos iniciáticos de la vida. Desde aquella pelea un mes atrás solo habían intercambiado algunos gélidos mensajes de texto. Jackson sabía que llevar las cosas a buen puerto dependía de él. Difícilmente podía uno llevar a su hija al altar si estaba a matar con ella.

La hija de la señora Holroyd, en contraste con la suya, parecía una niña apacible y obediente. Comía rodajas de manzana con una mano mientras sostenía con la otra un peluche que al principio él había tomado por un caballo blanco, pero que, cuando lo examinó más de cerca, resultó ser un unicornio, con un cucurucho de arcoíris en espiral por cuerno. Pensó en la niña del paseo marítimo, cómo no. Jackson tenía un deber de socorro que no estaba cumpliendo.

—¿Se encuentra bien, señor Brodie?

—Sí, sí, señora Holroyd, gracias.

—Llámeme Crystal.

Jackson pidió más café, y ella un poleo menta. A él siempre le despertaba cierta desconfianza la gente que tomaba infusiones de hierbas. (Sí, sabía que era algo completamente irracional.) Estaba a punto de doblar el *Yorkshire Post*, dispuesto a entrar en materia, cuando ella le puso una mano en el brazo.

—Espere.

Crystal le quitó el periódico y leyó con atención. Sus labios se movían mientras lo hacía, advirtió Jackson. Eran unos labios muy bonitos, que por lo visto no habían pasado por el cirujano como otras partes de su anatomía, aunque tampoco es que él fuera necesariamente un experto en esas cosas. Llevaba un pintalabios rosa, a juego con los (muy) altos zapatos de salón clásicos, de esos que daban a entender que se trataba de una mujer, más que de una chica. Podían saberse muchas cosas de una persona por sus zapatos. El vestido de falda corta, pero no indecente, que llevaba dejaba al descubierto sus largas piernas. («Conclusiones basadas en la observación», dijo en su defensa ante la juez Julia de sus pensamientos; era la presidente del tribunal de mujeres.)

—Wendy Ives, asesinada… —murmuró Crystal Holroyd negando con la cabeza—. Caramba, no puedo creerlo.

—¿La conocía? —preguntó Jackson. Supuso que era una ciudad pequeña.

—Sí, un poco. Solo de situaciones sociales. Está casada con Vince, que es amigo de mi marido. Un buen tipo.

Vince no había mencionado a ningún amigo la noche anterior; de hecho, a Jackson no le había dado la impresión de que los tuviera.

—Iban a divorciarse —continuó ella—. Wendy había empezado a utilizar su apellido de soltera. —Miró el periódico con el entrecejo fruncido—. No era especialmente simpática, aunque ese no es motivo para matar a alguien.

—A veces es suficiente —terció Jackson.

—Bueno, desde luego a Vince le puso las cosas muy difíciles.

—Lo conocí anoche, por pura casualidad —confesó Jackson.

—¿En serio? ¿Cómo? ¿Dónde?

—En el acantilado. Estaba pensando en saltar.

—No me joda —soltó Crystal y, acto seguido, tapó las orejas de Blancanieves con ambas manos, como si pretendiera ganarle a la velocidad del sonido, y añadió—: Tú no has oído nada, tesoro.

Blancanieves siguió comiéndose encantada su manzana: un trozo para ella, un trozo para el unicornio. No siguió envenenamiento alguno ni hizo falta un ataúd de cristal.

Por lo visto, Crystal Holroyd sospechaba que la estaban siguiendo y quería saber de quién se trataba y por qué.

—¿Le parece que podría tratarse de su marido? ¿Es posible que crea que lo está engañando?

Jackson suspiró mentalmente al encontrarse en terreno conocido. Un cónyuge desconfiado más. Pero, para su sorpresa, no parecía ser ese el caso.

—Podría ser Tommy, supongo —dijo ella—. Pero no me parece probable.

—¿Y lo está haciendo? —quiso saber Jackson—. ¿Darle el salto a su marido? Solo por dejar las cosas claras.

—No, no le doy el salto.

—¿Qué otra persona tendría motivos para seguirla, supone usted?

Crystal se encogió de hombros.

—Eso es lo que le estoy pidiendo que averigüe, ¿no?

Jackson tuvo la clara impresión de que estaba dejando algo en el tintero. La experiencia le dictaba que la verdad se encontraba a menudo merodeando tras la línea de combate. Claro que, a veces, eso era preferible que verla cargando contra ti con una bayoneta.

Jackson no lograba imaginarse casado con una mujer con el aspecto de Crystal Holroyd. *The only way is Essex*, un *reality* con el que había topado por casualidad (en serio) cuando hacía *zapping* en la tele, estaba lleno de mujeres del estilo de Crystal. Ella no era de Essex, sino más bien, si no se equivocaba al juzgar su acento, de algún lugar del distrito electoral del este de Yorkshire. Daba fe de lo viejo que era, supuso, que aún pensara en términos de «distritos electorales», cuando hacía años que esos límites administrativos se habían trazado de nuevo.

Crystal Holroyd no era su tipo, aunque Jackson ya no estaba seguro de tener un tipo. («Cualquier cosa que respire, diría yo», había dicho recientemente Julia, con una hostilidad innecesaria, en su opinión.) Su mujer ideal era antaño Françoise Hardy; al fin y al cabo, siempre había sido un poco francófilo. De hecho, se había casado con alguien cortado por ese patrón, aunque fuera inglesa (Tessa, la loba traicionera), pero sospechaba que ella había sido un montaje hecho a medida y perfectamente diseñado para atraparlo. («Yo puedo ser tu tipo —dijo Tatiana en sus pensamientos—. Puedo ser francesa, si quieres». Lo decía para provocarlo, no para seducirlo. Parecía divertirse un montón con su condición de soltero. Ya era bastante malo que Julia hubiera ocupado su cerebro tiempo atrás, pero tener ahora a Tatiana zumbando por ahí también suponía una novedad muy poco grata. Le daba un significado completamente nuevo al concepto de «voz interior». Por lo menos entre las dos se las habían apañado para echar de ahí a su primera esposa, Josie.)

—¿Y qué quiere que haga si descubro quién la está siguiendo? —le había preguntado a Crystal Holroyd temiendo otra petición de «localizar y aniquilar» como la de Ricky Kemp, la madre de Chloe.

—Nada —fue la respuesta de Crystal—. Solo quiero saber quién es. ¿Usted no querría saberlo?

Sí, querría.

—Y usted tiene experiencia en esta clase de cosas, ¿no? —añadió ella con un dubitativo ceño frunciendo sus tersas facciones.

«¿Bótox?», se preguntó Jackson. Tampoco es que tuviera pajolera idea sobre eso, excepto que le pagabas a alguien que no tenía la cualificación médica necesaria para clavarte agujas en la cara. Le parecía un material macabro para películas de terror. A él le gustaban las mujeres al natural. («Con todas sus imperfecciones», le había dicho a Julia, quien no pareció tomarse el comentario como un piropo.)

—No se preocupe, señora Holroyd..., Crystal: este no es mi primer rodeo.

—Pero usted no es ningún vaquero, confío —terció ella aguantándole la mirada.

Tenía unos ojos increíblemente verdes, del verde de las aguas de un glaciar de las Rocosas. (Jackson había estado allí, con la mujer de Lancashire, la bebedora de daiquiris. Había sido escritora de viajes —y aún lo era, suponía—, motivo por el cual su relación sorprendentemente hostil se había desarrollado casi por entero en tierras lejanas.)

—No —contestó él, y se echó a reír—. No soy un vaquero. Soy el *sheriff*.

No pareció impresionada.

Jackson tomó nota de los detalles. Crystal no trabajaba, era «solo» esposa y madre, aunque eso era un empleo a tiempo completo, añadió a la defensiva.

—Por supuesto —repuso Jackson.

No iba a ser él quien pusiera en tela de juicio las elecciones que hacían las mujeres. Había hecho eso un par de veces en su vida y la cosa siempre había acabado mal. («Ludita» todavía resonaba en sus pensamientos.)

Crystal vivía con su marido, el antes citado Tommy, en una gran casa llamada El Refugio en la Cumbre, a unos kilómetros de allí. Tommy tenía una empresa de transportes y, además de la Blancanieves en miniatura, había un hijastro, Harry, del primer matrimonio. Era un buen chico, según Crystal. Tenía dieciséis años, pero era «un poco pequeño para su edad». Y añadió que «también muy mayor para su edad».

—¿Estaba divorciado su marido? —preguntó Jackson.

Pensó que, hasta ahora, todo era un cliché: la primera mujer se había cambiado por un modelo más nuevo. Pero Crystal dijo que no, que había muerto en un accidente.

—¿Qué clase de accidente?

—Se cayó por un acantilado.

—¿Un acantilado?

Las pequeñas células de materia gris de Jackson se cogieron de la mano y empezaron a brincar de emoción. La gente no se caía de los acantilados, como él mismo había experimentado recientemente: saltaban o los empujaban o te arrastraban consigo al precipicio.

—Sí, un acantilado. Fue un accidente. Bueno, confío en que lo fuera.

La elección del café fue suya, pero la del aparcamiento fue de Crystal.

—El de detrás del supermercado. Aparque cerca del muro de la vía del tren. Yo intentaré aparcar allí también —le había dicho por teléfono.

Jackson había obedecido sus instrucciones, aunque en el momento no las entendiera, y desde luego no había interpretado que significarían que, diez minutos después de haberse acabado el segundo café y pagado la cuenta, se encontraría siguiendo lentamente su Range Rover a la salida del aparcamiento.

Era un aparcamiento grande y, de haber tenido el coche lejos del suyo, habría sido casi imposible seguirle el rastro cuando se fuera. Le gustaban las mujeres que planeaban las cosas de antemano.

—Salga usted primero del café —le indicó Crystal—. Yo le seguiré cinco minutos después.

—De acuerdo —contestó Jackson.

No le suponía un problema amoldarse a los deseos de una mujer guapa, una buena disposición que había sido la causa de su perdición en más de una ocasión.

Crystal ya le había dado el número de matrícula de su coche, un enorme Evoque blanco fácil de distinguir, y pasó por delante de él fingiendo despreocupación pese a estar inspeccionándolo por dentro y por fuera. Podías averiguar un montón de cosas de una persona por su coche. Tenía las ventanillas tintadas, pero a través del parabrisas pudo comprobar que el interior estaba inmaculado, sobre todo teniendo en cuenta que se trataba de la carroza de Blancanieves. El coche de Julia era una lección práctica sobre el caos: galletas de perro y migajas, prendas de ropa descartadas, gafas de sol, zapatillas deportivas de Nathan desparejadas, periódicos, guiones de *Collier* cubiertos de manchas de café, libros a medio leer. Ella lo llamaba su «albañal», que por lo visto era una palabra anticuada. («Las palabras anticuadas son las mejores», decía. «Como "esposa"», pensaba Jackson.)

Pero no era tanto el interior del coche de Crystal Holroyd lo que le interesaba como su exterior, donde le habían dejado algo bajo uno de los limpiaparabrisas. No era una multa de estacionamiento, sino un sobre blanco con un nombre escrito en él: «Tina».

Jackson lo liberó con suavidad. («Ya sabes qué fue lo que mató al gato, ¿no?», dijo Julia en su cabeza. Pues sí, pensó, pero le quedaban otras ocho vidas, ¿no? ¿Le quedaban a él? Se había caído por un precipicio, lo había atacado un perro enloquecido, casi había muerto en un accidente de tren, había estado a punto de ahogarse, lo habían aplastado en un camión de basura, lo habían volado por los aires (o su casa, por lo menos), y todo eso sin contar un par de tiros errados cuando estaba en la Policía y en el Ejército. Su vida había consistido en una letanía de desastres. ¿Y si iba ya por la novena vida? La última vuelta en el tiovivo. Quizá debería tener más cuidado.)

El sobre no estaba cerrado y pudo sacar el contenido. No era una nota ni una carta, sino una fotografía de Blancanieves, ahora con un disfraz de princesa distinto, un vestido azul. Era una imagen espontánea, tomada en un columpio en alguna parte. Con un teleobjetivo, por lo que parecía. ¿Quiénes tomaban fotos de críos en parques con teleobjetivo? Los pervertidos, los acosadores, los detectives privados: he ahí quiénes. Le dio la vuelta a la fotografía. En el dorso, alguien había escrito: «Mantén la boca cerrada, Christina». Interesante. Hasta haber visto el dorso, había pensado que quizá se trataba de algo inocente, de que alguien a quien Crystal conocía había querido que tuviera una fotografía que había tomado de su hija. Pero lo de «Mantén la boca cerrada» no tenía nada de inocente, ¿no? Quien fuera que había escrito el mensaje no se había molestado en añadir «o ya verás» al final. No había hecho falta.

Y Tina y Christina…, ¿eran ambas Crystal? Tres mujeres en una. Una santísima trinidad. ¿O una impura?

Siempre había más preguntas que respuestas. Siempre. A lo mejor cuando te morías todas las preguntas obtenían respuesta y te obsequiaban finalmente con aquello tan trillado que llamaban «pasar página». A lo mejor él descubriría por fin quién había asesinado a su hermana, pero ya sería demasiado tarde para hacerle justicia, y eso resultaría casi tan frustrante como no saber quién la había matado. («Déjalo estar, Jackson», decía Julia, pero ¿cómo iba a hacer eso él?)

Volvió a dejar el sobre en el parabrisas y se apresuró a volver a su coche antes de que Crystal pudiera verlo. Miró alrededor. Si alguien la seguía (y, vista aquella foto, ahora parecía más probable), lo habría visto a él mirando aquella imagen. ¿Acababa de cometer un error de novato o aquello daría que pensar a quien fuera que andaba detrás de Crystal? Le gustara o no a Jackson, ella se hallaba ahora bajo su protección; y le gustara o no a la propia Crystal.

La observó acercarse al coche con Candy de la mano, charlando. Se detuvo en seco al ver el sobre: lo sacó con cautela de debajo del limpiaparabrisas y lo abrió con mayor cautela incluso. Observó la fotografía y luego le dio la vuelta y leyó lo que había escrito en el dorso. Desde la distancia costaba discernir la expresión exacta en su rostro, pero su lenguaje corporal hablaba a gritos. Se puso rígida, cual estatua escultural, mientras miraba fijamente el mensaje como si tratara de descifrar una lengua extranjera. Luego cogió a Candy en brazos como si no estuviera a salvo en el suelo. Una madona con niño, aunque Jackson supuso que la Virgen nunca habría lucido unos tacones rosas como los de Crystal Holroyd. Su madre lo había llevado a rastras a misa todos los domingos en un vano intento de inculcarle la religión. Una Virgen con el aspecto de Crystal Holroyd podría haberlo vuelto más probable.

Crystal volvió a la vida. Sentó a Candy en la sillita en el asiento trasero del Evoque y en cuestión de segundos ya arrancaba a toda pastilla como una mujer con una misión.

Jackson la siguió hacia la salida del aparcamiento. Estrictamente hablando, no era a Crystal Holroyd a quien seguía, sino al BMW plateado que se había deslizado lentamente tras ella.

Al principio, Jackson había sospechado que Crystal Holroyd estaba un poco paranoica, pues la afirmación que había hecho ante su poleo menta le pareció un pelín dramática («Me están siguiendo»), pero, mira por dónde, resultaba que tenía razón.

El pequeño convoy de tres vehículos se abrió paso hasta salir de la ciudad y enfiló la A174, con Jackson cerrando la marcha. Se le daba bien vigilar con discreción, y así debía ser, puesto que en sus tiempos lo había hecho suficientes veces. Había tomado una fotografía de la matrícula del BMW: una petición más para la Agencia de Licencias.

Más adelante, vio encenderse el intermitente derecho del Evoque. Había puesto El Refugio en la Cumbre en el GPS, de modo que estuvo bastante seguro de que Crystal se dirigía a casa. Fue evidente que el BMW plateado ya la había escoltado hasta donde quería o necesitaba hacerlo, porque pasó de largo el desvío, con Jackson siguiéndolo.

¿Había un detective privado como él tras aquellas ventanillas tintadas? Un detective privado que acababa de presenciar cómo su presa tenía un encuentro clandestino con un extraño en un café, que ahora lo seguía a él. ¿Los habrían fotografiado juntos? La cosa no tendría buena pinta si, pese a las dudas de Crystal, resultaba que era el marido desconfiado quien estaba haciendo que la siguieran. Aquella foto podía haber sido un mensaje suyo: una advertencia de que pelearía por la custodia de su hija, por ejemplo. O quizá era de los que decidían castigar a una esposa descarriada matando a los niños. Jackson había tenido que vérselas una vez con uno de ellos, un tipo que se había internado en un río con su coche de tres puertas con sus dos hijitas sujetas en el asiento trasero. Pensar en eso, incluso tantos años después, lo ponía enfermo.

Y daba igual que él fuera totalmente inocente, pero ¿no habría dado la impresión, sin querer, de ser el hombre con quien Crystal Holroyd tenía una aventura? O quizá, y ese era un pensamiento complicado para las pequeñas células de materia gris, la propia Crystal Holroyd había hecho que Jackson pareciera el hombre con quien tenía una aventura. ¿Y por qué iba a hacer ella algo así? ¿Para agitar una gran pista falsa en las narices de alguien? Le estaba dando demasiadas vueltas a la cosa, ¿no?

Tres o cuatro kilómetros más allá, llegaron ante unas obras donde un semáforo temporal regulaba el tráfico alternativo. El BMW dio un acelerón y pasó en ámbar, Jackson se quedó atascado en un rojo más largo de lo necesario. Admitiendo que la persecución había concluido, hizo un cambio de sentido cuando cambió el semáforo y emprendió el camino de vuelta. Echó un vistazo al reloj: aún disponía de un par de horas antes de su cita con Ewan. Tenía tiempo de sobra.

Cuando se acercaba al desvío de El Refugio en la Cumbre, vislumbró el Evoque, esta vez saliendo a la carretera principal. Iba deprisa, muy deprisa, como si al volante fuera un conductor a la fuga y no una mujer que se había definido como esposa y madre. El Evoque no era un vehículo que Jackson hubiera elegido para sí. Por su diseño, era un coche de mujer, si bien de mujer pudiente. Aun así, admitió a regañadientes que sus características técnicas y su rendimiento eran muy buenos. Algunos modelos —ese en concreto, por lo visto—, podían pasar de cero a cien en apenas siete segundos. Eso había que concedérselo; además, un tipo que conducía un Toyota de gama media no estaba en realidad en posición de juzgar.

¿Adónde iba Crystal Holroyd con tantas prisas? ¿Había fingido dirigirse de vuelta a El Refugio en la Cumbre para sacarse de encima el BMW plateado? ¿O para librarse de un Toyota de gama media? Pero esto último no habría tenido ningún sentido. Desde luego aquella mujer era todo un misterio, se dijo. Ya casi la había perdido de vista cuando decidió apretar a fondo el acelerador y lanzarse en su persecución. Aquello pilló por sorpresa a las pequeñas células de materia gris, que tuvieron que echar a correr para seguirle el ritmo.

Familias transilvanas

Cuando volvieron a casa, Crystal sentó a Candy delante de *Peppa Pig*. Había un televisor en la cocina; así podía echarle un ojo desde la galería, donde se estaba fumando un cigarrillo urgente. Tampoco era que Candy fuera a irse a ninguna parte, pues *Peppa* era como heroína en vena para ella. La niña todavía iba disfrazada de Blancanieves, pero Crystal se había quitado los tacones y se había puesto unos tejanos y una vieja camiseta. Sentía la necesidad de hacer un poco de limpieza. Limpiar la ayudaría a pensar sobre la fotografía y su mensaje. «Mantén la boca cerrada, Christina.» ¿Quién la llamaba ya Christina? Nadie, he ahí quién. Hacía tiempo que Tina estaba muerta y enterrada también, para renacer como Crystal, tan brillante y pulida como el cristal, precisamente. ¿Y sobre qué tenía que mantener la boca cerrada? Nadie le había preguntado nada. Tenía que ser algo relacionado con el BMW plateado, ¿no? ¿La estaba vigilando para asegurarse de que no abriera la boca (sin decirle sobre qué)?

Tal como le había pronosticado a un Jackson Brodie escéptico, la habían seguido al salir del aparcamiento. En el retrovisor distinguía apenas el Toyota de Jackson Brodie. La hacía sentir ligeramente más segura, pero solo ligeramente, pensar que alguien estuviera vigilando a la persona que la vigilaba a ella. Quizá alguien lo vigilaba a él también, y había una estela interminable de gente con ella en su punto de mira. Nada que ver con Tommy, de eso tenía la certeza. Daba la impresión de que se tratara de algo distinto y más feo. De que se tratara del pasado. Bueno, eso era cierto, ¿no? Si abría la boca sobre el pasado, todos los demonios del infierno saldrían volando.

¿Era bueno Jackson Brodie en lo que hacía?, se preguntó. «No es mi primer rodeo», había dicho. El típico hombre que se daba autobombo. Ella había estado toda la vida a merced de hombres fanfarrones, hombres que la trataban como si fuera una muñeca, y no en el buen sentido. («En italiano se llama *braggadocio*», le contó Harry. Sonaba a caballo de carreras.) Crystal prefería a los hombres callados y con un bajo concepto de sí mismos; Vince Ives, por ejemplo. Parecía uno de los buenos. ¿De verdad habían asesinado a Wendy? ¿Por qué? ¿No había podido mantener la boca cerrada sobre algo? ¿Tenía un pasado también? Parecía improbable. Compraba del catálogo de Boden y estaba orgullosa de haber hecho crecer un espantoso arbolito atrofiado.

La puerta de entrada se abrió de un golpetazo. Tommy. Nunca había aprendido a entrar en una casa sin meter ruido. Había llegado tarde la noche anterior y había vuelto a irse antes de las seis de la mañana, tras abandonar con sigilo la cama sin despertarla. No era propio de Tommy marcharse sin desayunar y tampoco solía dejarla seguir durmiendo como si tal cosa. Estaba acostumbrada a que la despertara para pedirle una taza de té. Era una más de las tareas de Crystal, al parecer. El Día de la Madre, Harry y Candy le habían llevado el desayuno a la cama: una bandeja con una flor del jardín en un pequeño jarrón, una taza de café, cruasanes, mermelada y un melocotón perfecto. (Así era Candy, un melocotón perfecto, todavía sin magulladuras de la vida.) Y una tarjeta que había hecho Candy con la ayuda de Harry. Era un dibujo con lápices de colores y trazos como palos de una familia: madre, padre, dos niños. «A la mejor mamá del mundo», se leía en ella. Harry le dio unas torpes palmaditas en el hombro y dijo:

—Perdón, no quería hacerte llorar.

—Son lágrimas de alegría, Harry —contestó ella.

¿Cada cuánto las vertía una? Casi nunca, desde luego. Estaba bien saber que los ojos no se le habían secado por completo.

—¿Crystal? —exclamó Tommy—. ¿Dónde coño te escondes?

Crystal soltó un suspiro. «Solo tienes que buscar», pensó. Apagó el cigarrillo y se metió un caramelo de menta en la boca.

—¡Aquí dentro!

Se plasmó en la cara su mejor sonrisa de felicidad cuando Tommy entró en la cocina y dijo:

—Anda, mira qué bien, cariño, en casa en pleno día. Lo nunca visto.

—¿Has salido?

—¿Salido?

—Sí. Antes he venido y no estabas.

—Me he escapado un momento a Whitby a hacer unos recados.

—¿Vestida así?

—Me he cambiado. ¿Te has enterado de lo de Wendy?

—¿Wendy? —Tommy pareció no saber de qué le hablaba.

—Wendy Ives, la mujer de Vince. Está muerta. Alguien la ha asesinado.

—Hostia puta. ¿Cómo?

—Ni idea.

—¿Crees que habrá sido Vince? No lo culparía, era una mandona de narices. ¿Qué tal si me preparas algo de comer? ¿Un bocadillo?

¿Eso era todo? ¿Era el asesinato de Wendy menos importante que la comida de Tommy? Parecía alarmante que pudiera desechar con esa facilidad la idea de una esposa muerta. Quizá la de una viva también.

—No hay problema —repuso Crystal—. ¿De cerdo y pepinillo o de pollo asado?

—Lo que sea. De pollo. Me lo tomaré en el despacho.

Parecía de mal café. No era el Tommy despreocupado de siempre.

—¿Problemas en el trabajo? —se compadeció ella; hacerlo parecía ser otra de sus tareas asignadas.

—Podría decirse que sí. Tengo que ir pasando —repuso él, y murmuró algo sobre papeleo. Pero luego tuvo el detalle de mascullar una disculpa—: Una mañana chunga —añadió, y le dio un beso en la mejilla—. Perdona.

—No pasa nada, cariño.

No era él, para nada. ¿Quién era, entonces?

Tommy cerró la puerta del estudio.

Ella cogió un paquete de lonchas de pollo cocido de la nevera. Retiró el plástico y arrugó la nariz ante el olor a carne. A animal muerto. ¿Era así como olería Wendy ahora? «He ahí el destino de la carne.» Eso era de algún sitio, ¿no? De la Biblia o de Shakespeare, probablemente. Harry lo sabría. Harry lo sabía todo. A veces, a Crystal le preocupaba que supiera demasiado. «Mantén la boca cerrada.» Aquellas palabras no paraban de reverberar en su cabeza.

Puso el bocadillo en un plato y lo decoró con un ramito de perejil, pese a que Tommy no iba a apreciar ese detalle. Lo más cerca que había llegado ella nunca, cuando era joven, de dar un toque decorativo había sido rociar las patatas con un sobrecito de kétchup. Era deprimente pensar que había llegado a una edad en la que podía decir «cuando era joven», aunque no tan deprimente como pensar en cómo había sido su juventud. Confiaba en que Candy, cuando fuera mayor y pensara en su infancia, solo recordara felicidad. «Mantén la boca cerrada.»

En el despacho, se encontró a Tommy mirando la pantalla en blanco del ordenador. Crystal se preguntaba a veces si sabría encenderlo, pues lo hacía todo a través de su iPhone. O iPhones, en plural, porque tenía dos: el que ella conocía y otro cuya existencia supuestamente no debería conocer, o por lo menos del que nunca le habían hablado. Había encontrado el segundo cuando llevó la chaqueta de Tommy a la tintorería un par de semanas atrás y se le había caído el alma a los pies al verlo. Lo primero que pensó, obviamente, fue que tenía una aventura, algo que, para ser franca, como le había dicho a Jackson Brodie, la habría sorprendido porque, a pesar de su bravuconería de machote, él no era de esos. A Tommy le gustaba estar casado, le volvía la vida más fácil; la infidelidad volvía la vida complicada.

—Papá es un marido devoto, lo contrario de un uxoricida —dijo Harry (adivinen de dónde salía esa palabra)—. Viene de *uxor*, 'esposa' en latín.

A oídos de Crystal, sonaba a algo relacionado con el ganado o los cerdos.

Para su alivio, el teléfono parecía solo destinado al trabajo y contenía mayoritariamente mensajes de texto: «Nuevas existencias pendientes de embarque a las 4:00 h». O «Remesa de camino a Huddersfield». No había nombres en la agenda de contactos y los mensajes recibidos y enviados eran de o para gente guardada solo con las iniciales: A, V, J, T y otras distintas, de manera que quedaba cubierto casi todo el alfabeto. Serían sobre todo conductores, supuso ella. «Descargada la mercancía en Sheffield, jefe. Sin problemas.» Ninguno de sus empleados aparecía jamás por la casa. «El trabajo y el placer —decía Tommy— nunca deben mezclarse.» Ella supuso que la misma norma se aplicaría a sus teléfonos.

El «despacho» de Tommy era una pequeña habitación cerca de la parte delantera de la casa que debía de haberse usado antaño para recibir visitas. (Según Harry, la casa era eduardiana. «De alrededor de 1905», añadió, porque sabía que ella no tenía ni idea de fechas.) El despacho era bastante diferente de la extensa guarida de Tommy en el sótano. La guarida estaba llena de juguetes de hombre: una mesa de billar, una pantalla de televisión gigante, una barra bien abastecida de alcohol. En el despacho, por otra parte, todo era madera oscura y cuero verde y lámparas de mesa de latón. Un pesado archivador metálico, un ordenador bueno y una caja de puros caros a la vista. Más parecía la idea que alguien tendría de un despacho que uno de verdad. El despacho soñado de alguien que había empezado la vida en un *ring* de boxeo. Y costaba decir qué hacía Tommy exactamente ahí dentro, porque ambos sabían que su verdadero despacho era la caseta de obra que tenía en el local de Transportes Holroyd. Allí no había madera oscura ni cuero verde, sino una nevera para cervezas, un calendario Pirelli y un despliegue de impresiones de tacógrafo, facturas y recibos, cubiertos de cercos de tazas, que el contable de Tommy venía a buscar cada mes y transformaba en algo respetable; o todo lo respetable de que era capaz.

Crystal se había presentado allí una vez, en los inicios de su relación, cuando se le ocurrió darle una sorpresa el día de San Valentín. Había llegado con un pastel, con forma de corazón, de Marks & Spencer (en los viejos días de comida basura), pero él la había hecho salir de la caseta lo más deprisa posible. «Este no es sitio para una dama —dijo—. Pero los chicos disfrutarán de esto», añadió quitándole el pastel de las manos, y a ella se le encogió el corazón (¡ja!) y no fue capaz de decirle que era un gesto romántico hacia él y no para el par de tipos con sobrepeso que había vislumbrado fumando y jugando a las cartas dentro de la caseta de obras.

—Gracias —dijo Tommy, y cogió el bocadillo del plato y le dio un mordisco sin siquiera mirarlo.

Crystal pensó en los pollos. Dios sabía por lo que habrían tenido que pasar para tener bien alimentado a Tommy Holroyd. Mejor no pensar en ello. «Mantén la boca cerrada.»

—¿Algo más, cariño? —preguntó.

—No. Cierra la puerta cuando salgas, ¿vale?

Sonó el interfono mientras Crystal todavía estaba en el pasillo, y Tommy gritó a través de la puerta:

—Contesta tú, ¿quieres?

Cuando Crystal escudriñó en el monitor junto a la puerta delantera vio a una chica de pie ante la cámara. Era tan bajita que solo se veía la mitad superior de su cabeza. Crystal apretó el botón del intercomunicador.

—¿Hola?

La chica sostuvo algo contra la cámara, una cartera o una tarjeta; Crystal no consiguió distinguir qué era.

—Soy la agente de policía Reggie Chase —dijo—. Estoy aquí con mi compañera, la agente Ronnie Dibicki. —Señaló a otra persona, fuera del encuadre de la cámara—. Nos gustaría hablar con el señor Holroyd. El señor Thomas Holroyd.

¿Policías?

—Es una visita rutinaria —añadió la agente—. No hay por qué alarmarse.

«Mantén la boca cerrada, Christina.» Pero no estaban ahí por ella, sino por Tommy. Crystal titubeó, más por una aversión natural a la policía que por la inquietud de que Tommy pudiera haber obrado mal.

—¿Señora Holroyd?

Crystal las dejó pasar, porque en realidad no tenía elección, ¿no? Llamó con los nudillos a la puerta del despacho.

—¿Tommy? Hay dos agentes aquí. Quieren hablar contigo.

—Solo charlar un poco —corrigió con dulzura una de las policías—. Solo eso.

Crystal las condujo a la sala de estar. Era una habitación con varios ventanales con vistas fantásticas al mar: el factor «guau», lo llamaba Tommy. Ninguna de las agentes pareció percatarse del guau.

Apareció Tommy, que se veía más corpulento de lo normal junto a las dos chicas. Podría haber levantado a cada una con una mano.

—Prepara un café, ¿no, cariño? —le dijo a Crystal—. ¿Y para las señoritas aquí presentes también?

Las señoritas en cuestión sonrieron y dijeron que no, gracias.

Crystal salió de la habitación, pero dejó la puerta entreabierta y se quedó al otro lado de ella. ¿Estaba Tommy metido en algún lío? Suponía que se trataba de algo relacionado con los camiones o con los conductores. Alguna clase de accidente, algún delito leve de tráfico. No era la primera vez que la policía acudía a la casa con preguntas sobre los camiones, pero los problemas siempre se resolvían discretamente. Por lo que Crystal sabía, Tommy solía atenerse a las leyes. O eso afirmaba él, en todo caso. «Como hombre de negocios, no me interesa actuar al margen de la ley —decía—. Puedes ganar el dinero suficiente manteniéndote dentro de ella.»

O quizá se trataba de algo relacionado con Wendy. Estarían interrogando a todos sus conocidos, ¿no? Wendy había estado en la casa unas cuantas veces: en la fiesta en la piscina por su cumpleaños, para tomar copas en Navidad..., ese tipo de cosas. Siempre se daba aires, como si fuera mejor que ellos. Mejor que Crystal, por lo menos. («¡Oh, ojalá fuera tan valiente como para llevar un bikini así de pequeño!» «Pues menos mal que no lo es —había dicho Tommy—. Espantaría a los caballos.»)

Oyó algún tipo de preámbulo por parte de Tommy, que dejaba caer los nombres de un par de altos cargos policiales con los que había «jugado unas bolas de golf» en el Belvedere. Las agentes no parecieron impresionadas.

—¿Tiene esto algo que ver con Wendy Ives? —preguntó entonces.

«¿Tiene esto algo que ver con Wendy Ives?» Reggie intercambió una mirada con Ronnie. Ronnie vocalizó en silencio la palabra «golf» y enarcó no una ceja, sino las dos. Vince había dicho que Tommy Holroyd era un «amigo del golf». ¿Podría haber sido también un amigo «especial» de Wendy Easton? Muchas cosas dependían de la titularidad de aquel palo de golf. ¿Habrían analizado ya las huellas dactilares? ¿Habría algún vínculo extraño, todavía insondable, entre el asesinato de Wendy Easton y su propia operación Villette? Cuántas preguntas. Alguien le había dicho una vez a Reggie que siempre había más preguntas que respuestas. La misma persona que había visto el día anterior corriendo hacia el acantilado. La misma persona a quien le había salvado la vida en cierta ocasión. ¿Qué estaba haciendo allí Jackson Brodie? Era un hombre que siempre dejaba una estela de confusión. Y le debía dinero.

—¿Wendy Ives? —repuso Ronnie—. No, esa investigación la llevan en delitos graves. Esto no es nada de lo que deba preocuparse, señor. Solo se trata de un caso antiguo sobre el que hacemos algunas pesquisas. Su nombre ha surgido en relación con el de varias personas a las que investigamos, y nos gustaría hacerle unas cuantas preguntas de rutina, si le parece bien. Tratamos de formarnos un panorama completo sobre esas personas, de suplir algunos detalles de fondo.

—Por supuesto, haré todo lo posible por ayudar —respondió Tommy con tono cordial—. ¿Quiénes son esas «personas», si no le importa que se lo pregunte?

—Lo siento, señor Holroyd, no estoy en situación de revelarle eso. Señor Holroyd, ¿ha oído hablar alguna vez de algo llamado «el círculo mágico»?

Les llegó a los tres el ruido de un coche que arrancaba en furibunda y veloz estampida.

—¿Has oído eso? —le preguntó Ronnie a Reggie con cara de perplejidad.

—¿Qué? —repuso Reggie, ceñuda a su vez—. ¿El inconfundible sonido de un coche que se da a la fuga a gran velocidad?

—¿Esa que se ha ido era la señora Holroyd? —le preguntó Ronnie a Tommy Holroyd con una sonrisa afable—. Por lo visto va a quedarse sin ese café.

Él frunció el entrecejo, como si intentara traducir lo que acababa de decirle.

Reggie se levantó y fue hacia uno de los grandes ventanales de El Refugio en la Cumbre. Daban a la parte trasera de la casa. No había sendero de acceso, no había coches: solo mar y cielo hasta donde alcanzaba la vista.

—Guau —soltó.

Christina y Felicity. Corrían, se escapaban.

Christina, Tina para los amigos, aunque solo tenía una: Felicity, Feli. Tina y Feli corrían calle abajo, en desbandada, chillando de risa, como rehenes liberadas por sí mismas, aunque tampoco era que las puertas de su hogar de acogida estuvieran cerradas con llave o que a alguien le importara que ellas estuvieran dentro o no. Elms, se llamaba, y no les ofrecía precisamente una gran acogida.

El Elms era un sitio para chicas «difíciles» y Tina nunca entendió por qué había acabado allí, pues no se consideraba difícil en lo más mínimo. La habían puesto bajo tutela cuando su madre la abandonó y su padre fue declarado no apto para cuidar de ella, después de que hubiera intentado prostituirla entre sus amigos del pub. El Elms parecía un castigo por algo que habían hecho sus padres, no ella.

Feli llevaba bajo tutela desde que tenía cinco años y ella sí era difícil. Era rebelde, atrevida y bocazas, una niña «mala», según decía Gili. La señora Gidding, a quien, cómo no, llamaban Gili, era bajita y gorda, casi redonda, como un huevo. A Tina le gustaba imaginársela rodando por las grandes escaleras del Elms y haciéndose pedacitos al llegar abajo. Gili tenía el pelo encrespado y siempre andaba gritándoles a las chicas con su voz aguda y chillona, pero ninguna de ellas le hacía caso. Había un subdirector que era harina de otro costal: Davy, un tipo grande y fornido que siempre parecía querer darles una buena tunda a las chicas con su cinturón, aunque les compraba cigarrillos e incluso a veces latas de cerveza rubia. Feli siempre andaba pinchándolo para que le diera cosas. «La Pulga», la llamaba él. Tina era Chiqui (de Chiqui-Tina), porque nadie lo diría ahora, pero había sido una niña menuda. A veces, Tina había visto a Feli salir tambaleándose del despacho mal ventilado y manchado de nicotina de Davy con aspecto pálido y enfermizo, pero cuando Tina le preguntaba si estaba bien, se limitaba a encogerse de hombros y decir: «De cine», que era una de sus frases (junto a «Ah, buen pedo» y «¿Puedo echar una meadita?»).

Se habían «escapado» antes, muchas veces, por supuesto. Habían cogido el autobús al centro de la ciudad en un par de ocasiones y birlado cosas de Woolworths: un disco compacto de New Kids on the Block (había un reproductor en la sala de juegos), un esmalte de uñas, un pintalabios con sabor a fresa y un montón de chuches. También habían ido al cine, colándose por la salida de incendios para ver *Candyman, el dominio de la mente,* y después tuvieron pesadillas durante semanas. Habían hecho autostop hasta Grimsby (tan horrible como su nombre) y Beverly (aburrido), pero luego habían emprendido una aventura más grande. Y no solo se estaban escabullendo, sino fugándose para siempre. No habría vuelta atrás, nunca más. Huían.

Fue Feli quien sugirió que fueran a Bridlington porque era ahí donde vivían los dos tipos pervertidos. «Benefactores», decía Gili con tono de desdén, como si la gente que hacía el bien fuera mala (aunque en este caso sí lo eran, por supuesto). Davy era un colega de los tipos benefactores, Tony y Mick, y había sido Davy quien los había invitado por primera vez a visitar el Elms. Tony era el tío del helado Bassani y cuando venía de visita traía consigo grandes envases sin etiquetar de helado. Solían llegar ya medio derretidos, pero no pasaba nada. Los repartía él mismo, haciendo que las chicas formaran una cola y después diciéndole algo a cada una por turnos: «Ahí tienes, tesoro, métete eso en la garganta» o «Dale un lametón a eso, cariño», y todos soltaban risitas, incluso Gili.

Tony y Mick eran empresarios de la zona, según Davy. Celebridades locales también, siempre salían en los periódicos por una cosa u otra. No era que Feli y Tina leyeran los periódicos, pero Davy se los enseñaba. Tony tenía un coche grande, un Bentley, en el que se llevaba a las chicas a dar una vuelta. Tina nunca había subido a ese coche, pero Feli decía que había conseguido un montón de cosas por dar una vuelta: dulces, cigarrillos, incluso pasta. No le contaba qué tenía que hacer para conseguir esas recompensas, pero no costaba adivinarlo. Mick tenía salas de juegos recreativos y atracciones en la costa y Feli decía que, si llegaban a Brid, Tony y Mick les darían trabajo, y después podrían irse a vivir a alguna parte y serían libres de hacer lo que quisieran, cuando quisieran.

La Pulga y Chiqui huyendo. Tenían doce años.

El primero en parar para llevarlas, en el patio delantero de un taller mecánico a las afueras del pueblo, fue un camionero silencioso que les compró patatas fritas y latas de Pepsi. Le dijeron que tenían dieciséis años, y él se rio porque no las creyó y, cuando las dejó en una rotonda, dijo:

—Pasadlo bien en la costa, chicas. —Y les dio un par de libras para gastar—. Compraos bastones de caramelo. Y no dejéis que os besen los chicos.

El siguiente trayecto lo hicieron con un tipo que conducía un coche familiar de color *beige* y que les dijo al cabo de pocos kilómetros:

—No soy un servicio de taxi, chicas, no llevo a la gente gratis.

—Los taxis tampoco —soltó Feli.

—Eres una pequeña zorra impertinente, ¿no?

El tipo detuvo el coche en un área de descanso y Feli le dijo a Tina que bajara del coche durante cinco minutos, y cuando volvió a subir, el conductor ya no dijo nada más sobre que fuera un servicio de taxi y las llevó todo el camino hasta Bridlington y las dejó justo en South Marine Drive.

—Cabrón asqueroso —dijo Feli una vez que se apearon y él ya se había marchado.

Cuando llegaron a Brid, compraron patatas y tabaco con el dinero que les había dado el primer camionero.

—Esto es vida —comentó Feli cuando estaban apoyadas contra la barandilla del paseo marítimo, fumando sendos pitillos, y contemplaban cómo iba subiendo la marea.

No resultó una gran vida. Mick les dio una caravana en la que alojarse, en el extremo de un terreno de su propiedad y que estaba al borde del desguace. Y les dio trabajo, más o menos. A veces trabajaban en el parque de atracciones o en la recepción del *camping*, pero en general las hacía ir a las «fiestas» que celebraban Tony y Mick. Antes de ir a la primera, Tina había imaginado globos, helados y juegos: el tipo de fiesta que nunca había tenido; pero no podría haber estado más equivocada. Ni siquiera había helados, aunque habría cabido esperar que los hubiera, dado quien era Bassani. Pero juegos sí que había. Definitivamente no era la clase de juegos que una habría encontrado en fiestas infantiles, pese a que había un par de niñas allí de su edad. Siempre había un montón de críos, iban y venían constantemente. No solo chicas, chicos también.

—Tú piensa en otra cosa y ya está —le aconsejó una de las chicas, y añadió con cinismo—: En algo bonito, unicornios o arcoíris.

No eran solo las fiestas, a veces los amigos de Mick y Tony acudían también a la caravana. El «vagón de la pasión», lo llamaba Mick riéndose a carcajadas. (Acordarse de eso era horrible. Era el tipo de recuerdo que una se pasa treinta años tratando de borrar.)

—No os quejéis —decía él—. No tenéis adonde ir. Además, os gusta y lo sabéis. Sois un par de putillas.

Crystal sentía cómo se le helaba la sangre al recordar aquello. Habían sido solo unas crías, dos niñas pequeñas, no mucho mayores que Candy. Nadie había acudido a rescatarlas. Ni Gili ni Davy. Ni la policía ni los asistentes sociales. Eran chatarra, ni siquiera valía la pena preocuparse por ellas.

Recordó que Feli siempre le decía que tenían la suerte de estar bajo la tutela de Mick y Tony, pero ya surgía otra vez esa palabra: «tutela». Estar bajo la tutela de alguien no debería significar una caravana maltrecha y golosinas y cigarrillos por hacer «favores» a hombres mayores. Parecían mayores, en todo caso. Pensándolo ahora, probablemente no eran mayores en absoluto. No lo eran entonces, al menos. El juez le había dicho a ella una vez que supo que se hacía mayor cuando los reyes empezaban a parecerle jóvenes. Reyes, caballos, peones. Todos eran piezas en el gran tablero de ajedrez del universo, ¿no?

La había enseñado a jugar uno de los amigos del juez. *Sir* no sé qué, un nombre compuesto. Quizá era Cough-Plunkett, o algo así; da igual. Un «caballero del reino», según Tony Bassani. Estaba orgulloso de sus contactos. Cough-Plunkett, o como fuera que se llamara, había traído consigo un ajedrez a la caravana. Le dijo que era una «chica lista». Era la primera persona que le decía eso en su vida. Cuando lo pensaba después, era bien raro que quisiera hacer eso con ella, pero los hombres tenían fetiches mucho peores que jugar al ajedrez. Por supuesto, al final había querido algo más que jugar al ajedrez. Hacía mucho tiempo que no se concedía pensar en el juez y en sus amigos. El círculo mágico.

Así se hacían llamar. El círculo mágico. «Se nos dan bien los juegos de manos», comentó uno de ellos, riéndose.

***

Esa mañana, aprovechando la bienvenida ausencia de jefes en el Transylvania World, Harry tenía la cabeza metida en *Cranford*. Le gustaba *Cranford*: era un lugar seguro donde a los sucesos corrientes se les concedía gran trascendencia dramática. A Harry le parecía mejor eso que tratar las grandes cosas como si no fueran importantes.

En opinión de Harry, un «Mundo Cranford» sería una atracción mejor que el Transylvania World. Un sitio donde, por el precio de la entrada, podrías llamar a la señorita Mattie y tomar té, o pasar una velada jugando a las cartas, o cantar en torno al piano con tus vecinos. («Un lugar seguro», había dicho de *Cranford* la señorita Dangerfield.) Él disfrutaría oyendo al Capitán leer en voz alta *Los papeles póstumos del club Pickwick*. Podría…

—¿Harry?

—¿Crystal? —Harry emergió bruscamente de su ensueño de *Cranford*—. ¿Qué haces aquí?

Llevaba a Candace en brazos y la dejó sobre el mostrador con un suspiro de alivio.

Harry frunció el entrecejo.

—No querrás meter a Candace ahí dentro, ¿no? —preguntó indicando la oscura entrada del túnel que llevaba a Transilvania.

—Canastos, no, no.

Crystal se esforzaba muchísimo en no decir palabrotas, tanto que a Harry le parecía que debía de haber soltado montones de ellas antes de casarse con su padre. La verdad es que era gracioso, porque a veces conseguía que todas las palabras estúpidas e inocuas que escogía como sustitutos sonaran igual de mal.

—Necesito que te ocupes de ella durante un rato, Harry.

—¿Aquí?

—Sí, aquí.

—Dentro de poco tendré que irme a una matiné.

—No tardaré.

—¿Qué cojones es eso? —soltó Barclay Jack cuando se topó con Harry entre bastidores con una Blancanieves desaliñada en brazos.

—Es mi hermana —respondió Harry—. No «eso».

—¿Tu hermana? —Barclay Jack torció el gesto, como si tener un pariente fuera una idea estrafalaria.

Quizá Barclay no los tenía. Harry nunca lo había oído mencionar a una esposa o un hijo, y se hacía casi imposible imaginarlo como padre, pues apenas podía calificárselo de ser humano.

Pese a su promesa, Crystal no había vuelto para cuando llegó el momento de que Harry le cediera el turno a Amy, y Amy, casi tan directa como Emily, se negó en redondo a hacer de canguro, así que Harry había tenido que llevarse a Candace hasta allí en el autobús, un trayecto lleno de curvas a través de los páramos. Era la primera vez que la niña subía a un autobús, y la novedad la mantuvo callada durante un buen rato, al igual que la bolsa que le dio Harry de ganchitos Monster Munch, estrictamente prohibidos por Crystal, como es obvio, pero, de haberse enterado, no habría hecho falta que se preocupara porque Candace los vomitó enteros al cabo de unos minutos y se quedó dormida de inmediato sobre la rodilla de Harry. Él hizo cuanto pudo por limpiar aquel desastre anaranjado, pero le costó lo suyo porque no disponía de la bolsa sin fondo de accesorios con la que solía moverse Crystal: todo un despliegue de toallitas húmedas, vasos con boquilla para bebé, mudas de ropa, bebidas, cosas de picar, toallas de manos. Al menos, Crystal podría haberse acordado de la sillita de Candace. («Sí, eso habría ayudado mucho», comentó Amy cuando lo vio cargar con su hermana ante la puerta del World y echar a correr hacia el autobús.) Y de algo para entretener a Candy: un juguete o un libro o, mejor incluso, su pequeño reproductor de DVD y una selección de la *ouvre* de *Peppa Pig*, como la habría llamado la señorita Dangerfield, aunque dudaba que la señorita Dangerfield conociera siquiera a *Peppa*. ¿Adónde se había ido Crystal con tantas prisas? Pensó después que no había parecido la Crystal de siempre. Para empezar, no llevaba tacones. Eso era una señal de algo.

Para cuando se hubieron apeado del autobús Coastliner, tanto Harry como Candace estaban hechos unos zorros.

—Bueno, pues procura que no se interponga en mi camino —soltó Barclay de malos modos.

Tal como lo expresaba Bunny, Barclay había «vuelto de entre los muertos». La noche anterior, Bunny lo había acompañado (a regañadientes) en la ambulancia a Urgencias, donde le habían dado el alta al cabo de un par de horas.

—Un ataque de pánico —informó Bunny a Harry—. Una pena, confiaba en que ya hubiera caído el telón para él. Fue algo en su teléfono lo que se lo provocó, ¿no?

—Ni idea.

Harry se encogió de hombros con cara de inocencia. A Barclay se le había caído el teléfono al desplomarse, y fue solo más tarde, después de que la ambulancia se hubiera ido, cuando Harry se percató de que se había deslizado bajo el pesado telón rojo del escenario. Al inclinarse para recogerlo, la pantalla se había iluminado con un mensaje: «Solo para que quede claro, NI SE TE OCURRA ignorar mi mensaje anterior». Intrigado, Harry había abierto la carpeta de mensajes de Barclay. No tenía contraseña en su teléfono, Harry lo sabía porque lo había ayudado a quitársela después de que se le hubiera olvidado por enésima vez la semana anterior. Aquello podría tildarse de violación de la privacidad, supuso Harry, pero, por lo que él sabía, Barclay podía hallarse al borde de la muerte y era posible que sus mensajes fueran de ayuda de alguna forma. «O solo estás siendo cotilla», diría Bunny. «Cierto», coincidió Harry. El mensaje que no debía ignorarse se había enviado a las 22.05 de la noche anterior, más o menos cuando a Barclay le había dado un soponcio y se había desplomado en el suelo. El emisor era un número, no un nombre, y el contenido era suficientemente directo: «No abras esa bocaza tuya, Barclay, o va a pasarte algo MUY malo».

Harry se había guardado el teléfono en el bolsillo, donde ahora la culpa lo hacía arder tanto que iba a hacerle un agujero. No se lo había devuelto a Barclay todavía, en parte porque volverlo a ver podía provocarle otro episodio de pánico o un verdadero ataque al corazón, y en parte porque…, bueno, Harry no sabía muy bien el motivo. Porque había algo cautivador en aquello. Emocionante, incluso. Como en una novela de detectives. ¿Qué sabía Barclay que llevara a alguien a amenazarlo así?

—Bueno, Barclay siempre ha sido un hombre con malos hábitos —había dicho Bunny, entornando los ojos para leer el texto a través de unas gafas que parecían tan pasadas de moda que probablemente eran de último grito—. Los malos hábitos suelen llevar en su estela a hombres malos.

Tal como lo había dicho Bunny, sonaba bastante shakespeariano.

—Bien, pues en cualquier caso esa cría es demasiado pequeña como para estar aquí detrás —terció Barclay mirando ceñudo a Candace—. Y por cierto, ¿has visto mi teléfono por alguna parte?

—Pues…

Harry iba a confesar, de veras que sí, pero entonces Barclay añadió:

—Asegúrate de impedir que esa puta cría se me meta en medio, ¿quieres?

Y Harry decidió castigarlo quedándose el teléfono un ratito más.

—Sí, señor Jack. Haré lo que pueda.

No puedo quejarme

—¿Van a detenerme?

—No para de preguntar eso, y no paro de contestarle que no, no vamos a detenerlo, señor Ives —repuso la inspectora Marriot—. Ha asistido voluntariamente a este interrogatorio y tiene la libertad de abandonarlo en cualquier momento, como estoy segura de que confirmará su abogado.

Indicó brevemente con la cabeza a Steve Mellors, que le dio unas palmaditas a Vince en el brazo.

—No te preocupes, solo están siguiendo el protocolo.

(«¿Le parece que necesita un abogado en un interrogatorio de rutina, señor Ives?» ¡Pues sí, se lo parecía!)

—No se trata de un interrogatorio bajo sospecha, señor Ives. Nadie lo está acusando de nada.

«Todavía no», pensó Vince.

—En realidad, estoy aquí en calidad de amigo —le dijo Steve a la inspectora Marriot—, no de abogado. —Se volvió hacia Vince—. Aunque no sería mala idea responder «Sin comentarios» a todas las preguntas, por si más adelante sí que te detienen.

La policía lo había llamado a primera hora de la mañana para pedirle que se presentara allí de nuevo. Presa del pánico, Vince había llamado a Steve para soltarle una lamentable perorata sobre el asesinato de Wendy y el hecho de que la policía quisiera que acudiera para someterlo a un segundo interrogatorio y cómo había considerado salir huyendo o arrojarse desde el acantilado, pero entonces se acordó de Ashley y no fue capaz de dejarla sin su madre y su padre al mismo tiempo, pese a que daba la sensación de que a ella solo le importara su madre, y no era que se lo reprochara, la quería mucho, y él no había matado a Wendy, lo juraba por Dios, aunque sí había estado a punto de matar a aquel tipo en lo alto del acantilado la noche anterior...

—Vince, Vince —lo interrumpió Steve—, tranquilízate. Voy para allá. Todo saldrá bien.

Aun así, en cuanto hubo llegado al piso de Vince, aclaró:

—Yo no soy un abogado criminalista, Vince.

—Bueno, pues ya está bien así, porque yo no soy ningún criminal, Steve —terció él.

¿Qué era exactamente un abogado corporativo?, se preguntó Vince. Lo que lo definía consistía sobre todo en lo que no era, por lo visto.

—Es natural que quieran hablar contigo... —dijo Steve (Madre mía..., ¿de verdad vives aquí?)—. Tienes que verlo desde la perspectiva de la policía.

—¡No quiero verlo desde su perspectiva! ¡Quiero que ellos lo vean desde la mía!

—Tómatelo con calma, Vince. No conviene que te vean tan agitado; en todo esto, lo más importante son las apariencias. Estuvisteis casados durante... ¿cuánto tiempo? ¿Veinte años?

—Veintiuno.

—Veintiuno. Y ahora estás en pleno divorcio. La policía va a sospechar de acritud por tu parte, quizá incluso de ira. Así que tienes que estar el primero en la lista de gente con la que quieren hablar.

—¿Y está seguro de que no vio usted a la señorita Easton…, la señora Ives —(como si Vince no supiera quién era Wendy)— cuando visitó la casa la otra noche?

—No llegué a entrar en la casa, ya se lo he dicho. Les he contado todo un millón de veces.

No, no estaba dispuesto a contestar «Sin comentarios» a todo; ¡tenía montones de comentarios que hacer!

Esa mañana al despertarse, a la hora en punto como un idiota (suponía que ya nunca volvería a dormir como un tronco), se había acercado a la casa dando un paseo. Ya no era el «hogar conyugal», sino la escena de un crimen y estaba adornada con cinta amarilla y negra. «Escena del crimen, prohibido el paso.» Todavía no había conseguido ponerse en contacto con Ashley e imaginaba que ella volvía inesperadamente a casa y se encontraba el hogar de su infancia envuelto como un regalo macabro. Apareció un policía salido de la nada y le preguntó:

—¿Señor? ¿Puedo ayudarlo?

—Lo dudo —contestó Vince.

No creía que nadie pudiera hacerlo. Aun así, le había parecido buena idea llamar a Steve Mellors. Vince le había salvado la vida mucho tiempo atrás: había llegado el momento de que Steve le devolviera el favor y salvara la suya.

Lo había llamado al teléfono de casa y contestó su mujer, Sophie.

—Oh, Vince, ¿qué tal estás? —preguntó—. Hace mucho que no te vemos, ¿cómo está Wendy?

—¿Wendy?

Vince titubeó. Solo eran las ocho de la mañana y oía de fondo a Jamie, el hijo, preguntando dónde estaba su equipo de *rugby* limpio, y a la niña quejándose de algo. No le pareció educado contaminar aquel impecable ambiente familiar con los truculentos detalles de su vida.

—Bien. Está bien, gracias… Solo un poco resfriada —añadió, pues tampoco quería que pareciera estar demasiado bien.

—Vaya, pues dale recuerdos de mi parte. Voy a buscar a Steve, que lo has pillado por los pelos. Wendy y tú tenéis que venir a cenar pronto. Creo que nos toca a nosotros.

Vince pensó que Sophie probablemente no querría tener a Wendy sentada a su mesa en el estado en que se encontraba en ese momento.

—Genial —contestó.

En el equipo de la inspectora Marriot había un joven sargento de homicidios que no paraba de mostrarle a Vince fotografías de la escena del crimen, empujándolas hacia él sobre la mesa para que Vince las empujara de vuelta. Y no paraban de hacerle las mismas preguntas una y otra vez, como si fuera a venirse abajo y confesar de puro aburrimiento.

—Yo no maté a Wendy, ¿cuántas veces tengo que decírselo?

Steve le apoyó una mano tranquilizadora en el brazo, pero él la apartó.

—No estamos diciendo que lo hiciera, señor Ives. Solo tratamos de averiguar qué pasó.

—¡Yo sé qué pasó! —exclamó Vince—. ¡Alguien mató a Wendy! ¡Alguien que no era yo! Yo estaba en el Belvedere.

—Excepto por cuando estuvo en su casa.

—Estuve allí durante cinco minutos, literalmente.

—Cinco minutos bastan para que ocurran muchas cosas, señor Ives.

La inspectora Marriot soltó un suspiro, como si la hubiera decepcionado. A Vince lo alarmó descubrir que sentía la inclinación natural de aliviar esa decepción dándole algo que quisiera, y lo que la inspectora quería era que dijera que había matado a Wendy. ¡Pero no lo había hecho! Empezaba a comprender que la gente acabara confesando crímenes que no había cometido. Era más fácil que defender continuamente tu inocencia.

—Estuve toda la velada en el Belvedere. Tommy y Andy lo confirmarán... Tommy Holroyd y Andy Bragg, ayer les di sus nombres; ¿se han puesto en contacto con ellos? Pueden decirles a qué hora me fui.

—Me temo que por el momento no hemos podido localizar ni al señor Holroyd ni al señor Bragg, pero lo seguiremos intentando, como es evidente. —Hizo una pausa y se puso muy seria, como si estuviera a punto de preguntar algo enormemente importante—. Estuvo usted en el ejército, ¿no es así, señor Ives?

—Sí, en el Real Cuerpo de Señales, hace mucho tiempo.

—De manera que tiene un código de conducta.

—¿Un código de conducta?

—Sí, según el que comportarse. Y sabe, por ejemplo, cómo manejar armas.

—¿Armas? Creía que me habían dicho que a Wendy la mataron con un palo de golf.

—Bueno, se utilizó como arma. Cualquier cosa puede usarse como un arma; solo tiene que leer a Agatha Christie.

«Pero lo suyo era ficción», protestó Vince en silencio.

—Todavía no hemos descartado nada. Estamos en la primera etapa de la investigación —continuó la inspectora Marriot—. Aún esperamos el informe del patólogo para determinar la hora exacta de la muerte. Eso nos permitirá hacernos una mejor idea sobre si encaja con sus movimientos y con su historia.

—No es ninguna historia —insistió Vince—. Y si soy libre de marcharme, eso es precisamente lo que voy a hacer.

Se levantó con brusquedad, empujando ruidosamente la silla hacia atrás. No había sido su intención actuar con tanto dramatismo y se sintió un estúpido impaciente.

La inspectora abrió las manos con las palmas para arriba en un gesto de impotencia.

—Está totalmente en su derecho, señor Ives. Pronto volveremos a ponernos en contacto con usted. Le agradecería que no saliera de la ciudad.

—Es probable que no te hayas hecho ningún favor con lo de perder los estribos ahí dentro —dijo Steve mientras enfocaba con las llaves hacia su coche, aparcado ante la comisaría. El Discovery soltó un dócil pitido de consentimiento.

—Ya, ya lo sé, pero es que todo esto es una pesadilla. Parece algo salido de Kafka. —En realidad, Vince nunca había leído a Kafka, pero se hacía una idea bastante clara de qué quería decir la gente cuando invocaba su nombre—. ¿De verdad han intentado hablar con Tommy y Andy? ¿Cómo es que no consiguen dar con ellos?

—Sí, Tommy y Andy —repuso Steve, pensativo—. Estoy seguro de que dirán lo correcto.

—La verdad, Steve.

—Pero tienes que admitir que la cosa pinta mal, Vince —repuso Steve.

—Se supone que estás de mi parte.

—Lo estoy, Vince, lo estoy. Confía en mí.

Vince estaba a punto de marcharse de vuelta a su piso, pero Steve le dijo:

—Ven, vayamos al Belvedere y comamos allí. Necesitamos adoptar una estrategia.

—¿Una estrategia? —preguntó Vince, desconcertado.

—Estás en una zona de guerra, Vince. Tenemos que neutralizar al enemigo. Debemos hacer que tu historia sea impecable.

Ahí estaba esa palabra otra vez, «historia», se dijo Vince. Su vida se estaba convirtiendo en una obra de ficción. Kafka se sentiría orgulloso de él.

Apenas habían salido hacia allí cuando a Steve le sonó el teléfono. Contestó con el manos libres y la conversación fue casi unilateral, con una serie de «ajá» y «vale» por su parte. Al acabar, pareció muy serio.

—¿Problemas en el frente, Steve?

—Solo alguna cosilla, colega.

Parecían los típicos cómicos de Yorkshire. Ninguno de los dos había tenido nunca el fuerte acento de la zona. Los padres de Vince eran oriundos de más al sur; se habían conocido durante la guerra y, al acabar esta, se trasladaron al norte. Tenían un anodino acento de Leicestershire que había mitigado la amplia gama de cadencias del oeste de Yorkshire que rodearon a Vince durante su infancia. A Steve, en cambio, le habían arrancado el acento de la zona a base de clases de dicción, algo que les ocultaba a los demás niños del colegio por temor a parecer un poco nena. Vince lo sabía. Hubo un tiempo en que había sido el guardián de los secretos de Steve. La madre de Steve había estado emperrada en que su hijo «prosperara». Y lo había hecho, ¿no? Mogollón.

(—¿Has vuelto a nuestra antigua ciudad? —le había preguntado Steve cuando Wendy y él habían ido a su casa a cenar.

—Hace mucho que no —respondió Vince. Su padre había muerto no mucho después de su boda con Wendy y nunca había tenido motivos para regresar.

—Yo voy a veces por trabajo —dijo Steve—. No es la misma de antes. Está llena de pakis. De imanes y mezquitas.

Sophie se había estremecido al oír la palabra «pakis». Wendy no, advirtió Vince. En un gesto de reproche, Sophie posó una mano en el brazo de su marido.

—Steve, eso que has dicho es terrible —lo regañó casi riendo.

—Estamos entre amigos, ¿no? —Steve se encogió de hombros, quitando hierro a sus prejuicios—. Solo expreso lo que piensa todo el mundo. ¿Otra copa de vino, Wendy?

—Cómo no —contestó Wendy.)

—Debo desviarme un momentito, si te parece bien, Vince —dijo Steve.

Vince se percató de que aquello no había sido en realidad una pregunta.

—Tengo un pequeño negocio que atender. No me llevará mucho rato.

Vince confió en que no. La idea de comer lo había animado. Sentía un agujero en el estómago, como si se lo hubieran vaciado con un cucharón, aunque suponía que podía ser culpa del miedo. Pese a hallarse bajo sospecha de asesinato, le sorprendía tener un hambre voraz. Claro que no había probado bocado desde la tostada en casa de aquel hombre, la noche anterior. Estaba sometido a tanto estrés que habría olvidado el nombre del tipo si este no le hubiera dado su tarjeta: «JACKSON BRODIE. INVESTIGACIONES BRODIE». «Llámame si necesitas hablar», le había dicho a Vince.

Transitaron durante un buen rato a través de una zona urbana interior y en un franco deterioro cada vez más evidente: cafés con aspecto de abandono, salones de tatuajes y pequeños locales comerciales y talleres mecánicos que, curiosamente, se habían transformado en funerarias, como si esa fuera su evolución natural. Vince tuvo una repentina visión de su madre de cuerpo presente en un tanatorio bajo una luz lúgubre y un olor a cera y a algo menos agradable, quizá formol, aunque era posible que se estuviera acordando de los especímenes conservados en la clase de Biología en el colegio.

Su madre había muerto de alguna clase de cáncer no especificado, de algo que, por la forma en que sus amigas y parientes hablaban del tema en voz baja, había parecido vergonzoso. Vince solo tenía quince años y su madre le había parecido vieja, pero comprendió que en el momento de su muerte habría sido considerablemente más joven que él ahora. Había sido buena cocinera: aún era capaz de recordar el sabor de su estofado y sus esponjosos budines al vapor. A su muerte, Vince y su padre habían vivido a base de pasteles de carne, que compraban hechos en la carnicería, y bacalao precocinado en bolsas, una dieta que intensificaba su sensación de duelo.

—Echo de menos la cocina de tu madre —declaró su padre, pero Vince supuso que quería decir que la echaba de menos a ella y no su pastel de carne y puré, aunque ambos formaban, de alguna manera, una maraña inextricable, del mismo modo que Wendy estaba hecha en parte de bonsáis y *prosecco*. ¿De qué estaba hecha Crystal Holroyd? De cosas dulces, probablemente, como todas las niñas bonitas y modositas. Imaginó que la mordía, en una pierna o un brazo, y oía el nítido crujido del azúcar. «Madre mía, Vince, cálmate», pensó. ¿Se estaría volviendo loco?

Por fin llegaron a las afueras de la ciudad y ya casi habían salido a campo abierto cuando Steve tomó un desvío a la izquierda y enfiló un sendero largo, lleno de curvas y flanqueado por arbustos y árboles descuidados. Wendy habría tenido unas ganas locas de empuñar una podadora, se dijo Vince. Pero luego se acordó de que ya no podía tener ganas de nada, de que había dejado atrás cualquier clase de sentimiento en esta vida. ¿Estaría ya en la otra vida, se preguntó, recortando y podando entre macizos de arbustos? Confiaba en que no estuviera en el infierno, aunque costaba lo suyo imaginarla en el cielo. Tampoco es que Vince creyera en ninguno de los dos, pero le resultaba imposible pensar que Wendy no estuviera en ningún sitio. Si estaba en el cielo, confiaba en que, por su bien, estuviera provisto de un orden inferior de ángeles que satisficieran todas sus necesidades tras una dura jornada en los campos de bonsáis. («Estoy hecha polvo, Vince, tráeme una copa de *prosecco*, ¿quieres?») Por lo menos su madre había acabado cómodamente varada en una funeraria baptista, mientras que Wendy seguía todavía en alguna fría mesa de autopsias como un abadejo que se pudriera lentamente.

—Vince..., ¿te encuentras bien?

—Sí, perdona..., estaba en otro mundo. Pensaba en Wendy.

—Era una buena mujer.

—¿Tú crees?

Steve se encogió de hombros.

—Me lo parecía. Pero claro, solo la vi un par de veces, y puede hacer falta una vida entera para conocer bien a una persona. Sophie todavía consigue sorprenderme.

Vince pensó en su gata. Su *Sophie*, que a diferencia de la Sophie de Steve solía traerle ratones como regalo en sus tiempos de joven cazadora. Eran unas diminutas criaturitas aterciopeladas con las que *Sophie* jugaba sin parar antes de arrancarles la cabeza de un mordisco. ¿Era él un ratoncito indefenso con el que jugaba la inspectora Marriot? ¿Cuánto faltaba para que le arrancara la cabeza?

Un edificio grande y abandonado apareció ante su vista cuando doblaron una curva en el sendero. Un letrero maltrecho anunciaba: «SILVER BIRCHES, UN HOGAR LEJOS DE CASA».

Parecía haber sido antaño alguna clase de institución, un hospital psiquiátrico o una residencia de ancianos, pero ya hacía mucho que no servía a su propósito, pues era evidente que llevaba años cerrado. Vince no lograba imaginar qué clase de asunto podía haber traído a Steve a aquel sitio.

—Quédate en el coche, Vince —dijo Steve, bajando del Discovery con un atlético salto—. Solo tardaré cinco minutos.

Se estaban convirtiendo en cinco minutos muy largos, pensó Vince mientras esperaba a que Steve volviera. De repente se encontró con que lo asaltaba otro recuerdo. Ese día, por lo visto, el pasado se estaba desgajando ante sus ojos. Cuando era niño, un amigo de su padre tenía un huerto y, en verano, solía darles hortalizas sobrantes de su superabundante cosecha: remolacha, judías verdes, lechugas. Bob, así se llamaba. El tío Bob. El padre de Vince conducía muchas tardes hasta el huerto de Bob. No tenían un coche, sino una furgoneta, en cuyo costado un rotulista había estampado: «ROBERT IVES. FONTANERO». Eran otros tiempos, más simples, en los que a la gente no le parecía necesario tener nombres, lemas o titulares ingeniosos. («DALES CAÑA A TUS CAÑERÍAS», había visto recientemente en el costado de una furgoneta.)

Una tarde, cuando Vince tenía seis o siete años, su padre lo había llevado en la furgoneta al huerto de Bob.

—¡Mira a ver si tiene patatas! —había exclamado su madre cuando ya se alejaban del bordillo.

—Espera en la furgoneta —le había dicho el padre a Vince cuando aparcó en la entrada de la parcela—. Solo serán cinco minutos.

Y Vince se quedó solo mientras su padre se alejaba en busca de Bob, silbando, hacia el cobertizo en el otro extremo de los huertos.

El crepúsculo de finales de verano dio paso a la penumbra. Los huertos parecían desiertos y Vince empezó a tener miedo. A esa edad se asustaba con facilidad al pensar en fantasmas y asesinos, y la oscuridad lo aterrorizaba. Siguió allí sentado durante lo que le pareció una eternidad, imaginando toda clase de cosas espantosas que podían haberle ocurrido a su padre y, peor incluso, todas las cosas espantosas que quizá estaban a punto de pasarle a él. Para cuando reapareció su padre, todavía silbando, Vince estaba hecho un manojo lloroso de nervios.

—¿Por qué lloriqueas, tontorrón? —preguntó su padre con una gran lechuga y un ramo de claveles de poeta en los brazos, así como las patatas que le habían pedido—. No hay de qué tener miedo. Podrías haber venido a buscarme.

Vince no sabía eso. No sabía que tenía libre albedrío ni independencia. Era como un perro: si le decían que se quedara, se quedaba.

Bob era un hombre mayor, sin familia, y a cambio de las hortalizas, lo invitaban a menudo a comer los domingos. Su padre siempre le hacía una advertencia a Vince: «No te sientes en las rodillas del tío Bob si te lo pide». Era cierto que Bob siempre andaba intentando engatusarlo para que se sentara en sus rodillas («Venga, chaval, dale un achuchón a tu viejo tío Bob»), pero el obediente Vince nunca lo hacía. A su madre le caía bien el tío Bob. Era muy divertido, según ella.

—Él y ese cobertizo suyo… Le hace preguntarse a una qué tramará allí dentro.

Vince llevaba años sin pensar en el tío Bob. Y se había olvidado por completo de aquella furgoneta. «ROBERT IVES. FONTANERO.» Echaba de menos a su padre; aun así, a un niño pequeño no habría que dejarlo solo de aquella manera.

El reloj del salpicadero del Discovery lo informó de que ya hacía casi media hora que Steve se había ido. Era una situación ridícula: a esas alturas, Vince podría haber llegado andando hasta el Belvedere en lugar de estar ahí sentado cruzado de brazos como un pasmarote.

Ahora sí que tenía independencia y libre albedrío. No se quedaba siempre plantado donde le decían que se quedara. Bajó del Discovery y no cerró el seguro de las puertas. Se encaminó a los peldaños de Silver Birches y subió por ellos. Y luego entró.

Tráfico de doble sentido

Gdansk. En tierra.

Pues ya iba siendo hora, se dijo Andy. El avión había despegado con dos horas de retraso y apenas lo había compensado durante el vuelo. Había visto cambiar su estatus de «EN HORA» a «RETRASADO» y luego cómo iba cambiando la «HORA ESTIMADA DE LLEGADA» en el panel, como si estuviera atrapado en una interminable espiral de tiempo, en una especie de compás de espera. Para cuando fueron las ocho de la tarde, el propio Andy se hallaba en un agujero negro tras haber tomado cuatro cafés y leído el *Mail* de cabo a rabo, minucias incluidas. Incluso se había visto obligado a probar con el sudoku, en el que había fracasado estrepitosamente. Le daba la impresión de que hubieran pasado días, y no horas, desde que había llevado a las chicas tailandesas a Silver Birches. Una de ellas se había resistido, y Vasily la había levantado sujetándola por la cintura mientras ella pataleaba y se retorcía entre protestas. Podría haber sido una muñeca de trapo. Andy aún podía ver sus facciones crispadas y oír sus gritos mientras él se la llevaba.

—¡Señor Andy! ¡Señor Andy, ayúdame!

Por Dios, daban ganas de llorar. Pero ojo, Andy no hacía eso; él tenía el corazón de piedra. ¿Y si se le agrietaba? ¿Había empezado a hacerlo ya? Tenía pequeñas fisuras de culpa por todas partes. «¡Señor Andy! ¡Señor Andy, ayúdame!»

Tenía la sensación de no haber hecho otra cosa en todo el día que recorrer la A1 arriba y abajo en una marea de cafeína. A esas alturas su coche debía de haber dragado un canal en la carretera. Un viajante debía de pasar menos tiempo en su coche del que pasaba Andy en el suyo. Suponía que era precisamente eso, en muchos sentidos: un representante comercial que vendía sus mercancías por todo el país. Escasez de compradores no había, eso seguro.

Volvió a pensar en aquellas lavadoras, las que se habían caído del camión de Holroyd. Víctimas de la carretera. Uno solo podía vender un número determinado de lavadoras, pero el comercio de chicas no tenía límite.

Se preguntó si la mujer de Steve, Sophie la Santurrona, conocería la existencia de la caravana, el «otro despacho» de su marido.

—Stephen trabaja todas las horas del mundo —le dijo a Andy en una fiesta de Año Nuevo.

—Sí, es un verdadero obseso del trabajo —coincidió Andy.

Wendy y Vince también habían estado presentes. Wendy había empinado mucho el codo, y Andy pilló a Sophie mirando a Steve con gesto de exasperación. Si supiera de dónde salía todo el dinero, no se daría esos aires.

—Lo hace por mí y por los niños, por supuesto —añadió ella—. Hasta ese punto es desinteresado.

«Ya, no me digas», pensó Andy.

No tenía nada que ver con el sexo, pues ninguno de ellos tocaba la mercancía (bueno, quizá Tommy alguna vez): era cuestión de dinero. Todo eran beneficios, no había pérdidas. Para Andy, siempre había sido un trabajo, nada más: pretendía ganar el dinero suficiente para vivir cómodamente jubilado en Florida o Portugal, en algún sitio con un buen campo de golf. Una casa con piscina para que Rhoda pudiera holgazanear por ahí con uno de sus bañadores con refuerzo mientras se tomaba una piña colada. Con una sombrillita de papel. Algo tenían las sombrillitas de papel que simbolizaban la buena vida. No le parecía que *Lottie* fuera a compartir esa opinión.

Había acumulado ya lo suficiente para darse esa buena vida, ¿por qué continuar entonces? ¿Dónde estaba el límite? ¿Dónde acababa la cosa? A esas alturas había cruzado tantas fronteras arriesgadas que ya no había marcha atrás, suponía. Había abandonado la trinchera para lanzarse al ataque y ahora estaba atascado en tierra de nadie. (—Madre mía, Andy —dijo Steve—. ¿Cuándo has empezado a pensar? No te pega nada.) La cosa se había vuelto como uno de los tiovivos de Carmody: una vez que subías, ya no te podías bajar.

—Bueno, ya sabes qué dice aquella canción, la del hotel —comentó Tommy—: Puedes pagar la cuenta cuando quieras, pero nunca podrás marcharte.

Steve había tratado de involucrar a un cuarto mosquetero. Vince Ives. Era más D'Artacán que D'Artagnan. Vince y Steve se conocían desde el colegio, y a Steve le parecía que Vince podía serles «útil», pues había estado en el ejército y por lo visto sabía un montón de informática, pero ninguna de esas cosas les servía de nada porque Steve y Andy tenían bastante traza con todo el rollo de internet.

Steve parecía creer que estaba en deuda con Vince porque lo había sacado de un canal décadas atrás. (Si hubiera dejado que Steve se ahogara como un gato superfluo, ahora no estarían metidos en ese negocio. Así que si había alguien responsable por lo que estaban haciendo era Vince, en realidad.) De inmediato fue evidente que Vince no era la clase de tío con estómago para el tipo de comercio que tenían entre manos. El cuarto mosquetero resultó estar de más, y decidieron no contarle nada, aunque todavía se les pegaba en el campo de golf y en las fiestas. Al final, Vince había resultado más un lastre que una baza, sobre todo ahora, con el asesinato de Wendy atrayendo a polis como moscas a la caca de caballo. Y ni siquiera era capaz de jugar decentemente al golf.

Andy exhaló un suspiro y se acabó el café. Dejó una cuantiosa propina pese a que lo suyo no había sido una gran consumición que digamos. Se dirigió a la zona de llegadas. Ya había puesto sus nombres en el iPad, lo arrancó y adaptó sus facciones para convertirse en el señor Cordialidad. Las puertas se abrieron, y él levantó el iPad para que las chicas no lo pasaran por alto.

Eran dos rubias muy guapas, dos hermanas polacas que habían caído en las redes de Steve. Nadja y Katja. Lo vieron de inmediato. Sus enormes maletas no le supusieron a Andy una gran sorpresa. Se dirigieron hacia él con paso firme. Su aspecto era alarmantemente fuerte y saludable, y durante un instante Andy creyó que iban a atacarlo, pero entonces la más alta de ellas dijo:

—Hola, ¿el señor Price?

—No, no, soy el representante del señor Price. —Al igual que el papa era el representante de Dios en la tierra, pensó él—. Y llamadme Andy, queridas. Bienvenidas al Reino Unido.

Un caballo entra en un bar

—Y yo le dije: «¡Solo ando en busca de la mujer que llevas dentro, cariño!».

Barclay Jack estaba en plena perorata sobre el escenario.

—Por Dios, qué asqueroso es —comentó Ronnie.

Reggie y Ronnie se hallaban en pie al fondo de la platea, esperando a que concluyera la matiné.

—Sí —coincidió Reggie—. Ese tío es un neandertal. Lástima que todos lo adoran, por lo visto. Y en especial las mujeres; he ahí la parte más deprimente.

Reggie se preguntaba a veces si pasaría un solo día en que la gente no la decepcionara. Suponía que se trataba de una utopía, y las utopías, como las revoluciones, nunca funcionaban. («Todavía no», diría la doctora Hunter.) Quizá existía un lugar, muy lejos de allí, donde las cosas fueran distintas. Nueva Zelanda, tal vez. («¿Por qué no te vienes, Reggie? Podrías venir de visita y a lo mejor hasta considerar encontrar un empleo aquí.» Sería agradable vivir cerca de la doctora Hunter, ver crecer a su hijo Gabriel.) Defender la justicia era un cometido recto, pero una bien podía parecer Canuto el Grande tratando de impedir que subiera la marea. (¿Era eso un hecho histórico? Parecía poco probable.)

—¿Qué tienen en común una carretera y una mujer? —aulló Barclay—. Usted, la de la primera fila —añadió, señalando a una mujer con una blusa roja—. Sí, se lo digo a usted, querida. Más vale que cierre las piernas o le va a entrar toda la corriente.

—Veo niños en el público —protestó Reggie, y soltó un suspiro—. ¿Cuánto rato más va a durar esto?

—No mucho, creo —repuso Ronnie—. Unos diez minutos.

Aunque lo habían señalado durante la investigación original, Barclay Jack había quedado descartado en aquella época. Los puestos que Bassani y Carmody ocupaban en la comunidad habían supuesto que se codearan con muchos artistas del espectáculo a lo largo de los años (Ken Dodd, Max Bygraves, los Chuckle Brothers), pero ninguno de ellos había quedado bajo la sombra de la sospecha. Carmody solía dar una gran fiesta veraniega e invitaba a todas las estrellas presentes en la ciudad. Eran celebraciones fastuosas, según habían visto Ronnie y Reggie en unas secuencias que se habían tomado de una de las fiestas. Se trataba de una película casera de Bassani, por lo visto: los dos ejerciendo de jueces en un concurso de belleza de críos muy pequeños, y una especie de desfile de moda con mujeres enfundadas en trajes de baño enteros. Todos se reían. Barclay Jack aparecía en una toma de la fiesta veraniega, con una copa en una mano y un pitillo en la otra, y dirigía una mirada lasciva a la cámara. Solo era una persona más («Un hombre más», corrigió Ronnie) de las que se habían mencionado en el fractal con interminables bifurcaciones que era la operación Villette. Una pieza más del rompecabezas, otro ladrillo en el muro.

—¡Género fluido, así lo llamo yo! —gritó Barclay Jack a los cuatro vientos en lo que era el final de otro chiste.

Hacía rato que Reggie había desconectado.

—Qué risa —dijo Ronnie con cara de póquer.

Por supuesto, habían circulado rumores sobre él a lo largo de los años, e incluso, en cierta ocasión, hubo una redada en su casa; pese a declararse ruidosamente adepto a todo lo norteño, Barclay Jack vivía de hecho en la costa sur. Hacía mucho que había dejado de tener éxito, y hubiera cabido pensar que a esas alturas habría quedado relegado al pasado, pero no, ahí estaba, con su desbordante personalidad, acicalado y maquillado, brincando por el escenario mientras contaba chistes que deberían haber provocado la aprensión de cualquier mujer respetable (o de cualquier persona del género que fuera o de cualquier punto intermedio) por su falta de decoro. Ahí residía su atractivo, por supuesto, en que se permitía decir cosas que la gente habitualmente solo pensaba, aunque en la era de internet, una red de odio y virulencia, habría cabido pensar que los cómicos como Barclay Jack habrían perdido su tirón.

—Probablemente podríamos arrestarlo ahora mismo por varios delitos —reflexionó Reggie.

—Menudo desperdicio de calorías —repuso Ronnie.

—¡Porque van machihembrados! —bramó Barclay Jack y continuó sin tregua—: ¿Alguien de Cornualles entre el público?

Un hombre en algún lugar de la gradería contestó con tono agresivo, y Barclay añadió:

—Y dígame, ¿ya sabe dónde anda su mujer?

Siguió un breve lapso durante el cual el público procesaba el chiste y luego el local entero se llenó de gritos de entusiasmo.

—«Si aquí es el infierno, no estoy fuera de él» —murmuró Reggie.

—¿Eh? —soltó Ronnie.

—No hay por qué alarmarse, señor Jack —dijo Reggie.

Estaban los tres embutidos en el pequeño camerino de Barclay Jack. Aquel sitio era un vertedero. Se captaba el olor de algo fétido en el aire. Reggie sospechaba que podía tratarse de los restos mordidos de una hamburguesa acurrucada entre el desorden sobre el tocador, o quizá del propio Barclay, que se descomponía de dentro para fuera. Desde luego no era la viva imagen de la salud.

Reggie vislumbró su reflejo en el espejo del peinador, enmarcado por bombillas al estilo hollywoodiense. Se veía menuda y paliducha, aunque no más que habitualmente. «Macilenta», habría dicho su madre. No era de extrañar que los familiares de su guapo exnovio la hubieran mirado horrorizados cuando él la llevó a su casa a conocerlos.

Sacudió mentalmente la cabeza y continuó:

—Llevamos a cabo pesquisas sobre un caso antiguo, y esto es solo un interrogatorio de rutina. Investigamos a una serie de personas y tenemos unas cuantas preguntas que hacerle, si le parece bien. Tratamos de formarnos un panorama completo, de suplir algunos detalles de fondo. Es como completar un rompecabezas, digamos. Me gustaría empezar por preguntarle si conoce a alguien llamado... ¿Se encuentra bien, señor Jack? ¿Quiere sentarse? ¿Le traigo un vaso de agua? ¿Señor Jack?

***

—¿Cómo maneja uno un queso peligroso?

—Madre mía, chaval —dijo el mago—, ¿todos tus chistes son sobre queso?

—No —contestó Harry—. Entré en una tienda a comprar un pastel y dije: «Me llevo ese, por favor...».

—¿Y eso es un chiste o un incidente increíblemente aburrido de tu vida?

—Un chiste.

—Solo lo comprobaba.

—… y la mujer al otro lado del mostrador dijo: «Ese cuesta dos libras». «¿Y qué me dice de ese de ahí?», pregunté, señalando otro pastel sobre el mostrador. «Ese cuesta cuatro libras», contestó la mujer. «Pero parece igual que el primero, ¿cómo puede valer el doble?», pregunté, y ella respondió: «Es que es bizcocho de mármol».

—Bueeeno —intervino Bunny estirando la palabra—, ese es más o menos divertido, si tuvieras diez años, claro. Gran parte de la gracia reside en cómo lo cuentas, Harry, y tú lo haces como si le hicieras una reclamación al seguro.

A Harry no le importaban las críticas (© Bella Dangerfield) de Bunny. Bueno, un poco sí, pero sabía que si Bunny le decía algo negativo no lo hacía con mala fe, sino para ayudarlo. Suponía que si quería hacer carrera en el teatro, ya fuera en el escenario o entre bambalinas, tendría que aprender a encajar las críticas, incluso la hostilidad.

—Bueno, pues sí —admitió Bunny—. Ahí fuera no hay más que odio en estado puro. Es una vida de mierda, la verdad, pero ¿qué le vas a hacer?

Estaban en el camerino que Bunny compartía con el mago. Harry no sabía decir cuál de los dos se quejaba más con aquel arreglo.

(—Deberíais estar agradecidos de que no sea con el ventrílocuo, porque entonces seríais tres aquí dentro —dijo Harry, y añadió—: Es un chiste.

—No me digas —repuso el mago.)

Bunny se había descalzado los pies embutidos en medias y se había quitado la peluca para revelar la rala tonsura de monje que lo salvaba de la calvicie absoluta. Aparte de eso, seguía llevando el atuendo completo y el maquillaje, porque no se molestaba en abandonar el teatro entre las matinés y las sesiones vespertinas. Bunny y el mago estaban enfrascados en un complicado juego de cartas, el mismo al que llevaban jugando desde el inicio de la temporada. Nunca parecía llegar a una conclusión, aunque el dinero cambiaba de manos con frecuencia. Por lo visto, el mago había aprendido aquel juego en «la gran casa».

—Se refiere a la cárcel —le contó Bunny a Harry.

El mago inclinó la cabeza para confirmarlo.

Hicieron una pausa en el juego para que el mago pudiera servir whisky en dos vasos sucios. A Crystal le habría dado un ataque al ver en qué estado estaban.

—¿Quieres una copita, Harry? —preguntó el mago.

—No. Pero gracias.

Era un whisky barato, de mezcla. Harry lo sabía porque su padre compraba uno de malta muy caro, y lo había animado a probarlo, pero ya solo el olor le daba náuseas. «Ya, tienes que seguir tomando whisky hasta que llegues a cogerle el gusto», decía su padre. A Harry le parecía que era algo a lo que más valía no cogerle el gusto.

—¿Qué has hecho con la cría? —quiso saber Bunny.

—¿Candace? Las chicas del coro la están malcriando en su camerino.

La última vez que Harry había echado un vistazo, descubrió que las coristas la habían disfrazado, con sombra de ojos y pintalabios y lentejuelas pegadas en la cara. Las bailarinas le habían pintado las uñas de verde y le habían envuelto el cuello y la mayor parte del cuerpo con una boa de plumas. No pudo sino imaginar qué diría Emily ante semejante modelito.

—Lo siento —dijo, dirigiéndose al camerino en general, puesto que varias chicas estaban medio desnudas.

—No pasa nada, Harry —canturreó una de ellas—. No hay nada que no hayas visto antes.

Bueno, pensó él, eso no era exactamente cierto.

—Esas chicas van a comerse viva a la pobre cría —comentó el mago con tono tristón.

Bunny hizo aparecer un paquete de cigarrillos, le ofreció uno al mago y dijo:

—Danos fuego, Harry, ¿quieres?

El chico, siempre servicial, sacó el encendedor.

—¿Me enseñas algún truco? —le pidió al mago.

El mago cogió un mazo de cartas, las barajó, pavoneándose, y luego las abrió en abanico.

—Coge una carta, la que sea.

Cuando Harry se acercaba al camerino de Barclay, salió corriendo una chica. Lo sorprendió al preguntarle:

—¿No serás Harry, por casualidad?

—Pues sí.

—Oh, genial. —Tenía mucho acento escocés—. El señor Jack pregunta por ti. Necesita sus pastillas y no consigue encontrarlas. Puedo ir a buscárselas si me dices dónde están.

—¿Se encuentra bien? —quiso saber Harry—. No habrá tenido otro de sus ataques, ¿no?

—Parece un poco alterado —contestó ella.

Harry no sabía por qué Barclay no llevaba encima sus pastillas ni tenía pajolera idea de dónde podían estar. Volvió a asomar la cabeza en el camerino de las coristas y Candace soltó un gritito de alegría al verlo. A su atuendo se había añadido una diadema, una de las baratas de *strass* que llevaban las chicas para su número de patadas de cancán al son de *Diamonds Are a Girl's Best Friend*.

—Y en efecto un diamante es el mejor amigo de una chica —le había dicho una de ellas—. Nunca lo olvides.

—Intentaré no hacerlo —había prometido él.

La diadema era demasiado grande para Candace y tenía que sujetársela para impedir que se le cayera. Harry la rescató antes de que pudieran comérsela. Iba a tener que aplicarle un poco del desmaquillador de Bunny antes de que la viera Crystal. (¿Dónde demonios estaba su madrastra?)

No, las chicas no habían visto las pastillas de Barclay, y el ventrílocuo tampoco, ni *Clucky* (según el ventrílocuo). Dándose por vencido, Harry volvió al camerino de Barclay. Había otra joven allí dentro, a la que se había unido Bunny, de modo que estaban apretujadísimos.

—Resulta que las tenía nuestra amiga la reinona —dijo Barclay, sosteniendo en alto un frasco de pastillas para que Harry lo viera.

—Me las dieron anoche en el hospital —explicó Bunny—, para que las custodiara.

—Gilipollas —se limitó a decir Barclay.

—¿Se encuentra bien, señor Jack? —preguntó Harry.

—Estoy muerto de frío. Cierra esa puerta, ¿quieres?

En el camerino hacía un calor agobiante. Harry se preguntó si Barclay estaría realmente enfermo; desde luego no tenía buen aspecto, pero nunca lo tenía, la verdad. Como le habían indicado, Harry cerró la puerta, y lo dejó sorprendido la expresión de absoluto espanto que apareció en el rostro de Barclay. Parecía que acabara de ver alguna clase de aparición espectral: se había quedado boquiabierto, mostrando los dientes maltrechos y manchados de nicotina. Levantó una mano temblorosa para señalar a Harry.

—¿Qué pasa? —preguntó él, alarmado, pensando en el hijo en descomposición que aparecía en la puerta en *La pata de mono*, un relato que últimamente no lo dejaba dormir por las noches.

—Mira detrás de ti —dijo Bunny con su mejor entonación dramática.

Harry se volvió en redondo, esperando ver, cuando menos, un vampiro, pero entonces reparó en lo que tanto había asustado a Barclay. En la parte interior de la puerta de su camerino, en burdas letras mayúsculas en pintura roja, alguien había garabateado una palabra: PADÓFILO.

**

«Ay, por el amor de Dios», pensó Reggie. Quien fuera que había escrito aquello al menos podría haber aprendido a hacerlo correctamente.

Alguien llamó con vacilación a la puerta, pero nadie dijo nada, así que por lo visto fue tarea de Reggie contestar:

—Adelante.

Hubo un trasiego general para dejarle sitio a una persona más. Un muñeco de ventrílocuo, alguna clase de ave de aspecto repelente y nada atractivo, asomó la incorpórea cabeza en la puerta.

—¡Vete a tomar por culo, *Clucky*! —le chilló la *drag queen*.

Oyeron lo que parecía una refriega en el pasillo, como si *Clucky* tuviera un rifirrafe con alguien, y, acto seguido, la mujer de Thomas Holroyd se hizo un hueco en el camerino para unirse al elenco de inadaptados. Reggie se dijo que el Agujero Negro de Calcuta debía de haberse parecido a aquello, solo que peor.

—¡Mami! —gritó una niña cubierta de lentejuelas y plumas e invisible hasta ese momento y le tendió los bracitos a Crystal para que la cogiera en brazos. Parecía aliviada, y quién podía culparla de ello.

—Señora Holroyd —dijo Reggie—. Qué casualidad verla aquí. El mundo es un pañuelo, ¿no?

Trapicheos

«Su nombre ha surgido en relación con el de varias personas a las que investigamos, y nos gustaría hacerle unas cuantas preguntas de rutina, si le parece bien.» «¿Por qué? ¿Por qué a Tommy precisamente?», se preguntaba una desconcertada Crystal. ¿Cómo podía saber nada él de aquellos tiempos? Solo tenía unos años más que Feli y ella. ¿Habría sido uno de los niños de las fiestas? Sentía el corazón desbocado en el pecho, y Feli dijo:

—¿Te encuentras bien, Tin? Fúmate un pitillo. Podría preparar un poco de té…

No parecía capaz de apañárselas con un hervidor de agua, pero Crystal contestó:

—Sí, adelante. Gracias.

No mencionó nada sobre infusiones o sobre que no tomaba leche, pues sabía que a Feli le habrían parecido estupideces.

Ni siquiera había reconocido a Crystal cuando le abrió la puerta.

—Soy yo, Tina. Christina.

—Me cago en la leche —soltó Feli—. Mírate. Miss Universo.

—Déjame pasar —dijo Crystal—. Tenemos que hablar. La policía anda haciendo preguntas sobre el círculo mágico.

—Ya lo sé.

Al parecer, el juez tenía una hija. Crystal no había estado al corriente. Se llamaba Bronty, por lo visto, y le había ocurrido lo mismo que a ellas dos. Feli decía que la recordaba, pero ella había asistido a más fiestas que Crystal. Ahora, tanto tiempo después, Bronty Finch había acudido a la policía, y ese era el motivo de que todo se estuviera desenmarañando de repente, con el pasado y el presente colisionando entre sí a cien kilómetros por hora.

—Y Mick también —dijo Feli—. Se ve que se ha visto inducido a soltar nombres. ¿Y a ti, te han descubierto ya? Estuvieron aquí, y les dije dónde podían meterse sus preguntas. Podríamos contarles montones de cosas, ¿verdad? Darles montones de nombres.

—Yo no pienso hablar con nadie. Me encontré esto en el coche. —Crystal le enseñó la foto de Candy y lo que llevaba escrito al dorso—. Es un mensaje: amenazan a mi niña.

Feli sostuvo la fotografía largo rato, limitándose a mirarla fijamente, hasta que Crystal la recuperó.

—Muy mona —dijo Feli—. Una cría muy mona. A mí también me dejaron algo.

Rebuscó en su bolso y sacó un pedazo de papel. El mensaje que aparecía en él era menos sucinto, pero aun así lo bastante directo: «No hables de nada con la policía. Si lo haces, lo lamentarás».

El juez ya había muerto, por supuesto, al igual que muchos del círculo mágico. El caballero del reino, el tal Cough-Plunkett, seguía ahí: no mucho antes, había hecho una decrépita aparición en la televisión. Y el miembro del Parlamento, ahora un par en la Cámara de los Lores, aquel al que le gustaba... («no, ni se te ocurra pensar en lo que le gustaba»), se hallaba ahora en lo más alto del basurero, soltando bravatas sobre el *brexit*. «Llámenme Malik», decía. «El *Malikno*, ja, ja.» A Crystal se le ponían los pelos de punta cada vez que lo veía en la tele. («Mejor no veamos las noticias, Harry; son deprimentes.») Aquel tipo todavía tenía toda clase de contactos, con toda clase de gente. Gente cuya existencia ni siquiera conocías, hasta que empezaban a amenazarte.

Crystal había escapado cuando tenía quince años. Carmody le había dado dinero en efectivo, billetes sucios procedentes de «los caballos», pues era el socio sin voz en una de las casas de apuestas del hipódromo; la relación de Crystal con el blanqueo de dinero se remontaba a mucho tiempo atrás. Volver limpio lo sucio: he ahí la historia de su vida. «Piérdete», le dijo Mick mientras ella metía el dinero en su bolso. Y añadió que ya era demasiado mayor. De modo que Crystal fue a la estación, subió a un tren y se marchó. Así de simple era la cosa, comprendió: una se limitaba a darle la espalda a todo y marcharse. Christina había puesto pies en polvorosa.

Le había rogado a Feli que se fuera con ella, pero Feli había decidido quedarse, pues ya estaba lánguidamente enganchada a las drogas. Crystal debería haberla sacado a la fuerza, pataleando y chillando, de aquella caravana, de aquella vida. Ahora ya era demasiado tarde.

Había alquilado una habitación, y tampoco era que su vida hubiera cambiado de la noche a la mañana como en los cuentos de hadas o en *Pretty Woman*: tuvo que hacer ciertas cosas feas para sobrevivir, pero sobrevivió. Y ahí estaba ahora, con un nombre nuevo y una vida nueva. Una vida a la que no estaba dispuesta a renunciar por nadie.

*

Se tomaron el té (muy flojo) y fumaron sin parar.

—¿Estás casada, entonces? —preguntó Feli, y le dio una larga calada al pitillo.

Estaba más animada, y Crystal se preguntó si se habría tomado algo mientras preparaba el té.

—Una vieja dama casada —añadió entre risas, divertida ante semejante idea.

—Sí, ahora estoy casada, soy «la señora Holroyd».

Crystal hizo la mímica de unas comillas en el aire y rio también, porque de repente le parecía absurdo que ella fuera esa persona, Crystal Holroyd, cuando la vida a la que debería haber estado destinada estaba sentada ante sus narices impaciente por salir a las calles a ganarse la siguiente dosis.

—¿Ah, sí? —repuso Feli—. ¿Tienes algo que ver con Tommy?

—¿Tommy? —repitió Crystal, y en su cerebro brotaron banderitas de peligro por todas partes.

—Tommy Holroyd. Trabajaba para Tony y Mick en los viejos tiempos. Ah, espera, creo que eso fue después de que tú te fueras. Tú estuviste antes de la época de Tommy con ellos. Luego a él le fue realmente bien…, es el Holroyd de Transportes Holroyd.

—¿Transportes? —volvió a repetir Crystal.

—Ajá —dijo Feli, y soltó un bufido de desdén—. Es una bonita forma de describirlo. No me digas que te casaste con él... Pero sí, lo hiciste, ¿no? Te casaste con él. Me cago en la leche, Tina.

Una vez, un tipo le había dado un puñetazo en el estómago a Crystal, un tipo que andaba buscando un saco de arena y la había encontrado a ella, a Tina, como se llamaba entonces. Le había provocado un dolor indescriptible. La dejó sin aliento, literalmente, de modo que acabó hecha un ovillo en el suelo, preguntándose si sus pulmones volverían a funcionar o si aquello era el final. Pero no tenía punto de comparación con lo que le pasaba ahora. Allí donde mirara, veía derrumbarse su mundo.

Resultó que Feli conocía a Tommy desde mucho antes que Crystal y que sabía muchas más cosas sobre él que ella. Sobre Tommy y sus socios.

—¿De verdad no tienes ni idea de en qué anda metido? La lista solías ser tú, Tina.

—Pues ya no, por lo visto —repuso Crystal—. Voy a poner la tetera otra vez, ¿vale? Y entonces podrás contarme todo lo que no sé.

Si algo tenía el pasado era que, por lejos que huyeras o por rápido que corrieras, siempre estaba justo detrás de ti, pisándote los talones.

—Hostia puta —soltó Crystal mientras la tetera silbaba.

Le dio cincuenta libras a Feli, todo lo que llevaba en el bolso.

—¿Y el reloj? —preguntó Feli.

Así que Crystal le dio también el Cartier, el que llevaba la inscripción «DE TOMMY CON AMOR».

Crystal nunca había entrado antes en el teatro Palace. Era una versión barata de algo más opulento. Había una gran escalinata y espejos, pero le hacía falta una mano de pintura y la moqueta a cuadros escoceses estaba raída. Un olor a café rancio llegaba al vestíbulo desde la cafetería. Ya había carteles en los que se anunciaba la comedia musical navideña. *Cenicienta*; de harapos a riquezas. Nadie quería que la cosa fuera al revés, ¿no? Tony Bassani las había llevado a Feli y a ella a ver esa comedia, como si fueran niñas. Y lo eran. *Peter Pan*. Alguien de la tele interpretaba al capitán Garfio, un tal Alan no sé qué. Ya nadie se acordaba de él. Tony les compró una caja de bombones Black Magic para que la compartieran, y las dos entonaron en voz alta todas las canciones cuando las letras aparecían en un tablero. Había sido una velada estupenda, lo habían pasado en grande, y luego Tony las había llevado entre bambalinas para presentárselas al capitán Garfio en su camerino.

—Un regalo de Navidad para ti, Al —dijo Tony al dejarlas allí—. Un pequeño detalle de agradecimiento por una magnífica temporada de comedias navideñas.

Reinaba la calma en el teatro, pues la matiné debía de haber concluido ya, y tuvo que preguntar en las taquillas dónde podía encontrar a Harry. No sabían quién era Harry, de modo que preguntó por Barclay Jack y tuvo que explicar que era su sobrina cuando la miraron con desconfianza y dijeron: «¿Está segura? No le gustan las visitas».

—A mí tampoco —añadió Crystal.

Le indicaron cómo llegar a su camerino entre bastidores y llamó a la puerta.

Habría sido imposible meter más gente en aquella habitación. Parecía que jugaran a las sardinas. El círculo mágico solía poner en práctica una versión de ese juego; «viva la diversión», decía Basani. Las agentes de policía de antes estaban ahí dentro, pero Crystal pasó por alto ese dato porque ya tenía suficiente en que pensar. Lo mismo hizo con el hecho de que Barclay Jack pareciera a punto de palmarla y el de que hubiera también una *drag queen* sin peluca (supuso que debía tratarse de Bunny, el nuevo amigo de Harry). No había rastro de Candy, y Crystal sintió una oleada de pánico hasta que vio a Harry abrirse paso entre la melé con la niña en brazos. Parecía que la hubieran acribillado a lentejuelazos. Pasó por alto también semejante idea.

***

Crystal conducía rápido y era temeraria en los adelantamientos, de modo que a Jackson le había costado lo suyo seguirla hasta Whitby. También se le daba bien aparcar, pues hizo maniobras casi mágicas con el Evoque hasta embutirlo en una plaza del West Cliff destinada a un vehículo mucho más pequeño. Jackson metió el menos manejable Toyota en un hueco lejos de Crystal, o todo lo lejos que se atrevió a dejarlo, y luego emprendió su persecución a pie. No solo conducía deprisa, también caminaba deprisa. Había cambiado los tacones y el vestido corto de antes por unas deportivas y unos tejanos y, con Blancanieves en brazos, cruzó el arco de Whalebone y bajó por los peldaños de piedra hasta el puerto y el muelle. A Jackson le costaba seguirle el ritmo, y a *Dido* ya no digamos, aunque hacía animosos esfuerzos.

Crystal avanzaba a grandes zancadas, haciendo eslalon entre los turistas que atiborraban las aceras y se desplazaban tan despacio como una marea de barro. Jackson iba rezagado y se mezclaba con la multitud, tratando de pasar por un visitante más por si Crystal se daba la vuelta y lo veía.

Pasó ante una sala de juegos recreativos de la que surgía una atronadora música que apenas merecía ese término. Pese al buen tiempo que hacía, el interior estaba abarrotado de gente. A Nathan le encantaban esos sitios: Jackson había soportado muchas horas rondando por ahí con el cerebro congelado mientras el chico metía dinero en el buche sin fondo de las cataratas de monedas o en las máquinas de pinza. Así se desarrollaban las adicciones. La momificada Mano de la Gloria del museo no podía competir con aquellas máquinas. Ninguno de los habituales que se hallaban en ese momento entre las estridentes paredes de la sala tenía aspecto de ciudadano saludable. La mitad eran obesos y torpes, y los demás parecían recién liberados de la cárcel.

Jackson se llevó una sorpresa cuando Crystal entró de repente en un sitio llamado Transylvania World. La cosa iba de vampiros, supuestamente: la ciudad estaba a rebosar de chupasangres. No parecía un entretenimiento adecuado para una cría de tres años, pero qué iba a saber él, que era un «ludita».

Jackson merodeó por el hueco entre un puesto que vendía marisco y la caseta de una adivina, cuyo letrero rezaba: «Madame Astarti, vidente y espiritista de las estrellas. Cartas del tarot, bola de cristal, lectura de palmas. El futuro está en sus manos». Una cortina de cuentas de cristal ocultaba a *madame* Astarti de los indiscretos ojos del mundo, pero Jackson oyó murmullos por lo bajo y luego la voz de la vidente, supuso, que decía:

—Coja una carta, querida, la que sea.

Era un disparate como una casa. Julia habría entrado allí disparada.

Jackson trató de no inhalar profundamente los olores del muelle (a frituras y azúcar, que según Julia eran «armas de destrucción masiva»), que lo estaban haciendo salivar pese a resultar desagradables. Era la hora de comer, pero ese día parecía funcionar tan solo a base de cafeína. Únicamente llevaba encima una bolsa de golosinas para perro, y aún se hallaba a varias comidas de distancia de la anarquía para no considerarlas. Le dio una a la aguerrida *Dido* como recompensa por su estoicismo.

Al otro lado de la calle, vio un letrero en el exterior de un pub en el que se anunciaba que servían «yapas» y tardó unos instantes en comprender que se refería a tapas de Yorkshire. Existía un movimiento, según había leído, que defendía el «*yexit*»: la transferencia de competencias al condado, en otras palabras. Los argumentos eran que Yorkshire tenía una población casi tan numerosa como Dinamarca, una economía mayor que la de once naciones de la Unión Europea y había ganado más medallas de oro en las Olimpiadas de Río que Canadá. Era curioso, reflexionó Jackson, que el *brexit* le hubiera parecido el fin de la civilización tal como la conocemos, y en cambio el *yexit* fuera un canto de sirena que le tocaba la fibra sensible. («He ahí cómo se fomentan las guerras civiles y el genocidio tribal», decía Julia. Julia era la única persona que Jackson conocía que empezaba las frases con «he ahí», y su pronóstico parecía un resultado un poco violento para algo que empezara con unas yapas de «ceviche de gambas» y «carne de *buccino* agridulce». La carne de *buccino* era un (supuesto) alimento que solo estaría dispuesto a comer para salvarle la vida a uno de sus hijos. E incluso así…

Lo distrajo la salida de la clienta de *madame* Astarti, una joven flaca que no parecía contenta con ninguno de los tiempos verbales de su vida, pasado, presente o futuro.

Y entonces, por fin, Crystal emergió del Transylvania World, tras haber abandonado allí a Blancanieves, por lo visto, y, antes de que Jackson hubiera tenido tiempo de recobrar el aliento, ya estaban en marcha otra vez, cada cual en su coche respectivo y en la calle.

—Perdona por esto —se disculpó Jackson cuando levantó a *Dido* por las posaderas para meterla en el asiento de atrás. La perra se quedó dormida de inmediato.

Crystal parecía dirigirse a Scarborough, y a Jackson ya le estaba bien porque también era ese su destino. Supuso que si ella advertía su presencia, siempre podría alegar una coartada perfectamente inocente, pese a que la estuviera siguiendo como un cazador a su presa, comportándose, de hecho, igual que el BMW plateado al que se suponía que debía investigar. Volvió a echar un vistazo al reloj: aún faltaba una hora para la supuesta cita de Ewan y el *alter ego* pubescente de Jackson, Chloe.

Cuando llegaron, tuvo lugar otro aparcamiento habilidoso y otra caminata por las calles. Crystal iba al trote y no tardaría en galopar. ¿Por qué tenía tanta prisa? ¿Para poder volver y rescatar a Blancanieves de las garras de los vampiros?

Para entonces habían llegado a las callejas más humildes. Crystal se detuvo en seco ante un salón de tatuajes y comprobó el nombre que figuraba sobre el timbre de la puerta adyacente. Jackson supuso que había una vivienda en el piso de arriba. Al cabo de un par de minutos, la puerta se abrió y una mujer se asomó con cautela. Costaba calcular su edad, porque tenía el aspecto enfermizo y demacrado de una adicta a las metanfetaminas. No era la clase de persona con la que habría cabido esperar que se relacionara alguien que se definía como «esposa y madre». Se ceñía al cuerpo una rebeca de hombre como si estuviera muerta de frío. Calzaba unas anticuadas zapatillas peludas, como las que Jackson imaginaba que habría llevado su abuela, de haber tenido una abuela; la longevidad no era el rasgo más predominante de sus antepasados. Las dos mujeres intercambiaron unas palabras vehementes en el umbral, y luego la mujer de la rebeca se hizo a un lado para dejar entrar a Crystal.

Siguió otro episodio de merodeo por parte de Jackson, esta vez en una cafetería en la acera de enfrente. No era tanto una cafetería como un remedo de restaurante barato en el que era el único cliente, de modo que no le fue complicado conseguir un sitio cerca de la ventana desde donde vigilar la reaparición de su propia clienta. Pidió un café (repugnante) y fingió estar muy ocupado con el iPhone hasta que Crystal salió disparada de repente por la puerta. Ya se había alejado media manzana calle arriba para cuando él hubo arrojado sobre la mesa un billete de cinco libras (un monto ridículamente excesivo) y convencido a *Dido* de ponerse en pie.

Jackson decidió no continuar con aquella persecución. Se dijo que probablemente acabaría matando a la perra, y ese era el último apunte que deseaba añadir a su lista de defectos, en opinión de Julia o Nathan. En su lugar, cruzó la calle para averiguar el nombre de la ojerosa amiga de Crystal. Sobre el timbre había un pedazo de papel pegado con cinta adhesiva en el que se leía: «F. YARDLEY». Se preguntó a qué nombre correspondería la F. ¿Fiona? ¿Fifi? ¿Flora? No tenía pinta de llamarse Flora. La madre del propio Jackson se llamaba Fidelma, un nombre que ella tenía que deletrearle a cualquier inglés al que se encontrara. Era oriunda de Mayo, en la costa oeste de Irlanda, y eso no ayudaba. Su acento era muy cerrado. «Habla con una patata en la boca», decía el hermano de Jackson, Francis (otra F), siempre desdeñoso para con su herencia celta. Francis era mayor que Jackson y había acogido con entusiasmo la libertad de los años sesenta. Trabajaba como soldador para la compañía del carbón, tenía un traje elegante y una motocicleta y lucía un corte de pelo como un casco, a lo Beatles. También parecía salir con una chica distinta cada semana. Era un modelo de conducta al que aspirar. Y entonces se había quitado la vida.

Fue la culpabilidad la que lo llevó al suicidio. Francis se había sentido responsable de la muerte de su hermana. Si Jackson pudiera hablar ahora con Francis, le soltaría el discurso policial habitual sobre que la única persona responsable de la muerte de Niamh era el hombre que la había matado, pero era cierto que, de haber recogido Francis a Niamh en la parada del autobús, como se suponía que debía hacer, entonces un extraño no la habría violado, asesinado y arrojado al canal, y por eso Jackson nunca había perdonado a su hermano. Abrigar resentimiento no le suponía un problema. Hacerlo tenía su propósito: te mantenía cuerdo.

Jackson llamó al timbre de F. Yardley y, tras una considerable espera y mucho arrastrar de pies y ajetreo de llaves y pasadores, la puerta se abrió finalmente.

—¿Qué? —soltó la mujer de la rebeca.

«Nada de preámbulos», se dijo Jackson. De cerca, fue capaz de ver la expresión de macilenta desesperación en aquellas facciones esqueléticas. Podría haber tenido cualquier edad entre los treinta y los setenta años. Se había cambiado las zapatillas de abuela por unas botas baratas de charol negro hasta la rodilla, y debajo de la enorme rebeca llevaba una falda corta y un top de lentejuelas muy escaso. Por mucho que le desagradara precipitarse a sacar conclusiones, Jackson no pudo evitar pensar: «Mujer de mala vida», y de pacotilla, encima. Siempre se había llevado bien con quienes ejercían la profesión más antigua durante sus tiempos de policía, sacó su licencia y se embarcó en su habitual discursito del puerta a puerta.

—La señorita Yardley, ¿no es eso? Me llamo Jackson Brodie. Soy detective privado y trabajo por cuenta de una clienta, la señora Crystal Holroyd. —Al fin y al cabo, era la verdad—. Me ha pedido que hiciera ciertas pesquisas sobre...

Antes de que pudiera continuar, la mujer soltó:

—Vete a tomar por culo. —Y le dio con la puerta en las narices.

—¡Si cambia de opinión, llámeme! —exclamó Jackson a través del buzón y luego echó por él su tarjeta.

Volvió a meter a *Dido* en el coche.

—Venga, tenemos que espabilar o llegaremos tarde a nuestra cita.

Fue solo al acercarse al teatro Palace cuando reparó en el BMW plateado deslizándose tras él, tan silencioso como un tiburón.

El coche giró a la derecha y Jackson vaciló unos instantes antes de hacer un cambio de sentido y seguirlo por una calle lateral. No sirvió de nada, pues no encontró rastro de él por ninguna parte, de modo que condujo de vuelta al Palace, aparcó y se apostó en el quiosco de música. Ese día no había ninguna banda tocando allí. La mina de carbón donde habían trabajado su padre y su hermano tenía una banda de música (¿qué mina no la tenía en aquellos tiempos?) y su hermano tocaba el fiscorno. Al joven Jackson le había parecido un nombre tonto para un instrumento, pero a Francis se le daba bien tocarlo. Deseó poder oír a su hermano interpretar un solo una vez más. O ayudar a su hermana a poner alfileres en el dobladillo de uno de los vestidos que hacía. O que su madre le diera las buenas noches con un beso en la mejilla, el máximo gesto de intimidad del que era capaz. No eran una familia con mucho contacto físico. Ya era demasiado tarde. Jackson exhaló un suspiro. Empezaba a cansarse de sí mismo. Tenía la sensación de que se acercaba el momento de dejar correr todo aquello. Al fin y al cabo, el futuro estaba en sus propias manos.

Esperó en el quiosco de música durante media hora, pero Ewan no hizo acto de presencia. En un momento dado había aparecido un chaval encorvado bajo una sudadera con capucha, y Jackson se preguntó si su presa sería joven al fin y al cabo, pero en cuestión de minutos se unieron a él otros cofrades de atuendo similar, todos con sudadera de capucha, pantalón de chándal y zapatillas deportivas, lo que les confería cierto aire de delincuentes; de hecho, no eran muy distintos de Nathan y sus amigos. Jackson vislumbró la cara de uno de ellos: el chico ahogado de unos días atrás. Su mirada inexpresiva atravesó a Jackson como si no estuviera allí y luego todos se alejaron como un cardumen con una única mente pensante. Cuando los observaba marcharse, Jackson comprendió que estaba viendo el Evoque de Crystal Holroyd, aparcado enfrente.

—Una pequeña coincidencia sí que es, ¿verdad? —le dijo a *Dido*.

—Bueno, ya sabes qué dicen —contestó *Dido*—: Una coincidencia no es más que una explicación en ciernes.

No, la perra no dijo eso, por supuesto que no. Ella no creía en coincidencias, solo en el destino.

A lo mejor, se le ocurrió de pronto, no estaba siguiendo a Crystal, sino que ella lo seguía a él. Una mujer misteriosa le gustaba tanto como a cualquier hombre, pero los atractivos de un enigma tenían su límite, y estaba llegando a él. El curso de esos pensamientos quedó interrumpido por la reaparición de Crystal en persona, seguida por un adolescente —Jackson supuso que se trataba de Harry («un buen chico»)— que llevaba en brazos a Blancanieves. Ya no era la cría impoluta de antes. La última vez que Jackson había visto a Blancanieves había sido en Whitby. ¿Cómo había llegado hasta allí?, ¿se había teletransportado?

Estaba debatiendo si revelarle o no su presencia a Crystal cuando, de repente, se armó la debacle.

***

Harry sacó a Candy en brazos y Crystal abrió el Evoque con el mando a distancia. Harry subió al asiento trasero para sujetar a su hermana en la sillita del coche. Crystal quería que fuera con ellas, pero el chico dijo:

—No puedo perderme la función de la noche.

—No es cuestión de vida o muerte, ¿sabes, Harry? —repuso Crystal.

Cómo deseaba que se fuera con ella. Lo más importante en ese momento era mantener a salvo a Candy, pero también había que mantenerlo a salvo a él, ¿no? Seguía siendo un niño. Crystal no tenía ni idea de qué iba a hacer, pero sí sabía lo que no iba a hacer: no estaba dispuesta a comparecer ante un tribunal para hablar del pasado. ¿Qué clase de huella dejaría algo así en las vidas de sus hijos? «Mantén la boca cerrada, Christina.»

Por otra parte, ya no era el peón de nadie. Por supuesto, esa era otra de las cosas que le había enseñado el amigo y contrincante de ajedrez del juez, *sir* Cough-Plunkett: al final, un peón podía transformarse en reina. Crystal tenía la sensación de estar llegando al final de una partida; sencillamente no tenía muy claro quién era su oponente.

Crystal acababa de abrir la puerta del conductor cuando ocurrió. Dos tipos, dos gorilas musculosos, se le acercaron corriendo, pillándola completamente por sorpresa, y uno de ellos le soltó un puñetazo en la cara.

Recordó todo lo aprendido en wing chun, se puso en pie de un brinco y consiguió lanzar un par de golpes, pero aquel tío era como Rambo. La cosa acabó en cuestión de segundos y volvió a encontrarse en el suelo. El gorila que le había pegado ya se había puesto al volante, y el otro cerró la puerta de atrás, con Harry todavía dentro, por no mencionar a Candy, y luego se subió de un salto en el asiento junto al conductor. Arrancaron con un pomposo chirriar de neumáticos, y así, por las buenas, el contenido entero de la vida de Crystal se desvaneció calle abajo.

Ella se puso en pie con cierto esfuerzo y echó a correr en pos del coche, pero la cosa no tenía mucho sentido: por rápido que fuera, no podía competir con el Evoque. Vio a Harry mirando a través del parabrisas trasero, boquiabierto de sorpresa. «Mira qué carita tiene», pensó ella con una punzada como un cataclismo en el corazón.

Jackson Brodie apareció, salido de la nada. Llevaba todo el día siguiéndola. ¿De verdad creía que ella no se había dado cuenta?

—¿Estás bien? —preguntó.

—Acaban de mangarme el coche con mis hijos dentro, así que diría que no, no estoy bien. Menudo *sheriff* de mierda estás hecho. ¿Dónde está tu coche?

—¿Mi coche?

—Sí, tu puto coche. Tenemos que seguirlos.

En familia

—¿Señora Mellors? Soy la agente Ronnie Dibicki y esta es la agente Reggie Chase. Me pregunto si podríamos pasar a hablar un momento con el señor Mellors. ¿Está en casa?

—No, me temo que no está. Y llámenme Sophie —respondió ella, y tendió una mano para estrechar las de las agentes—. ¿Hay algún problema? ¿Tiene esto que ver con algún caso en el que está trabajando? —añadió, toda apoyo conyugal.

—Más o menos… —repuso Reggie.

Sophie Mellors era una mujer educada y peripuesta de cuarenta y tantos años. Alta y con un pulcro vestido y unos recatados tacones, todo en ella era de tonos delicados, desde el castaño de sus ojos al color miel del vestido, pasando por el caramelo de los zapatos. Unos zapatos caros. Reggie siempre se fijaba primero en los zapatos. Podían saberse muchas cosas de una persona por su calzado. Jackson Brodie le había enseñado eso. Le gustaría volver a verlo, pese al antagonismo inicial que le había provocado su presencia el otro día en el acantilado. De hecho, tenía unas ganas locas de ponerse al día con él. Durante un breve periodo de tiempo se había hecho pasar por su hija, y había sido agradable.

—Pasen, por favor —ofreció Sophie.

«Refinada» era el adjetivo que la definía, se dijo Reggie. Llevaba lo que, según tenía entendido, era un «vestido cóctel». Parecía lista para una fiesta al aire libre. Reggie pensó en Bronte Finch, con su atuendo de trabajo y despeinada, animándolas a tomar pastelillos de fresa. «Solo animales pequeños.»

Sophie Mellors las condujo a una cocina enorme que antaño debía de haber sido el corazón latente de una casa de campo. Reggie imaginó a mozos de labranza allí dentro, sentados en torno a una gran mesa para una cena de celebración de la cosecha o un desayuno caliente antes del nacimiento de los corderos. Una gran mesa atiborrada de fiambres y quesos, y de huevos de yema amarilla puestos por las gallinas que picoteaban en el patio. Reggie no sabía nada en absoluto sobre labranza y crianza, excepto que la profesión de granjero tenía uno de los índices de suicidio más altos, de modo que suponía que no todo consistía en fiambres y corderos, sino en montones de estiércol, barro y preocupaciones. Fuera como fuese, las tareas agrícolas que se hubieran llevado a cabo allí habían concluido tiempo atrás, pues la cocina de Malton era ahora un himno a los electrodomésticos caros y los armarios hechos a medida por artesanos. Sobre la encimera reposaba una lasaña cubierta con film transparente, a la espera de que la metieran en la Aga. Porque había una Aga, por supuesto; no habría cabido esperar menos de una mujer como aquella.

—No es urgente, no es nada por lo que su marido deba preocuparse —dijo Ronnie—. Llevamos a cabo una investigación de un caso antiguo, sobre unas personas que antaño fueron clientes del señor Mellors. Hemos pensado que quizá podría proporcionarnos cierta información. ¿Sabe dónde está su marido?

—¿Ahora mismo? Pues no, la verdad es que no tengo ni idea, pero dijo que volvería a casa a tiempo para la cena. —Miró la lasaña como si esta pudiera tener una opinión sobre la puntualidad de su marido—. Ida se ha pasado la tarde machacando con *Comandante*, y Steve prometió cenar con nosotros cuando ella volviera. En familia, por así decirlo.

«Ida se ha pasado la tarde machacando con *Comandante*.» Reggie no consiguió ni empezar a traducir semejante frase. Suponía que ese comandante bien podía ser un caballo, como el de Cenicienta, pero también que ese «machacar» no tenía nada que ver con «machacar las teclas», que era como llamaba Sai a hackear con su ordenador. Su exnovio había pirateado la empresa global de refrescos cuyo nombre era la segunda palabra más reconocida en el planeta. Así iba el mundo.

—¿Quieren esperar? —preguntó Sophie Mellors—. ¿Les apetece un café o un té? —Cuando declinaron el ofrecimiento al unísono, señaló una botella de tinto que aguardaba pacientemente sobre la encimera—. ¿O una copita de vino?

—No bebemos cuando estamos de servicio, gracias —repuso Ronnie con tono remilgado.

El vino ya estaba descorchado. «Respirando», supuso Reggie. En este mundo, todo respiraba, de un modo u otro. Incluso las piedras inanimadas, solo que no teníamos oídos para escucharlas.

Ronnie le dio un pequeño codazo y murmuró:

—La tierra llamando a Reggie.

—Sí —respondió Reggie con un suspiro—. Ya la oigo.

Un chico irrumpió en la cocina, lleno de energía adolescente y desbordante de testosterona. Lucía un equipo de *rugby* escolar salpicado de barro y moretones tras un partido.

—Mi hijo, Jamie —lo presentó Sophie con una risita—, recién llegado de la batalla.

Reggie estaba bastante segura de que eso era de una canción de Bonnie Tyler. No le había hecho ascos al karaoke cuando era estudiante y borrachina. Aquella época parecía dolorosamente lejana.

—¿Un buen partido? —preguntó Sophie.

—Ajá, ha ido bien.

—Ellas son agentes de policía, necesitan hablar con papá.

El chico se enjugó las manos en los *shorts* y luego estrechó las de ambas.

—No sabrás dónde está, ¿no? —le dijo su madre—. Ha dicho que volvería a tiempo para cenar.

El chico se encogió de hombros.

—No tengo ni idea, pero... —Sacó su teléfono móvil y añadió—: Papá tiene la aplicación de rastreo Find My Friends. Puedes ver si ya viene hacia aquí.

—Ah, claro, qué listo —repuso Sophie—. Nunca se me habría ocurrido. Todos la tenemos, pero yo solo la uso a veces para comprobar dónde anda Ida. Controlar a tu marido me parece... —volvió a mirar la lasaña, como si pudiera facilitarle la palabra correcta— indiscreto —decidió finalmente. (Ronnie exhaló un audible suspiro. Sophie Mellors era una mujer parlanchina. Y no había acabado.) Es como leer los mensajes de móvil o los correos electrónicos de alguien. Como si no confiaras en su sinceridad. Todo el mundo tiene derecho a un poco de privacidad, incluso los maridos y las esposas.

—Sí, ya entiendo a qué se refiere —contestó Reggie. Reggie, que, cuando Sai había puesto fin a su relación, lo había acechado obsesivamente por el rastreador GPS que compartían, por no mencionar Facebook e Instagram y cualquier otro sitio en que él pudiera aparecer en su futuro sin ella—. La confianza lo es todo —añadió asintiendo con la cabeza.

—Miren, ahí está Ida —dijo Sophie con ternura, señalando un punto verde en el teléfono de Jamie que se movía hacia la casa—. Ya casi está aquí, la trae la madre de su amiga. Nos turnamos para llevarlas.

—Y ahí está papá —añadió Jamie, señalando un puntito rojo.

Los cuatro lo observaron con atención.

—Parece que el señor Mellors está en medio de la nada —comentó Ronnie—. Y no se mueve.

—Es solo un campo —dijo Jamie alegremente—. Está ahí a menudo.

—¿De veras? —preguntó Sophie, y una leve expresión ceñuda le recorrió el rostro como una nube de verano.

—Ajá —respondió Jamie.

—¿Y nunca te has preguntado qué hace ahí? —inquirió Ronnie haciendo uso de su ceja.

El chico volvió a encogerse de hombros y, con una admirable falta de curiosidad adolescente, respondió:

—No.

—Meditar, quizá —fue la brillante sugerencia de Sophie.

—¿Meditar? —repitió Ronnie, y la ceja salió disparada hacia las alturas.

—Sí, suele hacer eso. Ya saben…, técnicas contemplativas para el equilibrio emocional.

Oyeron el ruido de un coche que se detenía ante la casa y luego volvía a arrancar, y al cabo de unos segundos, Sophie dijo:

—Oh, aquí llega Ida. —Y sonrió de oreja a oreja cuando una chica menuda y con pinta de agobiada entró arrastrando los pies en la cocina con cara de pocos amigos.

Llevaba unos pantalones de montar y un casco de equitación en la mano. Los miró enfurruñada a todos, lasaña incluida. A Reggie le pareció que los genes afables de los demás Mellors la habían pasado por alto.

—¿Buena machacada? —quiso saber su madre.

—No —contestó Ida de mal café—. Ha sido un día horroroso.

«Dímelo a mí, hermana —pensó Reggie—. Dímelo a mí.»

—Sabes qué es ese campo, ¿verdad? —le dijo Reggie a Ronnie cuando estaban de vuelta en el coche.

—¿Uno de los antiguos aparcamientos para caravanas de Carmody?

—Bingo.

—Pues vamos a ver si Mellors sigue allí —dijo Ronnie—. ¿Qué querían decir con lo de «machacar»?

—No tengo ni idea. En realidad, no lo sé todo.

—Sí, lo sabes todo.

El Ángel del Norte

Transitaban hacia el sur, siguiendo el rayo de esperanza que era la ubicación de Harry en el teléfono de Crystal. A la estrella de Belén no la habían seguido con tanta devoción.

—Fue Harry quien me puso esa aplicación en el móvil —explicó Crystal—. Es uno de esos artilugios de familia: yo le veo, él me ve. No me molesto mucho en mirarlo, pero a Harry le preocupan esas cosas, supongo que a raíz de lo que le pasó a su madre. No la encontraron hasta al cabo de un par de días. Le gusta saber dónde está todo el mundo; el chico tiene un punto de perro pastor.

—Yo también —admitió Jackson.

La señal era interminente, iba y venía todo el rato, y Crystal miraba fijamente el móvil que aferraba en la mano como si pudiera impedir que desapareciera del todo por pura fuerza de voluntad.

Jackson reparó en el feo cardenal que ya se le formaba en la mejilla. Al cabo de un par de horas, calculaba, tendría además un magnífico ojo a la funerala, por cómo se le estaba hinchando. Había encajado un par de golpes brutales, pero no había caído sin dar pelea, impulsada por la adrenalina, suponía Jackson. Había soltado casi tantos golpes como los recibidos, con un par de movimientos de *ninja*, un par de puñetazos bien dados y sus buenos codazos, todo lo cual debía de haber aprendido en algún sitio. Era toda una amazona, pero por desgracia su oponente era una máquina de pelear. Exmilitar, por la pinta que tenía, o eso pensó Jackson cuando había echado a correr hacia la refriega. Demasiado tarde, lamentablemente. Todo acabó en cuestión de segundos, y para cuando Jackson ya estaba sobre la pista, el tipo había derribado a Crystal, le había arrancado de la mano las llaves del Evoque y ya se alejaba calle abajo con él. «Menudo sheriff de mierda estás hecho.»

*

Crystal bajó la visera del coche y se observó en el espejito. Se quitó las pestañas postizas, una tras otra, encogiéndose un poco cuando la del ojo a la virulé se le quedó pegada. A Jackson le pareció que tenía unas pestañas naturales perfectamente correctas sin necesidad de las postizas, pero qué iba a saber un ludita como él.

—Hostia, qué desastre —murmuró ella ante el espejo, y luego sacó unas gafas del bolso y añadió—: Sin ellas no veo una puta mierda.

¿Dónde estaba la mujer de antes, la que parecía esforzarse tanto en no soltar tacos?

—Y el muy cabronazo me ha roto las gafas de sol graduadas cuando me ha pegado.

Los críos secuestrados le ganaban la partida a la vanidad, por lo visto. La que iba sentada a su lado era una mujer distinta de la que había conocido unas horas antes. Era como si se deconstruyera lentamente; si hasta parecía tener menos cabello, aunque Jackson no sabía muy bien cómo podía pasar algo así. No le habría sorprendido mucho que lo siguiente que hiciera fuera quitarse una pierna postiza.

—Llevo un botiquín de primeros auxilios en el maletero, si quieres —ofreció—. Puedo parar.

—No. Continúa. Estaré bien. ¿No puede ir más deprisa este trasto? —Casi parecía fuera de sí de preocupación—. ¿Quieres que conduzca yo?

Jackson concedió a esa pregunta el desprecio silencioso que merecía y, en lugar de contestar, admitió:

—Miré el sobre que te dejaron en el parabrisas. Vi la foto de tu hija y el mensaje en el dorso, «Mantén la boca cerrada». ¿Qué es lo que no debes decir, exactamente?

—La gente anda haciendo preguntas —fue la vaga respuesta de Crystal.

—¿Quiénes? ¿Qué gente?

Ella se encogió de hombros, con la vista fija en el móvil. Al cabo de un rato, añadió a regañadientes:

—La policía. La policía anda haciendo preguntas.

—¿Preguntas sobre qué?

—Sobre cosas.

Jackson había padecido las suficientes conversaciones reticentes con Nathan para saber que la perseverancia obstinada era el único medio posible de avanzar.

—¿Y te han interrogado a ti?

—No —contestó Crystal—. No me han interrogado.

—¿Y contestarías a sus preguntas si te las hicieran?

Decir que era una mujer enigmática sería quedarse muy corto. Miró a Crystal de soslayo y ella le dijo:

—No apartes la vista de la carretera.

—¿Sabes sobre qué están haciendo preguntas?

Ella volvió a encogerse de hombros, y Jackson supuso que eso era lo que significaba mantener la boca cerrada.

—Acaban de pasar el desvío a Reighton Gap —dijo Crystal mirando el teléfono.

—Y el tipo del BMW plateado y los hombres que se han

llevado a tus niños… —insistió Jackson—, ¿sabes si tienen alguna relación entre sí?

¿Cómo podía no ser así?, pensó Jackson. Sin duda era demasiada coincidencia que una persona te siguiera y otra distinta secuestrara a tus hijos, ¿no? Una súbita imagen de Ricky Kemp apareció en sus pensamientos. «Conozco a gente muy chunga.»

Y, por lo que sabía Jackson, había una tercera persona que estaba dejando aquellos mensajes amenazadores. Varias de sus pequeñas células de materia gris se habían desmayado por el esfuerzo de entender todo aquello, y otras pequeñas células las estaban abanicando.

—Bueno… —dijo Crystal.

—¿Bueno qué?

—Digamos que tienen cierta relación y al mismo tiempo no la tienen.

—Vaya, qué bien, eso lo deja todo muy claro. Tan claro como… el cristal, ¿eh, Crystal? Y dime, esos tipos, sean quienes sean, ¿trabajan en equipo? ¿Son siquiera conscientes de su mutua existencia? Y, por el amor de Dios, ¿qué has hecho tú para provocar todo esto?

—Preguntas y más preguntas —soltó Crystal.

—Bueno, ¿y qué tal respuestas y más respuestas? —terció Jackson—. O podemos acudir a la policía, que es lo que cualquier persona sensata y que respete las leyes habría hecho ya a estas alturas si hubieran secuestrado a sus hijos.

—No pienso acudir a la policía. No permitiré que mis hijos corran peligro.

—Pues yo diría que ya están en peligro.

—Más peligro, quiero decir. Además, por lo que yo sé, la policía también está metida en esto.

Jackson exhaló un suspiro. Estaba a punto de protestar, porque no tenía mucho tiempo para teorías conspiratorias, pero entonces el teléfono que Crystal tenía en la mano emitió un pitido que anunciaba la llegada de un mensaje.

—Madre mía —dijo ella—, es de Harry. No, de Harry no —corrigió y soltó un leve gemido de desesperación.

Sostuvo en alto el móvil para que Jackson pudiera ver una foto de un Harry con cara de furia y Candy en brazos.

—El mismo mensaje —añadió Crystal con tono sombrío.

—¿Mantén la boca cerrada?

—Y más.

—¿Qué más?

—«Mantén la boca cerrada o nunca volverás a ver a tus hijos con vida».

A Jackson le pareció un mensaje excesivamente melodramático. Los secuestradores con rehenes no abundaban, a menos que fueran terroristas o piratas, y no parecía que se tratara de unos u otros en este caso. Y los secuestradores que mataban a sus rehenes escaseaban todavía más. Y los secuestros vulgares y corrientes tenían que ver con el dinero o la custodia, no con asegurarse el silencio de alguien (¿y quién demonios querría tener entre manos a una cría de tres años?), pero no había habido exigencia alguna de rescate ni de nada. Solo intimidación. Era todo un pelín Cosa Nostra. ¿Era posible, se preguntó, que Crystal estuviera en algún programa de protección de testigos?

—¿Y qué me dices de tu amiga?

—¿Mi amiga?

—La mujer a la que has ido a ver hoy. La que vive sobre la casa de apuestas. ¿Forma ella parte de todo este misterioso juego de preguntas sin respuesta que te has montado? —Cuando Crystal continuó mirando el móvil en silencio, Jackson murmuró—: No sabe, no contesta. —Y luego dijo lo que todos los buenos polis de la tele dicen en ese punto, una frase que le encantaba incluso al mismísimo Collier—: Si quieres que te ayude, vas a tener que contármelo todo.

—No es una bonita historia.

—Nunca lo es.

Y no lo era. Era un relato largo y tortuoso, y les llevó todo el trayecto hasta Flamborough Head.

Ambos guardaban silencio mientras ascendían por la carretera que llevaba al cabo. Jackson pensaba en los acantilados que había allí, unos acantilados muy altos, y sospechaba que Crystal estaba pensando en lo mismo. No era un lugar al que llevar a críos secuestrados. Flamborough Head era un enclave de suicidas conocido, y Jackson supuso que un acantilado desde el que la gente saltaba era también un buen sitio desde el que empujar a la gente. Tuvo una súbita visión de Vince Ives cayendo al vacío.

Aparte del faro y de un café, no había gran cosa, pero era allí donde la señal del teléfono de Harry había dejado de moverse ya hacía casi un cuarto de hora. Había unos cuantos coches en el aparcamiento. Los caminantes acudían allí a enfrentarse al viento y contemplar las vistas.

—Por lo que parece, están en el café —dijo Crystal mirando el teléfono.

Cómo no, en el café no había ni rastro de ellos. La posibilidad de encontrarse simplemente con los secuestradores tomándose unas pastas de té y de que les entregaran a los niños era extremadamente improbable, pero Crystal ya corría hacia un tipo que, sentado a una mesa de espaldas a ellos, asía una taza de algo.

Antes de que el tipo pudiera hacer nada, para su sorpresa, por decirlo suavemente, Crystal le había rodeado el cuello con el brazo y lo estaba estrangulando. El contenido de la taza —sopa de tomate, por desgracia— voló en todas direcciones, pero sobre todo hacia su regazo.

Cuando Jackson se las hubo apañado para liberar al hombre de Crystal, que tenía la fuerza de una boa constrictor, ella señaló el teléfono móvil que había sobre la mesa. Tenía uno de esos fondos de pantalla personalizados, en el que Jackson vio una imagen de las caras de Crystal y Candy, muy amarteladas y sonriéndole al fotógrafo, que presumiblemente era Harry.

—Es el teléfono de Harry —le señaló Crystal a Jackson sin que hiciera ninguna falta.

El tipo cubierto de sopa de tomate resultó un simple idiota vulgar y corriente, el propietario del coche tuneado de macarra en el que Jackson se había fijado al entrar. Una vez que fue capaz de hablar, el tipo les contó que se le había acercado un hombre en una gasolinera y le había ofrecido cien libras por llevar el teléfono hasta Flamborough y arrojarlo al precipicio.

—Dijo que era una broma…, algo sobre una despedida de soltero.

Crystal le estampó la cabeza contra la mesa. Jackson miró alrededor para ver cómo reaccionaba el resto de los moradores del café, pero todos parecían haberse esfumado discretamente. No los culpó por ello. Cuando se trataba de esposas y madres, pensó que más valía no buscarles las cosquillas. Eran como madonas forradas de esteroides.

—A ver, solo por comprobarlo —le dijo Jackson al macarra—: Un completo extraño se te acerca, te da cien libras por arrojar un teléfono al mar y luego desaparece, y lo más probable es que no vuelvas a verlo, pero haces lo que te ha dicho de todos modos.

—No, no lo he hecho. No iba a hacerlo —contestó el tipo frotándose la frente—. Iba a quedarme el teléfono y cambiarle la tarjeta.

Su cabeza volvió a trabar contacto con la mesa.

—Esto es una agresión —murmuró cuando Crystal volvió a levantársela agarrándolo del pelo.

El tipo tenía suerte de que su cabeza siguiera sujeta a su cuerpo. «Chúpate esa, Boadicea», pensó Jackson.

—Podría demandarte —le dijo el macarra a Crystal.

—Tú inténtalo y verás, cabrón —gruñó ella.

—Gracias por tu ayuda ahí dentro —dijo Crystal con sarcasmo cuando estuvieron de vuelta en el coche.

—Me ha parecido que te las apañabas muy bien sola —repuso Jackson.

Inocentes en apuros

—Pensaba que íbamos a pasar la noche en Newcastle... Pero ya hemos pasado Newcastle, ¿no?

—Cambio de planes, querida. Voy a llevaros a un *bed & breakfast*...; es un sitio en el que te dan alojamiento y desayuno.

—Ya sé qué es un *bed & breakfast*, pero ¿por qué?

Andy se sorprendió de lo bien que hablaba inglés. Mejor que él, de hecho. Era la más alta de las dos. Nadja y Katja. Eran chicas listas; listas y guapas. No lo bastante listas, sin embargo: creyeron que iban a trabajar en un hotel en Londres. Lo que iba a ocurrirles no debería pasarle ni a un perro, la verdad. Tuvo una repentina visión de la cara de póquer de *Lottie*. ¿Tenían los perros un código moral? Honor entre perros y todo eso.

—Ha habido un pequeño incidente, por lo visto —dijo—. Un problema en el Airbnb donde se suponía que íbais a alojaros —dio más detalles—: Un escape de gas. En todo el edificio, de hecho: han tenido que evacuar a todo el mundo y no dejan volver a entrar a nadie. Este *bed & breakfast* al que vamos ahora supone que llegaréis un poco más al sur en vuestro trayecto hacia Londres. Y luego, a primera hora de la mañana, os llevaré yo en el coche a la estación y podréis subiros a un tren en Durham o York. O incluso en Doncaster —añadió mientras recorría mentalmente la línea principal de la costa este. ¿Newark? ¿O estaba eso en una línea distinta? ¿Por qué pensaba siquiera en ello? Esas dos no iban a llegar ni por asomo cerca de una estación o un tren—. Mañana a la hora de comer estaréis en Londres. Té en el Ritz, ¿eh, chicas?

Supo sin volverse que le miraban fijamente la nuca como si fuera un idiota. Se suponía que el experto manipulador era él, pero esas dos, por alguna razón, le estaban desbaratando el disfraz. Le estaba costando un esfuerzo tremendo mantener toda la farsa en su sitio. Nadie comprendía hasta qué punto suponía una carga para él.

Sí, en efecto había habido un «incidente», pero nada que ver con escapes de gas o Airbnb, aunque Andy seguía sin saber de qué naturaleza era. Tommy había reaparecido finalmente en el teléfono, justo después de que él recogiera a las chicas en el aeropuerto. No parecía el tipo tranquilo y despreocupado de siempre y no debía de tener buena cobertura, porque lo que fuera que le estaba diciendo se perdió en un embrollo siseante de ruido blanco.

Justo después de la de Tommy había recibido otra llamada, de Steve Mellors esta vez, para decirle que había habido un incidente en Silver Birches.

—¿De qué clase? —preguntó Andy, tratando de adoptar un tono desenfadado ante las chicas polacas. Notaba que Nadja escuchaba muy atenta.

—Por teléfono no —repuso Steve. (¿Por qué no? ¿Acaso alguien escuchaba sus móviles? Andy tuvo una mareante sensación de pánico.)—. Mueve el culo y ven pitando a Silver Birches —añadió Steve—. Tenemos que apechugar todos aquí abajo.

—Bueno, yo ya estoy a tope aquí, por así decirlo, con estas damas polacas encantadoras a las que hago de chófer —dijo Andy con tono insulso y sonriéndoles a las chicas a través del retrovisor. Vio su propia imagen: su sonrisa no era tanto una sonrisa como el rictus de un muerto.

—Pues tráetelas y ya está, por el amor de Dios —repuso Steve—. Total, es donde van a acabar de todas formas.

Andy exageró aún más aquel rictus que remedaba una sonrisa, por si las chicas sospechaban algo. Debería haberse subido a un escenario, se dijo. El señor Cordialidad. Podría haber llevado a cabo un número en el Palace. Había asistido al espectáculo de verano del teatro, una especie de *revival* de los años ochenta, con Barclay Jack *et al*. Había supuesto sondar nuevas simas de mediocridad. Rhoda lo había arrastrado hasta allí a regañadientes, porque por lo visto había salido antaño con el mago.

—Fue hace siglos —le dijo—. Nada por lo que debas preocuparte, Andrew.

Andy no se había preocupado, por lo menos hasta que ella le dijo eso. Rhoda y el mago se habían saludado con besos al aire y sendos teatrales «Hola, cariño», algo nada propio de la Rhoda que Andy conocía. Había sentido celos durante un instante, aunque sospechaba que brotaban más de la sensación de propiedad que de la pasión.

—Bonito bolso —le dijo el mago a Rhoda al fijarse en su Chanel.

—Es falso —contestó Rhoda—. ¿No te has dado cuenta?

—No sé decirte —repuso el mago—. A mí todo me parece falso.

—El Ángel del Norte —dijo Andy de manera automática cuando pasaban ante las enormes alas herrumbradas que se alzaban imponentes en la oscuridad.

Del asiento de atrás solo le llegó silencio, y cuando echó una rápida ojeada vio que las dos chicas se habían dormido.

La más menuda apoyaba la cabeza en el hombro de la más alta. Era una imagen enternecedora. Tenían la edad justa para ser sus hijas, si las hubiera tenido. Cualquiera que las viera podía pensar que él era su padre, que las llevaba a casa, de vuelta de un concierto o de unas vacaciones. De forma inesperada, como un ataque por la espalda, sintió una punzada de nostalgia de algo que nunca había experimentado.

Las chicas no se movieron hasta que doblaron para tomar el sendero de entrada a Silver Birches.

—¿Ya hemos llegado? —preguntó Nadja con tono soñoliento.

—Sí, ya hemos llegado.

El sitio estaba sumido en la penumbra excepto por la luz del porche, que arrojaba un leve resplandor sobre la puerta principal. Andy detuvo el coche. No había señal alguna de vida, a menos que uno contara a las pálidas polillas que se lanzaban como suicidas contra la luz. Ni rastro de un incidente, a menos que se tratara de algo que los hubiera matado a todos en Silver Birches sin el menor estropicio. Una onda sonora o una silenciosa fuerza alienígena.

—¿Esto es un *bed & breakfast*? —preguntó Nadja con tono de incredulidad y sacudiendo a su hermana para despertarla.

—Sí, querida —respondió Andy—. Desde fuera no parece gran cosa, ya lo sé, pero por dentro es bonito y acogedor.

Ella volvió a agitar a su hermana.

—Despierta, Katja, que ya hemos llegado.

Su tono fue más seco esta vez, con un matiz de urgencia que dejó intranquilo a Andy. La chica intentó abrir la puerta del coche, pero en la parte trasera estaban puestos los seguros para niños.

—¿Nos dejas salir, por favor? —pidió Nadja con tono de cabreo.

—Un momentito, querida —respondió Andy mientras llamaba a Tommy por el móvil—. Déjame averiguar dónde está el comité de recepción.

Tommy no contestó al teléfono, pero la puerta de entrada se abrió de par en par y aparecieron súbitamente Vasily y Jason. Con evidente práctica, corrieron hasta el coche, abrieron las puertas de atrás y sacaron a una chica cada uno.

Las polacas eran luchadoras. Andy podría haberlo pronosticado. Pataleaban, forcejeaban y chillaban. La más joven en particular, Katja, era como un animal salvaje. «Una fiera», pensó Andy, que observaba desde el coche. Le sorprendió darse cuenta de que una parte de él deseaba que ganaran las chicas. No es que fuera posible algo así: la batalla llegó a su fin cuando Jason dejó inconsciente a Katja de un puñetazo en la cabeza. Luego se la echó al hombro como un saco de carbón y la llevó al interior, seguido por Vasily, que arrastraba a Nadja del pelo dando alaridos.

Andy había estado tan absorto en la escena ante sus ojos que casi dio un brinco cuando alguien llamó con fuerza con los nudillos en la ventanilla.

—Tenemos un problema, Foxy —dijo Tommy.

Hansel y Gretel

Lo último que había visto Harry fue a Crystal plantada en medio de la calle y gritando mientras el Evoque aceleraba, alejándose de ella. Entonces el hombre que iba en el asiento del acompañante se volvió hacia él y le dijo que le diera su teléfono y que se sentara en el suelo con los ojos cerrados, de modo que Harry supuso que no querían que supiera adónde se dirigían, o quizá temían que intentara hacer señas por la ventanilla para pedir ayuda. Por lo menos no le habían puesto una capucha en la cabeza ni le habían vendado los ojos, y si su intención era secuestrarlo, habrían venido preparados con algo así, ¿no? De modo que aquello era un asalto para robar un coche que había salido mal, ¿verdad? Al fin y al cabo, el Evoque era un coche de gama alta, y no sería sorprendente que alguien quisiera mangarlo. Y pensó también (estaba dándole muchas vueltas a la cabeza, eso le permitía conservar la cordura) que, al cabo de unos cuantos kilómetros, los soltarían a Candace y a él y todos seguirían su camino. Un final feliz para todos los implicados.

Candace estaba muy callada, y cuando Harry contravino las órdenes y miró entre los ojos entornados, vio que se había quedado dormida, gracias a Dios. Parecía muy acalorada, el pelo húmedo se le pegaba a la frente. Aún le brillaban unas cuantas lentejuelas en las mejillas. Más tranquilo, se esforzó mucho en obedecer y mantener los ojos muy cerrados, algo sorprendentemente difícil porque todos sus instintos le dictaban hacer justo lo contrario. A ciegas, palpó con una mano hasta encontrar la de su hermana, caliente y pegajosa.

Era posible que no mirara, pero no podía evitar oír cómo conversaban los dos hombres con voces ásperas e insatisfechas. Por lo visto, se equivocaba: aquello no era el robo de un coche, sino un auténtico secuestro, con Candace como objetivo. Su padre tenía dinero y le gustaba que la gente lo supiera, de modo que quizá tuviera más sentido pedir un rescate por su hija que limitarse a robarle el coche. («Es mi coche», oyó mentalmente la voz de Crystal corrigiéndolo.) Por su parte, el propio Harry, también hijo de Tommy, no contaba al parecer. («El chaval», lo llamaban los hombres; ni siquiera sabían su nombre, por lo visto.) Solo era «un daño colateral». ¿Significaba eso que era prescindible? ¿Se detendrían al cabo de poco, le ordenarían que bajara del coche, lo harían plantarse en el borde de una zanja y le pegarían un tiro? (Había visto recientemente un documental sobre las SS. «Deja la historia en el pasado, donde debe estar», le dijo Crystal cuando había comprobado qué estaba viendo.)

Se detuvieron al cabo de una media hora, y uno de los hombres dijo:

—Ya puedes abrir los ojos. Y sácanos a la niña.

A Harry le temblaron un poco las piernas cuando se bajó del coche, pero nadie hizo ademán de dispararle. Desató a Candace, que protestó en sueños, pero siguió sin despertarse. Harry no lograba imaginar qué pensaría la niña de aquella nueva situación, pese a que tenía una personalidad bastante flemática. («Eso suena como una enfermedad, Harry», diría Crystal.)

Era la primera vez que tenía ocasión de ver cómo era debido a aquellos hombres. Había esperado un par de criminales bobos y de aspecto rudo, y comprendió que debía de haber visto demasiadas veces *101 dálmatas* con Candace, pues aquellos tipos se veían duros y profesionales: casi parecían salidos de las fuerzas especiales o exsoldados de *Who dares wins*, aunque no lograba imaginar ni por asomo por qué un miembro del Servicio Especial Aéreo iba a querer secuestrar a Candace.

Estaban en un campo, rodeados por campos. No veía el mar, pero el horizonte despejado dejaba entrever que podía hallarse cerca. El campo se había utilizado como *camping* para caravanas en algún momento: había un par de ellas muy destartaladas y con hierbajos rojizos y cardos creciendo en torno a las ruedas, y otra directamente sin ruedas. Una versión más nueva, elegante y fija, estaba aparcada en un rincón cerca de la verja de entrada.

—Que ni se te pase por la cabeza salir huyendo —le espetó uno de los hombres.

El otro, el que tenía su teléfono móvil, lo sacó del bolsillo y les tomó una fotografía a Candace y a él, aunque, una vez más, solo parecía interesado en ella en realidad.

—Sostenla un poco más arriba. Podrías darle un pellizco para despertarla.

Harry la levantó un poco y fingió pellizcarla.

—No sirve de nada —dijo—. Cuando está tan dormida no la despierta ni un terremoto.

Cuando ya tuvieron la foto, se la mandaron a alguien, tras una breve conferencia para decidir el texto que la acompañaría. Crystal podría seguirle el rastro, pensó Harry, porque le había puesto una aplicación de GPS en su teléfono. Semejante idea lo animó, pero entonces oyó decir a uno de los hombres:

—Tenemos que librarnos de este puto móvil antes de que lo rastreen.

Decidió ponerles apodos a los dos tipos, para poder recordarlos. Se imaginó a sí mismo más tarde, en el asiento trasero de un coche patrulla con una amable policía a su lado haciéndole preguntas sobre su terrible experiencia, y cómo le contaba:

—Bueno, el que yo llamaba Pinky tenía una cicatriz en la barbilla, y el otro, Perky, un tatuaje en el antebrazo..., creo que era de un león.

Y a la policía amable respondiendo:

—Bien hecho, Harry. Estoy segura de que esa información nos ayudará a atrapar más deprisa a esos ruines villanos.

Por supuesto, Harry sabía que la policía amable no utilizaría una expresión como «ruines villanos», ni él tampoco, ya puestos, pero le gustaba cómo sonaba y, al fin y al cabo, la agente de policía era imaginaria. («Si algo tiene la imaginación, Harry —le había dicho la señorita Dangerfield—, es que no conoce límites.»)

Pinky y Perky eran dos muñecos televisivos de mucho tiempo atrás. Harry los había visto en YouTube y eran increíblemente feos. No le habría sorprendido encontrarlos en el programa del Palace. Solo conocía su existencia porque Barclay había llamado «Pinky y Perky» a dos tramoyistas (con tono despectivo, pues no tenía otro).

Harry creyó que despojar a los secuestradores de su anonimato los volvería menos amenazadores de algún modo, pero en realidad hacía que dieran aún más miedo. Trató de concentrarse en la idea de la policía amable, pero no paraba de verla de pie ante la zanja a la que había caído su propio cuerpo sin vida.

Se preguntó qué habría escrito Pinky en el mensaje y a quién se lo habría mandado. (¿O debería ser «a quiénes»? La señorita Dangerfield era muy estricta con la gramática.) Supuso que a su padre y que consistiría en alguna exigencia amenazadora de rescate. «O pagas o matamos a la niña.» Harry se estremeció. Ahora había dos cuerpos en su zanja imaginaria.

Pinky parecía tener problemas para enviar el mensaje: caminaba en círculos por el campo con el teléfono en alto como si pretendiera cazar mariposas.

—Hostia puta, no hay cobertura —concluyó finalmente.

—Mándalo más tarde —dijo Perky.

Pinky era asimismo el nombre del personaje («protagonista», oyó decir mentalmente a la señorita Dangerfield) de *Brighton Rock*. Se suponía que Harry debía leer la novela el trimestre siguiente. Ahora quizá nunca llegaría a hacerlo. Flotas enteras de obras no leídas de la literatura mundial navegarían sobre su cabeza cuando yaciera desangrándose en aquella zanja, contemplando el cielo.

—¡Tú! —espetó Perky.

—¿Sí? —Estuvo a punto de añadir: «señor».

—Trae aquí a la niña.

—Me llamo Harry —dijo él. Había leído en alguna parte que, supuestamente, debías ofrecerles tu aspecto más humano a los secuestradores.

—Ya sé cómo te llamas, joder. Trae a la niña y no intentes ninguna cosa rara o vas a lamentarlo.

Anochecía, y el suave resplandor del crepúsculo entraba a través de las ventanas de la caravana. Los habían encerrado en una de las viejas y destartaladas. Candace se había despertado no mucho después de que los metieran ahí y desde entonces había pasado por más de la mitad de su repertorio de los siete enanitos: gruñona, feliz, mudita y dormilona. Y hambrienta también, pero por suerte los secuestradores le habían dejado a Harry una bolsa de supermercado que contenía un paquete de sándwiches de pan de molde y una botella de refresco Irn-Bru. Supuso que, dadas las circunstancias, Crystal habría hecho ciertas concesiones.

Harry mató el tiempo (que pasaba muy muy despacio) jugando a una serie de juegos tontos con Candace, contándole interminables chistes que la niña no entendía pero se esforzaba en reírle. («¿Cuál es el queso favorito de un médico? El curado.») Por no mencionar todas las historias en el canon de los cuentos de hadas y la canción *Let it go* una y otra vez. Por suerte, la niña tenía sueño de nuevo. Él aprovechó la oportunidad para quitarle de la cara unas cuantas lentejuelas de las coristas. Una vez que se hubo dormido, a Harry no le quedó otra cosa que hacer que reflexionar sobre la situación en la que se encontraba.

Había ciertas cosas por las que sentirse agradecido, se dijo. No los habían atado ni amordazado y si iban a matarlos, sin duda no les habrían dejado comida, ¿no? Aun así, no cabía duda de que estaban encerrados. Harry había puesto mucho empeño en intentar salir de la caravana. Había intentado romper las gruesas ventanas con un taburete metálico que había por ahí. Había tratado de arrancar los cristales de sus marcos con un cuchillo romo que encontró en un cajón. Había intentado echar la puerta abajo a patadas o arremetiendo contra ella con un hombro. Nada había funcionado. La caravana podía parecer una antigualla, pero era sólida y resistente.

—Es un juego —dijo, tratando de tranquilizar a Candace.

La niña no tenía pinta de haberse tranquilizado en lo más mínimo; de hecho, parecía aterrada ante aquel nuevo y violento aspecto de la conducta de su hermano.

Harry se hizo la silenciosa promesa de que, si salían de allí (cuando salieran de allí), dejaría de ser tan enclenque e ineficaz. Levantaría pesas y haría que su padre le diera unas clases de boxeo y no permitiría que volvieran a hacerlo sentirse asustado e indefenso, nunca más.

Experimentó unos instantes de pura alegría al acordarse de que el teléfono de Barclay Jack seguía en su bolsillo, pero la señal parpadeaba y no había cobertura. Probó a escribir un mensaje, pero no se dejaba enviar. La decepción que sintió le dio ganas de llorar de frustración.

Todavía tenía hambre, pero reservaba el último sándwich de la bolsa para cuando Candace despertara, de manera que pensó que lo mejor que podía hacer, probablemente, era intentar dormir. Se hizo un ovillo en torno a su hermana sobre el colchón fino y asqueroso que había en la caravana. La niña desprendía tanto calor que era como estar tumbado junto a un radiador. Trató de no pensar en la situación en la que se encontraban soñando despierto con cosas reconfortantes: comprar un paquete de té en la tienda del salón de la señorita Mattie, el Mundo Cranford («Mi querido Harry, adelante, adelante») o abrir los resultados de sus exámenes del bachillerato («¡Todo sobresalientes, Harry! Enhorabuena»). Estaba en plena fantasía sobre cómo sería convertirse en el escenógrafo de una puesta en escena del National Theatre de *Las tres hermanas* (una de sus obras favoritas hasta la fecha) cuando oyó el ruido inconfundible del motor de un vehículo. Se levantó de un brinco y miró a través de la mugrienta ventanilla trasera. Un coche se detuvo junto a la verja de entrada y una figura se apeó de él. Reconoció a la agente escocesa de antes, en el Palace. ¡Una policía amable! La segunda agente se unió a ella y ambas fueron hasta la caravana fija junto a la entrada y llamaron a la puerta.

Harry aporreó la ventana. Dio saltos, soltó gritos y chillidos y aporreó un poco más. El campo era extenso y la caravana en la que se hallaban quedaba lejos de las agentes de policía, pero aun así tenían que oírlo, ¿no? Candace se despertó y se echó a llorar; «Buena cosa», pensó Harry: más ruido para atraer la atención de las mujeres. Pero daba la impresión de que la caravana se hubiera insonorizado.

Las agentes volvieron a llamar a la puerta de la caravana fija y escudriñaron a través de las ventanas como si buscaran a alguien o algo. Harry vio cómo una de ellas se encogía de hombros. «No, por favor, no», pensó... «¡No os vayáis!» Soltaba gritos frenéticos, golpeando los cristales con los puños, pero parecían ciegas y sordas por lo que a él respectaba. Durante un glorioso instante creyó que lo habían oído porque la escocesa paseó la vista alrededor y dio la impresión de estar escuchando, pero entonces ambas parecieron captar algo que quedaba fuera del ángulo de visión de Harry y luego desaparecieron.

Regresaron un minuto más tarde, con una chica. La sostenían entre ambas, una a cada lado, como si no pudiera caminar por sí misma. La ayudaron a subir al coche y una de las agentes, la escocesa, ocupó el asiento trasero junto a ella, y la otra se sentó al volante, y luego el coche se alejó. Harry se dejó caer al suelo de la caravana y rompió a llorar. No sabía que fuera posible sentirse tan desgraciado. Abrigar esperanza y que te la arrancaran de repente... Sin duda esa era la mayor crueldad, ¿no?

Candace le echó los brazos al cuello.

—No pasa nada, Harry. No llores —dijo pese a que sus ojos, muy abiertos, también estaban húmedos de lágrimas.

Se quedaron allí sentados durante un rato, limitándose a abrazarse, y luego Harry se sorbió la nariz, se puso en pie y se la enjugó en la manga.

—Cómete ese sándwich, Candace —dijo—. Te van a hacer falta todas tus fuerzas: vamos a salir de aquí.

Cuando la niña hubo acabado obedientemente con él, mordisco a mordisco, Harry añadió:

—Tápate las orejas.

Cogió el taburete y aporreó con él la ventana, una y otra vez. Todos los golpes de antes en sus intentos por atraer la atención de las policías debían de haberla aflojado, porque la gruesa hoja de plexiglás se desprendió de una pieza y cayó.

—¡Yupi, Harry! —chilló Candace, y ambos ejecutaron una pequeña danza triunfal.

—Tenemos que darnos prisa —la apremió él.

La sacó por la ventana y la sostuvo de las manos hasta que quedó muy cerca del suelo antes de dejarla caer. Aterrizó con suavidad sobre un lecho de ortigas, pero ni siquiera se había echado a llorar para cuando el propio Harry salió y la aupó.

Echó a correr, algo nada fácil con una cría de tres años en brazos, sobre todo con una llena de picadas de ortiga, pero a veces se trataba realmente de una cuestión de vida o muerte.

Para entonces ya casi había oscurecido del todo. Estaban sentados en el arcén de una carreterita que no parecía tener tráfico alguno, pero Harry no se veía capaz de continuar. Ya tenía cobertura y no paraba de llamar al teléfono de Crystal, pero no contestaba. Le había costado un montón recordar su número y pensó que, al fin y al cabo, no debía de ser el correcto. A partir de ese momento, se dijo, memorizaría todos los números importantes de sus contactos en lugar de fiarse de que su móvil lo hiciera por él. No conseguía recordar en absoluto el número de su padre. Solo había otro que se supiera de memoria, de modo que llamó a la persona más cercana a un pariente para él: Bunny.

En cuanto lo hubo marcado, apareció un coche, de modo que cortó la llamada y se puso a dar saltos en el arcén, agitando los brazos. Estaba bastante dispuesto a arrojarse en el camino de un coche en movimiento si hacía falta eso para que los llevaran a casa, pero no fue necesario porque el coche aminoró la marcha y se detuvo a un par de metros de ellos. Una mano invisible abrió la puerta trasera del lado del acompañante y Harry cogió en brazos a Candace y corrió hacia ella.

—Gracias por parar —dijo cuando hubieron subido—. Muchísimas gracias.

—No hay de qué —contestó el conductor, y el BMW plateado arrancó y se internó en la oscuridad de la campiña.

Cae el telón

Feli había tomado un atajo. Era un callejón oscuro y la única farola que había en él estaba fundida, pero para ella suponía territorio conocido: a veces llevaba allí a un cliente para un polvo rápido contra la pared. Apestaba, pues había dos grandes cubos de basura, pertenecientes al restaurante de pescado frito cuya parte trasera daba al callejón. Feli no estaba trabajando, sino que iba a ver a su camello, dispuesta a hacer trueque con el reloj de oro de Tina, que llevaba, muy holgado, en la huesuda muñeca, el sitio más seguro en ese momento. Obtendría una mera fracción de su valor, pero aun así sería más de lo que podía sacarse en una semana en la calle.

Oyó que alguien entraba en el callejón a sus espaldas y apretó el paso. Tuvo un mal presentimiento: se le erizaron los pelillos de la nuca y todo eso. Había aprendido por la vía dura a confiar en sus instintos más viscerales. Al final del callejón había una luz y se concentró en ella; solo quedaba a veinte o treinta pasos de distancia. El aliento le ardía en el pecho. Los tacones de aguja de sus botas resbalaban sobre los grasientos adoquines. No miró atrás, pero oyó que quien fuera que la seguía se estaba acercando y trató de correr, y se le enganchó un tacón en los adoquines y salió volando. Iba a morir en aquel lugar tan sucio, pensó; solo sería un poco más de basura que alguien recogería por la mañana.

—Hola, Felicity —dijo una voz—. Te hemos estado buscando por todas partes.

Se hizo pis encima de puro terror.

* * *

Las puertas de la prisión de máxima seguridad de Wakefield se abrieron lentamente y una ambulancia salió poco a poco por ellas. Al llegar a la carretera, empezó a acelerar y se encendieron las sirenas y las luces, aunque el ocupante, pese a la enérgica reanimación cardiopulmonar a la que aún lo estaban sometiendo, ya estaba muerto.

El sanitario de la ambulancia se detuvo, dispuesto a abandonar, pero el enfermero de la cárcel que había acompañado al paciente en la parte trasera lo sustituyó y continuó con un potente masaje cardíaco en el pecho escuálido del preso JS 5896. El alcaide insistía en que todo se hiciera según las normas; no querría que nadie los acusara de dar por perdido a aquel hombre de forma prematura. Un montón de gente estaría encantada de verlo muerto.

El enfermero, un tipo fornido, había encontrado al preso cuando hacía su ronda nocturna. Michael Carmody se había desplomado en el suelo junto a la cama, arrancándose al caer la vía intravenosa y la máscara de oxígeno. Parecía que tratara de huir de algo. De la muerte, probablemente, concluyó el enfermero. Se había escapado un momento a la salita de descanso a fumarse un pitillo prohibido, pero estaba bastante seguro de que nadie había entrado en el pabellón de reclusos mientras él no estaba allí. Comprobó sus constantes vitales, pero era evidente que Carmody se hallaba en el proceso de darse de baja de la Mansión de los Monstruos. Tendrían que llevar a cabo una autopsia, por supuesto, pero la muerte de Michael Carmody difícilmente suponía una sorpresa.

El enfermero se detuvo y el sanitario dijo:

—Se nos ha ido. Voy a dar parte, ¿le parece? Hora de la muerte, las once y veintitrés. ¿Está de acuerdo?

—Sí. Era un cabronazo —añadió el enfermero—. Hasta nunca, pedazo de escoria.

—Ajá, un montón de gente estaría de acuerdo con eso.

* * *

Barclay Jack tanteó sobre el tocador en busca del vaso de ginebra que estaba seguro de haber visto ahí un instante antes, pero no logró encontrarlo. El camerino le parecía muy oscuro. Llamó a gritos a Harry, pero no hubo respuesta. ¿Dónde estaba aquel estúpido chaval?

Salió dando tumbos del camerino; de verdad que no se encontraba nada bien. Era otro de esos ataques. Entre bambalinas estaba aún más oscuro, solo llegaba una luz mortecina desde algún lugar en lo alto. ¿Dónde estaba todo el mundo? ¿Se habían ido todos a casa y lo habían dejado allí solo?

Inesperadamente, se encontró de pie entre bastidores. ¿Cómo había llegado hasta allí? ¿Había sufrido una pequeña laguna de memoria? «Probablemente ha sufrido un AIT», le habían dicho el año anterior cuando lo ingresaron en el hospital Royal Bournemouth tras un desvanecimiento en las cajas del supermercado Asda. AIT sonaba a compañía aérea, pero por lo visto significaba «ataque isquémico transitorio», o sea, que había tenido un pequeño derrame cerebral. Lo que parecía derramarse en él era la mala suerte. Le hicieron un montón de pruebas diagnósticas, pero no se lo contó a nadie. En todo caso, ¿a quién iba a decírselo? Su hija llevaba años sin dirigirle la palabra, ni siquiera estaba seguro de dónde vivía ahora.

Debían de haberlo dejado encerrado sin querer en el teatro. Tenía que ser cosa otra vez de aquel maldito ayudante del director de escena: se suponía que debía comprobar que el sitio quedara vacío. Hurgó en el bolsillo en busca del teléfono y recordó que lo había perdido.

Y entonces, de repente, estaba plantado en el escenario, tras otro pequeño salto temporal, por lo visto. Había caído el telón. Tuvo la sensación de no estar solo, al fin y al cabo: era capaz de oír los siseos y murmullos de emoción del patio de butacas. El público aguardaba. El telón dio un tirón y empezó a levantarse lentamente y, tras un segundo de negrura, alguien encendió el reflector que lo enfocaba a él directamente. Escudriñó con ojos de miope el patio de butacas en penumbra, haciendo visera con la mano como un hombre en una cofa tratando de divisar tierra. ¿Dónde estaba todo el mundo?

A lo mejor, si empezaba su número, ellos cobrarían vida.

—Un tipo va al dentista —probó a decir, pero su voz sonó áspera. ¿Era un dentista o un médico? «Continúa», se dijo. Barclay era un luchador, y aquello era una prueba—. Y le dice: creo que tengo un problema. —Silencio—. Y añade…

Se vio interrumpido por una oleada de sonoras carcajadas, que lo recorrió como un bálsamo. Las risas vinieron seguidas por desaforados aplausos. «Que me jodan —se dijo Barclay—, si ni siquiera he acabado el chiste todavía.» El público invisible continuó aplaudiendo; algunos se habían puesto en pie y pronunciaban a gritos su nombre:

—¡Barclay! ¡Barclay! ¡Barclay!

Lo invadió otra oleada de oscuridad, como si el telón hubiera caído. En esta ocasión no volvió a subir. Barclay Jack ya no podía oír los aplausos.

**

Bunny estaba en la sala destinada a los familiares, esperando a que acudiera alguien a hablar con él sobre qué debía hacerse con el cadáver de Barclay Jack. Un cómico de cuerpo presente, por así decirlo, no daba mucha risa que digamos; parecía un chiste malo de los de Harry, pero Bunny no estaba de humor para tonterías. Se había pasado la noche acompañando a Barclay en su último viaje. La ambulancia, Urgencias, la sala para familiares: Bunny había pasado por todo eso. Por lo visto, a falta de otro, se había convertido en el pariente más cercano de Barclay Jack. No era un papel que hubiera elegido voluntariamente.

¿Tenía acaso la obligación de organizar también el funeral? ¿Asistiría alguien? Quizá un puñado de artistas de tres al cuarto salidos de la prehistoria y de los espectáculos estivales en el Palace, que equivalía a decir lo mismo. Las coristas sí aparecerían en pleno, se les daban bien esa clase de cosas. Siempre se presentaban con un pastel cuando era el cumpleaños de alguien. Para Barclay Jack ya no habría más cumpleaños.

Bunny soltó un suspiro de puro aburrimiento. No había nadie más en la sala para familiares, solo él, aparcado ahí con un hervidor de agua eléctrico, un bote de café instantáneo y unas cuantas revistas muy manoseadas sobre una maltrecha mesita de centro de laminado de madera: un par de ejemplares de ¡Hola! de hacía más de un año y un viejo suplemento dominical de un periódico. Hasta el momento se había tomado varios vasitos de café barato y había cosechado un montón de información innecesaria sobre la familia real sueca (ni siquiera sabía que tuvieran una), por no mencionar sobre cómo celebrar «una elegante barbacoa estival». ¿Podía ser elegante una barbacoa? Bunny no conseguía recordar cuándo lo habían invitado a una por última vez, fuera elegante o no.

La ambulancia y todo el drama en Urgencias le habían parecido inútiles a Bunny, porque estaba bastante seguro de que Barclay había abandonado ya el planeta para cuando el camillero de Ambulancias St John aplicaba los desfibriladores sobre su pecho peludo y canoso en el pasillo abarrotado de gente ante su camerino. Le había echado una mano, o más bien una manita, el ventrílocuo, que se identificó inesperadamente como el encargado de los primeros auxilios en el Palace y que no paró de gritar: «¡Barclay! ¡Barclay! ¡Barclay!» como quien llama a un perro para que vuelva.

Bunny se puso a ver las fotos de su teléfono, por pasar el rato. Su único hijo había sido padre recientemente. El bebé, Theo, tenía su propia cuenta de Instagram, a la que su nuera le había dado acceso a Bunny a regañadientes. Se había celebrado el bautizo justo antes de la temporada de verano. Con ese crío estaban cumpliendo con todas las tradiciones: ceremonia por la Iglesia anglicana, equipo completo de padrinos, mujeres con sombreros ridículos y el piso superior de la tarta nupcial servido en el té del bautizo. Su nuera andaba siempre en estado de alerta máxima. Bunny sospechaba que temía que él apareciera con su atuendo de *drag*, el hada malvada junto a la cuna, para maldecir al niño con su cuestionable elección de carrera. Él no había hecho eso, por supuesto, sino que se había puesto su mejor traje de Hugo Boss y unos buenos zapatos casi tan bruñidos como su cabeza casi calva, sin el menor rastro de base de maquillaje Illamasqua en la cara.

—No se trata de que sea una *drag queen* —había oído Bunny cómo le susurraba su nuera a alguien ante los «palitos de quiche»—, sino de que sea una *drag queen* tan cutre.

—¿Señor Shepherd?

—¿Sí? —Bunny se levantó de un salto cuando una enfermera entró en la habitación.

—¿Le gustaría sentarse un ratito con el señor Jack?

Bunny exhaló un profundo suspiro. Debía de tratarse de alguna clase de protocolo con los muertos. Un acto inútil más.

—Sí, claro —contestó.

Estaba contemplando en silencio las facciones hundidas y amarillentas de Barclay, preguntándose cuánto rato debería pasar allí antes de emprender una respetuosa fuga, cuando le sonó el teléfono. Bunny miró quién llamaba. Ponía «Barclay Jack». Frunció el entrecejo. Volvió a observar a Barclay, que guardaba silencio, con la mortaja hasta la barbilla. Durante unos instantes, Bunny se preguntó si aquello sería alguna clase de broma, pero Barclay no era ningún bromista. Y el hospital entero no se prestaría a colaborar en alguna elaborada bufonada de cámara indiscreta en torno a un cadáver. ¿O sí lo haría?

Bunny miró fijamente a Barclay. No, concluyó: estaba definitivamente muerto. Con cautela, se llevó el teléfono a la oreja y dijo:

—¿Hola? —Pero no hubo respuesta—. El resto es silencio —añadió dirigiéndose al cuerpo de Barclay, pues Shakespeare no era un desconocido para él. Más valía reír, supuso.

La pesca de la jornada

El *Amethyst* llevaba en mar abierto desde el alba. Era un pesquero con cuatro oriundos de Tyneside a bordo; solían alquilar el *Amethyst*, de modo que el patrón los trataba como a viejos amigos. Acudían dos o tres veces al año y se tomaban en serio la pesca, aunque no tan en serio como para no haberse pasado la velada anterior en el Golden Ball empinando el codo, atolondradamente libres de obligaciones domésticas. Sus esposas nunca se apuntaban a aquellas travesías, sino que se quedaban ancladas en sus casas más al norte, agradecidas por ahorrarse los aburridísimos temas de la pesca, la auténtica cerveza y los méritos en pugna de la A1 y el túnel de Tyne.

Iba a ser una mañana preciosa. El cielo estaba cubierto de nubecillas de algodón que prometían desvanecerse bien pronto.

—Va a hacer un día muy bonito —comentó alguien, y hubo alegres murmullos de asentimiento.

Un termo de café hizo su aparición y la jornada dio comienzo en un ambiente de satisfacción.

Utilizaban calamar como cebo en las cañas, pues pretendían capturar peces grandes: bacalao, abadejo, eglefino, quizá incluso algún fletán si tenían suerte.

La brisa fresca de la mañana casi había conseguido llevarse consigo los efectos de la cerveza Samuel Smith de la víspera cuando el primero de ellos notó un tirón del sedal. Había picado algo grande y pesado, aunque, curiosamente, no parecía forcejear para evitar su captura. Cuando el pescador escudriñó el mar, distinguió el destello de unas escamas plateadas. Si se trataba de un pez, era enorme, aunque se mecía en el agua como si ya estuviera muerto. No, aquello no eran escamas, comprendió, sino lentejuelas. No se trataba de un fletán ni de un eglefino, sino de una mujer…, o una niña. Llamó a gritos a sus amigos y, entre los cuatro, se las apañaron para pescar a la sirena muerta y subirla a cubierta.

La Mano de la Gloria

En mar abierto, en la amplia ensenada de South Bay, Jackson reparó en un barco pesquero que regresaba a puerto. El agua estaba cristalina y reflejaba el sol de primera hora. Parecía una bonita mañana para navegar, pensó. Había sacado a *Dido* a dar su paseo matutino antes de coger el coche para recorrer la costa hasta su casa. No había vuelto allí la noche anterior, sino que había dormido en una de las varias habitaciones de invitados de El Refugio en la Cumbre, tras haberse metido un par de whiskies entre pecho y espalda con Crystal una vez que Harry y Candy se fueron a la cama. Para ambos había supuesto más medicina que alcohol, y aunque no hubiera bebido nada, el tremendo cansancio que lo invadía habría vuelto imposible que se pusiera al volante de su coche. Se había quedado dormido con *Dido* hecha un ovillo en la alfombra a los pies de la cama y al despertar se la encontró tumbada junto a él, roncando tranquilamente sobre la vasta extensión blanca de la cama gigantesca, con la cabeza apoyada en la almohada a su lado. («¿Cuándo dormiste por última vez con mujer? ¿Con mujer de verdad?»)

Mientras se tomaba el café, Crystal bebía un brebaje sospechoso cuyo nombre parecía algo que uno gritaría en una clase de kárate. (¡Kombucha!) Le contó a Jackson que había empezado a practicar artes marciales.

—Wing chun. Sí, ya sé que suena como algo que pedirías en un restaurante chino. —¿De manera que en el currículum del wing chun figuraba estampar cabezas contra las mesas como había hecho en Flamborough Head?—. No, qué va. A aquel cabrón estúpido solo quería matarlo.

Crystal le preparó unas salchichas a *Dido*, pero cuanto le ofreció a Jackson fueron unas gachas de trigo sarraceno y leche de almendras, junto con la advertencia de que, a su edad, debería cuidarse.

—Gracias —respondió Jackson.

Crystal tenía pinta de disponerse a desayunar una pata arrancada a una vaca, pero no, por lo visto, una «trufa vegana de chocolate» era la máxima concesión para ella. A Jackson le pareció una mierda, pero se guardó su opinión, no fuera a encontrarse con la cabeza estampada contra la mesa del desayuno, y fue buen chico y se comió las gachas de trigo sarraceno.

El esquivo Tommy Holroyd no había hecho acto de presencia. Jackson empezaba a pensar que el marido era producto de la imaginación de Crystal. Se preguntó qué habría opinado Tommy de que un extraño se aprovechara de su cama y sus gachas de trigo sarraceno cual indeseado Ricitos de Oro.

En homenaje al calorcito matutino, Crystal llevaba *shorts*, camiseta de tirantes y chanclas. Jackson le veía la tira del sujetador bajo la camiseta y las fantásticas piernas desnudas. Al igual que el fantástico ojo a la funerala.

—Toma —dijo Crystal, dejándole una taza de café delante.

Jackson pensó que nunca había conocido a una mujer con menos interés en su persona.

La reina de las amazonas se sentó frente a él y añadió:

—No pienso pagarte, ¿sabes? No has hecho absolutamente nada, joder.

—Me parece justo —repuso Jackson.

Cuando se marchó de El Refugio en la Cumbre tras su desayuno de hospicio, tanto Candy como Harry seguían en el piso de arriba durmiendo, exhaustos por los sucesos de la víspera. Harry les había relatado brevemente sus hazañas antes de que lo venciera el agotamiento. Según contó, los habían llevado en el coche hasta un campo, donde los encerraron en una caravana de la que luego habían escapado, pero no tenía ni idea de dónde se emplazaba aquella caravana; solo sabía que parecía estar cerca del mar. Tras huir de allí, un hombre los había recogido y llevado de regreso a El Refugio en la Cumbre. No les dijo cómo se llamaba, pero conducía un coche plateado, o eso creía Harry, porque costaba distinguirlo en la oscuridad, y no, no sabía de qué marca era porque en aquel momento había estado al borde del colapso nervioso, así que, por favor, ¿podían dejarlo irse a la cama de una vez? En cualquier caso, qué más daba, teniendo en cuenta que aquel hombre los había ayudado, y posiblemente salvado, incluso.

—Sabía mi nombre —añadió.

—¿Qué quieres decir? —preguntó Crystal frunciendo el entrecejo.

—Me ha dicho: «Vamos, sube, Harry». Ya sé que es raro, y estoy seguro de que os gustaría hablar sobre eso sin parar, pero de verdad que ahora tengo que irme a la cama. Lo siento.

—No lo sientas, Harry —repuso Crystal, y le dio un beso en la frente—. Eres un héroe. Buenas noches.

—Buenas noches. ¿Y tú quién eres, por cierto? —le preguntó a Jackson.

—Solo un transeúnte preocupado —contestó Jackson—. He ayudado a tu madrastra a buscarte.

—Pero no lo has encontrado tú, ¿no? —terció Crystal—. Se ha encontrado él solito. —Se volvió hacia Harry—. Afirma que es detective, pero no detecta una mierda.

—¿Qué opinas tú de eso? —le había preguntado Jackson a Crystal una vez que Harry hubo subido casi a rastras por las escaleras—. ¿De que ese tipo supiera quién era el chico? —(¿Era eso buena o mala cosa? ¿Pleamar o bajamar?).

—No opino nada —fue la respuesta de Crystal—. No tengo la menor intención de opinar nada sobre lo que sea, y no, no puedes ver las imágenes de nuestras cámaras de vigilancia porque tu trabajo aquí ha terminado. Ya han dejado muy claro qué querían. Mi boca está cerrada. —Hizo la mímica exagerada de cerrarse aquellos labios perfectos como una cremallera y luego añadió—: Me ocuparé de esto a mi manera, gracias, así que mueve el culo y lárgate de aquí, Jackson Brodie.

Tras no haber conseguido encontrar a Harry y Candy en Flamborough Head, Jackson había llevado a una abatida Crystal de regreso a El Refugio en la Cumbre.

—A lo mejor llaman al teléfono fijo —comentó esperanzada—. O los traen de vuelta. Si lo que intentan es darme una lección lo han conseguido, porque, créeme, no quiero que les pase nada a mis hijos.

Ya casi había oscurecido del todo para cuando llegaron a El Refugio en la Cumbre. Cuando tomaron el sendero de acceso, los murciélagos revoloteaban en lo alto como una escolta aérea. Una batería de luces se fue encendiendo de forma automática a medida que el Toyota se acercaba a la casa. Era un sitio impresionante. Jackson calculó que Transportes Holroyd debía de funcionar de maravilla.

Le repetía a Crystal que la única opción que le quedaba era acudir a la policía, y ella le repetía que se fuera a tomar por culo, cuando se encendió una luz de seguridad sobre la puerta de entrada a la casa.

Crystal soltó un grito ahogado y Jackson un «Oh, mierda» porque ambos vieron que habían depositado algo en los peldaños del porche. Parecía un montón de ropa, pero cuando se acercaron adoptó forma humana. A Jackson se le cayó el alma varios pisos y pensó: «Ay, Dios, que no sea un cadáver, por favor». Pero entonces la figura se movió y se transformó en dos figuras, una mayor que la otra. La figura de mayor tamaño se puso en pie, parpadeando bajo las brillantes luces de los faros. Era Harry.

Crystal se bajó del coche antes de que Jackson hubiera pisado el freno, corrió hasta Harry y lo abrazó antes de aupar a Candy del porche.

Jackson se apeó del coche con rigidez. Había sido un día muy largo.

Cogió el funicular hasta el paseo marítimo por el bien de las patas de *Dido*, aunque sus rodillas también lo agradecieron. Cuando llegaron a la parte alta y salieron de la cabina, Jackson se encontró con el equipo de rodaje de *Collier* desplegado por todas partes. No había ni rastro de Julia, sin embargo, de modo que se dirigió hacia la base de operaciones. Ansiaba saber cuándo iba a recuperar a su hijo. Le había mandado varios mensajes a Nathan desde la última vez que lo había visto para preguntarle cómo estaba. («¿Qué tal te va?») El incidente con Harry lo había hecho pensar en Nathan y en cómo se sentiría si un extraño malévolo se lo llevara en su coche. Sus preguntas no habían recibido más que una breve y concisa respuesta: «Bien». ¿Cómo era posible que su hijo se pasara horas charlando sobre nada en concreto con sus amigos pero no tuviera la más mínima conversación con su padre? ¿Dónde estaba Nathan exactamente? Todavía con su amigo, se suponía, aunque, para la exasperación de Jackson, había desconectado la aplicación de rastreo en el teléfono para que no pudiera seguirle la pista. Iba a tener que aleccionarlo sobre lo importante que era eso.

En la base de operaciones tampoco había rastro de Julia. Finalmente, dio con otra ayudante de dirección, una mujer a la que no había visto hasta entonces, que le dijo que Julia no estaba ese día en el plató. «¿De veras?», pensó Jackson; si había dicho que no tenía tiempo para nada.

—Supongo que estará con Nathan —dijo.

—¿Con quién? —repuso la ayudante—. No, creo que se ha ido a pasar el día fuera, a la abadía de Rievaulx, creo que mencionó. Con Callum.

¿Callum?

Jackson se tomó un bienvenido bocadillo de beicon en el autobús cafetería. Allí no había el menor rastro de gachas de trigo sarraceno; Julia le había contado que el desayuno era la comida más popular en el plató. *Dido* recibió otra salchicha del cocinero.

—A tu edad, deberías cuidarte —le dijo Jackson a la perra.

Se le acercó el actor que interpretaba a Collier, Matt/Sam/Max. Mientras mordisqueaba un panecillo con huevo, le preguntó:

—En tu experta opinión, ¿cuál crees que es la mejor manera de matar a un perro? Se supone que pronto tendré que pegarle un tiro a uno en una escena, pero he pensado que llegar a las manos con él quedaría más visceral…, o a las patas en su caso, supongo.

Jackson había tenido que matar a un perro una vez, y no era algo que le gustara recordar, pero se contuvo y no lo mencionó; delante de *Dido* no, por lo menos.

—Limítate a usar la pistola —recomendó—. Sabe Dios que un arma ya es lo bastante visceral para cualquiera. Por cierto, ¿quién es ese tío, ese tal Callum? —añadió como quien no quiere la cosa.

—¿El novio de Julia? Es el nuevo director de fotografía. Creo que a ella le gusta porque la ilumina realmente bien.

Jackson digirió semejante noticia junto con el bocadillo de beicon.

Más que la aparición de esa persona inesperada, ese tal Callum, en la vida de Julia, lo irritaba el hecho de que se hubiera ido con él a Rievaulx. Los bancales de Rievaulx constituían uno de los sitios favoritos de Jackson sobre la faz de la tierra: era adonde pretendía irse a vivir en la otra vida, si es que la había. (No era probable, pero tampoco le hacía feos a curarse en salud. «Ah, la apuesta de Pascal», dijo Julia con cierto misterio. «Pleamar o bajamar», supuso él.) De hecho, Julia había descubierto Rievaulx gracias a él, y ahora iba a hacérsela descubrir a otro. Jackson no sabía gran cosa de Pascal, pero estaría dispuesto a apostar a que Julia no iba a contarle a Callum que estaban besuqueándose en el sitio favorito de su antiguo amado.

Ya iba de camino a casa por Peasholm Road y pasaba ante la entrada del parque cuando apareció el furgón de helados en dirección contraria. Era un furgón de Bassani, rosa como el que había visto la última vez y con la misma música chirriante brotando de él: «Si vas al bosque hoy, vas a llevarte una gran sorpresa».

A Jackson le produjo escalofríos y lo hizo pensar en todas las chicas perdidas a lo largo de los años. Las que se habían perdido en bosques, en trenes, en callejones, en sótanos, en parques, en zanjas en los arcenes, en sus propias casas. En tantos lugares en los que podías perder a una muchacha. En todas a las que él no había salvado. Había una canción de

Patty Griffin que ponía a veces, *Be careful*, se llamaba, y hablaba de «todas las chicas que han perdido el rumbo»; tenía el poder de hacerle sentir una melancolía tremenda.

Llevaba al menos veinticuatro horas sin pensar en su última chica perdida. La niña de la mochila del unicornio. ¿Dónde estaría ahora? ¿En casa, a salvo? ¿La estarían regañando unos padres cariñosos por haber llegado tarde y haber perdido la mochila? Confiaba en que así fuera, pero sus entrañas le decían otra cosa. La (larga) experiencia le había enseñado que el cerebro podía engañarte, pero las entrañas siempre te decían la verdad.

Podía haber sido negligente en lo concerniente a esa chica, pero aún quedaba gente ahí fuera que necesitaba su protección y sus servicios, les gustara o no. Los hombres que habían secuestrado a Harry y Candy no los habían liberado voluntariamente, de manera que nada les impedía ir a por uno de ellos de nuevo, o a por ambos. Crystal podía haber dicho que sus labios perfectos estaban sellados, pero los secuestradores no tenían forma de saberlo. Al perro que duerme, no lo despiertes, decía el refrán. ¿Debía hacer eso, dejarlo estar? ¿Estarían durmiendo esos perros o andaban por ahí acechando, listos para atacar de nuevo? Su propia perra estaba sumida en un sueño postsalchicha en el asiento trasero y no tenía opinión alguna sobre el asunto.

Jackson exhaló un suspiro y tomó el desvío que llevaba a El Refugio en la Cumbre. Era el pastor, era el *sheriff*. El Llanero Solitario, o quizá Toro el indio. Bien podía ser una mierda de pastor, pero a veces él era la única posibilidad disponible.

—¡Arre, *Plata*! —le murmuró al Toyota.

Mujeres trabajadoras

Ronnie y Reggie pasaron la noche en el hospital, en la pequeña sala lateral donde habían ingresado a la chica a la que habían encontrado. Alguien tenía que montar guardia a su vera
y no parecía haber nadie más disponible. De hecho, les estaba
costando lo suyo despertar cualquier clase de interés policial
en ella, pese a que le habían dado una paliza y tenía heroína en
las venas, según el médico.

El sargento de guardia casi se había reído cuando lo llamaron la noche anterior. Andaban demasiado «cortos de recursos», según él, para desplazarse hasta allí e interrogar a la
chica, de modo que tendrían que esperar hasta la mañana,
como todo el mundo.

—¿Otra transfusión de café? —preguntó Ronnie.

Reggie asintió con un suspiro. La máquina del hospital se
presentaba al premio de peor café del mundo (una competición muy reñida), pero a esas alturas ya habían reemplazado
la sangre en sus venas por café, de modo que un vasito más
no iba a causarles un efecto mucho mayor.

La noche anterior, cuando la vieron escondida en un extremo del campo, la chica iba medio desnuda. Estaba cubierta
de magulladuras y tenía el labio terriblemente hinchado, pero

sobre todo estaba aterrorizada. Llena de barro y de arañazos de espinos y zarzas, su aspecto, por no mencionar su comportamiento, producía la impresión de que le hubieran dado caza cuando corría a través de campos, zanjas y arbustos para escapar. Como una presa. Era la clase de trama morbosa que una se encontraba en series como *Mentes criminales* o *Collier*, no en la vida real. Y sin embargo ahí estaba la chica, la que había conseguido huir.

Cualquier intención de buscar a Stephen Mellors se les fue de la cabeza cuando apareció la chica, aunque tampoco es que hubiera rastro de él en aquel campo. Habían visto un par de viejas caravanas, auténticas carracas, así como otra nueva y fija, pero cuando llamaron a la puerta de esta última nadie contestó. Tenía todas las persianas cerradas y se hacía imposible saber si había alguien dentro. Parecía muy poco probable que contuviera a Stephen Mellors practicando la meditación.

Habían concluido que seguramente había algún problema técnico en el GPS del móvil de Jamie Mellors y que Stephen ya estaría con su familia, zampándose la lasaña y metiéndose entre pecho y espalda aquel tinto suyo tan increíble. Reggie había localizado una vez a Sai en medio del Canal de la Mancha, aunque, cuando lo llamó para comprobarlo, resultó que estaba en realidad en un pub en Brighton. «¿Me estás acosando?», había preguntado él entre risas, pero aquello era cuando aún estaban juntos y la idea del acoso le había parecido tierna, no siniestra, que fue como se volvió después, por lo visto.

Habían llegado a averiguar el supuesto nombre de la chica, Maria, y se las apañaron para establecer que era de Filipinas. Les llevó mucho más tiempo entender que ese «Maria» que no paraba de repetir con tanta agitación no era el suyo. Ronnie, teniendo que limitarse a un inglés macarrónico, se señaló a sí misma y dijo:

—Ronnie, yo soy Ronnie. —Y luego indicó a Reggie con un gesto y añadió—: Reggie. —Finalmente, señaló a la chica y arqueó su inquisitiva ceja.

—Jasmine.

—¿Jasmine? —repitió Ronnie, y la chica asintió enérgicamente con la cabeza.

Había otro nombre que no paraba de repetir. No conseguían descifrarlo del todo, pero podría haber sido «señor Price».

—¿Ha sido el señor Price quien te ha hecho esto? —preguntó Reggie señalando la cara de la chica.

—Hombre —respondió ella y levantó una mano sobre la cabeza.

—¿Un hombre grande? —preguntó Ronnie.

La chica volvió a asentir con energía, pero entonces se echó a llorar y empezó a hablar sobre Maria otra vez. Hizo la curiosa mímica de tironear de algo invisible que le rodeaba el cuello. De haber estado jugando a las charadas, Reggie habría aventurado «los Jardines Colgantes de Babilonia», pero estaba segura de que no era eso lo que pretendía representar Jasmine. Sai y ella jugaban mucho a las charadas, los dos solos. En su relación había habido mucha diversión sana e inocente, a veces incluso infantil. Reggie echaba más de menos eso que todo lo otro; o el sexo, como se conocía también eso otro.

Habían solicitado un traductor, pero no tenían muchas esperanzas; hasta que empezara el horario de oficina, no, desde luego. Ronnie salió a explorar el hospital y volvió con una mujer filipina, una señora de la limpieza con una chapa en la que se leía «ÁNGEL», y le pidió que hablara por ellas con Jasmine. En cuanto empezó a hacerlo, manó de Jasmine un verdadero torrente de palabras, acompañado por muchos más lloros. No hacía falta entender el tagalo para saber que estaba contando una historia trágica.

Por desgracia, antes de que pudieran sonsacar cualquier información de utilidad, una oscura presencia eligió ese momento para ensombrecer el umbral de la sala lateral.

—Mira por donde, si son Cagney y Lacey.

—Inspectora Marriot —repuso Reggie alegremente.

—Supongo que te habrás enterado de la noticia sobre tu novio.

—¿Mi novio? —repitió Reggie. Marriot no podía referirse a Sai, ¿no?

—¿Michael Carmody? —aventuró Ronnie.

—Bingo, premio para la chica de azul.

—¿Qué pasa con él? —quiso saber Reggie.

—Pasa que está muerto —se limitó a decir Marriot—. Desde anoche.

—¿Lo asesinaron? —preguntaron las dos agentes al unísono, pero la inspectora se encogió de hombros.

—Ataque al corazón, por lo que se ha podido averiguar. Nadie va a echarlo de menos. ¿Es esta vuestra chica? —preguntó indicando a Jasmine con la cabeza.

Su tono era compasivo, y Reggie le dio puntos de *girl scout* por eso. Lo cierto era que nunca había sido *scout*, algo que ahora lamentaba porque se le habría dado muy bien. («Sí que eres una *scout*, Reggie —decía Ronnie—. Hasta la médula.»)

—¿De dónde es? —quiso saber Marriot.

—De Filipinas —respondió Reggie—. No habla inglés.

—¿Recién desembarcada y derecha a un salón de masajes?

—No lo sé. Esta señora, Ángel, está traduciendo para nosotras.

—Vaya, pues resulta que tenemos otra chavala asiática muerta entre manos —soltó Marriot, ignorando a Ángel—. La encontraron anoche. La arrojaron al mar, me temo. No llevaba identificación alguna. La estrangularon, por lo visto; aún estamos esperando la autopsia. Es como con los autobuses: esperas una eternidad a que aparezca una trabajadora sexual extranjera muerta y entonces...

Reggie volvió a quitarle los puntos de *girl scout*.

—La nuestra no está muerta —dijo—, y usted no sabe si es una trabajadora sexual.

—Es una mujer —añadió Ronnie—. Y necesita ayuda.

—Ya, hashtag MeToo —ironizó Marriot—. En cualquier caso, viva o muerta, ya no os pertenece; nos la quedamos nosotros. Ya podéis volveros a ejercer de sabuesas.

Se despidieron de Jasmine. La chica se aferró a la mano de Reggie y dijo algo que a ella le pareció que podía ser «adiós» en tagalo, pero Ángel aclaró:

—No, ha dicho «gracias».

—Ah, por cierto —le soltó Ronnie a Marriot cuando ya salían de la sala—, es muy posible que descubra que su «chavala asiática muerta» se llamaba Maria.

Una vez fuera, añadió en murmullos:

—Jolín, estereotipos de género y raciales de una sola sentada.

—Ya, por un tubo —repuso Reggie.

Justo antes de que apareciera Marriot para echarlas, Jasmine había hecho una pausa para tomar un poco de agua. Tenía que beber con pajita por culpa del labio partido, y aprovecharon el breve paréntesis para preguntarle a Ángel si la chica había dicho algo de utilidad sobre lo que le había ocurrido.

—Dice las mismas cosas una y otra vez.

—Ya, lo sé —repuso Reggie—. Maria y señor Price.

—Sí, y algo más. No sé qué es, pero suena como «*sillerburtches*» o algo así...

—Ángel —dijo Ronnie.

—Es un nombre popular en Filipinas —explicó Reggie—. Sería curioso que no fuera su nombre, sino su oficio, ¿no crees? A lo mejor, cuando ya te has ganado tu primera chapa de ángel, vas ascendiendo a través de los nueve coros y te retiras en lo más alto de tu profesión, en la primera jerarquía, como un serafín. Me gusta la idea de tener una chapa en la que ponga «ÁNGEL», o una placa. «Somos la agente Ronnie Dibicki y el ángel Reggie Chase. Nos gustaría hacerle unas preguntas, nada que deba preocuparle.» Tú también puedes ser un ángel, por supuesto: el ángel Ronnie Dibicki.

—Has tomado demasiado café, tesoro. Te hace falta tumbarte en una habitación a oscuras. Espera un momento. —Ronnie sujetó a Reggie del brazo para que se detuviera—. Mira, ¿no es ese tipo la *drag queen* del Palace?

De pie ante el mostrador de recepción, un hombre rellenaba unos formularios. Vestido con unos tejanos, una sudadera gris y unos mocasines que habían visto días mejores, se hacía casi imposible reconocer en él a la grotesca parodia de una mujer del día anterior. Parecía que debiera estar pasando el cortacésped y valorando la mejor ruta para llegar a Leeds sobre la verja de su jardín.

—Me pregunto qué hace aquí.

—¿*Sillerburtches*? ¿Te parece que podría ser Silver Birches o algo así? —preguntó Reggie cuando volvían hacia el coche.

—Supongo que sí.

Ronnie hizo una búsqueda en su iPhone por los círculos más recónditos de internet.

—Solo encuentro algo que apareció hace años en el *Scarborough News*. Silver Birches era un asilo, que se cerró tras alguna clase de escándalo, seguido por un proceso judicial, me parece. Malos tratos a los residentes, instalaciones inadecuadas y blablablá. Tenía una larga historia, por lo visto: empezó como un hospital psiquiátrico, un escaparate de la reforma victoriana. Se ha llegado a sugerir que fue el modelo para el sanatorio mental donde el personaje de Renfield pasó su encierro. ¿Renfield?

—Es un personaje de *Drácula*, de Bram Stoker —explicó Reggie.

—Ah, sí, lo pone luego. «La visita de Bram Stoker a Whitby fue la inspiración para...» blablá y requeteblá. No queda muy lejos de aquí..., ¿nos pasamos un momento? Aunque no tenga nada en absoluto que ver con nosotras y Marriot vaya a echarnos una buena bronca si se entera de que nos hemos descarriado.

—No hará ningún daño que echemos un rápido vistazo —repuso Reggie.

—No, ningún daño en absoluto. Solo nos llevará cinco minutos.

Sé tú el lobo

Vince tenía los ojos secos por la falta de sueño para cuando la luz del amanecer se coló a través de las finas cortinas. El coro del alba había arrancado a pleno pulmón antes siquiera de que despuntara el alba. Alguien debería tener unas palabras con los pájaros sobre sus cantos a destiempo. Le sorprendía que hubiera siquiera pájaros donde él vivía. Se preguntó si tendrían que cantar más alto para oírse mutuamente sobre el barullo de la sala de juegos recreativos. También se preguntó si alguna vez volvería a dormir como era debido. Siempre que cerraba los ojos, volvía a verla. A la chica.

Cinco minutos en el interior era cuanto había hecho falta, el día anterior. Había un vestíbulo en el que aún quedaban pruebas de la antigua vida de Silver Birches como alguna clase de asilo: puertas contra incendios y salidas de emergencia y un par de antiguos carteles del Departamento de Higiene y Seguridad con la advertencia de que se cerraran las puertas o se hiciera firmar en el registro de entrada a los visitantes. En la pared todavía se veía un pedazo de papel con la petición mecanografiada de más voluntarios para ayudar en una excursión a Peasholm Park, así como un cartel pequeño y deteriorado por los años en el que se anunciaba una «Fiesta veraniega al aire libre», decorado con dibujos a mano (y muy malos) de globos, una tómbola, un pastel. La idea de que a unos ancianos confusos y seniles los animaran con globos y pastel como a niños deprimió más a Vince de lo que ya lo estaba, si era posible. Era mejor arrojarte a un precipicio que vivir los desechos de tu vida en un lugar como aquel.

Traspuso una de las puertas de vidrio armado contra incendios de la planta baja y se encontró en un pasillo. Estaba flanqueado por puertas, todas cerradas excepto por una abierta de par en par, como una invitación. En el interior de la pequeña habitación había dos viejas camas de hospital con colchones mugrientos.

Solo había una ocupante en la habitación, una chica. Una muchacha que yacía desplomada e inerte en el suelo bajo una de las ventanas enrejadas. Un pañuelo fino le ceñía el cuello con un nudo muy prieto. Los extremos se habían cortado justo por encima del nudo, y el resto del pañuelo seguía atado a un barrote de la ventana. Tenía el rostro hinchado y amoratado. La escena era bastante evidente en sí misma.

Era una cosita diminuta, tailandesa o china, o algo así. Llevaba un vestido barato de lentejuelas plateadas que dejaba al descubierto unas piernas llenas de moretones y era obvio que estaba muerta, pero Vince se agachó a su lado de todas formas y comprobó si tenía pulso. Cuando volvió a incorporarse se mareó tanto que creyó que iba a desmayarse y tuvo que agarrarse a la jamba de la puerta durante unos segundos para recobrar el equilibrio.

Retrocedió hasta haber salido de la habitación y cerró la puerta sin hacer ruido. Le pareció lo más cercano a un gesto de respeto por la muerta que podía hacer. Aturdido, probó a abrir las demás puertas del pasillo, pero estaban todas cerradas con llave. No pudo asegurarlo porque de pronto su cerebro no parecía digno de confianza, pero creyó oír ruidos al otro lado de aquellas puertas: un suave gemido, un sollozo, el sonido de pequeños pies que se arrastraban y resoplidos, como si hubiera ratones en aquellas habitaciones. Creía que solo existían sitios así en otros países, no en el suyo. Era la clase de lugar sobre el que leías en el periódico, no un lugar en el que alguien a quien conocías de toda la vida pudiera tener algún «negocio».

Oyó una voz de hombre procedente de algún sitio en la parte de atrás del edificio y siguió el sonido como un sonámbulo. Lo condujo hasta la gran puerta trasera. Era de doble hoja y venía con toda clase de pestillos y cerraduras como accesorios, pero en ese momento estaba abierta de par en par al patio de cemento que había más allá. Tommy quedaba enmarcado en aquel díptico de luz. A Vince se le cayó el alma a los pies. Tommy. Hablaba con su perro, el enorme *rottweiler*, *Brutus*, que a él le daba un poco de miedo. Tommy lo estaba cargando en su Nissan Navara. En el asiento trasero vio a aquel tío ruso que trabajaba en el jardín de Tommy. ¿Vadim? ¿Vasily? Era más bestia que *Brutus*. El perro parecía muy excitado, como si estuviera a punto de emprender una cacería.

Vince salió al patio trasero. Tras la penumbra del interior, el sol radiante lo deslumbró. Había olvidado cómo era el verano, había olvidado lo que era la luz del día. Lo había olvidado todo excepto el rostro cadavérico e hinchado de la muchacha. Tommy lo vio.

—¿Vince? —Lo miraba fijamente, como si lo conociera en ese momento y tratara de discernir si era amigo o enemigo.

Vince tenía la boca tan seca que no creía que pudiera hablar, pero se las apañó para gemir:

—Ahí dentro hay una chica. —Su propia voz le sonó rara, como si brotara de un lugar remoto y no de su interior—. Está muerta, creo que se ha ahorcado. O que la han ahorcado —se corrigió con gesto ausente, aunque no sabía ni por asomo por qué le preocupaba la gramática en un momento como ese.

Esperó a que Tommy le diera una explicación razonable de las circunstancias en las que se encontraban, pero Tommy no explicó nada: se limitó a seguir mirando fijamente a Vince. Antaño había sido boxeador; Vince supuso que sabía cómo desestabilizar mentalmente a su oponente antes de que diera comienzo el combate.

Finalmente, Tommy gruñó:

—¿Qué coño haces aquí, Vince?

—He venido con Steve —se las apañó para contestar.

Eso era cierto. El sol lo encandilaba, como un reflector enfocado hacia él. Había salido al escenario y se encontraba en la obra equivocada, una de la que no conocía el libreto.

—¡Steve! —bramó Tommy sin volverse.

Steve apareció rodeando la esquina de un viejo cobertizo o garaje. El patio estaba rodeado por una variedad de edificios medio en ruinas. Steve iba con prisas y al principio no reparó en Vince.

—¿Qué pasa? —preguntó—. Porque tienes que ponerte en marcha, Tommy; a estas alturas, la chica estará a kilómetros de aquí. ¿Has llamado a Andy?

Por toda respuesta, Tommy indicó a Vince con la cabeza en silencio.

—¡Vince! —exclamó Steve, como si se hubiera olvidado de él—. Vince, Vince, Vince... —repitió suavemente y esbozando una sonrisa apenada como quien le habla a un crío que lo ha decepcionado—. Te he dicho que te quedaras en el coche, ¿no? No deberías estar aquí.

«¿Y por qué no debería estar aquí?», se preguntó Vince.

—¿Qué está pasando? —le espetó Tommy a Steve.

—No lo sé. ¿Por qué no se lo preguntamos a Vince?

Steve se acercó a Vince y le rodeó los hombros con el brazo. Vince tuvo que reprimir el instinto de encogerse.

—¿Vince? —inquirió Steve.

Daba la impresión de que el tiempo se hubiera detenido. Steve, Tommy y Andy: los tres mosqueteros. De repente todo encajaba. Por el amor de Dios, al universo no le parecía distracción suficiente que él hubiera perdido su familia y su casa o que estuviera bajo sospecha de haber asesinado a su mujer. No, ahora tenía que enterarse de que sus amigos (amigos del golf, cierto) estaban involucrados en algo que era..., ¿en qué estaban involucrados exactamente? ¿Tenían esclavas sexuales? ¿Traficaban con mujeres? ¿Eran los tres unos psicópatas y asesinos en serie que habían descubierto por casualidad que compartían el placer de matar mujeres? En ese momento, todas las posibilidades, por descabelladas que fueran, se desplegaban ante Vince.

No se dio cuenta de que había pronunciado en voz alta alguno de esos pensamientos hasta que Steve dijo:

—«Tráfico» es solo otro término que designa la compraventa de artículos, Vince. Eso dice el diccionario Oxford.

Vince estaba seguro de que el diccionario incluía también otras definiciones de la palabra.

—Supone beneficios sin pérdidas —añadió Steve—. Un montón de dinero en el banco, y más que llega sin parar. ¿Sabes qué sensación produce eso, Vince?

El sol le estaba obnubilando el cerebro. Vince cerró los ojos y respiró el aire caliente. Ahora se encontraba en un mundo distinto.

De repente, lo vio todo con absoluta claridad. Ya nada tenía sentido. Ni la moral ni la verdad. Era absurdo que pusiera objeciones si ya no había un consenso sobre lo que estaba bien y lo que estaba mal. Eso era algo que tenías que decidir por ti mismo. Fuera cual fuese el bando que eligieras, no habría repercusiones por parte de la autoridad divina. Estabas solo.

—¿Vince? —insistió Steve.

—No, Steve —contestó Vince finalmente—, no sé qué sensación produce eso. Imagino que ha de ser bastante agradable, de hecho.

Se echó a reír de repente, asustando a Steve, que le quitó el brazo de los hombros.

—¡Ya sabía yo que los tres andabais tramando algo! —exclamó Vince con tono triunfal—. Ahora todo tiene sentido para mí. Menudos cabrones estáis hechos, con tanto secretismo; deberíais haberme dejado participar. —Sonrió de oreja a oreja y miró primero a Tommy y luego a Steve—. ¿Hay sitio para un cuarto mosquetero?

Steve le dio una palmada en la espalda.

—Buen chico. Es genial tenerte a bordo, Vince. Sabía que llegarías a esto en algún momento.

***

Según el reloj digital de la mesita de noche, eran las 5:00 de la mañana. Más le valía levantarse: tenía un montón de cosas que hacer ese día. Sentaba bien tener un propósito, para variar.

Sepsis

———————

—Arenques.

—¿Cómo?

—¿Puedes acercarte a Fortunes esta mañana y traerme arenques?

—¿Arenques?

—Madre mía, Andrew. Sí, arenques. No hablo una lengua extranjera. —(Como si lo hiciera)—. Para el desayuno de mañana. La pareja de Vizcaya los ha pedido especialmente.

Andy había vuelto a casa pasadas las cinco de la mañana, tras pasarse la noche entera con Tommy buscando a Jasmine, su fugitiva. Y sin conseguir encontrarla. ¿Dónde estaba? ¿La había rescatado la policía y ahora los estaba acusando a todos? Confiaba en una vuelta a casa silenciosa, pero Rhoda era una alondra y ya estaba en pie.

—¿Dónde has estado? —le preguntó.

—He salido a dar un paseo temprano —mintió él.

—¿Un paseo? —repitió Rhoda, incrédula.

—Sí, un paseo. He decidido ponerme en forma.

—¿Tú?

—Sí, yo —repuso él con tono de paciencia—. La muerte de Wendy me ha hecho comprender hasta qué punto es valiosa la vida.

Tuvo claro que Rhoda no le creía, y no pudo culparla. Además, ¿qué tenía de valioso la vida? Era de usar y tirar, un montoncito de papel y harapos. Pensó en Maria, inerte como un juguete roto e irreparable. Diminuta como un pájaro caído del nido antes de tiempo. Lo primero que pensó fue que habría tomado una sobredosis o que se habrían pasado con los golpes. «La estúpida zorra se ha ahorcado», dijo Tommy.

—¿Seguro que no has salido con el barco? —preguntó Rhoda—. Hueles... raro.

«Huelo a muerte», se dijo Andy. Y a desesperanza. Sentía lástima de sí mismo.

No solo habían estado tratando de encontrar a una chica, sino intentando deshacerse de otra.

—La otra se ha escapado —le había contado Tommy la noche anterior cuando llegó a Silver Birches con las chicas polacas para descubrir que Maria se había quitado la vida.

—¿Jasmine?

—Como se llame. La hemos buscado durante horas por aquí fuera, sin éxito. Vas a tener que ayudarnos. Y hay que deshacerse de la muerta.

—Maria.

Andy tenía una pequeña embarcación en el puerto deportivo; no era gran cosa: un contenedor con un motor fuera borda (el *Lottie*) con el que salía a pescar de vez en cuando. En ocasiones, Tommy lo acompañaba, siempre con un chaleco salvavidas porque no sabía nadar. Lo acobardaba un poco, en opinión de Andy.

Al abrigo de la oscuridad, habían metido a Maria en el Navara de Tommy; luego la trasladaron al *Lottie* y se internaron entre resoplidos en el mar del Norte. Cuando hubo una distancia decente entre el barco y la costa, levantaron a Maria (Tommy por los hombros y Andy por los pies: pesaba como un pajarito) y la arrojaron por la borda. La luz de la luna le arrancó un resplandor plateado y luego, resbaladiza como un pez, desapareció.

¿No deberían haberle puesto algún peso para que se hundiera?

—Flotará y saldrá a la superficie, ¿no? —dijo Andy.

—Probablemente —admitió Tommy—, pero ¿a quién va a importarle un carajo? Solo será una tailandesa putilla y drogata más. ¿Quién va a preocuparse?

—Era de Filipinas, no de Tailandia.

Y se llamaba Maria. Era católica, además: Andy le había quitado el crucifijo que llevaba al cuello después de haber desanudado los restos del pañuelo con el que se había ahorcado. Se lo metió en el bolsillo. El pañuelo era muy fino, pero había cumplido con su cometido. Tommy lo había cortado con su navaja, pero llegó demasiado tarde. Andy reconoció el pañuelo: era el que la chica se había comprado en el Primark de Newcastle el día anterior. Parecía que de aquello hiciera una vida entera; para Maria era así, desde luego. Andy deshizo el nudo del resto que quedaba atado a los barrotes de la ventana, tratándolo con la ternura que le corresponde a una reliquia, y luego lo agregó al otro pedazo en el bolsillo.

Después de que la hubieran echado al mar, Andy arrojó también el crucifijo y rezó una silenciosa plegaria. Durante un breve instante consideró empujar a Tommy para hacerlo caer también del barco, pero el chaleco que llevaba lo salvaría. Con la suerte que tenía, flotaría por ahí hasta que lo encontrara la lancha salvavidas o algún pesquero solitario. *Lottie* lo haría, por supuesto, pues para eso estaban hechos los terranova: surcaban las olas con sus potentes patas y arrastraban cosas (gente, embarcaciones) de vuelta a la orilla. Pero *Lottie* no estaba ahí, solo *Brutus*, el perro de Tommy, dormido en el Navara.

—¿Foxy?

—Dime.

—¿Podrías darle la vuelta a este trasto en lugar de quedarte ahí soñando despierto?

A Tommy lo había dejado perplejo que las chicas pudieran liberarse de las bridas de plástico que les sujetaban las muñecas a la cama. Y ¿por qué una se había quedado y la otra no?, se preguntaba Andy. ¿Había descubierto Jasmine al despertar que Maria se había suicidado y entonces había huido? ¿O Maria se había quitado la vida porque Jasmine la había abandonado? Supuso que nunca lo sabría.

Jasmine era más fuerte de lo que parecía, pensó Andy. ¿Adónde iría? ¿Qué haría? Recordó la expresión de alegría en los rostros de las chicas cuando veían *Pointless*, sus grititos de satisfacción en el supermercado. Sintió un mareo repentino y violento, y tuvo que inclinarse sobre la borda para vaciar las entrañas en el mar del Norte.

—No sabía que te mareabas navegando, Andy —dijo Tommy.

—Debe de ser algo que he comido.

¡Y Vince!

—Me cago en la leche, Tommy —soltó Andy cuando Tommy le contó lo ocurrido en Silver Birches durante su ausencia.

Una chica muerta, otra fugada y Vince Ives acogido de repente en el redil por Steve. Por el amor de Dios, la policía sospechaba de él por el asesinato de su mujer. Iba a atraer toda clase de atención no deseada hacia ellos.

—Oh, venga ya, Foxy... Vince no mató a Wendy. No es capaz de algo así.

—¿Pero de esto sí sería capaz? —preguntó Andy cuando cargaban con Maria para arrojarla por la borda.

—Bueno, yo tampoco estoy lo que se dice la mar de contento de que hayamos pasado de ser tres a ser cuatro, pero si eso le cierra el pico... Y Steve responde por él.

—Ah, vale, pues entonces no pasa nada —repuso Andy con sarcasmo— si Steve responde por él, nada menos.

En cuanto hubieron desembarcado, Steve llamó por teléfono.

—Steve. ¿Cómo va todo?

—Andy, ¿qué tal estás? —(Nunca esperaba una respuesta)—. Creo que lo mejor, dadas las circunstancias, será que traslademos a las chicas a primerísima hora, que las llevemos a aquel sitio en Middlesbrough. Hay que cerrar el garito de Silver Birches.

Por cómo hablaba, cualquiera diría que había estado en el Ejército. Y que él era el capitán y los demás, la humilde infantería.

Andy imaginó que liberaba a las chicas: que abría la puerta, arrancaba las cadenas que las esclavizaban y las veía cruzar corriendo un prado de flores silvestres, como caballos salvajes.

—Andy, ¿me estás escuchando?

—Sí, perdona, Steve. Empezaremos a cargarlas a primera hora.

Mundo Cranford

—¿Estás bien? —preguntó Bunny—. Te perdiste la función de anoche.

—¿Se enfadó Barclay conmigo? —quiso saber Harry.

—No, no se enfadó, tesoro. No puede enfadarse, no puede hacer nada porque está muerto.

—¿Muerto?

—Más muerto que un fiambre.

—Vaya —repuso Harry, tratando de encajar aquella noticia inesperada.

—Siento ser tan directo. Fue un infarto masivo. Antes de llegar al hospital ya estaba muerto.

Harry se quedó impresionado con la noticia de la muerte de Barclay, pero no lo sorprendió del todo. Al fin y al cabo, no había sido precisamente la viva imagen de la salud, pero aun así...

—¿Pongo un poco de orden en su camerino? —preguntó sin saber muy bien cómo proceder.

Eso hacía la gente después de una muerte, ¿no? Ponía un poco de orden. Después de morir su madre, la hermana de ella y tía de Harry, a la que casi nunca veían, había acudido a ocuparse de sus cosas. Harry había intentado ayudarla, pero había sido demasiado sobrecogedor para él ver toda la ropa de su madre amontonada en la cama y cómo hurgaba su tía en el joyero de un modo bastante insensible. («Mira estas pulseras. Nunca tuvo muy buen gusto, ¿no?»)

Se dio por sentado que Harry no querría ninguna de las cosas de su madre. Quizá por eso tenía tan pocos recuerdos de ella. Porque lo que te vinculaba a la historia de alguien eran los objetos, ¿no? Un pasador de pelo o un zapato. Eran una suerte de talismanes. (Una palabra pos-Dangerfield que había aprendido hacía poco.) Al pensar en ello, cayó en la cuenta de que aquella fue la última vez que vio a la hermana de su madre. «No estaban muy unidas», le contó su padre. Quizá dirían eso mismo sobre Candace y él cuando fueran mayores. Confiaba en que no. Había tan pocas personas en su mundo que pretendía conservarlas todo lo cerca posible. «Mundo Harry», pensó. ¿Qué clase de atracción sería? De vampiros no, desde luego, ni de piratas, ya puestos; solo habría montones de libros, pizza, mucha televisión. ¿Qué más? Crystal y Candace. ¿Y su madre? Se sentía en la obligación de devolverla a la vida en ese mundo suyo. Pero ¿y si eso significaba que sería un zombi? Y ¿se llevaría bien con Crystal? Comprendió que había olvidado incluir a su padre. ¿Cómo se las apañaría con dos mujeres? Y luego estaba *Patosa*, por supuesto: tendría que elegir entre ella y *Brutus*. «*Et tu, Brute*», pensó. Harry había interpretado a Porcia, la esposa de Bruto, en la puesta en escena de *Julio César*, sin estereotipos de género, que había llevado a cabo la señorita Dangerfield. Emily había disfrutado mucho con su papel de César: tenía alma de dictador y también se abriría paso en su mundo de fantasía si no se andaba con cuidado. Harry no ignoraba que su mente se estaba desmoronando silenciosamente.

—Pues adelante, y que no te pase nada —dijo Bunny, interrumpiendo los pensamientos del chico.

«¿Adelante con qué?», se preguntó Harry.

—Su camerino es un auténtico vertedero.

Harry comprendió, un poco avergonzado, que ya se le había olvidado que Barclay estaba muerto.

—Sí, lo es —reconoció—. No será muy agradable encontrarlo así para quien sea que ocupe el lugar del señor Jack. ¿Ya tienen a alguien?

—Se ha hablado de intentar conseguir a Jim Davidson, pero no se llegaría a tiempo a la matiné. Va a hacerlo esta servidora. Voy a encabezar el reparto, ¿eh, tesoro? —Pero ¿no había encabezado Bunny antes un reparto?—. Oh, sí, pero ya sabes: en un cabaret de mierda, en clubes gais de mierda, en despedidas de soltero de mierda. Y ahora... ¡Tachán! En la mierda del Palace.

—Más vale eso que estar muerto, supongo —repuso Harry.

—No necesariamente, tesoro. No necesariamente.

El camerino olía a tabaco, pese a que estaba terminantemente prohibido fumar en el teatro, y de hecho Harry encontró un cenicero a rebosar en uno de los cajones del tocador; le pareció el peor peligro de incendio posible. Había una botella de ginebra de la marca blanca de Lidl que ni siquiera se había molestado en esconder. Harry tomó un sorbito con la esperanza de que lo espabilara o lo ayudara a serenarse; lo uno o lo otro, pues en realidad no sabía muy bien cómo se sentía. Nunca había tomado drogas, solo alguna calada despistada al porro de algún otro en una fiesta (lo mareaba), pero empezaba a entender que tantos chicos de su escuela las consumieran; las Hermione de turno no: ellas tenían una actitud tan puritana con respecto al «abuso de sustancias» como hacia todo lo demás. En ese momento, Harry se moría por tener algo con lo que emborronar los recuerdos de las últimas veinticuatro horas.

Sus aventuras con Pinky y Perky del día anterior lo habían dejado desorientado. Y la repentina muerte de Barclay, pisándole los talones a su propio secuestro, hacía que todo pareciera incierto y resbaladizo, como si el mundo se hubiera ladeado ligeramente. De vez en cuando tenía un súbito recuerdo, como un fogonazo, del espanto de la víspera. «Ya sé cómo te llamas, joder.» Tenía la certeza de poder saborear todavía el Irn-Bru, empalagoso en la boca. La próxima vez que oyera *Let it go*, era bien posible que le estallara la cabeza. Probablemente tenía un trastorno de estrés postraumático o algo así. Y nadie había intentado siquiera dar una explicación satisfactoria de lo ocurrido, de por qué dos hombres de lo más desagradables los habían arrancado a él y su hermana de sus vidas y los habían tenido cautivos en una vieja caravana. ¿Por qué razón? ¿Por dinero? ¿Les habían pedido un rescate a Crystal o a su padre? De ser así, ¿qué valor tendrían?, se preguntó. O, para ser más específico, ¿cuánto valía Candace? («No tenéis precio, ninguno de los dos», dijo Crystal.) ¿Por qué no había llamado nadie a la policía? ¿Y quién era aquel hombre que revoloteaba en torno a Crystal?

«Solo un transeúnte preocupado —había dicho—. He ayudado a tu madrastra a buscarte.»

«Te has encontrado tú solito», había contestado Crystal. Técnicamente, lo había encontrado el hombre del BMW plateado («Vamos, sube, Harry»), pero Harry sabía a qué se refería Crystal. ¿Intentarían secuestrarlos otra vez? ¿Y qué haría Candace si se la llevaban a ella sola, sin nadie que lo hiciera parecer un simple juego inofensivo? Sin nadie para contarle la historia de Cenicienta y la de Caperucita Roja y todos los demás cuentos con los que Harry había distraído a su hermana el día anterior. Sin nadie para proporcionarle un final feliz.

Se sentó en el taburete ante el tocador de Barclay y se miró al espejo. Se le hacía raro pensar que Barclay hubiera estado el día anterior ahí, sentado a ese mismo tocador, contemplándose en ese mismísimo espejo, aplicándose la base de maquillaje, y que ahora el espejo estuviera vacío, lo que sonaba a título de una novela de Agatha Christie. Harry las había leído todas el verano anterior mientras estaba en su puesto en el Transylvania World.

Al verse, no le pareció que fuera el mismo de siempre. Por lo menos seguía teniendo un reflejo, se consoló. No había pasado a formar parte de los muertos vivientes como Barclay.

Jackson Brodie tenía una perra, una vieja labradora de suaves orejas. Harry no sabía por qué se le había pasado de pronto aquella perra por la cabeza (supuso que por haber pensado en *Brutus* y *Patosa*) y aún lo intrigó más el hecho de que pensar en la vieja labradora lo hiciera, sin previo aviso, echarse a llorar.

El mago eligió ese momento para asomar la cabeza por la puerta.

—Madre mía, Harry —dijo—, no sabía que fueras tan amigo de ese cabrón de Barclay. —Y añadió con aspereza—: ¿Estás bien? ¿Quieres que llame a una de las coristas?

—No, gracias —gimoteó Harry—. Estoy bien, es solo que ayer tuve un mal día.

—Pues bienvenido a mi mundo.

El mago debía de haber ido en busca de Bunny para que lo consolara, pues este último apareció unos instantes después con pinta de preocupado y con una taza de té y unas galletas Kit-Kat.

—Puedes venirte un rato conmigo si quieres, tesoro. No me vendría mal una manita con mi vestuario. Me hace falta reponer un montón de lentejuelas, que no paran de caerse. Hay días en los que parece que sude laminillas brillantes. Para que veas en qué consiste la industria del espectáculo.

Haciendo el indio

En El Refugio en la Cumbre no había ni rastro de Blancanieves ni de su madre *ninja*. El sitio estaba muerto, o desde luego lo parecía. Tampoco había ni rastro del Evoque, por supuesto. Dada la costumbre de Crystal de evitar a la policía, Jackson se preguntaba si habría denunciado el robo. Probablemente habría acabado quemado en un campo en alguna parte. Suponía que los Holroyd tendrían más de un coche en su haber. En la finca había dos enormes garajes, antiguos establos, por la pinta que tenían, y ambos estaban cerrados a cal y canto, impenetrables.

Había también una edificación ruinosa que se había resistido a la reconversión: alguna clase de estructura anexa, quizá un lavadero, puesto que aún podía verse una antigua caldera de cobre en un rincón, en desuso desde hacía décadas. El lugar estaba lleno de telarañas, y en una pared interior alguien había garabateado con tiza «LA BATCUEVA» y dibujado una caricatura de un murciélago con una capa de Drácula y sujetando un cartel de protesta en el que se leía: «DEJAD EN PAZ A LOS PUTOS MURCIÉLAGOS». Llevaba la firma «HH», de modo que Jackson supuso que el dibujo era obra de Harry. Era bueno, el chico tenía talento.

Era un chaval rarito, mayor que Nathan y, sin embargo, en cierto sentido, más niño que él. («Un poco pequeño para su edad —había dicho Crystal— y a la vez muy mayor para su edad.») Nathan se consideraba muy enrollado; Harry, definitivamente, no encajaba en esa categoría.

Jackson tardó un rato en percatarse de que aquel dibujo podía referirse a murciélagos reales. Cuando alzó la vista hacia las vigas, comprendió que estaba viendo un montón de diminutos cuerpos grises posados en ellas, colgando como una colada polvorienta de unas cuerdas de tender. No parecía que tuvieran intención de chuparle la sangre, de modo que los dejó en paz.

¿Estaba Harry con Crystal?, se preguntó. La visión de los murciélagos le refrescó la memoria y recordó el local de Drácula en el frente marítimo. Se había preguntado en aquel momento por qué Crystal abandonaba allí a Candy, pues entró con la niña y salió sin ella, pero le había contado luego que Harry trabajaba allí.

Transylvania World, así se llamaba. «¿ESTÁIS PREPARADOS PARA EXPERIMENTAR EL MIEDO?» Como eslogan, era una porquería. Era allí adonde había seguido a Crystal el día anterior.

¿Estaba a salvo Harry? (¿Lo estaba cualquiera?) ¿Lo tenía vigilado alguien? ¿O lo dejaban en paz?

En la atracción, había una chica de conserje, si eso no suponía una contradicción de términos. Se la veía bastante arrogante, y daba la impresión de que pondría objeciones a que se le asignara un género concreto a un sustantivo como ese. Tenía la nariz metida en un ejemplar de *Ulises*. (*La chica con la nariz metida en un libro*: otra novela negra escandinava que Jackson nunca querría leer.) En cierta ocasión, él había abierto un ejemplar de *Ulises* y curioseado en su interior, que no era lo mismo que leerlo. Harry siempre tenía la cabeza en un libro, le había contado Crystal cuando él le preguntó «¿Qué clase de persona es Harry?» en un intento de calibrar el instinto de supervivencia del muchacho. No había posibilidad de que Nathan se dejara atrapar por los libros como Harry y sus amigos. Ni siquiera era capaz de acercarse a uno sin estremecerse. Apenas había abierto el ejemplar traducido y simplificado de la *Odisea* que supuestamente debía leer. Odiseo y Ulises eran la misma persona, ¿no? Solo un hombre que trataba de volver a casa.

¿Sabía la chica que leía *Ulises* dónde estaba Harry Holroyd?

—¿Harry? —repitió ella sacando la nariz (también bastante arrogante) del libro para mirarlo de arriba abajo con cara de sospecha.

—Sí, Harry —repuso Jackson sin dar el brazo a torcer.

—¿Quién lo pregunta?

«Que vivan los modales», se dijo Jackson.

—Un amigo de su madrastra Crystal.

La chica hizo un mohín que parecía indicar que semejante información no le impresionaba, pero reveló, a regañadientes, el paradero de Harry.

—Tiene una matiné en el Palace.

¿Harry tenía un número en escena?, se preguntó Jackson, desconcertado. Pero, claro, era del teatro Palace de donde había salido con su hermana y su madre antes de que se armara la debacle.

—Gracias.

—¿Y no querrá comprar un billete para el Transylvania? —preguntó la chica, y añadió con rostro inexpresivo—: «¿Está preparado para experimentar el miedo?».

—El mundo ya da miedo suficiente, gracias —contestó Jackson.

—Sí, ya lo sé: lo de ahí fuera es como el salvaje Oeste —murmuró la chica con la nariz de nuevo en el libro.

El árbol de la sabiduría

Se había hecho tan tarde para cuando habían acabado de desentrañar los sucesos de la jornada que Crystal le había sugerido a Jackson Brodie que se quedara a pasar la noche en El Refugio en la Cumbre. El caro whisky de malta de Tommy había sido también un factor, por supuesto. No eran grandes bebedores, ninguno de los dos, y el whisky cumplió rápidamente con su cometido de amortiguar el trauma del secuestro y, después, acompañados por la perra de Brodie, habían subido por las escaleras y arrastrado los pies como zombis hacia sus respectivas habitaciones.

Tommy había vuelto a casa de madrugada. El sonido inconfundible del Navara al entrar en el sendero había despertado a Crystal, que oyó cómo se abría y cerraba la puerta del garaje y, acto seguido, a Tommy metiendo ruido en la planta baja mientras hacía Dios sabía qué. Luego reinó el silencio durante un ratito, y entonces apareció de pronto junto a la cama (ella se dio cuenta de que se esforzaba inútilmente en no hacer ruido) y le dio un beso en la frente. Olía como solía hacerlo cuando había salido en el barco de Andy Bragg: a gasóleo y algo salobre, como algas. Ella murmuró un saludo, fingiéndose medio dormida, y él había susurrado:

—Tengo unas cuantas cosas que hacer hoy. Nos vemos más tarde, cariño.

Crystal se preguntó cómo se habría sentido de haber sabido que había un extraño y un perro bien arropados y de tapadillo en una de las habitaciones de invitados. Pese a sus conclusiones sobre la incompetencia general de Jackson Brodie, se sentía más segura con su presencia en la casa, aunque nunca lo habría admitido delante de él.

Hubo un tiempo en que Tommy había sido la solución para Crystal. Ahora era el problema. «Tú estuviste antes de la época de Tommy con ellos», había dicho Feli. Tommy no estaba al corriente de su historia de juventud compartida con Crystal. Sería bien curioso (o «raro rarito», como decía Harry) que, en aquellos días terribles, aunque fuera durante un mero instante, sus sendas se hubieran cruzado, que se hubieran deslizado uno junto al otro como puertas correderas: uno de ellos para entrar en aquella vida, el otro para salir de ella. Era posible incluso que Tommy hubiera llegado a Bridlington en el mismo tren en el que ella se había marchado. Quizá se habrían cruzado en el andén de la estación, él todo ufano por su nuevo empleo con Bassani y ella con su bolso barato de Miss Selfridge lleno del dinero sucio de Carmody. Crystal huyendo de su pasado con Bassani y Carmody, Tommy corriendo hacia su futuro con ellos. Pero entonces Crystal recordó que Tommy decía haber tenido su primera motocicleta a los diecisiete años. «Mi primer par de ruedas.» Y mírenlo ahora: tenía ruedas por todas partes y todo le iba sobre ruedas.

Pensó en aquel segundo teléfono móvil. «Nuevas existencias pendientes de embarque a las 4:00 h… Remesa de camino a Huddersfield… Descargada la mercancía en Sheffield, jefe. Sin problemas.» Feli había dicho: «Transportes. Bonita forma de describirlo».

La cosa no tenía nada que ver con camiones, ni con el cargamento que llevaban. Tommy estaba metido en una clase distinta de comercio.

No sabía qué era peor, si el antiguo régimen de abusos y manipulación de Bassani y Carmody o las mentiras a sangre fría de Anderson Price Asociados. Churras y merinas; dos caras de la moneda; placer y negocio. Tommy, Andy, Stephen Mellors: todos habían trabajado para Bassani y Carmody después de que Crystal se subiera a aquel tren que la llevaría lejos de ellos. Tommy había sido muy joven, casi un crío, cuando se había enredado con Bassani y Carmody. ¿Lo volvía eso en cierto sentido menos culpable? Para ellos habría supuesto un poco de músculo, alguien capaz de presionar a la gente y mantenerla a raya, capaz de hacer que las cosas fluyeran sin complicaciones para los peces gordos de la cúpula. Ahora él mismo era uno de los peces gordos y la inocencia ya no era un factor.

Crystal oyó cómo se marchaba Tommy, en el Clase S esta vez, por cómo sonaba. Un hombre procurándose una nueva montura en la que cabalgar. La casa volvió a sumirse en el sueño, pero, entre sus muros, Crystal permaneció muy despierta. El Refugio en la Cumbre. Un refugio era un puerto seguro. Ya no.

Menudo imbécil. ¿No se daba cuenta de que ella podía verlo a través de las cámaras de vigilancia? Jackson Brodie andaba husmeando ahí fuera. Incluso desapareció durante unos minutos en el interior del viejo lavadero. Sabe Dios qué andaría haciendo allí; más le valía no molestar a los murciélagos, o Harry iba a mosquearse mucho. Harry se había levantado tarde e insistido en ir a trabajar esa tarde al teatro, aunque la idea de que anduviera por ahí ponía nerviosa a Crystal.

—Una vez dentro, no salgas. Haz que ese tipo grandote y trans te eche un ojo todo el rato.

—No creo que sea trans —terció Harry.

—Bueno, lo que sea. Yo iré a recogerte más tarde.

Lo llevó en coche hasta la parada y lo vio subir al autobús y luego lo rastreó todo el camino a través del teléfono. Harry se había llevado una sorpresa al recuperar su propio móvil y una más grande incluso al saber que había viajado hasta Flamborough Head sin él.

—¿Quiénes eran esos hombres? —preguntó con el ceño fruncido mientras esperaban a que apareciera el autobús.

—No lo sé, Harry. Me parece que puede haber sido un caso de identidad equivocada.

—Pero ¿por qué no has querido llamar a la policía?

—No hacía falta, ¿no? Mira, aquí llega tu autobús.

Cuando el autobús arrancó con Harry a salvo en el piso de arriba, Crystal levantó a Candy para que pudiera decirle adiós con la mano. El chico no era estúpido: no iba a parar de hacer preguntas. Quizá debería contarle la verdad sobre todo. La verdad era un concepto tan novedoso para ella que se encontró plantada allí mirando incluso después de que el autobús hubiera desaparecido carretera abajo.

Y ahí estaba Jackson Brodie otra vez, volviendo a llamar al timbre. Crystal lo observó en primer plano a través de la pequeña pantalla del interfono. Tenía cierto aspecto furtivo. Creía estar siendo de ayuda, pero en realidad su presencia solo venía a complicar más las cosas, sobre todo porque, al igual que Harry, no paraba de hacer preguntas.

Crystal lo había echado de allí esa mañana tan deprisa como había podido, pero estaba claro que era como un perro con un hueso: no quería dejarlo estar; y hete aquí que ella tenía razón, porque ahí estaba otra vez, husmeando, como si fuera a encontrarla escondida en algún lugar de su finca.

Finalmente se dio por vencido, y Crystal lo oyó alejarse con el coche, dejándole a ella la libertad de trazar planes. Iba a ser un día de lo más ajetreado.

¡Empieza el espectáculo!

La cinta amarilla y negra de la escena del crimen con la que habían rodeado Aquimismo seguía allí, aunque se había soltado en varios sitios y aleteaba como si tuviera vida propia. Reinaba cierto aire de desolación en la casa, como si llevara años vacía, en lugar de días.

Se suponía que Vince debía presentarse esa mañana para que la policía lo sometiera a otro interrogatorio. Tal vez ese día sí que planeaban arrestarlo. La inspectora Marriot iba a llevarse una decepción al no verlo allí, pero Vince tenía mejores cosas que hacer con su tiempo.

No había ni rastro de policías en la casa, de modo que utilizó su propia llave para abrir la puerta principal. Se sentía como un ladrón, pese a que seguía siendo su casa, o por lo menos la mitad de ella, y como la propietaria de la otra mitad había muerto cuando, técnicamente, aún estaba casada con él, suponía que ahora le pertenecía entera. Había estado a punto de cederle su parte a Wendy en el acuerdo de divorcio.

—Mmm, tienes que admitir que parece sospechoso —le había dicho Steve el día anterior cuando se dirigían a la comisaría (¡parecía que hiciera muchísimo tiempo de eso!)— que Wendy muera justo antes de que tú pierdas la casa, la mitad de tu pensión, tus ahorros…

«Fuiste tú quien negoció el acuerdo de divorcio», pensó Vince. Cabía preguntarse cómo había conseguido Steve que le fueran tan bien las cosas cuando parecía un abogado bastante chungo. Pero no, claro, Vince ya no tenía que preguntarse eso, ¿verdad? Porque ahora sabía cómo se había ganado Steve su buena fortuna. («Un montón de dinero en el banco, y más que llega sin parar. ¿Sabes qué sensación produce eso, Vince?»)

Las llaves del Honda de Wendy aún estaban colgadas en el recibidor junto a aquel barómetro tan feo que había sido el regalo de boda de un pariente de Wendy y cuyo pronóstico del tiempo estaba implacablemente atascado en «MALO». Si existía un regalo peor que un barómetro era un barómetro que no funcionara.

—A lo mejor sí que funciona —había dicho Wendy unas semanas atrás—. A lo mejor es el barómetro de nuestro matrimonio.

Wendy había pasado por un periodo especialmente malicioso cuando se estaban redactando los papeles del divorcio, con un aluvión de mensajes sobre la división de sus posesiones conyugales; «división» en el sentido de que Wendy se lo quedaba todo y a Vince no le quedaba nada. Ella no había vuelto a decir ni pío ni a rechistar desde que la habían aporreado con el palo de golf de Vince.

—Tienes que admitir, Vince —dijo Steve—, que Wendy te provocó; es comprensible que quisieras matarla.

¿Qué era Steve, el testigo de la acusación? Wendy había regateado por la custodia del perro, pero no quería el barómetro. «Puedes quedártelo» dijo, como si fuera un acto de generosidad. «Te diré qué vamos a hacer, Vince: yo me quedo el perro y tú el barómetro.» No, en realidad no había dicho eso, pero podría haberlo hecho. Tenía que intentar recuperar a *Sparky*; el perro no tendría ni idea de qué estaba pasando.

Y Ashley tampoco, por supuesto. Seguía sin tener noticias suyas. ¿Dónde se habría metido? ¿Estaría bien? ¿Seguiría con los orangutanes?

Ashley regresaría a esa casa, su hogar de la infancia, y se la encontraría transformada en la escena de un crimen. Vince tenía que dejarle una nota, por si no estaba ahí cuando volviera. Arrancó un papel del bloc que había junto al teléfono y garabateó un mensaje para su hija en él. Lo dejó apoyado contra el bonsái de Wendy. El arbolillo ya se veía más grande, como si se hubiera liberado de la camisa de fuerza de su carcelera.

El coche de Wendy estaba en el garaje. La ruta hasta el garaje pasaba ante el jardín, y Vince no pudo evitar quedarse mirándolo. Era allí donde ella había muerto. Debía de haber corrido, intentando huir de su atacante. Quizá por primera vez desde que ocurriera, la muerte de Wendy le pareció real. Solo habían pasado unos cuantos días (había perdido la noción del tiempo) desde su asesinato, pero la hierba ya estaba más crecida de lo que ella habría considerado tolerable.

En el garaje, fue en busca de la pequeña escalera que colgaba de un gancho en la pared y la abrió bajo una de las vigas. A cualquiera que lo observara, posiblemente le habría parecido un hombre a punto de ahorcarse. La imagen del rostro de la chica de Silver Birches apareció ante él y lo hizo bambolearse peligrosamente durante unos instantes, pero recuperó el equilibrio y pasó la mano por la parte superior de la sucia viga. Se le clavó una astilla en la palma, pero siguió buscando hasta que dio con lo que andaba buscando.

Se puso al volante del coche, encendió el motor y salió marcha atrás por la vía de acceso. «Ahora voy en el asiento del conductor», se dijo. Se echó a reír. Era consciente de que parecía un maniaco, pero no había nadie allí para oírlo. Se sorprendió a sí mismo al recordar la ruta hasta Silver Birches.

Cuando llegó, entró con paso firme y sin el menor temor. Era un hombre con una misión. La primera persona con que se encontró fue Andy, que lo miró horrorizado.

—¿Vince? ¿Qué coño crees que estás haciendo, Vince? ¿Vince?

A veces eres el parabrisas

Andy había pasado a buscar los arenques de camino a Silver Birches. Estaba muerto de hambre, no conseguía recordar cuándo había comido por última vez, aunque no lo bastante hambriento aún para comerse un arenque en frío. ¿Podía uno siquiera comerse un arenque crudo, como si fuera alguna clase de *sushi* extraño?

Iba a encontrarse con Tommy; veía su Mercedes, cruzado como si tal cosa en el sendero. Tommy era arrogante a la hora de aparcar. En Silver Birches parecía reinar la calma después de la tormenta. Aún tenían el problema de la desaparecida Jasmine, pero, aparte de eso, todo parecía debidamente preparado para desmantelar el lugar de forma segura. Si iban a trasladar a las chicas y a cerrar el garito, necesitarían a Vasily y Jason, pero no había rastro de sus vehículos.

Dentro del edificio había tanto silencio como fuera. Hacía un calor sofocante, como si el buen tiempo de los últimos días hubiera entrado y acabado atrapado allí y se hubiera transformado en algo letárgico, en una densidad tangible en el aire. Reinaba además un silencio de ultratumba: la atmósfera de aquel sitio empezaba a provocarle inquietud. En las habitaciones de la planta baja no había nadie. ¿Dónde estaba Tommy? ¿Dónde estaban Vasily y Jason? Y ya puestos, ¿dónde estaban las chicas?

Ah, ahí estaba…, no era Tommy, sino Vince. Vince, que recorría el pasillo hacia él con decididas zancadas, apuntándolo con una pistola. ¡Una pistola! ¡Vince!

—¿Vince? —preguntó Andy cuando Vince continuó avanzando—. ¿Qué coño crees que estás haciendo, Vince? ¿Vince?

Sin previo aviso, Vince apretó el gatillo. La fuerza del disparo hizo que Andy saliera volando en una especie de voltereta de comedia, agitando brazos y piernas, hasta que aterrizó en el suelo. Le habían disparado. ¡Le habían pegado un puto tiro! Chilló como un conejo en plena agonía.

—¡Me has pegado un tiro, joder! —le gritó a Vince.

Vince se detuvo un instante, lo miró como quien oye llover y luego echó a andar de nuevo, todavía hacia Andy, todavía con aquella cara de loco. Andy consiguió ponerse en pie y avanzó trastabillando pese al dolor ardiente en su…, ¿en su qué? ¿En el pulmón? ¿El estómago? ¡¿El corazón?! Comprendió que no sabía nada sobre la anatomía de su propio cuerpo. Pues ya era un pelín tarde para aprender. Impelido únicamente por el miedo, avanzó dando bandazos por el pasillo, rebotando un par de veces contra las paredes, fue a parar a otro pasillo y luego subió casi a rastras por las escaleras, esperando en todo momento una ráfaga de balas que acabaría con su vida. No llegó ninguna, gracias a Dios, y consiguió refugiarse en una habitación. Una habitación que, para su sorpresa (aunque ninguna sorpresa podía equipararse a la de que te pegaran un tiro), albergaba también a todas las chicas. Tommy debía de haberlas metido allí dentro, como si fueran ganado, para volver más fácil su traslado.

Las chicas seguían esposadas con sus bridas de plástico y se hallaban sumidas en distintos estados de letargo, lo cual supuso un alivio para Andy, porque ahora la presa era él, ¿no? El zorro había acabado acorralado en su madriguera. De haberse encontrado en mejor estado, las chicas podían haberle caído encima como perros para hacerlo pedazos.

Las dos polacas de la noche anterior estaban acurrucadas junto a la ventana. Le dio la impresión de que fueran viejas conocidas, pero supuso que no le prestarían ayuda si se la pidiera. Una de ellas, Nadja, entreabrió los ojos y lo miró sin verlo bajo los pesados párpados. Sus pupilas parecían grandes embudos negros. Andy tuvo miedo de que lo absorbieran y se lo tragaran entero.

—¿Mi hermana? —musitó ella—. ¿Katja?

—Sí, sí, cariño, ahí la tienes, justo a tu lado —repuso Andy.

Nadja murmuró algo en polaco y volvió a quedarse dormida.

Andy sacó el teléfono móvil, muy despacio, tratando de desvincularse de aquel dolor atroz, y llamó a Tommy. En el interior de Silver Birches siempre había muy mala cobertura. Se preguntó si tendría algo que ver con el grosor de las paredes. Era la clase de cosa que Vince sabría. Tommy no contestaba. Llamó a Steve y le saltó el buzón de voz. (Ya nadie contestaba nunca al teléfono o qué.)

—Steve, Steve —susurró con tono de urgencia—. ¿Dónde estás? Tienes que venir a Silver Birches, ahora mismo. Vince ha perdido la chaveta. Tiene una pistola y me ha pegado un puto tiro. Ven aquí, ¿quieres? Y tráete a Vasily y Jason.

Puso el móvil en silencio: había visto las suficientes películas de terror para saber que a uno siempre le sonaba con estridencia el teléfono y delataba su paradero justo cuando el asesino desquiciado estaba a punto de abandonar la búsqueda. Vince en plena euforia asesina, nada menos. Madre mía, quién lo habría dicho. Wendy, quizá. Rhoda tenía razón: Vince debía de haberla matado a ella también. Habían estado todo ese tiempo jugando al golf con un psicópata asesino. Y uno con un hándicap de mierda, encima.

Oyó cómo se encendía el motor de un coche y se las apañó para acercarse a la ventana a tiempo para ver cómo el Mercedes de Tommy arrancaba haciendo chirriar la grava y el cambio de marchas y desaparecía en la curva del sendero. El muy cabrón debía de haber oído el disparo, ¿no? Y ahora se largaba y lo dejaba morir allí solo. Bravo por la amistad.

Alcanzaba a ver la sangre que le brotaba del costado como de un pozo petrolífero abierto. No tenía nada con qué restañarla, pero entonces se acordó de los pedazos del pañuelo de Maria, que seguían en su bolsillo. Se las apañó para sacarlos, con cada pequeño movimiento convertido en un martirio, e hizo presión con ellos contra la herida. Lamentó no haber conservado también el crucifijo. Durante el transcurso de su vida se había olvidado de Dios. Se preguntó si Dios se habría olvidado de él. Dios conocía hasta al último gorrión, ¿no? Pero ¿a las ratas también?

El móvil le vibró furiosamente y la cara de póquer de *Lottie* apareció en la pantalla. Deseó que en efecto fuera *Lottie* quien estaba al otro lado de la línea: sería probablemente más amable que Rhoda, y desde luego se mostraría más compasiva que ella ante el aprieto en que se encontraba si trataba de explicárselo. («¿Que te han pegado un tiro? ¿Y ha sido Vince Ives? ¿Porque eres un traficante sexual y una chica ha muerto? Bueno, pues buena suerte con eso, Andrew.»)

La conversación sacó entonces a Katja de su apatía. La chica empezó a murmurar en polaco y Andy le susurró:

—Vuelve a dormirte, cariño. —Y se sorprendió cuando ella cerró obedientemente los ojos.

—¿Con quién hablas? —preguntó Rhoda con aspereza.

Andy ajustó el brazo con el que sujetaba el teléfono y el dolor le recorrió el cuerpo como un relámpago. De niño, su madre nunca lo consolaba cuando se hacía daño; en lugar de ello, siempre lo volvía a él responsable. («Bueno, pues no te habrías roto el brazo si no hubieras saltado de esa tapia, Andrew.») Si lo hubiera besado y abrazado, quizá su vida habría resultado distinta. Gimoteó quedamente.

—¿Eres tú quien hace ese ruido, Andrew? —quiso saber Rhoda—. ¿Qué andas haciendo? ¿Te has acordado de los arenques? ¿Sigues ahí? ¿Andrew?

—Sí, aquí sigo —respondió él con un suspiro—. No te preocupes, ya tengo los arenques. No tardaré en volver a casa. —«En una bolsa, seguramente», se dijo—. Adiós, cariño.

Era probable que esas fueran sus últimas palabras a su mujer. Debería haberle dicho dónde guardaba todo el dinero. Rhoda ya nunca podría sentarse junto a la piscina con su piña colada. Se sorprendería cuando descubriera que la vida de él había llegado a su fin. O quizá no. Con Rhoda, costaba saber esas cosas; en ese aspecto era como *Lottie*.

Iba a morir allí mismo o bien tendría que intentar buscar ayuda y arriesgarse a que Vince le disparara, en cuyo caso moriría de todas formas. Quedarse y esperar a que lo mataran no le parecía una gran opción, de modo que empezó a arrastrarse hacia la puerta, un doloroso palmo tras otro. Pensó en Maria y Jasmine. Una se había quedado y la otra había huido. Ojalá ambas hubieran decidido escapar. Deseó poder retroceder en el tiempo, hasta el Ángel del Norte, hasta el piso en el muelle, hasta el aeropuerto y el avión, hasta el momento en que habían tecleado en Google «agencias de colocación en el Reino Unido» o como fuera que habían encontrado Anderson Price Asociados. Ojalá estuvieran todavía sudando ante una máquina de coser en Manila mientras hacían tejanos GAP y soñaban con una vida mejor en el Reino Unido.

Su avance terriblemente lento hacia la puerta se vio obstaculizado por las chicas polacas. Tuvo que pasarles por encima, musitando disculpas.

—Perdona, querida —dijo cuando Nadja volvió a despertarse.

La chica se incorporó con esfuerzo hasta quedar sentada, y Andy reparó en que sus ojos ya no eran agujeros negros. Sus pupilas se habían contraído hasta volverse alfileres, cuyo objetivo era clavársele a él en el alma.

Nadja frunció el entrecejo y preguntó:

—¿Te han disparado?

—Sí —admitió él—. Eso parece.

—¿Con una pistola?

—Ajá.

—¿Y dónde está? ¿La pistola?

Aquimismo

Una Browning de 9 mm, el arma de apoyo reglamentaria del Ejército hasta hacía unos años, cuando la reemplazó la Glock. «Del Real Cuerpo de Señales. En otra vida.» Eso había dicho Vince Ives tras haberse precipitado juntos desde aquel acantilado. Debía de haber ocultado la pistola en casa, probablemente en un arrebato tras su último despliegue militar. Jackson conocía a tipos que lo habían hecho, más a modo de *souvenir* que como arma. Por tener algo que te recordara que una vez fuiste soldado. Uno solía tener la sensación (que solía confirmarse más tarde, por desgracia) de que dejar el servicio activo equivalía a dejar atrás los mejores días de tu vida.

Vince había mencionado Kosovo. ¿O era Bosnia? Jackson no conseguía recordarlo. Ojalá pudiera, porque quizá habría sido de ayuda en su conversación actual. Una cosa era hablarle a un tipo para que no saltara de un acantilado, pero era otra bien distinta convencerlo de que bajara el arma con la que te apuntaba, sobre todo si tenía ojos de loco como un caballo asustado.

—Vince —dijo, levantando los brazos en un gesto de rendición—, soy yo, Jackson. Me has llamado tú, ¿te acuerdas?

—(«Llámame si necesitas hablar.») Quizá debería dejar de repartir tan alegremente sus tarjetas si conducían a eso.

Media hora antes, había recibido una llamada de un Vince presa del pánico que le daba embrolladas instrucciones para llegar a aquel sitio y le decía que tenía problemas, o que había problemas, Jackson no lo recordaba bien. Quizá se trataba de ambas cosas, se dijo. ¿Tenía Vince una crisis y estaba en lo alto de un precipicio otra vez, a punto de saltar? O quizá lo habían arrestado por el asesinato de su mujer. Lo último que había esperado Jackson era que el tipo tuviera una pistola o que apuntara directamente con ella al blanco invisible que era su propio corazón. «Un arma ya es lo bastante visceral para cualquiera», le había dicho el día anterior a Sam/Max/Matt, el tipo que interpretaba a Collier. Y desde luego que lo era.

Jackson tuvo una incómoda visión de sí mismo en la mesa de autopsias, con Julia sopesando su corazón en la mano. «Varón sano. Sin indicios de problemas cardíacos.» Según aquella vidente del paseo marítimo, el futuro estaba en sus manos. Pero no era así: estaba en las manos de Vince Ives.

—Lo siento —dijo Vince, que bajó el brazo con el que sujetaba el arma y tuvo la elegancia de parecer avergonzado—. No pretendía asustarte.

—No pasa nada, Vince —repuso Jackson. «Haz que mantenga la calma y que no se desconcentre. Y quítale el arma.»

—Esto es un desastre —dijo Vince.

—Lo sé, pero todo irá bien —lo tranquilizó Jackson—. Podrás salir de esta —(un cliché de *Collier*)—, solo hace falta que dejes el arma.

Hurgó en su memoria en busca de alguna letra adecuada de una canción *country* o incluso otra frase conveniente de *Collier*, pero Vince soltó con tono de impaciencia:

—No, no se trata de mí, el desastre no soy yo, me refiero a este sitio. A lo que está pasando aquí.

—¿Y qué está pasando aquí exactamente?

—Ven a verlo por ti mismo.

Vince llevó de gira a Jackson por toda la planta baja: las habitaciones como celdas, los colchones manchados, la fétida atmósfera de desesperanza. Vince parecía distante, como un imparcial agente inmobiliario. Jackson sospechó que estaba en estado de *shock*.

La normalmente plácida *Dido*, que había acompañado a Jackson al interior de Silver Birches (los perros se mueren en los Toyotas al sol y todo eso), andaba de aquí para allá como un nervioso perro rastreador. Decidió dejarla atada en la zona de recepción. La perra ya había visto suficiente y lo que fuera que ocurría allí no era asunto suyo.

Cuando fue de nuevo en busca de Vince, lo encontró de pie en una de las habitaciones, perdido en sus pensamientos. Según dijo, el día anterior había habido allí una chica muerta. En ese momento no había ninguna, ni viva ni muerta. Ni una sola chica. Jackson empezaba a preguntarse si toda aquella historia no sería producto de la imaginación desenfrenada de Vince.

—A lo mejor las han trasladado —dijo Vince—. Una de las chicas escapó, y les preocupará que pueda identificar este sitio. En todo caso, ellos nunca dejan a las chicas aquí mucho tiempo, por lo visto.

¿Ellos? «Anderson Price Asociados», explicó Vince. No había ningún Anderson ni ningún Price: lo llevaban unos conocidos suyos.

—Amigos —añadió con tono sombrío—. Tommy, Andy y Steve.

Sonaban a presentadores de televisión para niños, pensó Jackson, pero entonces las antenas de sus pequeñas células de materia gris se estremecieron.

—No será ese Tommy Holroyd, ¿no? ¿El marido de Crystal?

—Pues sí —contestó Vince—. Crystal se merece algo mejor. ¿Sabes quién es ella? ¿La conoces?

—Más o menos.

—Tommy Holroyd, Andy Bragg y Steve Mellors —dijo Vince y añadió con sarcasmo—: Los tres mosqueteros.

—¿Steve Mellors? ¿Stephen Mellors? ¿Un abogado de Leeds?

—¿También lo conoces? —preguntó Vince con suspicacia—. No estarás conchabado con ellos, ¿verdad?

Jackson se percató de que apretaba con más fuerza la pistola. ¿Lo hacía solo por chulear? El tipo había estado en el Cuerpo de Señales, por el amor de Dios…, ¿habría disparado siquiera un arma alguna vez en combate? Más concretamente, ¿de verdad tenía la suficiente presencia de ánimo para dispararle a alguien a sangre fría?

—Madre mía, no, Vince. Relájate, ¿quieres? Es solo una coincidencia. He hecho algún trabajillo para él de vez en cuando. Comprobación de datos, nada más.

Jackson no estaba del todo sorprendido. La línea que separaba el lado bueno de la ley del malo era muy fina, y Stephen Mellors era de los que se las apañaba bien para tener un pie en cada bando.

—Una coincidencia bastante grande —murmuró Vince.

Pues sí, lo era, ¿no?, se dijo Jackson. Incluso en una vida entera de coincidencias, aquella rozaba lo descabellado. Se preguntó si se habría visto involucrado sin querer en aquella conspiración tan infernal. Pero lo cierto era que no le hacía falta buscarse problemas, como solía decir Julia, porque los problemas siempre acababan por encontrarlo a él.

—¿Y dónde están ahora? —le preguntó a Vince—. ¿Tommy, Andy y Steve?

—Steve no sé dónde está. A Tommy acabo de verlo marcharse. Andy está en algún lugar de este edificio. No puede haber ido muy lejos: le he pegado un tiro.

—¿Que le has pegado un tiro?

—Ajá.

Vaya, pues no estaba chuleando.

—Me sentiría mucho mejor si dejaras de empuñar esa pistola, Vince.

—Pues yo me sentiría mucho mejor sin hacerlo, para serte franco.

Cuando recorrían el pasillo, Jackson iba advirtiendo ocasionales manchones de sangre en las paredes, y cuando empezaron a subir por las escaleras, vio la huella sanguinolenta de una mano, lo que difícilmente era un buen presagio. En la clase del parvulario de Marlee habían hecho un árbol para colgarlo en la pared. Las hojas eran las huellas de sus propias manos, metidas previamente en pintura verde de distintos tonos y con sus nombres escritos en ellas por la maestra, la señorita Carter. «El árbol de la vida», lo había titulado. Jackson se preguntó si Marlee se acordaría de aquello. Ella formaba parte de su árbol de la vida. Y ahora estaba empezando su propio árbol, un árbol que echaba raíces y al que le brotaban ramas. Él mismo sintió que se perdía en un bosque enmarañado de metáforas.

Cualquier pensamiento sobre árboles y metáforas se esfumó de repente cuando Vince abrió la puerta de una habitación. Y ahí estaban: las mujeres. Jackson contó siete, en varios estados de deterioro, drogadas hasta las cejas y esposadas con bridas de plástico. Detectó el olor ferroso de la sangre. Aquel sitio parecía la antesala de un matadero.

—Voy a llamar al servicio de Urgencias, ¿te parece bien, Vince?

—Pero no a la policía.

—Hace falta llamarla, Vince. Cuento por lo menos tres delitos graves que tienen lugar aquí, y eso sin el tipo al que tú has disparado. —Jackson se sentía como si llevara las últimas veinticuatro horas intentando (sin conseguirlo) convencer a la gente de que aferrara la mano que tendía el largo brazo de la ley.

—Nada de policía —zanjó Vince tranquilamente—. Me ocupo yo.

¿Me ocupo yo? ¿Qué significaba eso?, se preguntó mientras tecleaba el número de Urgencias en su teléfono.

—Aquí dentro no hay cobertura —le dijo a Vince sosteniendo en alto el móvil como si quisiera demostrarlo—. Voy a salir ahí fuera, al pasillo, ¿de acuerdo?

Jackson no estaba dispuesto a permitir que los de Urgencias cayeran en una emboscada. Vince ya le había disparado a una persona, ¿quién podía estar seguro de que no iba a liarse a tiros con todos? De que no iba a rematar la cosa con el clásico final de asesinatos/suicidio en pleno estallido de furia y llevárselos a todos al otro mundo consigo cual piloto kamikaze.

Sosteniendo el teléfono entre las manos ahuecadas para amortiguar el volumen de la conversación, Jackson le recitó su antiguo número de placa al operador, confiando en que no lo comprobaran. Hacerse pasar por policía era un delito, pero en torno a él se estaban cometiendo otros mucho mayores en la jerarquía de los delitos. Por desgracia, la voz del operador al otro lado empezó a disgregarse y desvanecerse en el éter, y para cuando Vince apareció a su lado se había acabado el cuento.

—No le habrás soltado el rollo a un policía, ¿no? —preguntó indicándole a Jackson que volviera a la habitación con un gesto con la pistola.

—No —respondió él sin faltar a la verdad.

Jackson hizo una ronda con su leal Leatherman para cortar las bridas de plástico. Las chicas parecían nerviosas ante su presencia, y la del cuchillo.

—No pasa nada, soy policía —no paraba de decirles él: le parecía más positivo que usar el pasado, aunque no suponía mucha diferencia para ellas, puesto que el inglés no era su lengua materna.

Finalmente, el tono de voz de Jackson pareció tranquilizarlas. Las examinó en busca de heridas. Tenían sobre todo moretones, de los que le salen a uno cuando le dan una paliza. Pensó en Crystal Holroyd y en los golpes que había encajado la víspera. Todavía se encogía al recordarlo. No conseguía imaginar que Crystal conociera la existencia de aquel lugar, que supiera cómo ganaba Tommy el dinero que le permitía a ella llevar un estilo de vida al que no había estado acostumbrada antes de conocerlo. Le gustaba pensar que ella formaba parte de quienes obraban con rectitud.

Vince se enfundó la pistola con gesto despreocupado, encajándola en la parte trasera del cinturón, para darles agua a las chicas.

—Ahora estáis a salvo, no tengáis miedo —murmuraba.

Jackson observó la pistola. ¿Hasta qué punto sería rápido Vince desenfundando?, se preguntó. ¿De verdad sería capaz de dispararle? Viéndolo ocuparse con tanta amabilidad de las chicas, parecía poco probable, pero ¿estaba dispuesto a correr ese riesgo?

Trabajaban como médicos en el campo de batalla, con rapidez pero sin pausa. De hecho, la habitación tenía cierto parecido con una zona de guerra. Una batalla más en la guerra contra las mujeres.

Era una historia que se remontaba a la noche de los tiempos. «Disney», pensó Jackson. Había visto *La bella y la bestia* con Marlee en un vídeo de Blockbuster cuando era pequeñita. (¡Un vídeo! Dios santo, parecía algo salido del arca de Noé.) Y ahora ella había conocido a su príncipe azul y estaba a punto de tragarse lo de «y vivieron felices para siempre». La manzana envenenada. («¿Por qué no puedes alegrarte por mí? ¿Qué demonios te pasa?») Marlee tenía veintitrés años;

podría haber sido fácilmente una de las chicas cautivas en Silver Birches. Todas esas chicas tenían historias (vidas, no historias), y sin embargo se habían visto reducidas a simple mercancía anónima. Solo con pensarlo se le encogía el corazón. Por ellas. Por todas las chicas, por todas las hijas.

Jackson aguzaba el oído por si captaba sirenas acercándose, pero no oía más que silencio. No paraba de encontrarse arrodillado sobre aquella sangre fresca y pegajosa que no pertenecía a las chicas. Suponía que era del tipo al que Vince le había disparado. Andy. Tommy, Andy y Steve. La banda de tres.

—Bueno —dijo Vince incorporándose de pronto—, será mejor que vaya en busca de ese cabrón de Andy para acabar con él.

Resultó que a Vince no le hizo ninguna falta ir en busca de Andy porque, unos instantes después, fue Andy quien dio con ellos y entró trastabillando en la habitación para desplomarse contra una pared. Fue evidente que él era la fuente de toda aquella sangre.

—Ayudadme —gimió—. Me estoy muriendo, joder.

Jackson le dijo que había una ambulancia en camino, pero cuando hizo ademán de ayudarlo, Vince volvió a apuntarlo con la pistola.

—No —dijo—. No lo hagas. Deja que ese cabrón muera desangrado.

—¿Andy? ¿Vince? ¿Qué coño pasa aquí?

Stephen Mellors. Jackson lo había visto por última vez en un bar de Leeds, cuando admiraba los encantos de Tatiana. Tommy, Andy y Steve. ¿Quién sería el próximo en entrar en aquella habitación? ¿La propia Tatiana, quizá? ¿Acompañada por su padre, el payaso? Porque estaba claro que aquello era un circo. Stephen Mellors, como Vince, había llegado armado a la fiesta: sujetaba en las manos un bate de béisbol, como cualquier matón común y corriente. De repente reparó en Jackson y frunció el entrecejo.

—¿Brodie? ¿Qué haces tú...?

—Esto no es una puta reunión para tomar el té, Steve —interrumpió Vince—. No estamos aquí para presentarnos unos a otros. No vamos a jugar a la patata caliente ni a tomar helados y gelatina. —Hizo un ademán con la pistola—. Ve a sentarte allí en el rincón, en el suelo —y añadió con sorna—, viejo amigo.

—Cálmate, Vince —dijo Stephen Mellors, algo que, como todo el mundo sabe, es más o menos lo peor que se le puede decir a alguien que empuña un arma—. Vale, vale —añadió cuando Vince lo apuntó directamente con la pistola y se sentó con cara de resentido.

—Y deja también en el suelo ese estúpido bate —dijo Vince—. Bien. Ahora dale un puntapié para acercármelo.

—Eh, que me estoy muriendo —murmuró Andy—, por si nadie se ha dado cuenta.

—Esa bala no va a matarte —terció Vince—, así que para ya de quejarte.

—Necesito la extremaunción.

—No, no la necesitas, sea lo que sea.

Jackson, en su calidad de católico no practicante, se preguntó si debía explicarle el término, pero se lo pensó mejor porque Vince apuntaba en ese momento con la Browning directamente a la cabeza de Stephen Mellors, de modo que daba la impresión de que pudiera ser él quien iba a necesitar la extremaunción.

—No le dispares —dijo—. No deseas hacer esto, Vince.
—(Otro aforismo frecuente en *Collier*.)

—Sí que lo deseo.

—La policía está en camino.

—Mientes. De todos modos, ya no importa. ¿Sabes qué? —añadió Vince como quien conversa; podrían haber sido dos colegas en el pub—. Cuando estaba en el Ejército, algunos tíos decían que preferirían morir en combate, caer luchando, que pasar de los cincuenta, que lidiar con esa década. —Soltó una risita—. Y yo no entendía que pudieran hablar así.

—¿Y ahora lo entiendes?

—Sí. Y apuesto a que tú piensas lo mismo.

—Pues no —repuso Jackson—. Hubo un tiempo en que quizá sí, pero ya no. Personalmente, estoy encantado de lidiar con la vida hasta el final. Me gustaría conocer a mis nietos. Baja esa pistola, Vince. —«Haz que siga hablando», pensó. La gente que estaba hablando no pegaba tiros—. Piensa en tu hija, Vince...; Ashley, ¿no es eso? La policía llegará con una Unidad de Operaciones Especiales. Es muy posible que te disparen, y si lo hacen, dispararán a matar.

—La policía no va a venir —respondió Vince.

Por lo visto, se equivocaba. Por lo visto, ya estaban allí. Dos mujeres jóvenes entraron en la habitación: difícilmente eran una Unidad de Operaciones Especiales, pero aun así, la cosa se había convertido entonces en un circo de tres pistas como Dios manda.

—Agente Ronnie Dibicki —dijo una de ellas sosteniendo en alto la placa—. Voy a pedirle que deje esa pistola en el suelo, señor, antes de que alguien resulte herido.

—Yo ya estoy herido —intervino Andy Bragg.

Jackson quedó impresionado ante la tenacidad de las agentes al enfrentarse a un arma cargada. Eran valientes, pensó. Los hombres caían. Las mujeres aguantaban en pie.

—Este hombre necesita atención médica urgente —declaró una de las agentes arrodillándose junto a Andy Bragg.

Estaba a punto de hablar a través de su radio, pero Vince espetó:

—No lo haga. Póngase en pie y apártese de él.

—Tranquilas, hay una ambulancia en camino —intervino Jackson. Confiaba en que fueran varias ambulancias.

—Callaos todos —ordenó Vince.

Parecía cada vez más nervioso, y no era de sorprender. A esas alturas ya intentaba controlar a un montón de gente con aquella pistola, incluidas dos agentes de policía, que ya parecían conocerlo, además. («Señor Ives, ¿no se acuerda de mí? Soy Ronnie Dibicki.»)

—¿Puede alguien explicarnos qué pasa aquí? ¿Señor Brodie? —preguntó una de ellas dirigiéndose a Jackson.

—¿Aparte de lo que es evidente? No. —Jackson hizo una pausa al caer en la cuenta de aquel «señor Brodie» y preguntó desconcertado—: ¿Cómo sabe mi nombre?

—Señor Brodie, soy yo. Reggie. Reggie Chase.

—¿Reggie?

Había mundos colisionando por todas partes. Jackson pensó que tal vez se había vuelto loco. O que estaba alucinando. O que aquella era una visión alternativa de la realidad. O las tres cosas. (¡Reggie! ¡La pequeña Reggie Chase!)

—Arréstelo —le dijo Vince a Reggie, indicando con la pistola a Steve—. Se llama Stephen Mellors y es el cerebro detrás de todo esto.

Andy Bragg gruñó algo: parecía expresar su desacuerdo con la palabra «cerebro».

—Porque si no lo arresta, voy a pegarle un tiro —continuó Vince. Se acercó más a Mellors y, con la pistola a solo unos centímetros de su cabeza, repitió—: Arréstelo. Le prometo que voy a disparar si no lo arresta. Es una cosa o la otra, usted elige. Preferiría pegarle un tiro, pero me conformaré con que lo arreste.

—Joder, por el amor de Dios —dijo Mellors sin dirigirse a nadie en particular.

Jackson pareció ser el único que vio a Ronnie Dibicki salir a hurtadillas de la habitación mientras todos tenían puesta la atención en la pistola y su proximidad a la cabeza de Stephen Mellors.

—Stephen Mellors, queda arrestado bajo sospecha de... —empezó Reggie. Miró a Jackson.

—Prueba con lesiones corporales graves, para empezar. Diría que después podrás echar mano de la ley contra la esclavitud y el trabajo forzoso, así como de unas cuantas perlas más.

—Stephen Mellors —declaró Reggie dirigiéndole a Jackson una mirada de odio—, queda arrestado bajo sospecha de agresión con resultado de lesiones corporales graves. No tiene la obligación de decir nada si lo interrogan acerca de un posible delito, pero si no menciona algo que luego utilizará ante un tribunal, eso podría perjudicar su defensa. Todo lo que diga podrá ser utilizado como prueba.

Y entonces una de las chicas se puso en pie, tambaleándose, y señaló a Stephen Mellors como un personaje que acusara a alguien en un melodrama.

—Mark Price —dijo—. Tú eres Mark Price.

Mercancía

Soñaba con ciruelas. Tan solo unos días atrás, se habían sentado codo con codo (Nadja, Katja y la madre de ambas) en el balconcito del apartamento de su madre a comer ciruelas de un viejo cuenco de plástico. Las ciruelas eran del mismo color que un moretón. Grandes moretones de color violeta.

Habían cogido las ciruelas en una visita a la granja agrícola de su abuelo. Más que una granja, era una simple parcela, pero allí cultivaba de todo: ciruelas, manzanas, cerezas; pepinos, tomates, coles. De pequeñas lo ayudaban a hacer chucrut, echando sal hasta que las hojas quedaban mustias. Él tenía siempre una gran tina de madera llena en el porche. Una buena capa de moho en la parte superior impedía que se congelase en invierno. A Katja solía darle asco. Nunca había tenido un estómago fuerte: su madre decía que era una maniática con la comida, pero lo que pasaba, básicamente, era que estaba obsesionada con su peso.

A Katja tampoco le gustaba ir a cazar con el abuelo. No le desagradaba tanto matar animales como lo que venía después: despellejarlos y vaciar las entrañas. El abuelo podía despellejar un conejo en segundos y después abrirlo en canal para dejar caer las tripas humeantes. Los perros devoraban las vísceras antes de que llegaran a tocar el suelo. Nadja era su bien dispuesta aprendiz y lo seguía a través del bosque y los campos acechando a los conejos.

Zorros también, aunque Katja decía que si el abuelo no matara a los zorros, estos se comerían a los conejos y entonces no haría falta que nadie anduviera por ahí pegando tiros como un vaquero a cualquier cosa que se moviera.

Nadja tenía buena puntería. Ese mismo fin de semana había abatido un zorro, un perro grande y marrón con una enorme cola peluda. El abuelo clavaba las mejores pieles en la puerta de la leñera. «Son trofeos», decía.

Nadja era su preferida. «Mi niña valiente», la llamaba. A Katja le daba igual. Nunca le había importado gran cosa nada que no fuera patinar. Nadja había dejado el *ballet* para que su madre pudiera afrontar los gastos y no le guardaba rencor a su hermana por ello; en cierto modo, quizá incluso suponía un alivio, ya que así no tenía que seguir demostrando nada. Quería a su hermana. Se llevaban muy bien, eran íntimas amigas. Iba a todas las competiciones de Katja. Detestaba verla perder o caerse, porque llegaba a verse preciosa sobre el hielo. Cuando tuvo que dejarlo, le dolió casi tanto a Nadja como a la propia Katja.

Habían recogido todas las ciruelas, escarbando incluso en busca de las más pequeñas e imperfectas. El abuelo hacía su propio *slivovitz*, tan fuerte que podía hacerte estallar la cabeza. Deberían llevarse una botella a Londres, les dijo, para enseñarles a los ingleses lo que era una bebida de verdad. Jamás le había perdonado a Churchill su traición a los polacos después de la guerra. A Katja no le interesaba lo más mínimo la historia. «Son tiempos modernos, abuelo», decía.

A Nadja la había despertado algo, pero había vuelto a dormirse. Andy había estado allí. Durante un instante creyó que iba a cuidar de ella y luego se acordó de lo que le había pasado. Y a su hermana.

Se despertó de nuevo y oyó cómo su hermana decía: «Eres Mark Price». Su hermana la zarandeó entonces y le dijo: «Nadja. Es Mark Price».

Las ciruelas eran de color violeta, como moretones. Casi podía saborearlas. Ya estaba despierta.

La casa de la alegría

—Dios santo —murmuró Ronnie—. ¿Qué demonios es este sitio?

—Cuidado, hay sangre ahí —dijo Reggie. Había la huella ensangrentada de una mano en la pared, como una pintura rupestre, y más manchas y gotas en el viejo linóleo de la escalera—. Está fresca, ojo, no resbales —añadió cuando seguían el rastro. «Como sabuesos», pensó.

Habían echado un vistazo en la planta baja e incluso sin la sangre había pruebas suficientes de que estaban pasando cosas muy feas en aquel sitio.

Había un perro atado en la recepción, y lo habían mirado con desconfianza al principio, antes de darse cuenta de que era una vieja y paciente hembra de labrador que las había recibido moviendo la cola en señal de bienvenida al verlas entrar en el edificio.

—Hola, viejita —le susurró Reggie acariciándole la coronilla aterciopelada.

En el piso de arriba, la puerta de la primera habitación que se encontraron estaba abierta de par en par, y en su interior vislumbraron un cuadro vivo infernal de mujeres maltrechas y asustadas. Había un hombre sangrando en el suelo y gimiendo, probablemente demasiado locuaz para estar moribundo, como no paraba de afirmar a gritos.

—Agente Ronnie Dibicki —declaró Ronnie sosteniendo su placa en alto como si fuera un escudo. Reggie la siguió al interior de la habitación y fue entonces cuando vieron la pistola—. Vincent Ives —murmuró Ronnie.

Reggie se planteó hacer una llave de kárate para quitarle la pistola de las manos de una patada (¡Hi-yah!), pero parecía demasiado arriesgado, teniendo en cuenta el número de personas que había en la habitación y las probabilidades de que alguien recibiese un disparo en el proceso.

Ronnie optó por la táctica de la dulzura.

—Señor Ives —dijo con suavidad, como una profesora amable dirigiéndose a un colegial—, ¿se acuerda de mí? Soy Ronnie Dibicki, hablamos el otro día, en su casa. Le pido que baje el arma, antes de que alguien se haga daño. ¿Puede hacer eso?

—No, la verdad es que no. Lo siento. ¿Pueden acabar de entrar en la habitación, por favor? —Vince hizo un gesto con la pistola, con educación, como un acomodador de cine.

Reggie recordó cómo había sacudido las migas de su sofá antes de que ellas se sentaran el otro día. Miró a Ronnie. ¿De verdad iban a involucrarse voluntariamente en una escena con rehenes?

Pues sí, por lo visto.

La habitación estaba llena de gente. A Reggie le recordó el camerino del Palace de Barclay Jack el día anterior, aunque en una versión de pesadilla y, por lo que veía, con un reparto completamente nuevo. Por suerte, esta vez no había ningún muñeco de ventrílocuo. Encontrarse a Jackson Brodie en medio de aquel tumulto sí estaba, de algún modo, a la altura de la situación. Era amigo de la anarquía.

Vincent Ives apuntaba con la pistola a un hombre encogido en un rincón.

—Arréstelo —le dijo a Reggie. Se acercó al hombre y le encañonó la cabeza, al estilo ejecución—. Se llama Stephen Mellors y es el cerebro detrás de todo esto. Porque si no lo arresta, voy a pegarle un tiro… Es una cosa o la otra, usted elige.

No pasaba nada por arrestar a aquel hombre, supuso Reggie; siempre podía dar marcha atrás con el arresto si resultaba que en realidad no había cometido ningún crimen, si bien ¿qué posibilidades había de algo así, dadas las circunstancias en las que se encontraban todos? Parecía más probable que se añadieran otros crímenes, no que se sustrajeran. Así que, tras haberlo considerado unos instantes, obedeció.

—Stephen Mellors, queda arrestado bajo sospecha de…

Reggie vaciló, no muy segura de qué acusarlo exactamente. Se enfureció consigo misma por mirar a Jackson Brodie en busca de autoridad. De algún modo, seguía siendo el policía de mayor edad en aquella habitación. O persona de más edad, en todo caso.

Exhaló un suspiro de frustración, hacia sí misma y hacia él, pero siguió su consejo.

—Stephen Mellors, queda arrestado bajo sospecha de agresión con resultado de lesiones corporales graves. No tiene la obligación de decir nada si lo interrogan acerca de un posible delito, pero si no menciona algo que luego utilizará ante un tribunal, eso podría perjudicar su defensa. Todo lo que diga podrá ser utilizado como prueba.

Dicen que en momentos de crisis el tiempo se ralentiza, pero para Reggie de repente se aceleró. Todo ocurrió tan deprisa que después le costaría trabajo encajar las piezas.

Empezó cuando una de las chicas soltó un grito ahogado y se puso temblorosamente en pie. Parecía que acabara de despertarse de un sueño muy muy largo. Era diminuta, más bajita incluso que Reggie, y lucía dos ojos morados y una nariz ensangrentada. «Solo animales pequeños.» Una vez erguida, miró fijamente a Stephen Mellors antes de señalarlo con el índice y decir:

—Mark Price. Tú eres Mark Price.

Se agachó y zarandeó a la chica desplomada en el suelo a su lado. Se parecían tanto que tenían que ser hermanas.

—Nadja —dijo, intentando despertarla.

Reggie captó las palabras «Es Mark Price», pero el resto de su conversación tuvo lugar en lo que, casi con seguridad, era polaco. Reggie se volvió, buscando a Ronnie para que tradujese, pero advirtió que Ronnie había desaparecido. Debía de haber ido en busca de ayuda.

La otra chica, Nadja, se levantó del suelo y, con una energía sorprendente para alguien que un instante antes parecía en estado comatoso, le arrancó la pistola de la mano a Vince. Stephen Mellors, que pareció reconocer a la chica, se volvió en redondo, tratando de escabullirse, pero no había adónde ir. Ya estaba contra la pared en más de un sentido y no había ratonera alguna para dar cobijo a la rata. Nadja levantó la Browning, con el brazo bien firme, apuntó con certeza y le descerrajó un tiro en la espalda a Stephen Mellors. Luego volvió a levantar el brazo y dijo:

—Por mi hermana. —Y le disparó por segunda vez.

El ruido fue ensordecedor y reverberó en las paredes durante lo que pareció una eternidad. Siguió un profundo silencio. El tiempo, que hasta entonces había pasado tan rápido, quedó suspendido de repente, y en ese intervalo las dos chicas permanecieron de pie en silencio, abrazadas, mirando el cuerpo sin vida de Stephen Mellors. Luego Nadja, la chica que acababa de disparar a un hombre por la espalda a sangre fría, se volvió y miró fijamente a Reggie y asintió con la cabeza, como si ambas fueran miembros de la misma hermandad secreta de mujeres. Reggie no pudo evitarlo y asintió a su vez.

—Reggie Chase —dijo un pensativo Jackson Brodie.

—Sí. Agente Chase, de hecho.

—¿Conque eres agente de policía? ¿Y en Yorkshire, nada menos?

—El condado no te pertenece. A ver si dejas ya de sorprenderte por todo, señor Brodie.

Estaban en un furgón de atestados, esperando a que alguien viniera a tomarles declaración. Los polis de la unidad les habían dado té y galletas. Era evidente que la situación iba a tardar horas en resolverse. Cuando se calmaran las aguas, la conclusión sería que Stephen Mellors estaba muerto y Vincent Ives había desaparecido. A Andrew Bragg se lo habían llevado en ambulancia. («¿Ese era nuestro Sr. Bragg? —preguntó Ronnie—. Lo habíamos buscado por todas partes.»)

Las chicas pasaron a manos de la UEMT, que las conduciría a un lugar seguro.

—Unidad de Esclavitud Moderna y Trata —dijo Reggie explicándole las siglas a Jackson, por si no las conocía.

«Pero la cosa no tiene nada de moderno, ¿no?», pensó Reggie. De las pirámides a las plantaciones de azúcar, pasando por los burdeles del mundo, la explotación era el nombre del juego. *Plus ça change.*

—¿Te has convertido en agente de policía? ¿En Yorkshire?

—Ya te lo he dicho, la respuesta a ambas preguntas es sí. Y ni se te ocurra pensar que tú hayas tenido algo que ver con cualquiera de las dos cosas.

—¿Y quién se supone que es él exactamente? —quiso saber Ronnie mirando a Jackson con cierta agresividad.

—Solo alguien a quien conocí hace tiempo —repuso Reggie con tono de mosqueo, contestando por Jackson antes de que este tuviera la oportunidad de hablar por sí mismo—. Antes era policía. Y era de Yorkshire —añadió. «Y era mi amigo», pensó—. Le salvé la vida.

—Así es —le confirmó Jackson a Ronnie, y añadió dirigiéndose a Reggie—: Y sigo en deuda contigo.

Ronnie había logrado escapar y alertar a las autoridades y se había perdido por tanto los detalles del desenlace.

—Ha sido un verdadero caos —le comunicó Reggie a Ronnie mientras mojaba una galleta en su taza de té—. Y se ha acabado en cuestión de segundos. A Vincent Ives se le ha caído la pistola al suelo, Andrew Bragg se las ha apañado para hacerse con ella y le ha disparado a Stephen Mellors.

—No parecía estar en condiciones de hacerse con nada —comentó Ronnie desconcertada—. Parecía un candidato a la extremaunción. Y ¿por qué dispararle a su amigo?

—¿Quién sabe? —intervino Jackson—. Los criminales se rigen por sus propias leyes. Siempre andan volviéndose unos contra otros, por lo que me ha enseñado la experiencia.

—Y él ha visto muchas cosas —añadió amablemente Reggie—, porque es muy mayor.

—Gracias. Gracias, Reggie.

—De nada, señor B.

Noticias falsas

—¿Agente?

Le costaba hacerse a la idea de esa versión adulta de Reggie. Una versión muy hostil, todo había que decirlo. Resultaba que él le debía dinero, y en efecto tenía un vago recuerdo, que repescó del lecho marino de su memoria, de habérselo pedido prestado justo después de que Tessa, su malévola mujer impostora, le vaciara la cuenta. Fue solo después de haberle firmado un pagaré en su libreta cuando Reggie se ablandó. Un poco.

—Me alegra verte, señor B.

—Y a mí, Reggie.

La mayoría de los testigos de aquella habitación no estaban en condiciones de haber visto nada, y solo Jackson y Reggie pudieron proporcionar algo cercano a una versión coherente de los hechos, e incluso así hubo lagunas confusas en ambas declaraciones.

Jackson tenía buenas credenciales como testigo: exmilitar, expolicía de Cambridge y, actualmente, detective privado. Había estado presente, dijo, cuando Stephen Mellors llegó a Silver Birches armado con un bate de béisbol. Vincent Ives había aparecido en escena armado con la pistola con la aparente intención de proteger a las chicas víctimas de la trata. Lo de «asedio armado» era un poco exagerado. El móvil de Vincent Ives, mantenía Jackson, no había sido otro que el bien común, ¿y no era ese el baremo por el que deberían juzgarnos a todos? Por desgracia, a Ives se le había caído la pistola y la había cogido Andrew Bragg, que abrió fuego contra Stephen Mellors, en defensa propia, todo sea dicho, cuando este intentó atacarlo con el bate de béisbol. Esa versión de los hechos no parecía satisfacer del todo a la policía (¿Dónde estaba la pistola? ¿Dónde estaba el bate de béisbol? Grandes interrogantes), pero a Jackson sí lo satisfacía. Los malos recibían su merecido, la gente con buenas intenciones no acababa crucificada. Y las chicas que se tomaban la justicia por su mano no sufrían un castigo cuando ya habían padecido más de lo que les tocaba. Matar en defensa propia era una cosa, pero dispararle a alguien por la espalda, y no una vez, sino dos, no era algo que la Fiscalía de la Corona fuera a ignorar.

A Andrew Bragg lo habían herido ya cuando ellos llegaron, testificó, pero no recordaba el suceso en sí. Se lo llevaron a toda prisa en ambulancia del escenario del crimen al hospital, donde lo sometieron a una esplenectomía de urgencia y a una transfusión de varios litros de sangre. «No es tan grave como parecía», comentó el cirujano cuando salió del quirófano. El paciente no recordaba nada de lo que había ocurrido, ni siquiera quién le había disparado.

—Deberías dedicarte a escribir novelas policíacas —le dijo Reggie a Jackson—. Tienes verdadero talento para la ficción.

Para cuando llegaron los de la Unidad de Respuesta Armada, a Stephen Mellors ya lo habían despachado a la gran necrópolis del cielo y tanto Vincent Ives como la pistola habían desaparecido.

El arma yacía en ese momento en el fondo del mar: la habían arrojado desde el extremo del muelle de Whitby en plena marea alta, así que las huellas de todos habían desaparecido para siempre: las de Jackson, las de Vince Ives y las de la chica que disparó a Stephen Mellors. Después de que lo matara, Jackson le quitó la pistola de las manos con delicadeza y se la guardó en el bolsillo. Nadja. Nadja Wilk y su hermana, Katja. Venían de Gdansk, donde habían trabajado en un hotel. Eran personas reales con vidas reales, no solo cifras para la prensa sensacionalista. *Trabajadoras sexuales extranjeras son liberadas de la Casa de los Horrores durante una redada policial.* Y *Jóvenes víctimas extranjeras de la trata de blancas obligadas a prostituirse se ven implicadas en un violento tiroteo.* Etcétera. Los coletazos en las noticias continuaron durante mucho tiempo. El triunvirato —Tommy, Andy y Steve— había estado a la cabeza de una cadena de trata, una red cuyas hebras llegaban muy lejos. Deshacerla llevó su tiempo. Era demasiado tarde para la mayoría de las chicas a las que habían traído, desaparecidas en lugares donde ninguna linterna iluminaba lo suficiente como para encontrarlas. Pero las siete de aquella habitación de Silver Birches fueron rescatadas y todas acabaron por regresar a sus casas. Tomar sus desgarradoras declaraciones fue un proceso lento. Jasmine voló de vuelta en el mismo avión que el ataúd de su amiga Maria.

Quizá se recuperarían, quizá no, pero por lo menos tenían la oportunidad de hacerlo, y la persona que les había dado aquella oportunidad era Vince Ives, de modo que, en opinión de Jackson, debía poder ahorrarse la condena de los medios de comunicación y los tribunales.

—Haz lo correcto, Andy —le había dicho a Bragg cuando se arrodilló a su lado, oyendo las sirenas cada vez más cerca. Y, para hacerse entender, hundió el pulgar en la herida de bala de Andy Bragg. Sin prestar atención a sus chillidos, Jackson añadió—: No te acuerdas de nada. Amnesia total. ¿Vale?

—¿O qué? —gimió Bragg.

Era un negociante, supuso Jackson. ¿Quería acaso negociar con Dios? ¿Consistía en eso la apuesta de Pascal?

—O acabo contigo ahora mismo y te vas derecho al infierno. Haz lo correcto —repitió Jackson—. Asume alguna responsabilidad por todo el dolor y el sufrimiento que has causado. —Y, apelando al católico que el tipo llevaba dentro, añadió—: Confiesa tus pecados. Encuentra la redención, la absolución. —Y entonces, acercando los labios a su oído, concluyó—: Andy, y si no cierras el pico sobre quién mató a Stephen Mellors, te daré caza, te arrancaré el corazón y se lo echaré a los perros.

Cuando más tarde recuperó a *Dido*, esta le dirigió una mirada inquisitiva. No parecía que fuera a ser una partícipe muy entusiasta de la fiesta gore prometida. En su lugar le dio una galleta de perro. Las que más parecían gustarle eran las que tenían forma de hueso.

Culminación

El amor costaba encontrarlo, pero con el dinero la cosa era más sencilla, si una sabía dónde buscarlo. En una caja fuerte, por supuesto, ¿dónde si no? Cuando habían hecho reformas en El Refugio en la Cumbre, Tommy había instalado una en la casa, una robusta y anticuada caja de caudales. Se alzaba en un rincón de su despacho, clavada al suelo, y lucía en la puerta una gran cerradura y una enorme manivela de palomilla que parecía pedir a gritos que la accionaran. Podría haber interpretado al personaje principal en una película de atracos. Era una caja fuerte que decía: «Mírame, no te molestes en buscar cualquier otra cosa». Sin embargo, contenía tan solo unas mil libras en efectivo, lo que para Tommy era calderilla.

La caja en cuestión contenía asimismo un puñado de joyas, baratijas en realidad, y una serie de documentos que parecían importantes pero no lo eran.

—De este modo —le había explicado Tommy a Crystal—, si alguien entra en casa en plena noche y te pone un cuchillo en el cuello —(¿por qué le iban a poner un cuchillo en el cuello a ella y no a él?, se preguntó Crystal)— y te dice que abras la caja fuerte, dará igual. —(¿Que la amenazaran con un cuchillo en el cuello daría igual?)—. Puedes abrir esta caja y ellos creerán que se largan con nuestro botín. —(¿Botín? Era

Tommy quien creía vivir en una película de atracos, no la caja fuerte).

Tommy guardaba las «cosas importantes», como los pasaportes y las partidas de nacimiento, su reloj Richard Mille, una inversión (y vergonzosamente caro), la pulsera y el colgante de brillantes de Crystal, y unas veinte mil libras en billetes de veinte, en una caja distinta y bastante más pequeña que se había empotrado en la pared del despacho y quedaba oculta tras un mediocre grabado de unos barcos en el mar titulado *Veleros al amanecer*. «Una caja fuerte que es un fuerte inexpugnable», decía Tommy de ella, encantado con su artimaña.

—Su marido debe de ser un verdadero paranoico —comentó entre risas el tipo que había instalado la caja fuerte. Era de una empresa que se llamaba, lisa y llanamente, Instalación de Cajas Fuertes Northern («Todos nuestros técnicos cuentan con certificados de penales y cumplen con los estándares de investigación BS 7858») y se pasó casi el día entero taladrando y martilleando en el despacho—. Esto es como Fort Knox.

—Sí, lo sé —contestó Crystal tendiéndole una taza de café con mucho azúcar y unas galletas KitKat.

Siempre tenía una reserva especial de cosas de picar para los operarios. Ellos la respetaban por ello y se prestaban encantados a complacerla con toda clase de trabajitos extra. («Mientras está aquí, ¿le parece que podría arreglarme...?», etcétera.) Tommy decía que no eran las galletas KitKat lo que los hacía desear complacerla, sino sus tetas y su culo. Crystal se preguntaba a veces si Tommy se daría cuenta si, de la noche a la mañana, la sustituyera una réplica de sí misma, un robot bueno de verdad («Un androide de alto funcionamiento», vino en su ayuda Harry).

—Dos cajas fuertes —comentó—. Sí, lo sé, cualquiera diría que escondemos las joyas de la Corona.

—Tres —corrigió el instalador, que estaba concentrado en etiquetar los distintos juegos de llaves.

—¿Tres? —preguntó Crystal como si tal cosa—. Se le ha ido la mano, ¿eh? Menudo tipo está hecho este Tommy. ¿Dónde va a poner la tercera? No hay mucho espacio que digamos, ¿no? —El segundo teléfono móvil. La tercera caja fuerte. El cuarto mosquetero. Cinco anillos de oro; solo uno, de hecho, y era de latón, no de oro: una anilla de la que se tiraba para que se descorriera una trampilla oculta en los tablones del suelo—. Bueno, supongo que hombre prevenido vale por tres —dijo Crystal.

—Muy bueno —comentó el instalador.

Unas horas después, cuando se asomó al despacho, se encontró a Tommy en el proceso de colgar *Veleros al amanecer* ante la segunda caja fuerte. Advirtió que había cubierto el escondrijo de la tercera caja con el pesado archivador metálico. Era demasiado grande para andar moviéndolo de manera regular, de modo que supuso que la tercera caja estaba destinada a guardar cosas a largo plazo, no de forma cotidiana. Se preguntó si ya la habría llenado, y de ser así, con qué.

—Bueno, ¿eh? —comentó Tommy retrocediendo para admirar *Veleros al amanecer*, o más bien lo que ocultaba, puesto que no tenía el menor interés en el arte—. Nunca dirías que hay algo ahí detrás, ¿verdad?

«No», coincidió ella, nunca lo diría. Tommy estaba alegre, casi risueño. Acababan de mudarse a esa casa y ella estaba embarazada de Candy en ese momento. Crystal Holroyd, recién coronada reina de El Refugio en la Cumbre.

Tommy le tendió dos juegos de llaves.

—Son repuestos, por si necesitas abrir una de las cajas para sacar tus joyas. Y coge el dinero que necesites cuando quieras.

Cuando se había casado con él, le costaba creer que fuera tan generoso. «He salido bien parada, desde luego», pensaba.

No se hizo mención alguna de la tercera caja bajo el archivador. También tenía una llave de repuesto, que el instalador, contento como unas pascuas con su té y sus KitKat, le había entregado cuando ella se lo había pedido. Al parecer no sabía que los maridos tenían secretos para con sus mujeres; ni, de hecho, que las mujeres les ocultaban cosas a sus maridos.

—¿Has visto cómo instalaba el operario las cajas aquí dentro? —preguntó Tommy como quien no quiere la cosa, finalmente satisfecho con la posición de *Veleros al amanecer*.

—No, qué va, si se ha tirado horas haciéndolo. He estado poniendo a punto el cuarto del bebé. —Le encantaba esa expresión, «el cuarto del bebé». Implicaba muchas cosas: amor, cuidados, dinero—. Me vuelvo arriba a acabar con eso, ¿vale, cariño?

Ya sabían que el bebé era niña, Candy.

—«Las niñas bonitas son dulces y modositas» —murmuró mientras vestía la cuna en el cuarto del bebé. Había costado un ojo de la cara y era de esas como las antiguas, las que salían en los cuentos de hadas, envuelta en encaje y seda. Hacía poco había cometido el error de ver *La semilla del diablo* en la televisión, a última hora de la noche, en un canal de películas de terror, y en ese momento tuvo una visión perturbadora de la escena en la que Mia Farrow se asoma a la cuna, una versión en negro de la del bebé que esperaba, y comprende que ha traído al mundo al hijo de Satán. Candy sería un ángel, no el demonio, se recordó. Y Tommy no era Satán, pensó. (Ahora había cambiado de opinión sobre eso.)

Había dejado la llave de repuesto de la tercera caja fuerte bajo el colchón de la cuna. No parecía probable que Tommy fuera a cambiar las sabanitas cuando estuvieran manchadas de vómito y cacas. Los bebés no eran en todo momento criaturas dulces y modositas de cuento de hadas, Crystal lo sabía: eran de carne y hueso y había que apreciarlos en su justa medida. Desde entonces, la tercera llave (parecía una novela de misterio: *La tercera llave*) había viajado por la casa hasta los lugares que Crystal considerara más a prueba de Tommy, aunque en la actualidad ya llevaba un tiempo reposando en el interior de una bolsa de judías edamame congeladas en el fondo del Meneghini, porque el día que Tommy mirara ahí dentro sería el día en que el mismísimo infierno se congelaría.

—¿Todo bien? —había preguntado Tommy entrando en la habitación justo cuando ella había acabado de alisar la sabanita sobre el colchón de la cuna. Él había toqueteado un móvil de ovejitas que colgaba encima, haciendo que se pusieran a dar vueltas vertiginosas.

A Crystal la habían dejado preñada cuando estaba en la lista de Bassani y Carmody, y ellos le habían dado dinero para un aborto en Leeds. Feli la había acompañado. Aquel no era un recuerdo de los que atesorar. Había sentido un alivio tremendo cuando ya no lo tuvo dentro. «Un vástago del diablo», había dicho Feli, pasándole un porro mientras esperaban el tren de vuelta. Les había sobrado suficiente dinero del que le había dado Mick para pagarse un curri y media botella de vodka. Tenían catorce años. Después se preguntó por qué nadie en aquella clínica le había preguntado su edad o qué le había ocurrido. Por qué a nadie le había importado. A ella su hijita le importaría tantísimo que jamás le sucedería ningún daño.

Las ovejitas habían parado finalmente de dar vueltas, y ella dijo:

—Sí, todo va bien, Tommy. Pero hace falta más color rosa aquí dentro. Mucho más rosa.

Costaba un huevo mover aquel archivador, y Crystal tuvo que alternar varias veces entre inclinarlo y arrastrarlo, como si fuera una pareja de baile especialmente torpe o un ataúd puesto de pie que tuviera que andar moviendo por el suelo. Sabía qué había allí dentro, o al menos qué había la última vez que había mirado, porque esa no era la primera vez que ejecutaba aquella danza particular con su patoso compañero metálico. A Tommy le gustaba que su dinero tuviera pinta de dinero, no de plástico. «Hay que conservarlo líquido», decía. El problema con el dinero líquido era que se te podía colar por el desagüe cuando alguien pasaba a limpiar. Y había un montón dentro de aquella caja fuerte. Había mucho, muchísimo que limpiar allí. «Doña Limpia en acción», se dijo Crystal.

Estaba sudando para cuando hubo movido lo suficiente el archivador para dejar al descubierto la anilla de latón. Tiró de ella hasta que una sección de tablas de parqué pulcramente pegadas entre sí se levantó entera.

—Ábrete, sésamo —murmuró para sí.

Por supuesto, Tommy, que llevaba días sin ver apenas el interior de su casa, eligió ese momento para volver a ella, de modo que Crystal tuvo que apresurarse y reemprender el baile con el archivador, empujándolo con fuerza hasta colocarlo en su sitio, y para cuando lo oyó entrar por la puerta («¡Crystal! ¿Dónde coño estás?»), volvía a alzarse más o menos donde siempre y ella estaba en la galería.

Tommy le dio un beso en la mejilla.

—¿Ya estabas fumando otra vez? —preguntó, pero no pareció especialmente interesado en la respuesta.

Parecía agotado, y Crystal le dijo:

—¿Y si te sientas y pones los pies en alto y yo te sirvo una copa?

—No, no —contestó él—. Gracias, cariño, pero tengo cosas que hacer.

Entró en su despacho y cerró la puerta. Escuchando ante ella, Crystal oyó el sonido inconfundible del vals del archivador.

—Mierda —soltó, porque Tommy estaba a punto de descubrir que su despensa estaba vacía.

De pronto vio a Candy de pie en el umbral, aferrando su unicornio y disfrazada de Bella. Parecía preocupada; bueno, lo estaba: llevaba alterada desde el secuestro. Como cabía esperar.

—Esa es una palabra mala, mami —la regañó.

—Sí, tienes razón, lo es —respondió Crystal—. Perdona.

—¿Mami? ¿Estás bien?

—De maravilla, tesoro. De maravilla.

Eso es todo, amigos

—¿Crystal? ¿Estás bien?

Vince había encontrado la puerta principal de El Refugio en la Cumbre abierta de par en par, y ni rastro de sus ocupantes excepto por Candy, que estaba en la cocina viendo *Frozen: una aventura congelada*. Sabía que era *Frozen* porque la había visto con Ashley la Navidad anterior. Ella le dijo que era una película feminista, pero a Vince solo le pareció de Disney.

—Hola, encanto —le dijo a Candy. La niña llevaba puestos los auriculares y se los quitó cuando Vince le habló—. ¿Están tus papis?

—En la piscina —contestó la niña, y volvió a ponerse los auriculares.

Vince ya no tenía la pistola, por supuesto. Había previsto dispararle a Tommy con ella y ahora tendría que improvisar. Llevaba el bate de béisbol de Steve, eso sí, y pretendía abrirle la cabeza a Tommy como si fuera un huevo. Pensó en Wendy. A ella le habían hecho lo mismo con un palo de golf.

Steve estaba muerto, Vince estaba bastante seguro de ello, de modo que las apuestas ya estaban cerradas. Lo decepcionaba un poco no haberlo matado él mismo, pero suponía que había cierta justicia en la forma en que había sucedido, a manos de una de las chicas. Y con un poco de suerte Andy moriría desangrado antes de que llegara la ambulancia. Eso hacía que solo le quedara ocuparse de Tommy. Después de que la chica le disparara a Steve se había armado el caos más absoluto, y Vince se había escabullido de Silver Birches y estaba de nuevo en el Honda, alejándose de allí, antes de que nadie se diera ni cuenta. Por el carril contrario, el primer coche de policía, con las sirenas a todo volumen, ya se precipitaba hacia Silver Birches.

*

Crystal estaba de pie en el borde de la piscina, en *shorts* y camiseta de tirantes. Estaba empapada, de modo que debía de haber nadado vestida así en lugar de con un traje de baño. El perro de Tommy, *Brutus*, estaba sentado plácidamente a su lado. Crystal fumaba un pitillo y parecía pensativa.

—Ah, hola, Vince —saludó cuando lo vio—. ¿Cómo estás?

Él vaciló, incapaz de pensar en una respuesta capaz de abarcar su jornada hasta el momento, y luego dijo:

—¿Ya sabes que habéis dejado la puerta abierta?

—Habrá sido Tommy. Siempre le ando pidiendo que se asegure de dejarla cerrada cuando entra, y nunca lo hace. Es descuidado hasta la médula, Vince.

Distraído por la visión de los pechos de Crystal bajo la camiseta mojada, Vince tardó unos instantes en percatarse de que había alguien en la piscina. Y no solo alguien, sino Tommy..., y no estaba nadando, sino que flotaba boca abajo.

—Santo Dios, Crystal —exclamó, dejó caer el bate y empezó a quitarse los zapatos, dispuesto a zambullirse para salvar a Tommy. Para así poder matarlo después.

Crystal le puso una mano en el brazo y dijo con tono tranquilo:

—No te molestes, Vince. Está muerto. —Dio una última calada al cigarrillo y arrojó la colilla a la piscina.

¿Muerto? ¿Qué había ocurrido ahí?

—¿Qué está pasando, Crystal?

—Solo he estado limpiando un poco, Vince. ¿Y tú?

No te limites a volar

Qué tentadora se veía el agua, pero ella no estaba ahí para nadar, por atractiva que la idea pudiera parecer.

Cuando había oído moverse el archivador, había llamado con los nudillos a la puerta del despacho.

—Tommy, tienes que venir a ver esto, cariño —había dicho con tono de urgencia—. Abajo en la piscina pasa algo muy muy raro. ¿Puedes darte prisa?

Y entonces había aparcado a Candy delante del televisor con sus pequeños auriculares rosa y bajado corriendo a la cámara de ecos que contenía la piscina. La luz artificial se reflejaba en el agua azul y el mosaico dorado. Inhaló el olor a cloro. Le encantaba ese lugar.

Cuando Tommy llegó, Crystal estaba de pie en el borde de la piscina.

—Aquí, aquí —lo apremió haciendo señas—. Ponte aquí a mi lado y así podrás verlo.

—¿Ver qué? ¿Dónde? Yo no veo…

Crystal se deslizó rápidamente detrás de él y le dio un tremendo empujón que lo dejó haciendo aspavientos en el agua, presa del pánico. Hizo un intento de agarrarse al borde de la piscina; podría haberse encaramado a él fácilmente, pero era algo que Crystal ya había previsto, de modo que se zambulló en el agua junto a Tommy, se puso detrás de él y lo sostuvo como si llevara a cabo una maniobra de salvamento. Él le dijo algo, pero se estaba atragantando con agua y costaba descifrar las palabras. Por lo que ella sabía, pudo haber dicho: «Gracias» o «Socorro» o «¿Qué coño haces, Crystal?». En lugar de ayudarlo a llegar al borde, tiró de él hacia atrás, hasta la parte honda, y luego nadó rápidamente para alejarse, hendiendo el agua con sus eficientes brazadas. Para cuando hubo salido de la piscina, Tommy ya se había deslizado bajo la superficie.

—Solo he estado limpiando un poco, Vince —dijo cuando lo vio—. ¿Y tú?

—Sí —contestó Vince mientras observaban el cuerpo de Tommy, que flotaba hacia ellos como una colchoneta hinchable en la corriente—. Yo he hecho lo mismo.

—¿Te llevo a alguna parte, Vince?

Limítese a los hechos, señorita

Joe Friday nunca llegaba a pronunciar esas palabras en *Dos sabuesos despistados*, como sabía cualquier chica que lo supiera todo.

—Sabes demasiadas cosas —comentó Ronnie.

—No, no sé las suficientes —terció Reggie.

El tercer hombre, como lo llamaban (aunque en realidad había varios «tercer hombre») quedó finalmente desenmascarado, gracias a la Operación Villette.

La tarjeta de Navidad de Nicholas Sawyer a colegas y amigos era un retrato de familia en el que aparecían su esposa Susan, sus hijos Tom y Robert y sus nietos George, Lily, Nelly Isabella y Alfie. Sus nueras estaban ausentes de la fotografía, como si solo su descendencia directa pudiera tener alguna importancia. O quizá solo estaban ocupadas ese día o eran muy tímidas ante las cámaras. La fotografía no era muy apropiada para la ocasión, pues se había tomado en verano, en un campo sin identificar que según Nicholas se hallaba en su antigua circunscripción rural, pero que podía haber estado en cualquier parte.

La fotografía tenía el aire alegre y despreocupado de una escena familiar, pero la había tomado un fotógrafo profesional porque Nicholas Sawyer era un hombre al que le gustaba controlar su imagen. Le gustaba controlarlo todo. Tenía setenta y cinco años y había sido miembro del Parlamento durante cuarenta por el mismo distrito electoral de Kent y ministro del Gabinete; había salido y entrado del Gobierno durante veinte años, para acabar finalmente en Defensa, y diez años atrás se había visto encumbrado a la Cámara de los Lores, donde había decidido sentarse en los bancos de los independientes. Todavía se presentaba a sí mismo y a su mujer como «Nick y Susie», aunque la propia Susie se sentía más inclinada a utilizar «*lady* Susan». Nicholas ejercía de consultor para varias compañías de la lista de las mayores quinientas del país del *Financial Times*, su especialidad eran los contratos de Defensa, y Susie estaba en la junta directiva de muchas asociaciones benéficas, la mayoría de las cuales favorecían más a las artes que a la justicia social.

La pareja tenía un piso en Chelsea y una *maison de maître* en el Languedoc, además de la casa que era sede del distrito electoral, Roselea, en Kent, que habían conservado después de que Nicholas dejara la Cámara de los Comunes y donde pasaban actualmente casi todos los fines de semana. Roselea era una casa con tejado de paja en un cotizado pueblecito y, a lo largo de los años, había aparecido en varios artículos en la prensa sobre el estilo de vida británico. Y allí estaban cuando acudieron los policías y le pidieron a Nicholas que los acompañara a la comisaría más cercana, donde fue sometido a un interrogatorio cautelar. Tres semanas más tarde, fue arrestado y acusado de varias violaciones de la Ley de Delitos Sexuales de 2003, violaciones que se remontaban a los años ochenta. Y se añadió la acusación de conspiración, por si acaso. Según le contó a todo el mundo, aquel escándalo era completamente inventado: lo estaban arrojando a los perros, convertido en sacrificio en el altar de la corrección política; era una conspiración orquestada por la prensa sensacionalista para desacreditarlo, lo odiaban porque estaba a favor de coartar su libertad. Etcétera.

El mismo día que fue arrestado Nicholas Sawyer, la policía fue en busca de varios más. *Sir* Quentin Gough-Plunkett, veterano y vociferante defensor de la campaña antieuropea, fue uno de ellos. *Sir* Quentin era además un destacado jugador de ajedrez: se había clasificado para la eliminatoria de la zona oeste en el campeonato mundial de 1962 y durante muchos años había sido el patrocinador de una entidad benéfica que alentaba a los niños desfavorecidos a aprender a jugar al ajedrez.

Fueron interrogados a su vez, y finalmente acusados, un alto cargo policial de Cheshire ya jubilado, un antiguo juez itinerante y el anciano presidente ejecutivo de una empresa familiar de construcción. Según se afirmaba, todos ellos habían formado parte antaño de un grupo oscuro cuyos miembros se hacían llamar «el círculo mágico». En el Reino Unido no existe un estatuto de limitaciones para delitos sexuales.

La Fiscalía de la Corona alabó a Bronte Finch, la hija de un juez del Tribunal Superior de Justicia, por haber aportado pruebas. Su «valiente» testimonio en una sesión pública había contribuido a la condena de un «brutal depredador».

Otra testigo, la señorita Felicity Yardley, aportó pruebas en los casos de todos los acusados. Rechazó el anonimato y más tarde vendió su historia a la prensa sensacionalista por una cifra que no trascendió. La señorita Yardley, antaño prostituta y drogadicta, afirmó que el MI5 la había convencido de declarar en el juicio. Aseguraba que «un hombre con un BMW plateado» la había conducido a un piso franco, donde había prestado declaración sobre los «extranjeros» que había conocido en compañía de Nicholas Sawyer. Le habían contado que Sawyer llevaba años vendiendo secretos de defensa a los rusos y los chinos y a cualquiera dispuesto a pagar por ellos. La señorita Yardley afirmaba que el MI5 tenía mucho interés en encontrar una manera de «neutralizarlo», según sus propias palabras. Le habían ofrecido formar parte del programa de protección de testigos, pero «los muy cabrones» se hicieron los suecos después.

Esas figuras oscuras del Servicio Secreto le contaron a la señorita Yardley que los del círculo mágico eran como «los Illuminati» (le llevó varios intentos pronunciar bien la palabra) y tenían tentáculos que se extendían por todas partes. Estaban dispuestos a matar a cualquiera capaz de revelar sus secretos. A ella misma, según afirmaba, la habían amenazado con causarle graves daños si hablaba con alguien que estuviera investigando al círculo mágico, como también le había ocurrido a una amiga suya, víctima de los mismos hombres, a la que habían intimidado de forma parecida e incluso habían llegado a secuestrar a sus hijos. La fiscalía no fue capaz de presentar a esa testigo. «Bueno, qué iban a decir, ¿no?», comentó Feli, parafraseando inconscientemente a otra cabeza de turco de la flor y nata de la sociedad, famosa en los años sesenta a raíz del escándalo Profumo.

La defensa alegó que la señorita Yardley era una testigo poco digna de confianza y que sus supuestas pruebas eran las de una persona fantasiosa que buscaba publicidad y que andaba vendiendo su historia a cualquiera que se prestara a escucharla. Nicholas Sawyer era un patriota que jamás traicionaría a su país, ni mucho menos abusaría de menores.

Al cabo de tres días de deliberación, el jurado emitió un veredicto de culpabilidad.

—Este juicio es una farsa —declaró la esposa de Nicholas, *lady* Susan Sawyer, y añadió que ya estaba en marcha un recurso de apelación.

Gough-Plunkett murió en misteriosas circunstancias antes de que su caso llegara a juicio. El alto cargo de la policía metropolitana se quitó la vida saltando desde la azotea de un aparcamiento de varias plantas. El presidente de la empresa de construcción sufrió un infarto masivo sentado a su escritorio y murió antes de que su asistente personal pudiera correr hasta él con los desfibriladores que guardaban junto a los aseos de señoras.

*

Andy Bragg fue arrestado mientras se hallaba en el hospital, con cargos asociados a la Ley de Esclavitud Moderna —trata de personas con destino al Reino Unido, organización de viajes con vistas a la explotación sexual y control de la prostitución con fines económicos—, así como sospechoso de pertenecer a asociaciones criminales y del delito de blanqueo de dinero. Si lo condenaban, jamás volvería a ver el mundo exterior.

—Parece justo —le dijo a Rhoda.

—Cabrón gilipollas —fue el propio veredicto de culpabilidad de su mujer. Acudió a verlo al hospital una sola vez.

Mientras estaba ingresado, Andy se las había apañado para revelarle a Rhoda dónde estaba escondido el dinero, y así ella pudo mudarse a la isla de Anguila, donde adquirió la nacionalidad y una villa con piscina. Allí tomaría un montón de piñas coladas. *Lottie* obtuvo un pasaporte y una nueva vida que le desagradaba profundamente, aunque nadie lo habría dicho por su expresión.

La «listita negra» de Andy Bragg, llena de pruebas incriminatorias contra el círculo mágico, fue enviada de forma anónima a Bronte Finch (aunque el sobre que contenía el lápiz de memoria iba franqueado con el matasellos de un águila) para que la utilizara como evidencia contra el recurso de apelación de Nicholas Sawyer. No hizo nada por atenuar la gravedad del caso del propio Andy Bragg, puesto que este murió de un síndrome de disfunción multiorgánica provocado por la sepsis una semana después de ingresar en el hospital. «Septicemia», puntualizó la hermana al contárselo a Rhoda. La causa bien pudo haber sido la mugre en el pañuelo de Maria con el que Andy había restañado la herida. En todo caso, a Reggie le gustaba pensar eso. Que se había hecho justicia.

Thomas Holroyd se ahogó en la piscina de su casa. El investigador forense dictó un veredicto inconcluso. El señor Holroyd no sabía nadar, y se tuvo la creencia de que había resbalado y caído a la piscina y fue incapaz de salir, pero no se descartó la posibilidad de que se hubiera quitado la vida voluntariamente.

Darren Bright, de cuarenta y un años, cayó en una trampa tendida por el autodenominado «grupo de caza de pedófilos» Northern Justice. Un portavoz del mismo, Jason Kemp, reveló que el grupo se había formado tras un intento de abuso en línea a su hija. Los miembros se hicieron pasar por una menor de edad, Chloe, y concertaron una cita con Bright, cuyo perfil en línea era el de un chico adolescente llamado Ewan. Según se le reveló al tribunal, la encarnación del tal Ewan, que utilizaba imágenes de archivo de internet, era «muy convincente». Otro miembro del grupo filmó el encuentro, y el vídeo apareció más tarde en YouTube.

Después de que se hubiera subido el vídeo a internet, la casa del señor Bright se vio rodeada por una multitud airada que gritaba: «¡Muerte al pedófilo!», y tuvo que ser rescatado por la policía.

Un portavoz de la policía declaró:

—No aprobamos la existencia de escuadras civiles de vigilancia por la facilidad con que se ven comprometidas las pruebas o se producen ataques de víctimas identificadas erróneamente, pero nos alegramos de que el señor Bright sea llevado ante la justicia.

La policía ya no busca a Vincent Ives por el asesinato de su esposa, aunque siguen queriendo interrogarlo sobre su participación en el asedio de la Casa de los Horrores (el término no es de ellos). Hay motivos para creer que se ha mudado al extranjero.

Cuando Ashley regresó a casa y descubrió que se había quedado tanto sin madre como sin padre, encontró una nota de su padre en la que se leía: «Lamento todo esto. ¿Puedes ocuparte de recuperar a *Sparky* de manos de la Policía? Necesita dos paseos al día y le gusta dormir con su manta azul. Te quiero un montón. Besos. Papá».

Sophie Mellors apareció en la lista de «los más buscados» de la Agencia Nacional contra el Crimen y, por si acaso, se emitió también contra ella una orden europea de detención por su participación en una organización que se hacía llamar Anderson Price Asociados. Dicha organización era la tapadera de un grupo de criminales que incluía al marido de la señora Mellors, el abogado radicado en Leeds Stephen Mellors, ya fallecido, que era responsable de comerciar con jovencitas con destino al Reino Unido. Habían traído con falsos pretextos a montones de chicas, a las que luego vendían en el mercado sexual. Los tres «asociados» —Thomas Holroyd, Andrew Bragg y Stephen Mellors— tenían asimismo vínculos con el caso conocido como Operación Villette, pero no se interpuso acción judicial alguna contra ninguno de ellos porque estaban muertos.

Los vecinos dijeron que llevaban varias semanas sin ver a Sophie Mellors o a los hijos de la pareja.

Por supuesto, hacía mucho que Sophie Mellors («viuda del cabecilla asesinado de la Casa de los Horrores») se había ido, en un ferri de la compañía Brittany con destino Bilbao, con sus dos confusos retoños a la zaga. Ida pasó toda la travesía vomitando. Y, cuando no vomitaba, lloraba por haberse visto obligada a dejar atrás a su poni, y la promesa de un sustituto en el país donde fuera que se instalaran no la consolaba en absoluto. Nunca existiría otro caballo como *Comandante*, se quejaba. (Resultó cierto.) Jamie hacía mucho que se había refugiado en el silencio. Lo había leído todo sobre Bassani y Carmody en internet, así como sobre el caso de trata de blancas que sus padres habían encabezado. Los odiaba por lo que habían hecho y los despreciaba por haberse dejado coger.

Sophie siempre se había mostrado sarcástica ante la devoción de Tommy y Andy por el dinero en efectivo. La tajada de Stephen de los beneficios de Anderson Price se había metido en una serie de cuentas suizas intocables. Sophie no había trabajado años de contable sin aprender un par de trucos. Se escondió en Ginebra mientras consideraba cuál sería el refugio más seguro. La mayor parte de los países que no tenían tratados de extradición con el Reino Unido eran muy poco atractivos: Arabia Saudí, Tayikistán, Mongolia, Afganistán. Consideró brevemente Bahréin, pero al final optó por limitarse a comprar identidades nuevas para todos, cuyo coste habría podido financiar una pequeña guerra. Luego matriculó a sus hijos en internados carísimos en Suiza y compró una casa de labranza en Lombardía, donde se pasaría el tiempo haciendo reformas, más o menos contenta. Ida nunca la perdonó por la pérdida de *Comandante*, ni por cualquier otra cosa, ya puestos.

Y entonces, ¿quién mató a Wendy Easton?

Craig, el de salvamento marítimo. Craig Cumming mató a Wendy «en un arrebato de celos», según afirmó la fiscalía en el juicio. Había acudido a la casa de la víctima, Aquimismo, con la esperanza de reavivar su relación con ella. A modo de prueba, la inspectora de homicidios Anne Marriot dijo que Craig Cumming había matado a la señora Ives (que también se hacía llamar Easton) con un palo de golf que se guardaba en el garaje. El fiscal argumentó que el palo de golf bien podía indicar un acto fruto de un arranque de ira, pero los guantes de golfista que llevaba Cumming (en una noche cálida de pleno verano) eran indicio de premeditación más que de espontaneidad. El historial de llamadas en el móvil de Cumming indicaba que había telefoneado a la víctima catorce veces en las dos horas anteriores al asesinato.

Wendy Ives, que estaba separada de su marido, Vincent, le había confiado previamente a una amiga que tenía miedo de su antiguo novio desde que él había empezado a seguirla hasta el trabajo. Después del juicio, la hija de la señora Ives, Ashley, de diecinueve años, había leído una declaración escrita ante las puertas del tribunal: «Me satisface que se haya hecho justicia, pero nadie podrá reemplazar a mi madre, que este hombre nos ha arrebatado con tanta crueldad. Era la persona más buena, más leal y generosa del mundo».

Craig Cumming fue condenado a cadena perpetua con la recomendación de que pasara entre rejas un mínimo de quince años.

Problemas en el frente

Por el camino, dieron un rodeo para subir hasta la cima de Rosedale Chimney a estirar las piernas y contemplar la puesta de sol que inundaba el amplísimo cielo con una gama gloriosa de rojo y amarillo, naranja e incluso violeta. Requería poesía, una ocurrencia que él pronunció en voz alta.

—No, me parece que no —repuso ella—. Es suficiente por sí misma.

«Menuda perla de sabiduría», se dijo él.

Había otro coche aparcado ahí arriba, con una pareja mayor que admiraba la vista.

—Magnífica, ¿verdad? —comentó el hombre.

La mujer sonrió y felicitó a la «feliz pareja» por su boda, y Jackson contestó:

—No es lo que parece. Es mi hija.

Marlee soltó una risita cuando volvieron a subir al coche.

—Ahora mismo estarán probablemente llamando a la policía para denunciarnos por incesto.

Marlee había asustado un poco a la mujer al hacerle entrega de su ramo de novia. La mujer había vacilado, como si pudiera traerle mala suerte.

—Sé que estoy egregiamente risueña —le dijo Marlee a Jackson (él retuvo la palabra «egregiamente» para buscarla después)—, pero me parece que es pura histeria.

A Jackson no le parecía histérica. Había visto mucha histeria en sus tiempos.

—Ya sabes cómo va la cosa —siguió ella—. Estoy como unas castañuelas, como cuando te desmovilizan o se acaba el colegio y todo eso.

—Sí, lo sé —repuso Jackson, aunque no lo sabía, porque él nunca había plantado a nadie en el altar. Posiblemente su vida sería un poco mejor si lo hubiera hecho.

Josie ya había estado embarazada cuando se casaron, de manera que Marlee existiría igualmente (la no concepción de hijos amados era siempre un escollo para la fantasía de «ojalá pudiera volver a vivir mi vida»). Julia y él nunca se habían casado, ni siquiera habían estado cerca de hacerlo, pero Nathan habría venido al mundo de todas formas. Y si nunca se hubiera casado con la malévola y ladrona Tessa, probablemente seguiría siendo un hombre rico y habría podido costear la boda que había querido su hija, en lugar de permitir que «los suegros», como ya los llamaba Marlee, y no era ironía del todo, corrieran con los gastos.

—¿Y por qué no? —dijo Marlee.

Estaban forrados y como no tenían hijas, solo hijos varones, querían que esa «unión», como ellos la llamaban, fuera un gran acontecimiento.

—Además —añadió Marlee—, me quieren como a una hija.

—No, no es verdad —respondió un Jackson cascarrabias—. Yo sí que te quiero como a una hija. Ellos te «quieren» como a la madre en potencia de sus nietos. Solo eres una yegua de cría para sus purasangre, para que así puedan continuar heredando la tierra in sécula seculórum.

Sí, fue algo especialmente desagradable que decir, pero Jackson los había conocido y no le gustó lo que representaban, pese a que eran muy agradables (en extremo, de hecho) y Jago (sí, así se llamaba el novio) era un tipo inofensivo (tenía hermanos llamados Lollo y Waldo, figúrense), aunque se lo veía un pelín demasiado encantador y refinado para que a Jackson le pareciera digno de confianza. Se dedicaba «a algo en la City», una frase que siempre lo desconcertaba e irritaba en igual medida.

—No podemos dejarte pagar, imposible —dijeron los suegros cuando les presentaron a Jackson—. Los chicos quieren una gran celebración y para nosotros sería un gran placer correr con todos los gastos.

Jackson había puesto reparos, pero no hubo manera. Solo los había visto en aquella ocasión y le costaba creer que su sangre fuera a fluir con la de ellos —mediante la «unión»— para el resto de la eternidad, o durante el tiempo que durara el planeta. Formaban parte de un linaje antiquísimo y aristocrático, con una mansión solariega a las afueras de Helmsley y una casa pareada en Belgravia. Eran serios y discretos, y ricos de toda la vida, pero uno nunca los oía hablar de dinero.

Habían dado «una fiestecita» (a base de fresas y champán) en el jardín de la casa de Londres para celebrar el compromiso. Jackson le había pedido a Julia que lo acompañara como apoyo moral, y aunque era el único fin de semana que tenía libre en el rodaje, había accedido alegremente. Quería ver «cómo vivían los ricos», dijo. Los padres de Jago parecían tener la errónea impresión de que Jackson y Julia aún formaban pareja. La madre era una entusiasta de *Collier* y estaba emocionada ante la idea de dar la bienvenida a la familia a una «celebridad».

Jackson contemplaba una bandeja de diminutos canapés cuando Jago se materializó junto a él, le rodeó los hombros con un brazo y dijo:

—Ya no puedo seguir llamándote señor Brodie. ¿No debería llamarte Jackson? —Y se echó a reír—. ¿O prefieres que te llame papá?

—Podrías intentarlo —repuso Jackson—, pero yo no te lo aconsejaría.

—Ya sé que mi elección del momento ha sido horrible —dijo Marlee—. No era mi intención dejarlo plantado, papá, y desde luego no en el altar.

—Y sin embargo lo has hecho.

—Ya, lo sé, pobre Jago. Es horroroso hacerle a alguien una cosa así. Soy una cerda absoluta. Llegó el momento de dar parte, ¿no es eso? ¿Vas a fustigarme por dejar una estela de destrucción a mis espaldas o a felicitarme por haber recuperado mi libertad?

—Bueno, en realidad iba a compadecerte por casarte con alguien llamado Jago.

—¿Un chico pijo?

—Sí, un chico pijo —coincidió Jackson. Al cabo de un par de kilómetros, la miró y añadió—: ¿No deberías estar más preocupada?

—Ya habrá tiempo suficiente para eso, papá —repuso Marlee. Se echó a reír otra vez y añadió—: Con todas las molestias que se tomó Julia para conseguirse un tocacojones.

—¿Un tocacojones?

—Yo llamo así a un tocado. Son tan absurdos... Los detesto —explicó Julia.

—¿Y sin embargo llevas uno?

—Oh, bueno, es que la boda de la hermanastra de tu hijo no es algo que pase todos los días.

Lo cierto era que estaba guapísima. El tocado no era ridículo, de esos que se ven en una boda real, sino que consistía en un discreto sombrerito negro con un atractivo velo de redecilla que le daba cierto aspecto anticuado y de francesita, sobre todo porque llevaba también un traje chaqueta entallado que «demuestra que aún tengo cintura». Su papel en *Collier* se había acabado: la «popular patóloga» había encontrado un final truculento en su propia morgue después de que la arrastraran por media costa este, cuyo paisaje siempre apreciaban los espectadores. Julia le había comentado de pasada a Jackson que estaba yendo con regularidad al gimnasio. Era algo tan insólito tratándose de Julia que él solo pudo suponer que había aceptado el papel en *Strictly Come Dancing*, el programa concurso de baile. Confió en que no lo hubiera hecho por Callum.

—No es nada, solo sexo —comentó ella a la ligera cuando Jackson le preguntó al respecto.

Jackson se preguntó si se suponía que eso debía ser un consuelo.

Desde luego Julia estaba más elegante que Josie, que se había decantado por un vestido floral con chaquetilla que clamaba a gritos «madre de la novia». («De Jacques Vert —murmuró Julia—. La hace verse muy mayor.») Josie no llevaba un tocado, sino un enorme y florido sombrero. Parecía incómoda. Quizá sabía que su hija estaba a punto de cometer el mayor error de su vida. Tampoco era que Jackson hubiera tenido oportunidad de ver gran cosa de los asistentes a la boda con solo un rápido vistazo desde la puerta de la iglesia. La iglesia en cuestión quedaba cerca de la casa del novio y era normanda y muy bonita, y estaba llena de las mismas rosas de tono rosado que formaban el ramo de novia de Marlee.

Marlee había pasado la noche en el hotel donde iba a celebrarse el banquete, al igual que los suegros y Josie, pero Jackson, Julia y Nathan optaron por el Black Swan, en la plaza mayor de Hemsley. Dos habitaciones. Julia y Nathan en una, Jackson en la otra. Nathan había cenado con ellos, encorvado sobre su teléfono y sin apenas levantar la vista del juego que tuviera en la pantalla. Parecía más sencillo dejarlo estar que regañarlo para que se sentara derecho, comiera como era debido, participara en la conversación y todas las demás pequeñas cosas que eran los pilares de la civilización.

—Los bárbaros no están ante las puertas —comentó Julia—, sino meciendo la cuna.

Aquello no parecía preocuparle tanto como debería hacerlo, en opinión de Jackson.

—¿Lo has pasado bien con tu amigo? —preguntó Jackson cuando recogió a Nathan tras habérselas apañado finalmente para librarse del colofón en Silver Birches.

El chico se encogió de hombros.

—Supongo.

Jackson había pasado a buscarlo por el plató de *Collier*, donde su madre agonizaba. Había cambiado a Nathan por *Dido*.

—Un intercambio justo —dijo Julia.

Jackson echó de menos al animal de inmediato; quizá debería buscarse un perro solo para él. Había estado brevemente a cargo de un chucho poco satisfactorio con un nombre absurdo. A lo mejor podía conseguirse uno más viril: un *collie*, tal vez, o un pastor alsaciano, y llamarlo *Spike* o *Rebel*.

Nathan se dejó caer en el asiento del acompañante del Toyota y sacó de inmediato el teléfono móvil. Tras un intervalo, alzó la vista y se volvió hacia Jackson.

—Sienta bien estar de vuelta —dijo.

—¿De vuelta?

—Contigo, papá. Estaba pensando... en que quizá podría vivir contigo todo el tiempo.

—Tu madre no te lo permitiría —repuso Jackson. La felicidad había brotado en su interior como una gran burbuja, y se aferró a ella antes de que estallara, lo que era inevitable—. Pero me pone muy contento que quieras hacerlo.

—Vale, no pasa nada. —Se encogió de hombros otra vez.

La indiferencia de Nathan desinfló un poco la burbuja, pero no del todo, y Jackson tendió una mano para ponerla en la nuca de su hijo.

Nathan se la apartó de un manotazo.

—Papáááá, no apartes la vista de la carretera.

Jackson se echó a reír. Todo marchaba bien, en todos los frentes. Durante un tiempecito al menos.

Jackson y Marlee recorrieron el corto trayecto desde el hotel hasta la iglesia en un Bentley clásico con cintas de color rosa en el capó. Ella había querido que todo en aquella boda fuera elegante y «de buen gusto». «Mucho estilo y poca sustancia», pensaba Jackson. Incluso la despedida de soltera había evitado resultar chabacana, según Julia, que estuvo invitada. Nada de juergas ebrias en York o Ibiza: había consistido en una merienda con champán rosado en un comedor privado del Savoy.

—Muy reposado —informó Julia—. No había un solo globo con forma de pene a la vista, con las ganas que tenía yo de que hubiera penes hinchables. Y diría que salió tremendamente caro.

Jackson supuso que pagaban los suegros.

—Solo es una boda —se había quejado Jackson ante Julia—. Me parece poner demasiado énfasis en un solo día.

—Desde luego eleva las expectativas respecto al matrimonio que viene después —comentó Julia.

—De todos modos, es demasiado joven para casarse.

—Pues sí —repuso Julia—, pero todos tenemos que aprender de nuestros errores.

¿Había aprendido ella de los suyos?

—Cada día es una experiencia de aprendizaje —había contestado Julia echándose a reír.

Era la clase de comentario que haría Penny Trotter. Todo estaba muy tranquilo en el frente Trotter. El eterno triángulo Penny/Gary/Kirsty estaba muy abajo en ese momento en la lista de prioridades de Jackson. Le había preocupado más el hecho de que iba a tener que comprarse un traje nuevo.

—¿Por qué? —se lamentó ante Julia. Y sí, hablaba como Nathan.

—Porque sí —contestó ella.

El Bentley los dejó ante la verja de entrada de la iglesia, la «Puerta Lych», según Marlee. El coche se había contratado solo para el trayecto de ida, porque después de la ceremonia los asistentes a la boda recorrerían de vuelta andando los doscientos metros que los separaban del hotel donde se celebraría el banquete. Entrañaba cruzar un campo.

—Me pareció que sería bonito —dijo Marlee—, como una boda campestre a la antigua.

—¿Y si llueve? —preguntó Jackson. Y, siendo más prácticos, ¿y si había gente con problemas de movilidad?

—No la hay, y no va a llover —contestó Marlee.

Jackson no pudo sino admirar la certeza de su optimismo (que obviamente no había obtenido de los genes de su padre). De todos modos, Jackson había aparcado el leal Toyota detrás de la iglesia, por si acaso llovía o aparecía una repentina minusvalía o ambas cosas.

—O por si quieres salir huyendo en el último momento —le dijo en broma a Marlee.

Cómo se habían reído.

Echaron a andar lentamente por el sendero hacia la iglesia, donde los aguardaba un grupito de damas de honor de distintos tamaños, pero ataviadas todas del mismo (y delicado) tono de rosa. Nathan se había negado en redondo a hacer de paje. Jackson no se lo reprochaba.

—Es tu hermana —había dicho Julia en un intento de engatusarlo.

—Hermanastra —corrigió él—, y casi no la conozco.

Era verdad, por mucho que Jackson lo lamentara.

—Supongo que se llevan demasiados años —dijo Julia.

Pero Jackson y su hermana se habían llevado bastantes años y eso no había impedido que estuvieran unidos. Ella debería haber estado ahí, se dijo, sentada en el primer banco, con un sombrero poco favorecedor y un vestido que la hiciera verse mayor, volviendo la cabeza para tener una primera visión de su sobrina cuando esta avanzara por el pasillo hacia su futuro.

Solo que, por lo visto, no iba a haber avance alguno y el futuro estaba a punto de sufrir un cambio.

—Me parece que no puedo hacerlo, papá —murmuró Marlee cuando llegaron a la iglesia.

*

—Ya sé que piensas que soy demasiado joven —había dicho Marlee—. Pero hay veces en que sencillamente sabes que algo te conviene, ¿no?

«Y poco después te das cuenta de que no te convenía», se dijo Jackson, pero apretó los labios para que aquel pensamiento no pudiera escapar al ambiente refinado de la «planta de calzado» de los grandes almacenes londinenses a los que había escoltado a su única hija un mes antes del «gran día».

(«Cada día es un gran día», se leía en una tarjeta de felicitación en la tienda de Penny Trotter.) Aquello no se parecía en nada al Clarks de la infancia de Marlee, adonde Josie lo había llevado a rastras algunas veces.

La planta de calzado era tan grande que Jackson se dijo que debía de tener su propio código postal. Uno podía pasar varios días ahí perdido sin que nadie lo encontrara, esperando a que cayera la espada de Damocles... Bueno, más bien el zapato de Damocles, aunque ahí habría sin duda alguien para recogerlo porque el local estaba plagado de dependientes con ganas de atenderlos. Los zapatos tenían a su servicio un ejército entero de príncipes y princesas azules de un género u otro (u otro más, pues actualmente la ristra no tenía fin, le parecía a Jackson. Se acordó de cuando la cosa se limitaba a hombres o mujeres. Le llegó de la distancia el grito de «¡Ludita!», cada vez más cerca.)

Comprar zapatos (zapatos de novia, solo por añadir una capa extra de neurosis al asunto) era su castigo por ser un padre inadecuado y no haberse tomado el suficiente interés en los planes de Marlee para su boda. Y probablemente también por no pagar esa boda.

—¿Puedo ayudar en algo? —le había ofrecido a Marlee cuando se habían encontrado en Londres. («Los dos solos, para almorzar —había propuesto ella—. Será bonito.»)

—Bueno, todavía me preocupan los zapatos —contestó Marlee—. Los he dejado para el último momento.

Para Jackson, el último momento habría sido literalmente el último momento: entrar en una zapatería de camino a la iglesia, no comprarlos un mes antes de la boda.

—Podrías acompañarme y ayudarme a elegirlos —propuso Marlee.

—Bueno, no sé yo si se me va a dar muy bien elegir zapatos, pero estaré encantado de pagarlos.

Resultó un ofrecimiento muy valiente. No costaban mucho menos de mil libras. ¡Mil libras, por unos zapatos! Y parecían incómodos.

—¿Estás segura de que podrás recorrer todo el pasillo con ellos?

—Es como ser la Sirenita —repuso ella a la ligera—, voy a sufrir por el amor de mi vida. Ya sé que en realidad no te gusta Jago, pero a mí sí. Y es buena persona, de verdad que lo es. Dale una oportunidad, papá.

Marlee le dijo eso cuando finalmente se habían batido en retirada de la batalla de la venta al por menor y estaban tomando té con pastelillos en Ladurée, en Covent Garden.

—Es solo que eres muy joven —respondió él con tono de impotencia.

—Y algún día dejaré de serlo y eso también será motivo de preocupación para ti.

—Estaré muerto para entonces, supongo —terció Jackson—. Eso cree Nathan por lo menos. —La observó cortar por la mitad una delicada *religieuse*. No era un pastelito muy masculino.

Era una chica lista: colegio privado, bachillerato, licenciatura en Derecho por Cambridge y ahora planeaba hacer carrera como abogada. Solo tenía veintitrés años, era demasiado joven para sentar cabeza. Demasiado joven para dejarse convencer de tomar la senda más tradicional. Licenciatura, matrimonio, hijos.

(—Por el amor de Dios, ¿qué tiene eso de malo? —había preguntado Josie. La discusión había llegado lejos—. ¿Prefieres tenerla pendoneando en una playa en Bali o en un antro de droga en Tailandia?

Por supuesto que no, pero eso no significaba que no quisiera que su hija desplegara las alas y viviera un poco. Que viviera un montón, de hecho. Sin las ataduras de las expectativas de otros; de las expectativas de Jago, de las de sus suegros.

—Vaya, pues me parece genial que te hayas convertido en feminista a estas alturas de tu vida —había soltado Josie con sarcasmo.

¡Él siempre había sido feminista! Jackson se enfureció ante la injusticia de semejante comentario.)

Marlee le ofreció un poco de la *religieuse*. Pese a no ser muy viril, era un pastelito que Jackson había probado en París, en un café en Belleville con Julia, y el recuerdo lo hizo sentir una repentina nostalgia de las calles polvorientas en verano y el buen café. Y de Julia también.

—Proust y su *madeleine* —dijo Marlee, y añadió—: Es una pasta, no una novia. —Siempre daba por sentada la ignorancia de su padre antes de que él tuviera tiempo de probarla—. Estoy loca por Jago.

—La locura no dura —contestó Jackson—. Créeme, he pasado por eso. Además, ¿quién quiere estar loco? Es lo mismo que perder la chaveta.

Y ahora, en el espacio de un mes, había pasado de estar loca por su prometido a arrastrar los pies hacia el altar. Lo cual venía a confirmar su opinión: estar loco por alguien era perder la chaveta.

Y, de algún modo, a partir de ahí la cosa había ido cuesta abajo, y la experiencia de establecer un vínculo padre/hija había acabado por convertirse en un análisis de las ideas políticas, la personalidad y las creencias de Jackson, todo lo cual, al parecer, pertenecía a una época menos ilustrada.

—Tú no eres una persona ilustrada —protestó Jackson (cometiendo una estupidez)—. Solo te lo crees.

—Menudo ludita estás hecho, papá.

Pero ¿y si los luditas habían tenido razón desde el principio?

—Solo son los nervios del último momento —la tranquilizó cuando su paso se volvió más lento incluso al acercarse a la puerta de la iglesia—. Estoy seguro de que todas las novias los sienten.

Había olvidado cuánto quería a Marlee. No, olvidado no, eso no podía olvidarse. Estaba embarazada, se lo había comunicado ante aquella *religieuse*. Jackson se quedó horrorizado. Una puerta más que se cerraba de golpe tras ella en la senda de la vida. Sin posibilidad de retorno.

—Se supone que tienes que felicitarme.

—Eres demasiado joven.

—De verdad que a veces eres un gilipollas, papá. Y lo sabes, ¿verdad?

«Sí», pensó él. Resultó que era algo que su hija no estaba dispuesta a decir.

Estaba preciosa. El tono crema del vestido de seda, el delicado rosa de las flores del bonito ramo. Los carísimos zapatos no se veían bajo el vestido; por lo que él sabía, podía llevar unas botas de agua. El velo de encaje quedaba sujeto por una diadema de brillantes y perlas, una reliquia de familia; de la de Jago, evidentemente.

—Respira hondo —dijo Jackson—. ¿Lista? —«Lista para salir corriendo», pensó, como en la canción de Dixie Chicks. Oía la marcha nupcial que resollaba en el órgano en el interior, levemente desafinada cuando se henchían los fuelles.

Su hija vaciló y se detuvo; dejó de mover los pies calzados con los carísimos zapatos. Tenía una sonrisita de Mona Lisa en los labios, pero no parecía de felicidad, sino más bien la expresión congelada de alguien que se ha quedado paralizado. La Bella Durmiente. Una mujer convertida en piedra o en una estatua de sal.

Jackson veía a Julia, sentada en el extremo del primer banco, asomándose y estirando el cuello para ver a la novia. Lo miró con gesto inquisitivo, frunciendo el entrecejo, y Jackson le hizo un gesto tranquilizador con los pulgares. Solo era un poco de miedo escénico por parte de Marlee, pensó. Julia lo entendería más que nadie. Veía a Nathan, a quien habían convencido de ponerse unos pantalones de pinzas y una camisa de lino, incómodamente embutido entre Josie y Julia, y por el ángulo de su cabeza le dio la impresión de que estaba mirando el teléfono. El corazón de Jackson se inundó de pronto de amor por su hijo, por su hija, por su anónimo nieto. Una cogida de su brazo, otro a la vista, el otro invisible. «Mi familia», pensó. En la riqueza y en la pobreza. En lo bueno y en lo malo.

El órgano se había embarcado ahora de lleno en Mendelssohn y Jackson miró de soslayo a Marlee para comprobar si estaba lista. La sonrisa se había esfumado, advirtió. Se volvió hacia él y le dijo, con tan poco dramatismo que a Jackson le pareció que debía de haber oído mal:

—Hablo en serio, papá. No voy a hacer esto. No puedo, está mal.

—Pues vámonos, entonces.

Solo había un bando posible en aquella situación, y Jackson estaba en él. Estaba ahí para apoyar a su hija, y no a otros. No a la gente que llenaba una iglesia ataviada con sus mejores galas y expectativas. No a un novio que era «una buena persona» y que estaba a punto de quedar destrozado, por no decir públicamente humillado. Mantén la calma y no sigas adelante.

—Lo que vamos a hacer —dijo— es dar la vuelta y echar a andar por el sendero como si fuera lo más natural del mundo.

—¿Y luego echamos a correr?

—Y luego echamos a correr.

Tienes que saber cuándo abrazarlos

—¿Estás seguro?

—Sí, de verdad, gracias.

Crystal le había ofrecido a Vince llevarlo al aeropuerto o al ferri. Según decía, se marchaba al extranjero. Se dejaría crecer la barba, desaparecería.

—Ponte lentillas —aconsejó ella.

—A Borneo, quizá —dijo él.

—¿A Borneo? ¿Qué hay allí, Vince?

—Orangutanes.

—¿En serio?

—No, en realidad, no. Mi hija, de hecho, pero creo que a estas alturas es probable que ya venga de camino a casa. Y por cierto..., su madre, Wendy. Yo no la maté, ¿sabes?

—Nunca creí que lo hicieras, Vince.

—Gracias. Me ha parecido que podía tratar de echar una mano..., bueno, ya sabes, a la gente. A mujeres, a chicas. Quizá ayudar a construir una escuela o algo así. Dar clases de informática. En India, África, Camboya o algún sitio así. En algún lugar muy lejos de aquí.

—Bravo por ti, Vince.

Vince iba en el asiento delantero junto a ella. Candy iba detrás, viendo un DVD. *Brutus*, el *rottweiler*, estaba sentado a su lado. Era un perro sorprendentemente sociable. Cualquiera que los viera habría creído que eran una familia.

Iba camino del Palace a recoger a Harry. Era evidente que tendría que decirle que su padre había muerto, pero todavía no. En el momento adecuado, con las palabras adecuadas. No había prisa: Tommy iba a estar muerto mucho tiempo. No le contaría a Harry que había sido un malvado cabrón. El chico lo descubriría algún día, pero ese día podía esperar. No hacía falta que Candy lo supiera nunca. Un cambio de nombre, un cambio de lugar. Una nueva verdad o una nueva mentira; eran lo mismo, en opinión de Crystal.

No tenía ni idea de adónde irían o de qué iban a hacer una vez allí. La carretera estaba despejada, hasta el horizonte. Christina emprendía la huida.

Habría llevado a Vince más lejos, pero estaba impaciente por «ponerse en marcha», y cuando llegaron a la estación y ella le preguntó: «¿Seguro?», él contestó: «Sí, sí, en serio, aquí ya me va bien, Crystal», de modo que lo dejó en la entrada de la estación y lo observó entrar corriendo sin mirar atrás.

—Tenemos que irnos —le dijo a Harry.

—¿Irnos?

—Sí, irnos de aquí. Marcharnos de la ciudad.

—¿Os marcháis? —Pareció consternado.

—No, nos vamos todos, Harry. Los tres.

—¿Y papá?

—Se unirá a nosotros más adelante, Harry.

—Pero tengo una cosa que hacer antes de que nos vayamos —dijo el chico.

—¿De qué se trata, Harry?

Pongamos pies en polvorosa

Tomaron el camino más largo, la ruta alternativa que cruzaba los páramos levantiscos y azotados por el viento. Ronnie había recuperado su propio coche: se acabaron los coches patrulla biplaza para un par de días. La Operación Villette había concluido. Tan solo quedaba el papeleo, un montón tremendo de papeleo. «El tercer hombre» había sido arrestado. Nicholas Sawyer. Circulaba el rumor de que estaban involucrados los Servicios de Inteligencia, de que el tipo llevaba años vendiendo secretos a cualquiera que quisiera comprarlos y, a falta de otras vías, esa había constituido la ruta para llegar hasta él. El muro en torno a esos rumores era impenetrable. Según Reggie, era una pieza del «metapuzle».

—¿Eh?

La Operación Villette y el caso de la Casa de los Horrores habían quedado conectados entre sí y todavía no se había desenredado del todo la madeja, pero aquello ya no les correspondía a ellas dos.

—Dejadlo estar y punto —les dijo Gilmerton en la celebración de su jubilación un par de días atrás. (Una juerga ebria y desagradable de la que se excusaron muy temprano.)—. Así saldréis de todo eso oliendo a rosas y no a mierda. He ahí lo importante.

—¿Y ahora qué? —le preguntó Ronnie a Reggie.

—He pensado que podría pedir un traslado al extranjero el año que viene.

—¿Al extranjero?

—A Nueva Zelanda.

—Guau.

Reggie había visto cómo Jackson le quitaba la pistola de la mano a la chica polaca, Nadja, después de que hubiera matado a Stephen Mellors. Y entonces se había arrodillado para decirle algo que ella no pudo oír a Andrew Bragg mientras las sirenas se oían cada vez más cerca. Ronnie se las había apañado para escabullirse y llamar para pedir ayuda. Fue valiente por su parte, no podía estar segura de que alguien no fuera a dispararle por la espalda. Dispararle por la espalda a alguien nunca tiene buena prensa entre la policía y los jueces. Una acaba enredada en trámites legales, con los medios, con inmigración. Te deja sin posibilidades, te deja mancillada. Reggie sabía que Jackson lo había hecho por eso. Las chicas ya habían pasado por suficientes cosas.

Y, sin embargo, de haber estado Ronnie allí y no fuera y hablando por la radio del coche patrulla, Reggie nunca podría haber salido adelante con aquella mentira. Era algo que se interponía entre las dos, una barrera.

Justo antes de que la Unidad de Respuesta Armada irrumpiera escaleras arriba sin el menor asomo de la delicadeza que habría cabido esperar en un escenario de toma de rehenes, Jackson le había murmurado a Reggie:

—Así que Bragg le ha disparado a Mellors.

Al cabo de una pausa, ella había contestado:

—Sí, eso ha hecho.

Y, sin la pistola, nadie podía estar seguro. Quedarían residuos de pólvora, por supuesto, pero las posibles pruebas forenses en el caso de Andrew Bragg se verían comprometidas por la cantidad de sangre que había perdido. Y, de todos modos, nadie puso en duda las declaraciones de una agente de policía y un exinspector de homicidios. Porque ¿qué motivos podían tener para mentir?

—Digamos que es un compromiso justo —dijo Jackson—. La verdad es absoluta, pero las consecuencias de la verdad no lo son.

—Me parece un argumento engañoso, señor B.

—Y, sin embargo, así están las cosas para nosotros, Reggie. Uno hace lo que le parece correcto.

Reggie lo odiaba por hacerle aquello y lo quería por ello al mismo tiempo. En su fuero interno, muy hondo, seguía anhelando que él fuera la figura paterna en su vida. El padre que nunca había tenido. Y por eso también lo odiaba.

Y los dos eran ya perros viejos en lo tocante a cubrir rastros, por supuesto. Cuando la doctora Hunter mató a los dos hombres que los habían secuestrado a ella y a su bebé, Jackson había destruido las pruebas y Reggie había mentido pese a conocer la verdad. Para que no fuera algo que persiguiera a la doctora Hunter durante el resto de su vida, según había dicho Jackson. De modo que Reggie ya sabía hasta qué punto era fácil trasponer el límite entre actuar según la ley o fuera de ella.

Tuvo una súbita visión de la doctora Hunter caminando por la carretera para alejarse de la casa que contenía a los dos hombres a los que había matado. La doctora estaba cubierta de sangre y llevaba a su bebé en los brazos, y a Reggie le había parecido magnífica, como una heroína, una reina guerrera. Las dos hermanas polacas habían permanecido ahí de pie, abrazadas, mirando con expresión desafiante el cuerpo de Stephen Mellors. Ambas tenían la espalda recta y fuerte de una bailarina. Eran heroínas, no criadas. Eran hermosas. «Por mi hermana.»

Cuando ella había salvado la vida de Jackson Brodie junto a las vías de ferrocarril, todos aquellos años atrás, Reggie creyó que él sería su vasallo hasta que pudiera devolverle el favor, pero no había sido así: era Reggie quien se había visto sometida a él. Y en ese momento aquel compromiso venía a unirlos para siempre.

—Es un compromiso justo —le recordó él.

Y, como decía siempre la doctora Hunter, ¿qué tenía la justicia que ver con la ley?

Aquello estaba tan mal que estaba bien. Parecía el título de una de aquellas espantosas canciones *country* que escuchaba Jackson. Reggie sabía que le tocaba reflexionar lo suyo antes de poder caminar de nuevo en línea recta.

Repasó la lista de canciones de Ronnie en su iPhone y puso a Florence and the Machine. Cuando llegó *Hunger*, empezó a cantar a media voz, y para cuando llegó el segundo estribillo, ambas coreaban «*We all have a hunger*» a pleno pulmón. Y luego se cogieron las manos y las levantaron cerrando los puños en señal de triunfo. Eran como Thelma y Louise a punto de arrojarse con el coche al precipicio, solo que ellas no iban a hacer eso, ellas se iban a casa.

Eran Cagney y Lacey. Eran las hermanas Brontë. Eran las gemelas Kray. Eran policías. Eran mujeres.

—Nos vemos pronto, pues —dijo Ronnie cuando dejó a Reggie en Leeds.

—Apuesta a que sí —contestó Reggie.

QHT: ¿Qué haría Tatiana?

—¿Señor Brodie?

Era Sam Tilling, que le daba el parte por teléfono.

—¿Qué tal anda la cosa, Sam?

—Pues así así. No sé muy bien cómo decirle esto. Bueno, sí, es solo que…

—Suéltalo de una vez, Sam.

—Se trata de nuestro Gary, señor Brodie. Ha muerto.

—¿Que ha muerto? ¿Cómo?

—De su diabetes, por lo visto. Entró en coma en una habitación de hotel en Leeds y a la mañana siguiente cuando lo encontró el personal de limpieza ya estaba muerto.

—¿Y dónde andaba Kirsty durante todo eso? —quiso saber Jackson.

—No estaba con Gary. No había nadie con él. Y la señora Trotter estaba en la feria agrícola de Yorkshire con su hermana y unas treinta mil personas más.

—¿En qué hotel se alojaba?

—En el Malmaison de Leeds. Antes estuvo bebiendo en el bar. Según ha revelado la autopsia, tenía su buena dosis de alcohol en las venas. Y no encontraron insulina en su habitación, así que tal vez se la olvidó. Si al menos hubiera conseguido llegar al minibar, ahí siempre hay chocolate o zumos, ¿no?

—¿Y ya le han hecho la autopsia? —Jackson estaba sorprendido de la rapidez con la que Gary había acabado envuelto y facturado para la eternidad.

—Ajá. Ya se la han hecho, según la señora Trotter. Muerte por causas naturales.

***

—Y yo digo, ¿pagas copa a una dama? Si tú eres dama, dice él todo satisfecho. Oh, ya veo que eres hombre gracioso, digo yo. Hombres graciosos me gustan. Mi padre era gran payaso en circo, aunque, la verdad, no gracioso. En Rusia no. Vodka para mí. *Pozhaluysta*.

»No eres de por aquí, ¿no?, dice él. Ja, ja. Sí, tú verdadero cómico. Sé verlo, digo yo. Pregunto si tiene esposa, dice *nyet*. Pregunto si tiene amante, dice *nyet*.

»Un par copas más y tiro de su corbata para subir a habitación (*suite* ejecutivo, bonita, gracias), como perro con correa. Más copas del minibar. Vemos tele, digo que no me pierdo *Collier*. Él se tumba en cama y empieza a ponerse blanco y dice, "Encanto, puedes buscar ahí en mi maleta y sacar mi botiquín con la insulina. Verás, es que soy diabético. No debería beber".

»Oh, ¿e interrumpir nuestra diversión?, digo yo, y me monto encima en cama como si yo jinete y él caballo. (¡Sin sexo, no preocuparse!) No, por favor, encanto, de verdad, dice él. O un poco de chocolate, algo dulce. Su voz más baja. De verdad no está bien. Y entonces se desmaya y yo bajo de cama y lo limpio todo bien limpio. Meto su insulina en mi bolso. Y me siento con él. Vigilancia, hasta segura de que ha palmado.

»*Da*, señora Trotter, absolutamente. Muerto. Telón caído, se acabó espectáculo. ¡Adiós! Mi pésame, blablablá. Un placer hacer negocios con usted, señora Trotter. Recomiéndeme a sus amigas.

Si te encuentras al buda, mátalo

———————

—Tendrás que devolver la diadema —dijo Jackson.

—Supongo. Y es una pena lo de la luna de miel. Era en las Maldivas, habría sido bonito —repuso ella con tono nostálgico.

—Quizá Jago puede llevarse a Waldo, ¿no?

—¿O a Lollo?

—El futuro está en tus manos —declaró Jackson—. Eso dice *madame* Astarti.

—¿Quién?

Se habían escondido durante un par de días en un hotel de Harrogate.

—Así podré poner en orden mis pensamientos —dijo Marlee—. Me siento una criminal.

—Yo también —contestó Jackson.

Aunque él, técnicamente, era en efecto un criminal, puesto que había encubierto un cuasidelito de homicidio. Dos veces. La primera, cuando la doctora Hunter había matado a sus secuestradores, y la segunda, cuando la chica polaca había matado a Stephen Mellors. No lo lamentaba, en ninguno de los dos casos. Él no era un justiciero, de veras que no.

Se despidió de Marlee en el andén de la estación de York. Ella volvía a Londres «a dar la cara». Jackson tuvo ganas de insistirle en que le contara a Jago lo del bebé, pero se estaba esforzando mucho en no darle consejos a su hija. Pensó en cómo Julia le había ocultado la existencia de Nathan. La historia se repetía. Pero al fin y al cabo eso hacía siempre la historia, ¿no?

Marlee iba a quedarse al bebé, según dijo. Él ni siquiera sabía que aquello hubiera estado en entredicho. ¿Iba a criar a un niño sola al mismo tiempo que se abría paso en una carrera increíblemente exigente?

—Óyete, abuelo —repuso ella entre risas—. Menudo ludita estás hecho. —Esa vez por lo menos lo dijo con afecto—. Además, tendré mucha ayuda para cuidar del bebé. Los cuasisuegros apoquinarán grandes sumas de dinero con tal de tener cerca a su yegua de cría. —Le dio un codazo en las costillas (bastante doloroso) y dijo—: Aquí llega mi tren. —Y se fue.

Era valiente, pensó él. A partir de entonces, tenían que estar más cerca el uno del otro.

Buscó un hotel sencillo donde pasar la noche. No le hacía falta ningún sitio elegante, solo sábanas limpias y que no hubiera pelos en la ducha. Necesitaba estar descansado para la lucha del día siguiente.

A la mañana siguiente, Jackson salió temprano. Puso *Runnin' just in case*, de Miranda Lambert. «*There's trouble where I'm going but I'm going there anyway.*» Parecía la historia de su vida: «Hay problemas en el sitio al que me dirijo, pero voy a ir de todas formas». Hizo una llamada telefónica desde la carretera. Ya no tenía su número. Ella había cambiado de empleo, de modo que buscó en Google su nuevo lugar de trabajo y le pidió al telefonista de la centralita de su comisaría que lo pasara con ella, algo que en efecto hizo, si bien requirió cierta persuasión por su parte: ella era ahora un alto cargo, no contestaba llamadas telefónicas de extraños, porque en eso se había convertido él, en un extraño para ella. Antaño había habido algo entre los dos: una chispa, una posibilidad. Podría haberles ido de maravilla juntos, pero nunca llegaron a estar juntos. Jackson se preguntó si ella todavía tendría al perro: se lo había regalado a ella en lugar de quedárselo él. («Un intercambio justo», opinó Julia.) Parecía que hubiera transcurrido mucho tiempo.

No utilizó su propio nombre. Dijo que era la agente Reggie Chase, porque sospechaba que ella recordaría a Reggie y contestaría la llamada.

Contestó cuando el teléfono había sonado un par de veces. Fría y eficiente.

—Superintendente Louise Monroe, ¿en qué puedo ayudarle?

De modo que, al fin y al cabo, no recordaba el nombre de Reggie.

Jackson cayó en la cuenta de que no tenía ni idea de qué decirle, ni de si en realidad quería decirle algo. Sospechaba que, dijera lo que dijese, sería de algún modo definitivo. Estaba en una encrucijada y tenía que tomar una decisión. ¿Pleamar o bajamar?

—¿Hola? —dijo ella.

Ambos escucharon el hueco silencio, en un instante de extraña comunión, y luego ella lo sorprendió con sus poderes adivinatorios.

—¿Jackson? —preguntó en lo que fue casi un susurro—. Jackson, ¿eres tú?

Al final, lo más sencillo fue no tomar decisión alguna. No dijo nada y colgó.

Las palabras de otra canción acudieron a su pensamiento: «Libertad es solo una palabra más para cuando no queda nada que perder». Pero «compromiso» también lo era. Él solo deseaba algo simple: sin ataduras, sin complicaciones.

Tres o cuatro kilómetros más allá, se detuvo a hacer otra llamada.

—Señor detective privado —ronroneó la voz al otro lado de la línea—. ¿No estás en linda boda con hija preciosa?

—¿Quieres quedar para una copa?

—¿Contigo?

—Sí, conmigo.

—¿Solo copa?

—No lo sé —contestó Jackson. (¿De verdad creía que eso no iba a ser complicado? ¿A quién trataba de engañar? A sí mismo, evidentemente. Ni pleamar ni bajamar: aquello era más bien un tsunami.)

—*Okey-makey. Da.* ¿Ahora mismo?

—Mañana. Tengo algo que hacer primero.

—¿Dónde?

—No lo sé, pero que no sea en el Malmaison.

—*Okey-makey. Poka.*

Una hilera de casas pareadas en Mirfield, no muy distintas al hogar en el que se había criado él. Construidas en piedra arenisca gris, tenían un aspecto poco hospitalario. En casa de los Brodie había habido al fondo una habitación anexa a la cocina donde su madre pasaba casi todo el tiempo y un saloncito «coqueto» en la parte delantera con un incómodo sofá en el que casi nunca se sentaba nadie.

Y una puerta en el recibidor que daba a unas empinadas escaleras que bajaban a la carbonera.

El Peugeot gris estaba aparcado en la calle delante de la casa. Pertenecía a alguien llamado Graham Vesey, de cuarenta y tres años. El número de matrícula era el que había fotografiado Nathan, y que Sam Tilling había ampliado. Y una mujer muy amable de la Agencia de Licencias para Conductores y Vehículos de Swansea, una tal Miriam, le había proporcionado finalmente un nombre.

Jackson llamó al timbre. La casa de un hombre era su castillo. El método consistía en empezar siempre siendo educado y luego ir subiendo el tono hasta echar mano del ariete y la catapulta gigante. O, simplemente, en un buen puñetazo en el estómago.

Era un tipo grandote, sudoroso y con tatuajes en el cuello de toro, que habría podido aplastar a una niña como a una mosca, de haber querido.

—¿Señor Vesey? ¿Señor Graham Vesey? Me llamo Jackson Brodie. ¿Puedo pasar?

Darcy Slee

———

Oyó el timbre de la puerta y empezó a gritar todo lo alto que pudo para llamar la atención. Cuando se detuvo a tomar aliento, oyó un montón de ruido procedente del piso de arriba: por cómo sonaba, era una pelea. Estaba a punto de volver a gritar cuando se abrió la puerta del sótano. En el triángulo de luz que se proyectó desde el umbral, pudo ver que alguien bajaba por las escaleras. El corazón de Darcy se encogió de terror. Llevaba allí siete días y siete noches, sabía lo que era el terror.

Era un hombre, pero no el del cuello tatuado. Eso no significaba que no pretendiera hacerle daño. Por lo que ella sabía, aquel hombre podía ser incluso peor que el otro.

Cuando llegó al final de las escaleras, se puso en cuclillas para hablar con ella, como si lo hiciera con un gato asustado.

—No pasa nada, ya ha acabado todo. Me llamo Jackson Brodie y soy policía.

No cantes victoria antes de tiempo

Había un verdadero gentío entre bambalinas. Todo el mundo parecía querer ver a Bunny en el número estelar del programa. Por otra parte, los asientos vacíos en la platea creaban lagunas (un término de la señorita Dangerfield, por supuesto). Un montón de gente había reservado entradas para ver a Barclay Jack; algunos incluso habían reclamado que les devolvieran el dinero por no haber hecho acto de presencia.

—¿Acto de presencia? —repetía el hombre de la taquilla—. El tipo está muerto, por el amor de Dios. Denle un respiro.

Bunny, sin embargo, estaba vivo y coleando. Se veía resplandeciente con el vestido azul de lentejuelas y un tocado de plumas incluso mayor que el que llevaban las coristas. Una de ellas soltó un silbido de admiración cuando salió al escenario, y Bunny le hizo una pequeña reverencia.

Su número siguió la pauta habitual. Hizo un refrito chapucero con varias arias de ópera populares: *L'amour est un oiseau rebelle*, de *Carmen*, y *Un bel dì vedremo*, de *Madame Butterfly*. («Es un público de ignorantes —dijo Bunny—, pero a lo mejor reconocen alguna de esas.») Eran arias para mujeres, por supuesto, para sopranos, y Bunny las atacó con notas agudas y estridentes, mientras daba traspiés con los altos tacones y fingía estar borracha, perdidamente enamorada y ser una cantante espantosa.

Se trataba de interludios musicales, pues su número consistía básicamente en monólogos que solían tratar sobre las tribulaciones que entrañaba ser mujer. El reducido público reaccionó como de costumbre: la hostilidad se transformó en tolerancia y luego en admiración («El cabrón tiene huevos», oyó Harry decir a alguien), hasta que, finalmente, cualquier animadversión hacia Bunny se disipó por completo.

En ese punto precisamente hacía una pausa. Una larga pausa, durante la que el público guardaba absoluto silencio, no muy seguro de qué vendría después y hasta un poco nervioso. Bunny los contemplaba y sin embargo parecía absorto en sí mismo. ¿Iba a palmarla en el escenario o estaba a punto de lanzarse a un clímax memorable?

—Espera y verás —le susurró Harry a Crystal.

El chico ya notaba cómo se le erizaban los pelillos de la nuca antes siquiera de que hubiera empezado la música. Era una buena grabación de fondo: si de algo podía alardear el Palace era de tener un estupendo sistema de sonido, aunque nadie supiera la razón.

Harry vio cómo Bunny inspiraba profundamente y luego empezaba a cantar, al principio con voz suave como requería la letra, que hablaba del sueño, pero aun así el público reconoció la música casi de inmediato. Estaban en terreno conocido: aquello era del fútbol. Y más incluso: estaban en buenas manos, porque aquel tipo tenía una voz asombrosa. Había alzado el vuelo. El público se agitó como una bandada de pájaros y luego se posó: sabían que iban a ofrecerles un verdadero placer.

Era un aria que se había convertido en un cliché: era la música estelar de *Factor X* y los concursantes de *Britain's Got Talent*, una melodía omnipresente, pero se vio entonces fácilmente despojada de su cariz familiar de campeonato mundial de fútbol. Lo único necesario para algo así era un gran hombre con una gran voz.

Harry nunca podía evitar emocionarse al ver la actuación de Bunny. Se le llenaron los ojos de lágrimas.

—Son lágrimas de felicidad —dijo para tranquilizar a Crystal cuando la música empezaba a subir de tono.

El coro femenino grabado hizo su entrada, cual contrapunto angelical, e hizo que la intensidad decreciera durante un momento. Pero entonces el sonido volvió a crecer y el tono se volvió más y más intenso. Las estrellas se estremecieron. Llegó el sonido bellamente controlado del primer «*Vincerò*», que luego creció hasta convertirse en el siguiente

Vincerò

y por fin culminó en el último y magnífico *crescendo* sostenido:

Vincerò!

Bunny alzó los brazos hacia los dioses en un gesto triunfal. Desde lo alto, los dioses lo miraron y se echaron a reír. Las estrellas titilaron como lentejuelas. Todos los presentes se pusieron en pie y prorrumpieron en vítores. No pudieron evitarlo.

—*Vincerò* —le dijo Harry a Crystal, encantado—. Significa 'venceré'.

—Y lo harás, Harry —contestó Crystal—. Lo harás.

Agradecimientos

Quisiera dar las gracias a las siguientes personas:

Al teniente coronel M. Keech del Real Cuerpo de Señales (retirado), Medalla del Imperio Británico.

A Malcolm R., antiguo inspector adjunto de la Policía de Escocia, Medalla de la Reina al Mérito Policial.

A Reuben Equi.

A Russell Equi, que conserva su título de «dios de todo lo que lleva ruedas».

También quisiera dar las gracias a Marianne Velmans, Larry Finlay, Alison Barrow, Vicky Palmer, Martin Myers y Kate Samano, todos ellos de Transworld. A Camilla Ferrier y Jemma McDonagh de la Agencia Marsh, a Jodi Shields de Casarotto Ramsay, a Reagan Arthur de Little Brown (EE. UU.), a Kristin Cochrane de Doubleday Canada y a Kim Witherspoon de Witherspoon Associates. Por último, si bien no menos importante, a mi agente, Peter Straus.

Es bien posible que haya armado un poco de lío con la geografía de la costa este de Yorkshire, sobre todo para que los personajes, especialmente Harry, pudieran moverse de aquí para allá más deprisa y con mayor facilidad de lo que suele ser el caso.

Todos los errores, deliberados o no, son míos.

Mis disculpas a la gente de Bridlington. Solo tengo recuerdos felices de ese lugar y me gustaría pensar que allí nunca ha ocurrido nada malo.

BRIDLINGTON

Canciones

En este libro aparecen las siguientes canciones, que unas veces figuran como citas de sus correspondientes letras y otras, a modo de referencias más o menos veladas:

Don't You Want Me, de Jo Callis, Philip Oakey y Philip Adrian Wright (referencia).

What's Love Got To Do With It, de Terry Britten y Graham Lyle (referencia).

The Teddy Bears' Picnic, de Jimmy Kennedy (cita).

The Bug, de Mark Knopfler (cita).

The Gambler, de Don Schlitz (cita).

I'm So Lonesome I Could Cry, I'll Never Get Out Of This World Alive and I Don't Care (If Tomorrow Never Comes), de Hank Williams (citas).

The Blade, de Marc Beeson, Jamie Floyd y Allen Shamblin (cita).

Wuthering Heights, de Kate Bush (citas).

Hotel California, de Don Felder, Don Henley y Glenn Frey (referencia).

Another Brick In The Wall (Part 2), de Roger Waters (cita).

Holding Out For A Hero, de Jim Steinman y Dean Pitchford (referencia).

Hunger, de Florence Welch, Emile Haynie, Thomas Bartlett y Tobias Jesso Jr. (cita).

Runnin' Just In Case, de Miranda Lambert y Gwen Sebastian (cita).

Me And Bobby McGee, de Kris Kristofferson y Fred Foster (cita).